KNAUR

Von Andreas Franz sind im Knaur TB bereits erschienen:

Die Julia-Durant-Reihe:
Jung, blond, tot
Das achte Opfer
Letale Dosis
Der Jäger
Das Syndikat der Spinne
Kaltes Blut
Das Verlies
Teuflische Versprechen
Tödliches Lachen
Das Todeskreuz
Mörderische Tage

Die Peter-Brandt-Reihe:
Tod eines Lehrers
Mord auf Raten
Schrei der Nachtigall
Teufelsleib

Die Sören-Henning-Reihe:
Unsichtbare Spuren
Spiel der Teufel
Eisige Nähe

Außerdem von Andreas Franz:
Der Finger Gottes
Die Bankerin

Andreas Franz / Daniel Holbe: Todesmelodie
Andreas Franz / Daniel Holbe: Tödlicher Absturz
Andreas Franz / Daniel Holbe: Teufelsbande

Über die Autoren:

Andreas Franz' große Leidenschaft war von jeher das Schreiben. Bereits mit seinem ersten Erfolgsroman *Jung, blond, tot* gelang es ihm, unzählige Krimileser in seinen Bann zu ziehen. Seitdem folgte Bestseller auf Bestseller, die ihn zu Deutschlands erfolgreichstem Krimiautor machten. Seinen ausgezeichneten Kontakten zu Polizei und anderen Dienststellen ist die große Authentizität seiner Kriminalromane zu verdanken. Andreas Franz starb im März 2011. Er war verheiratet und Vater von fünf Kindern.
Daniel Holbe, Jahrgang 1976, lebt mit seiner Familie in der Wetterau unweit von Frankfurt. Insbesondere Krimis rund um Frankfurt und Hessen faszinieren den lesebegeisterten Daniel Holbe schon seit geraumer Zeit. So wurde er Andreas-Franz-Fan – und schließlich selbst Autor. *Todesmelodie, Tödlicher Absturz* und *Teufelsbande,* in denen er die Figuren des früh verstorbenen Andreas Franz weiterleben lässt, waren Bestseller.
Besuchen Sie auch Daniel Holbes Website: www.daniel-holbe.de

Die Hyäne

Julia Durants neuer Fall

Roman

Besuchen Sie uns im Internet:
www.knaur.de

Originalausgabe August 2014
Knaur Taschenbuch
Copyright © 2014 by Knaur Taschenbuch.
Ein Unternehmen der Droemerschen Verlagsanstalt
Th. Knaur Nachf. GmbH & Co. KG, München
Alle Rechte vorbehalten. Das Werk darf – auch teilweise –
nur mit Genehmigung des Verlags wiedergegeben werden.
Redaktion: Regine Weisbrod
Umschlaggestaltung: ZERO Werbeagentur, München
Umschlagabbildung: Gettyimages, gremlin
Satz: Adobe InDesign im Verlag
Druck und Bindung: CPI books GmbH, Leck
ISBN 978-3-426-51375-0

5 4 3 2 1

*Die häßliche Gestalt und die schauderhaft lachende
Stimme der gefleckten Hiäne [...] Man versicherte, daß
die scheußlichen Raubthiere die Stimme des Menschen
nachahmen sollten, um ihn herbeizulocken, dann
plötzlich zu überfallen und zu ermorden;
unter sämmtlichen Raubthieren ist sie unzweifelhaft die
mißgestaltetste, garstigste Erscheinung.*

Alfred E. Brehm, Zoologe
aus *Brehms Thierleben*, 1864

*Wahrlich ist der Mensch der König aller Tiere, denn
seine Grausamkeit übertrifft die ihrige.*

Leonardo da Vinci, Universalgelehrter, um 1500

PROLOG 1

Er spürte es nicht, wenn er sich verwandelte. Wenn das Tier in ihm die Oberhand gewann. Wenn die menschliche Hülle von ihrem inneren animalischen Instinkt kontrolliert wurde. Darius trat das Gaspedal durch, und der Vierzylinder des Z3 entfaltete seine Kraft. Der Wagen hatte ihn ein kleines Vermögen gekostet, doch es war der Schein, der zählte. Eine elegante Hülle für den Menschen, der wiederum nur eine Hülle für das Tier war. Nach einigen biederen deutschen Automodellen, von denen Tausende auf den Straßen herumfuhren, hob Darius sich nun von den anderen ab. Er drehte die Musik lauter. Startete den Titel erneut, als er, wieder langsamer werdend, die Friedberger Landstraße hinauffuhr.

Animal! Living in a human suit ...

Dass er den Text von AC/DC falsch verstanden hatte, wusste er nicht. Es spielte auch keine Rolle. Darius passierte die schillernde Fassade des alten Shell-Hochhauses, dessen getönte Glasfront dem Koloss neuen Glanz und Esprit verlieh. Dann die Fachhochschule. Alt, heruntergekommen, voller Graffiti und mit einem unerträglichen Parkplatzproblem. Er richtete seine Pilotenbrille gerade, die Ampel sprang auf Grün.

If you want blood – you've got it!

Der Refrain der schottisch-australischen Rocker hämmerte bassstark in seinem Ohr, die Subwoofer massierten ihm den Rücken. Einige Studenten sahen zu ihm her, manche kopfschüttelnd, doch diese neidischen Mienen blendete er aus. Das vereinzelte Grinsen einer Blondine in Jeans wog weitaus mehr, und ein erregter Schauer überkam ihn.

Darius hatte das Gymnasium in der Zwölften verlassen, ein Sakrileg, wie es ihm sein verstocktes Elternhaus stets vorzuhalten wusste. Doch während andere endlose Semester lang vor sich hin studierten, verdiente er seit einigen Jahren bereits gutes Geld. Nicht Unmengen, aber genug. Darius hatte ein geschicktes Händchen in Computerdingen und wusste sich überdies gut zu verkaufen. Er war kein Nerd, aber noch weniger war er ein Mister Universum. Ein unvorteilhaft schwülstiger Mund verunzierte sein Gesicht, und seine Ohren waren etwas zu groß geraten. Doch er wusste dies durch Mimik und Frisur zu überspielen.

Zehn Minuten später parkte er den tiefblau metallischen Roadster vor einem eleganten Einfamilienhaus in der Melsunger Straße. Seckbach. Frankfurts Nordosten, der, auf einer Anhöhe gelegen, über die Stadt zu wachen schien.

Marlen öffnete ihm. Sie hatte ein rundes Gesicht, umrahmt von dunkelblondem Haar, das ihr glatt hinab auf die Schultern fiel. Sie trug ein blaues Sommerkleid, welches ihre wohlproportionierte Oberweite betonte.

»Hi«, säuselte sie mit einem neckischen Lächeln. »Schickes Auto.«

Ihre Mütter hatten einst gemeinsam entbunden, und aus diesem Zufallskontakt war eine Freundschaft geworden. Dass ihre Väter finanziell in derselben Liga spielten, hatte diesen Umstand begünstigt. Zwischen Marlen und Darius hingegen hatte es nie eine engere Freundschaft gegeben. Vor einer Woche waren sie sich nach Jahren zufällig begegnet und hatten unweit des Römers einen Kaffee miteinander getrunken. In ihrer unbedarften Offenheit hatte Marlen ihn dann zum Frühstück eingeladen. Sie paukte gerade für eine Seminararbeit und lebte noch zu Hause, ihre Eltern waren für sechs Wochen in Neuseeland.

»Danke.« Darius vermied ein breites Lächeln, weil es ihn aus seiner Sicht verunstaltete, und schürzte stattdessen die Lippen zu einem schelmischen Schmunzeln.

»Wollen wir?«, fragte sie.

Es roch nach Rührei mit Bacon, Toast, und er vermutete außerdem gebackene Bohnen und frisch gepressten Saft. Aus ihrer Liebe zum Kochen hatte Marlen kein Geheimnis gemacht, ebenso wenig wie aus ihrer Aufgeschlossenheit gegenüber verheirateten Männern, die sie in den vergangenen Jahren von einer unglücklichen Beziehung zur anderen geführt hatte. Zwei einsame Menschen. Schicksal war eine menschliche Erfindung, in der Tierwelt gab es so etwas nicht.

Doch Darius war überzeugt davon, dass ihr Wiedersehen kein Zufall war. Er hatte Pheromone aufgetragen, Sexuallockstoffe, die er bei einem windigen Händler erworben hatte. Angeblich verstärkten diese die Anziehungskraft, die man auf das andere Geschlecht ausübte. Wobei eine Grundsympathie gegeben sein müsse, wie betont worden war. Doch ohne diese Sympathie säße er wohl kaum hier – hätte ihn Marlen nicht zu sich eingeladen.

Was *ich* will, wirst du schon bald merken, dachte Darius, als er ihren schwingenden Hintern beäugte. Er legte den Autoschlüssel auf einen Garderobentisch und folgte Marlen ins Wohnzimmer.

»Du machst heute Lernpause?«

»Ja.« Sie seufzte und klapperte mit dem Porzellan. Goss Kaffee ein, schob Darius eine Untertasse hin. »Muss auch mal sein. Wellness, Beauty, eine Haartönung und, na ja …« Marlen schwieg geheimnisvoll.

Darius ging nicht darauf ein. Er hatte sich unwillkürlich verkrampft, dabei schwappte heißer Kaffee aus der Tasse und verbrannte ihn. Er fluchte, und Marlen neigte fragend den Kopf. »Ist was?«

»Du tönst deine Haare? Das schöne Blond?« Darius liebte Blondinen, und Marlens Haare waren perfekt.

»Du Charmeur«, erwiderte sie verlegen und fuhr sich mit den Fingern durch das Haar. »Es ist spröde, ich brauche dringend mal eine Haarkur. Und eine Veränderung.«

»Ich mag keine Veränderungen«, gab Darius trocken zurück. Doch Marlen reagierte nicht darauf, sondern wurde wieder kess. »Hättest du mich gefragt, was ich eben mit ›na ja‹ meinte, dann wüsstest du, warum.« Sie schnitt knirschend ein Vollkornbrötchen auf und bestrich es mit Frischkäse, auf den sie Lachsscheiben mit Dillrand legte.

Darius seufzte und nahm eine Portion Bohnen in Tomatensauce. Dazu Rührei, welches er mit Schnittlauch bestreute. Marlen hatte sich große Mühe gegeben. Für ihn. Doch das mit den Haaren gefiel ihm nicht.

»Warum also die Typveränderung?«, ließ er sich auf ihr offensichtliches Spiel ein.

»Es gibt da vielleicht jemanden«, sprudelte es freimütig aus ihr heraus, so unbedarft, dass sie nicht einmal realisierte, als ihm der Bissen förmlich im Halse stecken blieb. Darius wurde heiß und kalt, und feinste Schweißperlen schossen aus seinen Stirnporen. Noch während er nach Worten rang, sprach Marlen mit halbvollem Mund weiter. Redete von einem Anwalt, natürlich verheiratet und deutlich älter, aber das sei wohl ihr ewiges Los. Besser ein paar sinnliche Monate mit einer neuen Affäre, anstatt einsam auf den Traumprinzen zu warten, der ohnehin nicht angeritten käme.

Darius verfluchte die Pheromone, sein PS-Ross und Marlen. War sie wirklich derart blind? Oder lag es an den vielfältigen Essensdüften, dass sie seinen Paarungsduft nicht wahrnahm?

»Ein Gläschen Sekt?« Sie plapperte offenherzig.

Er nickte tonlos. Beobachtete, wie sie sich mit flinken Fingern an dem Aluminium zu schaffen machte. Ein spitzes Quieken, sie sprang auf. Krümel rieselten von ihrem blau bedeckten Busen. Ein Blutstropfen löste sich von ihrem Finger und fiel auf die weiße Tischdecke.

»Mist, geschnitten«, zischte sie und saugte an der Kuppe ihres Zeigefingers. Der schwarze Rand ihres BHs lugte millimeterweit hervor, doch Darius' Augen hafteten an dem Blutstropfen, der sich ins Stoffgewebe saugte. »Kannst du uns einschenken? Ich hole mir ein Pflaster.«

Flink verschwand sie in Richtung Bad. Darius sammelte sich langsam. Zwang sich, seine Gier zu beherrschen, bis er die Kontrolle hatte. Seine Hände legten sich um den Flaschenhals. Drehten den spitzen Draht auf, der Plastikkorken ploppte. Kein teurer Sekt. Keine frevelhafte Verschwendung, K.-o.-Tropfen hineinzuträufeln. Nervöses Aufperlen, dann beruhigte sich die hellgoldene Flüssigkeit wieder. Sekunden später kehrte Marlen zurück an den Tisch. Setzte ein Lächeln auf, als sie das Glas in die Hand nahm.

»Auf deine nette Einladung«, prostete er ihr zu.

Zwanzig Minuten später lag er auf ihr, das blaue Kleid nach oben geschoben, den Slip gierig beschnuppert und danach zur Seite geworfen. Die obersten Knöpfe hatte Darius geöffnet, massierte die Brüste mit seinen zart geformten Händen. Unter dem BH erhärteten sich die Papillen. Kleine, erbsenförmige Erhebungen entstanden, wuchsen an, schwellten wieder ab. Er suchte sie mit seinen Zähnen, biss vorsichtig zu, stets darauf wartend, dass Marlen nicht doch eine Regung zeigte. Aber sie lag nur da. Willenlos. Er konnte mit ihr machen, was immer er wollte. Nur das, was er sich am meisten gewünscht hatte, gab sie ihm nicht.

Liebe. Leidenschaft. Hingabe.

Mit nur wenigen Stößen erreichte Darius' Geilheit seinen Höhepunkt, und er ergoss sich zitternd zwischen ihre Lenden. So schnell er gekommen war, so niederschmetternd war das Bild, das er nun vor sich hatte. Das Mädchen atmete flach, war völlig entspannt, hatte von dem animalischen Akt der Paarung nicht das Geringste mitbekommen.

Konnte er Frauen nur auf diese Weise haben?

Aggressivität nahm von Darius Besitz. Selbsthass, eine unbefriedigte Leere, gegen die er nichts tun konnte, als sich der halbnackten Beute erneut zu nähern.

Sie zu besitzen.

Animal – livin' in a human zoo.

Das Tier war erwacht.

PROLOG 2

Die Morgensonne glühte mit aller Kraft und verlieh selbst den blassgrauen Leitplanken einen warmen Anstrich. Der feuchte Asphalt dampfte an den Stellen, die kurz zuvor noch im Schatten gelegen hatten. Auf der doppelspurigen Trasse blitzte ein Lichtreflex auf. Ein vorbeidonnernder Sattelschlepper. Seine Vibrationen waren selbst am Rand des Parkplatzes noch unter den Schuhsohlen zu spüren. Julia Durant kniff die Augen zusammen und zog ein letztes Mal an ihrer Gauloise. Als die Glut sich in den Filter brannte, stach die Hitze in ihren Lippen. Fluchend schnippte sie den Stummel hinter sich.

»Kommst du?«, erkundigte die Kommissarin sich bei ihrem Kollegen, der den Wagen noch nicht verlassen hatte.

Frank Hellmer schälte sich ächzend aus dem Dienstwagen.

»Was zum Teufel machen wir hier?«, fragte er mürrisch. In seiner Hand rasselte eine halbleere Packung Tic Tac, von denen er sich drei Stück einwarf, während er mit dem Ellbogen die Tür zustieß. Seine Augen waren unterlaufen, er klagte seit Tagen, schlecht zu schlafen. Wie Julia Durant gehörte er zum Frankfurter K 11, der Mordkommission, und seine Frage war berechtigt. Der Autobahnparkplatz Stauferburg an der A 45, der sogenannten Sauerlandlinie, lag weit außerhalb ihres Zuständigkeitsbereichs.

Julia Durant ignorierte den missmutigen Tonfall, den Hellmer schon geraume Zeit an den Tag legte. Wenn er überhaupt

13

sprach. Die meiste Zeit der Fahrt hatte er schweigend aus dem Fenster gesehen. Beabsichtigt oder nicht, er trug damit sein Desinteresse zur Schau, und das ärgerte Durant.

»Beate Schürmann wird seit über zwei Jahren vermisst«, setzte sie an, »und nach Monaten haben wir heute nun eine Spur. Entschuldige, wenn mir das nicht am Arsch vorbeigeht.«

»Hab ich was gesagt?« Hellmer reagierte gereizt und hob abwehrend die Hände. Dabei fiel Julias Blick auf einen handtellergroßen Kaffeefleck, der die linke Brusttasche seines Hemdes zierte. Demnach trug er dieselbe Hemd- und T-Shirt-Kombi wie am Vortag. Doch bevor die Kommissarin darauf eingehen konnte, wurde sie von einem herbeieilenden Beamten unterbrochen. Es handelte sich um einen stattlichen Hünen von eins neunzig, der die Kommissarin um mehr als einen Kopf überragte.

»Sind Sie die Kollegen aus Frankfurt?«

Er atmete angestrengt und deutete mit dem Zeigefinger auf das Nummernschild ihres Dienstwagens.

»Eins a Ermittlungsarbeit«, gab Hellmer sarkastisch zurück. Er hielt sich die Hand vor die Augen, denn der Kollege stand mit dem Rücken zur Sonne. Wahrscheinlich war das auch besser so, Julia hätte sich sonst noch für ihn schämen müssen. Normalerweise machte Hellmer keine schlechte Figur. Doch in letzter Zeit …

Sie schüttelte dem Kollegen, der sich als Kuschnierzky vorstellte, die Hand.

»Rainer genügt mir«, fügte er grinsend hinzu. »Mit meinem Nachnamen hat selbst die Personalabteilung auch nach fast vierzig Dienstjahren noch zu kämpfen.«

Julia zog ihren Dienstausweis, und sie tauschten sich kurz aus. Setzten sich dann in Bewegung. Ein feinmaschiger Wildzaun säumte den Parkplatz, dahinter lagen Wald und Felder. Die Münzenburg reckte ihre beiden Wehrtürme trotzig in den Himmel, eine rot-weiße Fahne flatterte auf der Spitze. Sie erreichten ein offen stehendes Metalltor, ein Trampelpfad verlief hindurch. Das Gras war weiträumig platt getreten und nur noch lückenhaft intakt. Eine plötzliche Brise trug den scharfen Geruch von Urin in ihre Nasen.

»Passen Sie auf, es gibt hier überall Tretminen«, riet der Beamte, und Julia ließ ihren Blick fortan nicht von ihren Fußspitzen weichen.

»Wozu gibt's hier ein Klo?«, dachte sie laut, denn das graubraune, achteckige Gebäude war kaum zu übersehen. Während sie den schmalen Pfad entlangtrotteten, hörte sie Hellmer hinter sich etwas von Schwulentreffs und Prostitution brummen.

Dann meldete sich auch schon wieder Kuschnierzky zu Wort: »Den Feldweg links runter, über die Landstraße und gleich wieder rauf. Dreißig Meter, Sie können's nicht verfehlen.«

»Kommen Sie nicht mit?«

»Nein.« Er rang sich ein gequältes Lächeln ab. »Ich bin heilfroh, wenn mein Büro mich wiederhat. Ich bin Innendienstler. Mein Bedarf an Freigang ist für die nächsten paar Monate hinreichend gedeckt.«

»Nicht jeder ist für die Kripo geschaffen«, stichelte Hellmer aus dem Hintergrund. Er knisterte mit der Plastikfolie seiner Zigarettenpackung und fingerte im Inneren nach dem letzten Glimmstengel.

»Mein Kollege hat einen schlechten Tag erwischt«, entschuldigte sich Durant wispernd, doch Kuschnierzky winkte lächelnd ab.

»Kein Problem. Meiner Frau wäre es wohl auch lieber gewesen, wenn mein Job mehr dem eines Fernsehermittlers gliche.

Aber dieser ganze menschliche Abschaum war mir immer eine Nummer zu groß. Macht Sie das nicht fertig?«

Die Kommissarin stockte, und ihr Blick verfinsterte sich. »Oh doch«, nickte sie nach einigen Sekunden bedächtig. Ein düsteres »Mehr, als Sie sich vorstellen können« verkniff sie sich.

Beate Schürmann war eine lebensfrohe Gymnasiastin gewesen, eine auf den Fotos recht kindlich wirkende Elfjährige, mit langen blonden Haaren. Das Fahndungsfoto zeigte sie mit einem breiten pinkfarbenen Haarreif, bis über beide Ohren grinsend. Es war nur wenige Tage vor ihrem Verschwinden aufgenommen worden. Auf dem Nachhauseweg zwischen Ober- und Nieder-Erlenbach, wo Beate mit ihren Eltern und einem älteren Bruder lebte, musste ihr jemand aufgelauert haben. So zumindest erklärten sich die Ermittler und die Familie das spurlose Verschwinden des Mädchens, das nach einer Gitarrenstunde zu Fuß zwischen den beiden dörflichen Gemeinden unterwegs gewesen war. Ihre Gitarre und ein Paar Rollerblades wurden unweit eines Bachlaufs gefunden, doch dabei blieb es. Zeugen gaben später an, einen weißen Opel Astra mit getönten Scheiben und einem auswärtigen Kennzeichen gesehen zu haben, doch weder diese noch andere Hinweise führten zu brauchbaren Ergebnissen. Beate hatte Bluejeans getragen, einen rosafarbenen Pullover, denn Rosa war ihre erklärte Lieblingsfarbe, wie ihre Mutter zu Protokoll gegeben hatte. Ob sie den Reif im Haar gehabt hatte, daran erinnerte sich niemand so recht, auch nicht die Gitarrenlehrerin.

Julia Durant hatte mehrfach mit Beates Eltern gesprochen, denn regelmäßig starteten diese in ihrer Verzweiflung private Suchaufrufe oder erkundigten sich im Präsidium, ob es nicht endlich etwas Neues gäbe. Die Kommissarin hätte alles dafür gegeben, wenn ihr der nächste Kontakt zu den Schürmanns erspart geblieben wäre. Die angestaute Hoffnung, das sehnsüchtige Flimmern in den Augen, über denen ein permanenter Schleier Tränenflüssigkeit lag. Familie Schürmann lebte noch immer in Nieder-Erlenbach, auch wenn das Fingerzeigen der Nachbarn sie kaputt machte. Jeder schien zu wissen, dass Beate längst tot war. Vergewaltigt, missbraucht, verscharrt. Man sah Derartiges doch ständig in den Medien. Doch sie würden nicht wegziehen. Nicht, solange sie Tag für Tag dafür beteten, dass ihr Mädchen wieder vor der Haustür stehen würde, als sei nichts geschehen.

Als Julia Durant in dem ausgewaschenen Graben einen pinkfarbenen Haarreif erkannte, wusste sie, dass nun alle Hoffnung gestorben war. Sie nahm einen schweren, tiefen Atemzug. Ihr Glaube an einen allmächtigen Gott, der die Menschen vor dem Bösen zu bewahren versprochen hatte, wurde in solchen Situationen einer Zerreißprobe unterzogen. Jedes Mal aufs Neue. Sie betete, dass der Tag von Beates Verschwinden und ihr Todesdatum nicht wesentlich auseinanderlagen. »Bitte mach, dass sie nicht zu lange leiden musste.«

Doch nach zwei Jahren würde eine solch präzise Todeszeitbestimmung kaum mehr möglich sein.

Starker Regenfall hatte ein längst vergessenes Betonrohr freigespült. In ihm hatte der Hund einer Joggerin in den frühen Morgenstunden den zerrissenen Müllsack mit skelettierten Überresten aufgespürt. Aufgrund verschiedener Indizien, wie etwa der Kleidungsreste, hatte sich der Verdacht erhärtet, dass es sich um Beate Schürmann handeln könne. Obwohl der Fundort eine Dreiviertelstunde Fahrzeit vom Ort ihres Verschwindens entfernt lag. Man hatte daraufhin die Kollegen aus Frankfurt informiert.

Trotz ihrer langjährigen Erfahrung musste Julia Durant einen dicken Kloß im Hals wegschlucken.

Heute war einer dieser Tage, an denen der Job an der Seele nagte. Mit scharfzahnigem Biss, der bleibende Narben hinterließ. Und es gab nichts, was sie dagegen tun konnte.

Eine knappe Stunde später sanken die beiden Ermittler kraftlos in das von der Sonne erhitzte Auto. Hellmer stöhnte und wischte sich Schweißperlen von der Stirn. Durant zündete sich eine Zigarette an, die dritte, seit sie den Rückweg angetreten hatten. Was als Vermutung im Raum gestanden hatte, war nun traurige Gewissheit geworden. Anhand der gefundenen Indizien und persönlichen Gegenstände war eine anderslautende Identifizierung als auf Beate Schürmann undenkbar. Die Rechtsmedizin würde den endgültigen Beweis erbringen, und da das Mädchen aus einem Frankfurter Stadtteil stammte, würde die Obduktion ihrer Überreste im dortigen Institut erfolgen. Julia legte Wert darauf, es mit eingespielten Kollegen zu tun zu haben, die sie kannte. Besonders in diesem Fall, auch wenn Hellmer noch immer den Unbeteiligten mimte.

»Hauptsache, die Eltern haben Gewissheit«, brummte er. »Darf ich eine schnorren?«

»Du bist doch selbst Vater, lässt dich das derart kalt?«, fragte Durant und hielt ihm die blaue Pappschachtel entgegen. Sie jagten, ohne viel zu sprechen, die Autobahn hinab, bis sie in einer grün schillernden Talaue die bunten Werbeschilder von Tankstellen und Fastfood-Restaurants erblickten. Hellmer murmelte etwas von Rausfahren und eigenen Kippen, außerdem habe er Durst.

»Ich muss ohnehin tanken.«

Durant fehlte die Kraft und die Lust, um sich über ihren Partner zu ärgern, und redete sich seine Laune im Stillen damit schön, dass er einen schlechten Tag erwischt habe. Wohl eher eine schlechte Woche. Eine beschissene Woche, um es deutlich zu sagen.

Argwöhnisch folgte sie ihm mit ihren Blicken, während sie den Tankrüssel hielt und ihre Nase von den stinkenden Dämpfen fernzuhalten versuchte. Hellmer durchschritt die Schiebetür, seine Bewegungen waren fahrig und schlecht aufeinander abgestimmt. Es war der unsichere Gang ... Nein, das bildete sie sich ein. Dann verschwand Hellmer aus ihrem Blickfeld. Kurz darauf tauchte sein Kopf an der Kasse auf, und er orderte mit einem Fingerzeig Zigaretten. Er lächelte schief, als er aus der Schiebetür trat und Julias Blick begegnete. Öffnete eine Packung und ließ eine zweite in seiner Jacke verschwinden. Warum trug er seine Jacke?

Als Julia Durant zwei Minuten später selbst an der Kasse stand, konnte sie es sich nicht verkneifen.

»Säule Nummer drei«, sagte sie. Klappte das Portemonnaie auseinander und tat geschäftig. Der Kassierer grinste sie an.

»Sonst noch etwas?«

Flirtete er etwa mit ihr? Umso besser.

»Ach ja, gut, dass Sie fragen.« Sie hob ihren Blick und schlug die Augen weit auf. »Ich wollte noch was zu trinken kaufen. Oder hat mein Kollege das schon erledigt?«

Noch während ihr Daumen sich in Richtung der Zapfsäulen hob, schüttelte der junge Mann den Kopf.

»Nein.« Er druckste herum. »Kein Wasser jedenfalls.« Obwohl er nichts weiter sagte, registrierte die Kommissarin seinen Blick, der pfeilschnell über die Weinbrand- und Wodkafläschchen huschte, die in Kassennähe plaziert waren.

Scheiße.

DIENSTAG

DIENSTAG, 27. AUGUST 2013, 13:20 UHR

Er war der erste Mann in ihrem neuen Leben. Die Zeitrechnung – zumindest, was ihr Liebesleben betraf – hatte für Julia Durant vor drei Jahren neu begonnen. Claus Hochgräbe, Ermittler bei der Münchner Mordkommission, verwitwet, war im Zuge einer Ermittlung in das Leben der Frankfurter Kommissarin getreten. Zufall oder nicht, dass er wie sie aus München stammte. Dabei hatte sie sich vor zwanzig Jahren nach dem katastrophalen Scheitern ihrer jungen Ehe geschworen, ihrer Heimat für immer den Rücken zu kehren. Doch Claus war anders, er war rücksichtsvoll, zurückhaltend und hatte selbst schon so manche Enttäuschung erlebt. Sie schienen füreinander geschaffen zu sein, nicht einmal die Distanz der beiden Städte bildete dabei ein Hindernis. Im Gegenteil. Keiner hatte vor, seinen jeweiligen Job an den Nagel zu hängen, und sie hatten gelernt, ihre begrenzte gemeinsame Zeit entsprechend zu nutzen. Nur noch selten wurde Julia von Angstträumen heimgesucht, aber wenn, dann trafen sie sie mit besonderer Härte. Das Verlies, ein alter Bunker, schmerzende Stille und in den Wahn treibende Isolation. Ungeschützte Nacktheit und brutale Gewalt. Diese Erinnerungen gehörten zur neuen Julia Durant, hatten sie geprägt, aber nicht zerstört.

Und Claus wusste behutsam mit der Verantwortung umzuge-
hen, dass er der erste Mann war, den Julia an sich heranließ. In
sich hinein. Ohne Bedingungen.

Sie hatte zwei Wochen Resturlaub eingereicht. Kommissariatsleiter Berger musste nicht lange überzeugt werden. Die Ferien neigten sich dem Ende entgegen, und es waren genügend
Beamte im Dienst. Zehn Tage Südfrankreich, im Haus von
Julias bester Freundin, Susanne Tomlin.

»Wenn ihr euch ein Hotel bucht, werte ich das als persönliche
Beleidigung«, waren ihre Worte gewesen. »Du wirst mir deinen Claus also nicht länger vorenthalten können.«

Gegen diese, wenn auch scherzhafte Argumentation hatte die
Kommissarin nichts einzuwenden gehabt. Am neunzehnten
August war es losgegangen, sie fuhren mit dem Auto, um gemeinsam das Hinterland zu erkunden. Es gab rund um die
Côte d'Azur eine Menge zu sehen. Die Parfümstadt Grasse,
das Picasso-Museum in Antibes und noch vieles mehr stand
auf Claus' Liste. Natürlich gehörten die Küstenserpentinen
ebenfalls dazu. Alles Dinge, die auch per Mietwagen möglich
gewesen wären, aber Julia Durant war es recht gewesen, diesmal nicht zu fliegen.

Eingehakt in Claus' Arm, schlenderte sie nun neben ihm her.
Ließ ihren Blick über sonnengoldene Mauern wandern, auf
denen Eidechsen saßen, die sofort, wenn man sich ihnen näherte, in schattigen Spalten verschwanden. Julia seufzte leise.
Acht Tage waren bereits verstrichen, viel zu schnell, und bald
hieß es wieder Abschied nehmen. Doch sie verjagte diesen
Gedanken, kurz bevor sie das Tomlin-Anwesen erreichten.
Als Susanne ihr entgegeneilte, erkannte sie auf Anhieb, dass
sich etwas Furchtbares zugetragen haben musste. Selbst die
gebräunte Haut ihrer Freundin schien eine Nuance blasser zu

sein, die Erregung stand ihr ins Gesicht geschrieben. Sofort begann Julias Phantasie zu arbeiten. In ihrem Kopf ratterten die Möglichkeiten durch. Ein Autounfall von Susannes Sohn, denn dieser fuhr gerne schnell. Oder eine verheerende ärztliche Diagnose. Ja, selbst ein vernichtender Anruf von der Bank hätte der Ursprung ihres Entsetzens sein können. Doch nichts dergleichen.

»Julia, bitte bleib jetzt ganz ruhig.« Susannes Stimme bebte, und geistesgegenwärtig trat Claus neben sie. Ahnte er etwas?

»Was ist los?« Durant kniff argwöhnisch das linke Auge zusammen und versuchte, aus Susannes Mimik zu lesen.

»Dein Vater«, hauchte diese.

Den Zusatz »Schlaganfall« vernahm die Kommissarin bereits nur noch, als riefe man ihn ihr über weite Distanz hin zu. Rauschend, als hielte sie eine Muschel ans Ohr. Surreal, als sei es nur ein Traum, aus dem man gerade erwacht.

»Ein Schlaganfall?«, stammelte sie schließlich mit weichen Knien. »Wann, wieso …?«

»Ich kenne noch keine Details. Seine Haushälterin hat ihn gefunden, es muss gerade erst passiert sein. Sein Glück, dass er sie hat. Sie hat mich angerufen. Mit deinem Handy scheint etwas nicht zu stimmen.«

Susannes Worte sprudelten nur so hervor, offenbar darauf bedacht, in Julia keine Schuldgefühle aufkommen zu lassen. Schuldgefühle, einem Job in dreihundertfünfzig Kilometern Entfernung von ihrem alleinstehenden, hochbetagten Vater nachzugehen. Irrationale Gedanken, denn Pastor Durant war keinen Deut besser. Zuerst kam immer der Job. Obwohl schon lange im Ruhestand, ging er unermüdlich von Kanzel zu Kanzel und widmete sich der Seelsorge in seiner Gemein-

23

de. Immer dann, wenn Not am Mann war. Doch nun lag es nicht an seiner Gemeinde. Es lag an seiner Tochter, Verantwortung zu übernehmen.

»Claus, ich, ähm … wir«, begann sie zu sprechen und sortierte ihre Gedanken.

»Wir fahren sofort los«, nickte dieser wie selbstverständlich.

Beim Packen ging ihnen Susanne zur Hand.

Julia Durant litt Höllenqualen.

DIENSTAG, 18:30 UHR

Okriftel, Märchensiedlung.

Die Zimmertür war abgeschlossen, wie so oft in letzter Zeit. Wenn sie nach Hause kam, was meistens spät war, eilte Stephanie nach oben und verließ ihre vier Wände nur widerstrebend. Die selten gewordenen gemeinsamen Mahlzeiten gestalteten sich so zäh wie billiger Kaugummi. Wortkarg und freudlos stopfte sie ein Mindestmaß an Nahrung in sich hinein, den Blick nur selten nach oben gerichtet. Frank Hellmer zermarterte sich das Hirn, wann er den Draht zu seiner Tochter verloren hatte. Was geschehen war. Es fiel ihm nicht mehr dazu ein, als es auf die Pubertät zu schieben. Doch hormonelle Veränderung – selbst, wenn man deren Effekte deutlicher sehen konnte, als ihm lieb war – konnte für diese Wesensveränderung nicht allein verantwortlich sein. Mit dem unbeschwerten Mädchen war etwas geschehen, und ihre Mutter, Nadine Hellmer, war nicht da, konnte ihrem Mann nicht helfen. Sie war mit ihrer jüngeren Tochter Marie-Therese in die USA geflogen. Zum wiederholten Mal in eine Spezialklinik, wo man sich auf spezielle Therapieformen bei Mehrfachbehinderungen verstand. Es kostete Unsummen, aber Nadine hatte ein beträchtliches Vermögen geerbt und war bereit, alles dafür zu geben, damit es dem Mädchen besserging. Ein geringer Prozentsatz ihres Augenlichts konnte ihr wiedergegeben werden, ebenso ein wenig ihres Gehörs. Marie-Therese würde niemals ein so unbeschwertes Leben führen können wie andere Kinder, aber sie konnte wenigstens einen anderen Zugang zum Leben finden. Farben erkennen, Laute vernehmen, sich artikulieren lernen. Vier Wochen, davon war gerade einmal die Hälfte vergangen. Mit Stephanie war Frank Hellmer also fürs Erste auf sich allein gestellt. Gab es einen Freund in ihrem Leben? Eine unerträgliche Vorstellung, besonders für einen Vater. Würde sie mit ihm darüber sprechen? Und wie stand es um ihre Aufklärung?

»Verdammte Scheiße«, knurrte er, während er das Geschirr in die Küche trug, wo er es neben die anderen Teller und Brettchen stapelte, denn auf Abwasch hatte er keine Lust.

Er liebte Nadine, liebte seine Töchter. Doch der Fokus seiner Frau war auf Marie-Therese gerichtet, gehörte ganz ihr, und sie war Tausende von Kilometern entfernt. Vermutlich schlief sie gerade. Keine Chance, sie zu erreichen. Und Julia Durant war auch nicht greifbar.

Als er schlurfende Schritte vernahm, bezog Hellmer Stellung im Wohnzimmer, so dass Steffi ihm zwangsläufig begegnen musste, wohin auch immer sie wollte. Sie trug einen Bademantel und ein Handtuch über dem Arm.

»Was hast du vor?«, erkundigte er sich.

Augenrollen. »Wonach sieht's denn aus?«

»Einen Waldlauf wirst du wohl nicht machen«, erwiderte er. Unterdrückte dabei den Groll über ihren schnippischen Tonfall, versuchte es mit Humor.

Schulterzuckend trabte sie weiter in Richtung Untergeschoss, wo sich Sauna und Schwimmbad befanden.

Hellmer kam eine Idee.

»Zwanzig Bahnen um die Wette?«, schlug er vor und deutete in Richtung Küche.

»Hä?«

»Der Verlierer wäscht ab.«

Doch Stephanie ließ ihn kopfschüttelnd stehen. Hellmer kochte innerlich, biss sich aber auf die Lippe. Bloß kein Geschrei, sagte er sich. Er schritt zurück ans Spülbecken und machte sich an den Abwasch. Per Hand. Denn die Spülmaschine quoll über, das gespülte und getrocknete Geschirr roch jedoch längst wieder muffig, und er ließ es daraufhin noch einmal durchlaufen. In wenigen Stunden begann seine nächste Schicht, er hatte sich auf ein wenig Entspannung gefreut, doch die Sorgen und der Ärger gewannen die Oberhand, sobald er die Haustür öffnete. Hellmer ballte die Fäuste und verkrampfte sich. Es knackte, die Porzellantasse fiel zu Boden. Den Griff noch in der Hand, sah er zu, wie sie in zwei große Scherben zerbrach.

»Scheiße!«, entlud es sich nun lautstark, eine wütende Träne löste sich, und er schmiss den Griff mit voller Wucht gegen die Wand.

DIENSTAG, 19:48 UHR

Die Leiche von Mathias Wollner wurde an einem unkrautüberwucherten Feld gefunden, unweit einer Baumgruppe. Das Gestänge eines Hochsitzes warf seinen langen Schatten über die Szene. Vor Ort waren Peter Kullmer und Doris Seidel, die beiden diensthabenden Kommissare. Sie waren seit einigen Jahren liiert und hatten eine gemeinsame Tochter. Kullmer, dem früher der Ruf des unverbesserlichen Schwerenöters anhing, war ruhig geworden. Doch seinen Scharfsinn hatte er nicht eingebüßt. Seidel, einst wegen einer unglücklichen Beziehungsgeschichte von Köln nach Frankfurt gewechselt, war eine hochmotivierte Ermittlerin. Ihre neue Rolle als Mutter schmälerte das nicht im Geringsten. Kaum einer würde der zierlichen Person zutrauen, dass sie vor Jahren den schwarzen Gürtel in Karate errungen hatte. Sie war ein ganzes Stück jünger als der knapp jenseits der fünfzig liegende Kullmer. Elisa, ihre Tochter, wurde von einem Babysitter beaufsichtigt.

Kullmer kniete bis zur Hüfte im ungemähten Wiesengras, Doris Seidel stand hinter ihm und notierte sich etwas. Wenig entfernt kauerte Dr. Andrea Sievers, die Rechtsmedizinerin. Das braune Haar zu einem Pferdeschwanz gebunden, der Rest ihres drahtigen Körpers steckte in einem unförmigen Ganzkörperkondom. Das Gras um sie herum war größtenteils platt getrampelt, im Hintergrund huschten Beamte umher. Kollegen der Spurensicherung, ebenfalls gänzlich eingehüllt, verrichteten schweigend ihren Job. Den Mienen aller Anwesenden nach zu urteilen, bot sich am Boden ein erschütterndes Bild.

Hellmer nahm einen tiefen Schluck aus der zerdrückten Plastikflasche, die unter dem gierigen Druck seiner Finger knackte. Vor einer Dreiviertelstunde – gerade war das gröbste Chaos in der Küche beseitigt – hatte ihn ein Anruf von Julia Durant erreicht. Schlaganfall. Sie befand sich mit Claus bereits auf halbem Weg nach München. Scheiße. Aus der Traum, sich mit seiner langjährigen Partnerin zu treffen und ihr das eigene Leid zu klagen. Für sie gab es ein Familienmitglied, das wichtiger war. Genau wie für Nadine. Hellmer nahm einen weiteren Schluck, und seine Miene verdüsterte sich. Es war noch immer heiß, obwohl die Sonne längst ihren rotglühenden Untergang hinter die Taunusgipfel angetreten hatte. Er rieb sich mit dem Handrücken über den Mund, Stoppeln kratzten schabend, dann griff er einen Pappbecher Kaffee und näherte sich seinen Kollegen.

»Höchste Zeit, dass du kommst«, begrüßte ihn Kullmer, der sich mit einem Ächzen aufrichtete. Wirbel knackten. Er verzog das Gesicht und setzte ein sarkastisches »Schön, wenn der Schmerz nachlässt« hinterher.

»Was haben wir?«

»Leiche, männlich«, berichtete Andrea Sievers nach einem Begrüßungsnicken. In ihrem Blick glaubte Hellmer, Besorgnis zu erkennen, womöglich machte er im Abendrot keine besonders glückliche Figur. Zudem stach der weiße Verband hervor, den seine rechte Hand schmückte. Die Kaffeetasse. Er hatte sich beim Auflesen der Scherben unglücklich zwischen Daumen und Zeigefinger geschnitten.

»Weiter«, drängte der Kommissar, und während Andrea konzise berichtete, inspizierte er die Szenerie.

Mathias Wollner lag auf dem Rücken, wobei dies nicht seine ursprüngliche Position gewesen war. Aufgefunden hatte man ihn auf dem Bauch, blutüberströmt. Ein beherzter Spaziergänger hatte ihn in der Hoffnung, er würde noch leben, bewegt. Ob er zu diesem Zeitpunkt noch am Leben gewesen war, konnte Andrea bislang nur vermuten. Die Körpertemperatur war kaum abgesunken. Womöglich ein langer Todeskampf, wenn man den Blutverlust und die Anzahl der Stiche in Betracht zog. Außerdem wies der Hals breite Würgemale auf, zugefügt eventuell durch einen Gürtel, der einen Meter von dem Körper entfernt lag. Ein Turnschuh fehlte, wurde fünfzig Meter entfernt aufgefunden. War das Opfer gerannt und hatte ihn auf der Flucht verloren? Die Spurensicherung untersuchte die Fundstelle auf Spuren eines Sturzes, und man war dabei, eine Route zu rekonstruieren. Hellmers Schädel pochte. Zu viele Informationen für seinen Geschmack. Ausgerechnet heute, wo er sich bis zum nächsten Dienst noch ein wenig Schlaf erhofft hatte. Oder eine Aussprache mit Stephanie.

»Er hat verzweifelt um sein Leben gekämpft«, schloss Andrea ihre Zusammenfassung und seufzte. »Verdammt noch mal, daran gewöhne ich mich wohl nie.«

»Was meinst du?«, fragte Doris Seidel.

»Kinder und Jugendliche, da hört es bei mir auf. Der Junge ist gerade mal siebzehn geworden. Keiner sollte in diesem Alter sterben.«

»Geht uns wohl genauso«, pflichtete Kullmer den beiden Frauen bei. »Wenn man selbst Kinder hat, sieht man das Ganze mit anderen Augen. Stimmt's, Frank?«

Alle Augen richteten sich auf Hellmer, was ihm überhaupt nicht behagte. Eine kleine Einlage von Andreas morbidem Humor wäre ihm lieber gewesen. Er presste nur ein »Hm« hervor und blickte zu Boden.

Ein Wagen näherte sich. Es waren die Gnadenlosen, wie man sie im Polizeijargon nannte. In Anthrazit gekleidete, schweigsame Männer mit einem dunklen Kastenwagen, der einen Zinksarg beinhaltete. Die beiden Männer erkannten, dass ihr Delinquent noch nicht bereit war. Also lehnten sie teilnahmslos rauchend im rotgoldenen Abendschein. Düstere Romantik umgab sie. Die auf- und abschwingenden Glutpunkte ihrer Zigaretten waren die einzigen Bewegungen, welche man von ihnen registrierte.

Mathias Wollner war bei seinen Eltern gemeldet. Frankfurt Fechenheim, Bürgeler Straße, in unmittelbarer Nähe. Die Konturen der Mehrfamilienhäuser konnte man vom Fundort erkennen. Der alte Kern Fechenheims lag idyllisch in einer der Schleifen, die der Main auf seinem schlangenförmigen Kurs zwischen Frankfurt und Offenbach zeichnete. Hatte Mathias als Letztes sein Elternhaus gesehen? Oder war es die Fratze seines Mörders gewesen? Warum hatte der Täter das Portemonnaie nicht mitgenommen? Handelte es sich um nur eine Person? Fragen, die von der Spurensicherung geklärt werden mussten. Derweil konnte die Familie des Verstorbenen womöglich darüber Auskunft geben, was den jungen Mann hierhergeführt hatte. Zweifelsohne war der Mainbogen, wie man die S-förmige Schleife des Flusses gemeinhin nannte, nicht nur in der Abendsonne ein besonderer Ort. Ruhig, geheimnisvoll, romantisch. Für Jugendliche, Spaziergänger und Liebespaare gleichermaßen ein Platz des Müßiggangs. Hatte Mathias sich mit einem Mädchen getroffen?

»Wollen wir es ausknobeln?«, erkundigte sich Kullmer bei seinem Kollegen.

Hellmer schrak aus seinen Gedanken hoch. »Was meinst du?«

»Na, die Angehörigen-Verständigung. Ich reiß mich nicht drum, wenn ich ehrlich bin.«

»Ich auch nicht«, wehrte Hellmer ab, »schon gar nicht alleine.«

»Wann kommt Julia denn wieder?«, fragte Doris.

»Montag. Wenn alles glattgeht.«

»Was meinst du damit?«

Hellmer berichtete kurz von der Nachricht über den Schlaganfall Pastor Durants, den die beiden Kollegen ebenfalls gut kannten. Er war hin und wieder zu Besuch in Frankfurt gewesen, manchmal auch länger, zum Beispiel, als es Julia nach ihrer Entführung so schlechtgegangen war.

»Scheiße, dann sollten wir wohl nicht so schnell mit ihr rechnen«, brummte Kullmer mitfühlend.

»Du kennst doch Julia«, widersprach Doris. »Die steht pünktlich zu Dienstbeginn auf der Matte.« Doch sie klang wenig überzeugt.

»Redet ihr von Julia Durant?«, fragte Andrea Sievers, die sich den dreien genähert hatte. Hellmer nickte, doch die Rechtsmedizinerin sprach ohnehin längst weiter: »Ihr solltet sie wohl besser informieren. Absonderliche Dinge sind doch ihre Spezialität, nicht wahr?«

Sie dirigierte die Kommissare mit dem Zeigefinger in Richtung des Toten, dessen T-Shirt gerade so weit nach oben geschoben war, dass es den Bund seiner Hose freigab. Diese war ein Stück hinabgezogen, Hellmer vermutete, dass dies von der rektalen Temperaturmessung herrührte. Der Körper ruhte auf dem Rücken, Andreas Handschuhe glitten unter das dunkelrot getränkte Shirt. Schmatzend löste sich verklebtes Blut. Hellmer war der Erste, dem die ungewohnten Male im Nabelbereich ins Auge stachen. Er ging näher heran, beugte sich hinab. Schriftzeichen. Ziffern. Unbeholfene Linien, mutmaßlich entstanden unter großen Schmerzen.

»Verdammt«, raunte er und hob sich die verbundene Hand vor den Mund. »Was ist das denn?«

»Keine Tätowierung jedenfalls«, grinste Andrea und zeichnete die Konturen nach. Im Nabelknoten waren die Buchstaben verzerrt. Mit Mühe waren ein H, ein S und ein oder zwei E zu erkennen. Den Rest machten Blut und verzerrtes Gewebe unkenntlich. Doch Hellmer hatte genug gesehen. Erinnerungen stiegen in ihm hoch, drängten aus längst verdrängten Sphären ins Hier und Jetzt. Es lag beinahe zwei Dekaden zurück. Ein Serienkiller ermordete junge, blonde Frauen. In den USA, jahrelang unerkannt, dann in der Mainmetropole. Julia Durant wechselte zu dieser Zeit nach Frankfurt, es war ihr erster großer Fall. Das exakte Datum würde er der Fallakte entnehmen können. Eine junge Frau war damals ermordet worden, gerade, als sie gehofft hatten, die Mordserie sei zu Ende. Auf ihren Unterleib waren Buchstaben gekritzelt worden. Hellmer sah das Tatortfoto so deutlich vor sich, als stünde er vor Rosemarie Stallmann anstatt zu Füßen Mathias Wollners. Einen Täter hatte die *Soko Rosi* seinerzeit nicht ermitteln können.

Hellmers Kopf schmerzte, unwillkürlich bekam er einen zügellosen Brand. Er kippte sich den lauwarmen Kaffee in den Rachen und tastete seine Taschen erfolglos nach Zigaretten ab. Er *musste* Julia Durant informieren.

DIENSTAG, 23:12 UHR

Für einige Bundesländer näherte sich das Ferienende, Unannehmlichkeiten schienen vorprogrammiert. Claus Hochgräbe hatte sich daher gegen die empfohlene Route über Bozen und

Innsbruck entschieden, und abgesehen von einem zehnminütigen Engpass waren sie gut durchgekommen. Die Nachtschwester bedachte Durant mit einem vernichtenden Blick, doch Hochgräbe nahm sie zur Seite und beschwichtigte sie mit Engelszungen. In einem dunklen Zimmer, mittleres Bett, lag Pastor Durant. Er schlief, atmete flach. Den letzten Informationen nach hatte der Schlaganfall sein Sprachzentrum betroffen, die Gesichtsmuskulatur hingegen schien nicht gelähmt zu sein. Ohne Gebiss und unfrisiert wirkte er dennoch ungewohnt alt und kraftlos.

»Wir müssen die Untersuchungen abwarten«, flüsterte nach einer gefühlten Ewigkeit Claus' vertrauter Bariton. Julia spürte eine Hand, die sich ihr sanft auf den Arm legte. Sie aus dem Krankenzimmer leiten wollte. Sie entwand sich. Zog ihrem leise atmenden Vater eine verklebte Haarsträhne aus der Stirn. Streichelte ihn zärtlich. Ein gutturales Schnarren, ein Zucken hinter den Lidern. Wie sehr wünschte sie sich, dass er sie ansähe. Ein warmer, verständnisvoller Blick. Doch nichts geschah. Tränen rannen über das Gesicht der Kommissarin. Am Nebenbett hob und senkte sich ein Beatmungsgerät mit monotonem Klacken und Zischen. Das andere Bett war leer. Diese Station verließen nicht wenige Patienten auf vier Rädern. Bestenfalls im Rollstuhl. Julia schüttelte den Kopf, wischte sich die Tränen ab und hüstelte.

»Lass uns hier verschwinden«, flüsterte Claus. »Wir gönnen uns eine Mütze Schlaf und fahren gleich morgen früh wieder her. Deine Kontaktdaten für den Notfall habe ich bei der Schwester hinterlegt.«

Julia Durant widersprach ihm nicht. Sie konnte Gott danken für einen Partner wie Claus. Aber ihre Gebete galten derzeit einzig und allein ihrem Vater.

DIENSTAG, 23:18 UHR

Frank Hellmer fuhr seinen Porsche 911 in die Garage. Die letzten Stunden hatte er im Präsidium verbracht. Alleine im Büro, das er sich sonst mit Julia Durant teilte. Doch ihr Platz war seit zehn Tagen leer, und er vermisste sie. Aber selbst nach seiner Recherche in den alten Fallakten konnte er sich nicht dazu überwinden, sie anzurufen. Rosemarie Stallmann stammte aus Norddeutschland, war in Richtung Bodensee getrampt. Es hatte Monate gedauert, um ihre Route einigermaßen lückenlos zu rekonstruieren, und noch immer lagen mehr Stunden im Unklaren als solche, über die man Gewissheit hatte. Ihre Leiche hatte man unweit der A 5 gefunden, nördlich von Frankfurt, in der Nähe eines Rastplatzes. Tagelang hatte sie dort unentdeckt gelegen, im Schatten einer Baumgruppe, unweit eines Entwässerungsschachtes. Der Fall wurde von der Autobahnpolizei aufgenommen und dem K 11 übertragen. Die *Soko Rosi* bezog das benachbarte Polizeipräsidium Mittelhessen mit ein. Auf Rosis Körper hatte man die Lettern S, P, R und S vorgefunden, im Steißbereich. Die Rechtsmedizin folgerte, dass sie aufgrund ihrer Lage und Symmetrie kaum von Rosemarie selbst geschrieben sein konnten. In der Presse spekulierte man lautstark über die krudesten Theorien. Hatte der Mörder sein Opfer gezeichnet? Gab es einen zweiten Täter? Oder waren es gar Runen, die auf einen düsteren Kult deuteten? Ein Hobby-Bibelforscher gelangte zu der Erkenntnis, dass es sich bei dem zweiten S um die Ziffer 5 handeln müsse, seiner Überzeugung nach ein offenkundiger Hinweis auf das Buch der Sprüche, fünftes Kapitel. Dahinter verbarg sich eine Sammlung von Weisheiten, welche man Salomo zuschrieb. In dem besagten Abschnitt ging es um die Verwerflichkeit der Hurerei. Da es sich bei Rosemarie Stallmann um ein ausgesprochen hübsches und zugleich lebensbejahendes Mädchen handelte, lag für eine bestimmte Personengruppe der Zusammenhang zwischen Trampen, Drogen und freier Liebe auf der Hand. Fakt war (zumindest in deren Augen), dass Rosi, wenn sie ein biederes Leben geführt hätte, wohl kaum ihren Tod als Tramperin gefunden hätte, fünfhundert Kilometer entfernt von ihrem Heimatdorf. Der Tenor der Medien klang ähnlich. Nach und nach verlor sich das Interesse an dem Fall. Ihre Eltern zerbrachen daran, aber das bekam man im entfernten Frankfurt nicht mit. Rosemarie fehlte die Lobby, um im Gedächtnis zu bleiben, also vergaß man sie mit der Zeit. Umso heftiger drängte sich das Lächeln ihres rotstichigen Passfotos in Hellmers Bewusstsein. Weiße, strahlende Zähne. Eine millimeterbreite Lücke zwischen den vorderen Schneidezähnen. Blaue Augen, in denen sich neben Lebenslust auch Nachdenklichkeit abzeichnete. Mit ein wenig Phantasie ähnelten ihre weichen Gesichtszüge denen von Stephanie.

Steffi. Mist! Er hatte längst zu Hause sein wollen.

Leise durchschritt er den Flur, lauschte, ob aus ihrem Zimmer Musik oder der Fernseher klang. Sah auf die Uhr. Höchste Zeit zu schlafen. Das Zeugnis seiner Tochter war nicht schlecht, aber nach oben war noch Luft. Auch wenn das neue Schuljahr gerade erst begonnen hatte, war keine Zeit für Schlendrian. Schlimm genug, dass der gepunktete Rucksack mit den Schulsachen am Tag der großen Ferien in die hinterste Ecke ihres Zimmers geflogen war und sechs Wochen lang keines Blickes gewürdigt wurde. Hellmer war sich sicher, auch wenn er es mit der Gläubigkeit nicht so hatte, dass Pubertät eine biblische Strafe sein musste. Seine Gedanken kehrten zu Mathias Wollner zurück.

Welche tiefere Bedeutung verbarg sich hinter den Lettern auf seinem Bauch? Würde es diesmal gelingen, ihnen einen Sinn zu entlocken? Oder war die Ähnlichkeit mit der Zeichnung auf Rosemaries Rücken nicht doch ziemlich weit hergeholt? Immerhin waren fast zwanzig Jahre vergangen.

Hellmer klopfte leise an Stephanies Zimmertür. Im Inneren regte sich nichts. Er wartete einige Sekunden, drückte dann behutsam die Klinke hinab und lugte durch den Türspalt. Der Fernseher flimmerte, zeigte das Menü einer DVD. Seine Tochter lag friedlich im Bett, atmete leise und gleichmäßig. Reagierte auf den einfallenden Lichtschein mit einem Seufzer und drehte den Kopf. Wenn sie so dalag, sah sie aus wie ein Engel. Hellmer schloss die Tür wieder und nahm sich vor, früh aufzustehen und ihr ein liebevolles Frühstück zu machen. Er war ihr Vater. Es war *sein* Job, sie zu ertragen, selbst dann, wenn sie das selbst kaum konnte. Eine Chance, die den Eltern von Mathias und Rosi brutal genommen worden war. Er zog sich aus, registrierte im Spiegel, dass er eine Rasur bitter nötig hatte. Erledigte das sofort, obwohl ihm die Augen fast von selbst zufielen und er sich kaum mehr auf den Beinen halten konnte.

Er durfte Julia Durant nicht anrufen – *noch* nicht.

Es war ein Kampf, den er mit seinen inneren Stimmen führte, ein Konflikt, bei dem er nur verlieren konnte. Hellmer wusste genau, was geschehen würde. Sobald er seine Partnerin anrief, stünde diese in Windeseile auf der Matte. Für Julia Durant stand an allererster Stelle der Job, das wusste jeder, der mit ihr zu tun hatte. An zweiter Stelle kamen Freunde und

Familie, kaum weniger wertig, von daher würde sie aufgerieben werden bei der Entscheidung, wem ihre Loyalität galt. Wo ihre Prioritäten lagen. Hellmers Bett schien sich zu drehen. Rufe ich sie nicht an, dachte er, wird sie mir, sobald sie davon erfährt, die Hölle heißmachen. Andersherum täte ich es schließlich auch. Aber kommt sie, und *dann* stirbt ihr Vater, so wird sie sich das niemals verzeihen. Und ich mir auch nicht, dachte er weiter, denn mein Anruf wäre der Auslöser dafür gewesen.

Es machte ihn rasend. Doch kurz bevor er endlich in einen ruhelosen, kaum erholsamen Schlaf fiel, war seine Entscheidung getroffen. Er würde einen Teufel tun, Julia Durant anzurufen.

MITTWOCH

MITTWOCH, 9:10 UHR

Weder psychologische Seminare noch die jahrzehntelange Berufserfahrung hatten den Effekt, dass das Überbringen von Todesnachrichten erträglicher wurde. Eher das Gegenteil war der Fall. Professionelle Distanz, die Nummern eines Arztes oder Seelenklempners bereitzuhalten; all diese Mechanismen verloren sich in jenem unendlich langen Augenblick, wenn die gegenüberstehende Person realisierte, dass ihre Hoffnung zerschlagen war. Den Tod vor die Füße geknallt bekam, friss oder stirb. Ehepartner, Geliebter, Angehöriger oder, was am erbärmlichsten war, das eigene Kind. Jene einzelne Sekunde, in der der hoffnungsvolle, bange Glanz in den Augen einfror und sich in panische Verzweiflung verwandelte. Glichen sich die ersten versteinerten Mienen in den meisten Fällen noch, so spielten sich die unmittelbar darauf folgenden Szenen komplett unterschiedlich ab. Manch einer brach noch im Türsturz zusammen, der Kreislauf versagte seinen Dienst. Manche sprangen die Beamten an, wollten auf irgendjemanden einprügeln, all der angestauten Angst und Spannung ein Ventil verleihen. Andere schrien, warfen Gegenstände, brauchten eine Beruhigungsspritze. So die Mutter von Mathias Wollner. Frank Hellmer konnte sich glücklich schätzen, dass Peter und Doris ihm diesen schweren Gang erspart hatten.

Er war direkt nach Fechenheim gefahren. Das Frühstück mit Stephanie war kurz und schmerzlos gewesen, zumindest für sie. Steffi war, fünf Minuten bevor ihr Bus ging, in die Küche geeilt, hatte sich eine Banane und einen Müsliriegel gegriffen. Der Geruch nach Rührei ließ sie unbeeindruckt, ebenso die getoasteten Brotscheiben. Von dem Orangensaft, auf den Hellmer gedeutet hatte, kippte sie einen hastigen Schluck und war Sekunden später im Hausflur verschwunden. Ein kaum hörbares »guten Morgen« und ein eiliges »Ciao« war alles, was ihr Vater von ihr zu hören bekam. Ein kurzer Blickkontakt, der jedoch genügte, um ihre traurigen, unterlaufenen Augen zu sehen. Stephanie hatte geweint. Dann versucht, das Ganze zu überschminken. Erfolglos. Frank Hellmer musste etwas unternehmen.

»Vergiss den Bus, ich fahre dich«, hatte er mit vollem Mund in die eisige Stille hinein gesagt. Er verstand nicht, weshalb seine Tochter daraufhin reagierte, als stünde ein Zombie vor ihr. Er fuhr sie nicht zum ersten Mal. Sie war so perplex, dass ihr keine Ausrede einfiel. Eine Chance, die Hellmer sich nicht entgehen ließ. Nach einer schweigenden Fahrt hatte er Stephanie vor der Schule abgesetzt. Sie trug Ohrstöpsel, aus denen Musik klang. Fuhr mit zittrigen Fingern über das Display ihres Smartphones. Das flüchtige Lächeln, das sie ihrem Vater schenkte, bevor sie die Wagentür zuknallte, wirkte gequält. Doch Hellmer musste zu den Wollners, ob er wollte oder nicht.

Mathias' Eltern wohnten in einem Mehrfamilienhaus. Bieder, gepflegte Fassade. Man fiel nicht auf, achtete nicht auf seine Nachbarn. Die Möbel erinnerten an die fünfziger Jahre, dunkle, gelackte Holzoberflächen mit stumpfen Goldrändern. Kristallglasscheiben. Eine Vitrine voller Tinnef, auf dem Wohnzimmerregal eine Sammlung bunter Stoffteddybären. Es roch nach Alkohol, Hellmers Nase war für diese Art von Reizen besonders empfänglich. Darunter mischte sich der Geruch von stundenlang heiß gestelltem Kaffee und Zigarettenrauch. Auf dem Esstisch stand das Gedeck vom Vorabend. Drei Teller, drei Gläser, in der Mitte ein halbvoller Suppentopf, um den Fliegen kreisten. Sie hatten mit dem Essen auf Mathias gewartet. Wütend, weil er nicht pünktlich gekommen war. Unwissend, dass er zur selben Zeit seinen Todeskampf führte und verlor. Die Scham stand ihnen, neben dem tiefsitzenden Schock, ins Gesicht geschrieben.

Martin Wollner lehnte am Fenstersims, schaute aus dem ersten Stock hinab auf die Straße. Zündete sich eine weitere Zigarette an, der Aschenbecher neben ihm quoll bereits über. Ansonsten regungslos, musterte er Hellmer, während er eine dichte Rauchwolke gegen die Decke blies. Elisabeth Wollner kauerte auf dem karierten Sofa. Ihre Augen saßen tief in großen Höhlen, verquollen und düster umrandet. Ein Gedanke an Steffi durchzuckte Hellmer, er schob diesen schnell beiseite. Musste das tun, um sich zu konzentrieren. Die Gerüche, die ihn umgaben, machten es nicht einfacher. Frau Wollners Mundwinkel hingen hinab, auch ohne den schmerzlichen Verlust ihres Sohnes schien sie ein trauriges Gesicht zu haben. Das kastanienbraune, gelockte Haar war zu einem Pferdeschwanz gebunden. Kaum Busen. Sämtliche Weiblichkeit wurde von einer weiten Bluse und einem unförmigen Rock geschluckt. Ihre Handgelenke waren knöchern, sie griff ebenfalls zu einer Zigarette, entzündete diese ungeübt. Hustete beim ersten Zug und fragte heiser: »Wo sind Ihre Kollegen?«

»Heute bin ich dran«, erwiderte Hellmer ein wenig unbeholfen. Doch was blieb ihm übrig? Hätte er sagen sollen, dass Kullmer und Seidel sich um ihre Tochter kümmern mussten, bevor sie zum Dienst erschienen? Elterliche Pflichten zu erwähnen, nachdem man zwei Menschen den Verlust ihres einzigen Kindes mitgeteilt hatte, wäre denkbar unsensibel. »Es tut mir leid, Sie zu behelligen, aber es gibt noch ein paar Dinge zu klären.«

Peter und Doris hatten am Vorabend so viel in Erfahrung gebracht, wie es ihnen möglich gewesen war. Mathias Wollner machte eine Ausbildung bei einem ortsansässigen Malereibetrieb. Ein Familienunternehmen seit drei Generationen. Zweites Lehrjahr. Eine feste Freundin habe er wohl nicht, jedenfalls keine, die er mit nach Hause gebracht habe. Aber in diesem Alter wusste man als Eltern nicht mehr alles von seinen Sprösslingen. Nicht nur in diesem Alter. Hellmer verspürte für einen Moment Neid auf seine beiden Kollegen, da deren Tochter Elina erst drei Jahre alt war. Ein Alter, welches man nur als anstrengend empfindet, weil man die Pubertät noch nicht kennengelernt hat.

»Finden Sie das Schwein besser vor uns«, grollte Martin Wollner. Seine Habichtsaugen unter dicken Brauen trafen Hellmer völlig unerwartet. Er schluckte. Der Hüne löste sich von der Fensterbank und schlurfte über den verblassten Teppichboden in Richtung Couch.

»Haben Sie einen konkreten Verdacht? Dann äußern Sie ihn bitte«, antwortete er.

»Verdacht?« Herr Wollner lachte höhnisch auf. Ließ sich in den Sessel fallen, sein Shirt rutschte nach oben und gab einige Zentimeter wabernden, dichtbehaarten Bauches frei. Er kratzte sich und zog den Stoff wieder hinab. »Man muss kein Kriminalist sein, um ein perverses Schwein zu erkennen.

Jemand hat Mathias gewürgt und erstochen. So was tut kein normaler Mensch, oder?«

Hellmer nickte. Im Grunde hatte Wollner recht. Seine Trauer war in Wut umgeschlagen. Kalter Hass auf jene unbekannte Person, die ihm den Sohn genommen hatte.

»Wir stehen in unseren Ermittlungen noch ganz am Anfang«, gestand er ein. »Daher ist es umso wichtiger, den gestrigen Tag so exakt wie irgend möglich zu rekonstruieren. Warum war Mathias dort draußen im Feld? Hielt er sich öfter da auf, und mit wem verbrachte er seine Zeit? Gab es Probleme, Feindschaften, Rivalitäten? Was ist mit Drogen?«

»Mathias nahm keine Drogen«, schluchzte Elly verärgert. Zischend versenkte sie ihre nur halbgerauchte Zigarette in einem Glas abgestandener Cola.

»Ich muss solche Dinge leider fragen«, entgegnete Hellmer leise. Offenbar hatte er seinen Blick etwas zu lang auf der Pappschachtel verharren lassen, jedenfalls unterbrach ihn die Frau: »Nehmen Sie sich ruhig eine.«

»Danke.« Hellmer spürte, wie er nach zwei Zügen entspannter wurde, und setzte erneut an: »Wie gesagt, ich muss Ihnen eine Menge Fragen stellen. Mit wem verbrachte Mathias seine Zeit?«

»Es gibt da so eine Clique«, brummte Frau Wollner. »Die haben an ihren Rollern rumgeschraubt oder hingen am Ufer herum. Was Jugendliche eben so tun.«

Hellmer grübelte nach. Ein Mofa oder Ähnliches war seiner Kenntnis nach nicht gefunden worden.

»Hatte Mathias auch einen Motorroller?«

Nicken.

»Ist er mit diesem Roller unterwegs gewesen?«

»Nein, der steht unten im Hof«, wusste Herr Wollner und deutete vage in Richtung Fenster. »Der Vorderreifen ist platt.«

»Danke. Gab es in der Clique eine Art Anführer oder jemanden, der besonderen Einfluss auf Ihren Sohn hatte? Und was ist mit Mädchen?«

»Keine Ahnung«, brummte der Vater und wechselte einen flüchtigen Blick mit seiner Frau. Auch diese verneinte. Hellmer spürte, dass es zwischen den beiden etwas Unausgesprochenes gab. Doch er würde sie nicht zwingen können. Stattdessen zog er sein Notizbuch hervor und bat um die Namen der Freunde. Es kamen fünf Personen zusammen, zwei davon weiblich. Alle aus der näheren Umgebung, dazu weitere, von denen sie nur Vornamen oder Spitznamen kannten. Hellmer notierte die Adresse der Hinterhofwerkstatt, in der sie sich üblicherweise trafen. Als er wieder aufblickte, registrierte er, dass sein kurzer Besuch die beiden bereits sehr belastet hatte. Es hatte wenig Sinn, in dieser Situation weiter zu bohren, so ungern er sich das auch eingestand.

»Haben Sie Familie oder Freunde, die sich um Sie kümmern?« Die Frage klang wie eine billige Floskel.

»Wir haben *uns*«, betonte Wollner. Er wechselte seine Sitzposition demonstrativ und quetschte sich neben Elly auf das Sofapolster. Legte den Arm um sie, was auf sie mehr wie eine Last denn eine Stütze zu wirken schien.

»Bitte denken Sie noch einmal über gestern nach«, forderte Hellmer im Aufstehen. Legte seine Visitenkarte auf den Tisch und wollte noch etwas hinzufügen, aber der Vater schnitt ihm das Wort ab: »Ja, wir kennen uns aus«, wehrte er schroff ab.

»Wir stehen zur Verfügung, gehen nirgendwohin. Warten einfach darauf, dass Sie uns mitteilen, dass Mathias von einem Unbekannten abgestochen wurde und die Ermittlungen eingestellt werden.« Tränen sammelten sich in seinen Augen, und seine Stimme klang unheilvoll. »Machen Sie uns nichts vor, so läuft es doch in diesem Scheißland. Wir sind eine unbedeutende Familie, haben weder Geld noch Einfluss. Wen interessiert es denn schon …«

Elisabeth Wollner zischte ihm etwas Unverständliches zu. Er fuhr sich mit dem Ärmel seines Jeanshemds übers Gesicht und stieß ein »Ist doch wahr« hervor.

»Ich bin selbst Vater«, sagte Hellmer und gab sich Mühe, mitfühlend zu klingen. »Verlassen Sie sich darauf, dass Ihr Sohn für mich keine anonyme Fallakte ist. Ehrenwort.«

Er suchte sich den Weg nach draußen. Fröstelte, als er auf die Straße trat, und war heilfroh, als ein wärmender Strahl der Morgensonne ihn traf. Der August war viel zu kalt, auch wenn gerade ein paar warme Tage hinter ihm lagen.

Hellmer sank in die Sportsitze seines Porsche und steuerte die nächstliegende Tankstelle an. Er brauchte Zigaretten. Außerdem quälte ihn dieser unerträgliche Durst.

MITTWOCH, 9:35 UHR

Große Pause. Der Gong war auch außerhalb des Schulgeländes zu hören gewesen. Stephanie saß auf einer Parkbank, noch immer spielte Musik aus ihren Kopfhörern. Die Zeit wollte und wollte nicht vergehen. Sie trug eine Jeansjacke, aus der sie ein Taschentuch zog. Ein Papierkügelchen fiel zu Boden. Die Erinnerung traf sie wie eine scharfe Klinge. *Christbaumschmücken*. So oder ähnlich nannte man es unter Schülern. Das Zerknüllen winziger Papierfetzen, um sie dann in die Haare des weiter vorn Sitzenden zu befördern. Werfend

44

oder mit Blasröhrchen aus zerlegten Kugelschreibern. Der niederträchtigen Phantasie waren keine Grenzen gesetzt. Schlimm genug, dass eine der Papierkugeln scheinbar ihren Kopf verfehlt hatte und direkt auf Steffis Tisch gelandet war. Dann der Gedanke, dass es sich dabei um Absicht handeln könnte. Vielleicht eine Nachricht von ihrer Freundin Xenia, dass sie die anderen Idioten einfach ignorieren solle? Xenia hatte leicht reden. Stattdessen trug der karierte Fetzen lediglich ein Wort. *Bitch*. Steffi hatte losschreien wollen, das gedämpfte Kichern quälte sie. Ein tadelnder Blick des Lehrers hatte das Ganze unterbrochen. Der Rest der Stunde hatte sich unerträglich hingezogen. Endlich, die Hausaufgabenansage des Lehrers bekam sie nicht mehr mit, hatte sie eilig ihre Sachen in die Tasche gestopft. Das Mäppchen kam offen hinein, Stifte verteilten sich. Raus, nur raus. Sie war wie mit Scheuklappen nach außen gehechtet, bloß nicht stehen bleiben, bloß keinen Blickkontakt. Die Erinnerung schmerzte, und das, obwohl seither Tage vergangen waren. Ihre Netzhäute wurden glasig. Mit dem Taschentuch wischte sich das Mädchen die Tränenflüssigkeit aus den Augenwinkeln. Zog die Nase hoch und nahm die weißen Plastikstöpsel aus den Ohren. Stimmen näherten sich. Verdammt. Sie sprang auf und wollte loslaufen. Ihr Vater war nun weit genug entfernt. Sie wollte nur noch nach Hause, in ihr Zimmer, wo ihr niemand etwas anhaben konnte. Da hörte sie die vertrauten Stimmen.

»Jo, Steffi!«, ertönte es.

Dann, eine andere Stimme: »Was treibst'n dich hier rum? Wartest du auf Kundschaft?«

Lachen. Sie setzte sich in Bewegung.

»Was nimmst du für die Stunde?«

Garstiges, verletzendes Lachen. Längst rannte sie, schluchzend, und die Tränen schossen ihr nur so übers Gesicht. Sie wollte nach Hause. Allein sein, mit niemandem reden. Sich unter ihrer Decke verstecken, wo niemand auf sie wartete außer einem alten, abgegriffenen Teddy.

MITTWOCH, 9:38 UHR

Das grelle Tageslicht gab einen schonungslosen Blick auf die nur oberflächlich moderne Einrichtung des Krankenzimmers frei. Abgestoßene Ecken der Holztäfelung, Bettgestelle, deren Lackschicht klaffende Lücken aufwies. Aus der angelehnten Badezimmertür kroch ein unangenehmer Geruch nach Urin. Julia Durant wusste nicht, was sie schlimmer fand: dass sie an der Unterbringung ihres Vaters nichts ändern konnte oder dass er von alldem nichts mitbekam. Pastor Durant lag so friedvoll da wie in der Nacht zuvor. Er trug ein frisches Krankenhaushemd, die Haare waren noch immer zerzaust. Der Rollschrank wirkte aufgeräumt. Frühstück und Morgenvisite waren offenbar bereits durchgekommen. Claus bedeutete ihr, dass er jemanden suchen würde, der ihr Auskunft geben konnte. Sie nickte. Kaum fünf Stunden hatte sie schlafen können, stets die Schreckensbilder ihrer Mutter vor Augen, die vor Jahren an Lungenkrebs gestorben war. Krepiert. Ein unmenschlicher Tod, schleichend, mit fahler, grauvioletter Haut. Qualvoll erstickt. Der Brustkorb hob sich unter den Atemzügen, als läge eine Bleiplatte auf ihm. Doch es dauerte Tage, bis sie endlich aufgab. Das Los einer Kettenraucherin, die den Tabak zu Lebzeiten am liebsten gefressen hätte. Sie ließ ihre Familie allein zurück, mit fünfzig, verschuldet einzig und allein durch ihre egoistische Sucht.

Doch Julia Durant hatte selbst lange genug geraucht. Sie wusste, dass das Aufhören die einfachste Sache der Welt war. Theoretisch. Praktisch allerdings schien es kaum etwas Schwierigeres zu geben. Ihr Vater hatte weitestgehend gesund gelebt. Hin und wieder eine Pfeife, aber auch das hatte er aufgegeben. Das Einzige, dem er sich aufopfernd widmete, war seine Gemeinde. Seine Schäfchen. Doch wo waren sie nun alle? Warum musste er in diesem unwürdigen Zustand alleine daliegen? Bekam er mit, was um ihn herum geschah?

Die Tür knarrte, und Julia fuhr herum. Eine junge Frau, deren Kittel und Namensschild sie als Ärztin auswiesen, begrüßte sie. Szalay. Ein ungarischer Name, was den unverkennbar bayerischen Dialekt beinahe surreal wirken ließ. Sie sprach mit gedämpfter Stimme, denn der im Halbschlaf liegende Bettnachbar quittierte jedes laute Geräusch mit einem erschrockenen Zucken.

»Grüß Gott«, raunte sie. Im Bett nebenan grunzte es.

Dr. Szalay war einige Zentimeter kleiner als Julia, die selbst kaum über eins sechzig war. Dunkle Haare, tiefbraune Augen, und sie war um einiges jünger. Durant fühlte sich unbehaglich. Verfügte diese Frau über ausreichende Berufserfahrung? Sie schämte sich nicht für den abschätzigen Gedanken, immerhin war es ihr Vater, um den es hier ging.

»Sie sind die Tochter?«

Julia nickte. In den folgenden Minuten begann ihr Kopf, sich zu drehen. Hirnblutung, intrazerebrales Hämatom, künstliches Koma, damit der Körper regenerieren kann. Er hatte in der Wohnung gelegen, Erbrochenes neben sich. Atmen konnte er alleine, schlucken ebenfalls. Der Rest war ungewiss.

»Was bedeutet das konkret?«

»Die Blutung ist von selbst gestoppt. Ein MRT ergab keine Auffälligkeiten. Doch Ihr Vater ist sehr schwach, er benötigt nun vor allem Ruhe, damit er sich stabilisieren kann. Eine Operation ist vorerst nicht notwendig.«

»Kann er sprechen, fühlen, sich bewegen?« Durant dachte an die Horrorszenarien, mit denen sie einen Schlaganfall assoziierte.

Die Ärztin wippte mit dem Kopf. »Es ist noch zu früh …«

»Zu Deutsch: Sie wissen überhaupt nichts«, unterbrach Durant sie kühl. Sie war bitter enttäuscht. Verzweifelt. Mit nichts konnte sie so schlecht umgehen wie mit Unsicherheit. Mit Dingen, die nicht kontrollierbar, nicht beeinflussbar waren.

MITTWOCH, 10:05 UHR

Polizeipräsidium Frankfurt, Lagebesprechung.

Kommissariatsleiter Berger versenkte ploppend drei Würfelzuckerquader in seinem Kaffeebecher. Es war der dritte an diesem Vormittag. Sein Rücken hatte ihm mal wieder eine schlaflose Nacht bereitet. Berger hatte die sechzig längst überrundet, doch in seiner müde werdenden Hülle wohnte noch immer ein wachsamer Geist. Streitbar außerdem, wie er hin und wieder zur Schau stellte, wenn er sich mit Vorgesetzten herumärgerte. Warum auch nicht? Berger hatte mit seiner Leitungsstelle alles erreicht, was er wollte. Für Politik interessierte er sich nicht, Ausschüsse mied er, wo immer es ging. Sein Herz gehörte allein der Mordkommission.

Hellmer sprach gerade über die mögliche Gemeinsamkeit zwischen dem Mordfall Wollner und einem beinahe zwanzig Jahre alten Fall. Das Elefantengedächtnis ließ ihn nicht im Stich. Sofort waren die Bilder zurück in seinem Kopf, die damals allgegenwärtig gewesen waren. Doch einen kausalen Zusammenhang schlussfolgerte er noch nicht.

»Ein neuer *Buchstabenmord?*« Berger bedachte Hellmer, der ihm mit Kullmer und Seidel gegenübersaß, mit einem skeptischen Blick.

»Bedanken Sie sich bei der Sievers«, antwortete dieser unwirsch. »Die hat uns darauf aufmerksam gemacht.«

»Wir betrachten den Fall aber bitte zunächst als in sich geschlossen«, mahnte Berger und nippte an seinem Kaffee. »Todesursache, Todeszeitpunkt, Spuren am Tatort, eventuelle Zeugen. Standardprozedur. Gibt es von der Rechtsmedizin schon einen Bericht?«

»Teils«, meldete sich Doris Seidel zu Wort. »Mathias Wollner hatte Blut in den Lungen, hat offenbar nach den ersten Stichen noch heftig ein- und ausgeatmet. Das deckt sich mit den Indizien, dass er seinem Mörder davongelaufen ist. Die Spurensicherung ist noch dran. Tödlich waren der starke Blutverlust und die Dysfunktion lebenswichtiger Organe. Sortiert ist das Ganze noch nicht, aber er dürfte an seinem eigenen Blut erstickt sein, während das Herz den Dienst versagte, da es durchbohrt wurde. Dazu quoll die Bauchhöhle mit Blut aus der ebenfalls punktierten Leber voll. Grausam.« Sie verzog das Gesicht.

»Zeugen?«

»Noch nichts«, übernahm Kullmer. »Mathias verlor einen Turnschuh, womöglich, als er floh. In dessen Nähe fand sich ein frischer Reifenabdruck. Pkw haben dort nichts verloren, nur Anlieger und so. Es ist ein schwacher Ansatzpunkt, aber wir gehen dem nach. Wir müssen dazu in Erfahrung bringen, mit wem Mathias gestern zusammen war.«

Er drehte den Kopf fragend zu Hellmer. Frank räusperte sich, er hatte einen unangenehm trockenen Mund.

»Mathias war Teil einer Clique, größtenteils Jungs. Einige Namen konnte ich aus den Eltern herauskitzeln. Den Rest müssen wir nach und nach ermitteln.« Er seufzte. Die Parallelen zu Stephanies Freundeskreis waren erschreckend hoch. Wie viele Familien ihrer Freundinnen kannte er? Drei, vier? Doch allein ihre Klasse hatte zwanzig weitere Schüler. Cindy, Jennifer, Marie. Namen, die wie Sternbilder alle paar Wochen zu wechseln schienen. Kryptische Namenskürzel auf dem Smartphone anstelle einer papiernen Telefonliste, wie es zu Kindergartenzeiten üblich gewesen war.

»Kommt da noch was?«, drängte Berger ihn, und Hellmer schrak auf.

»Verzeihung«, murmelte er. »Ich werde die Familien aufsuchen, deren Namen bekannt sind. Der Rest dürfte sich am Abend ergeben, wenn die Typen sich in der Werkstatt treffen. Ein wenig Schützenhilfe wäre nicht schlecht.«

»Kullmer und Seidel stehen Ihnen zur Verfügung.« Berger wies auf die beiden. »Doch einer von Ihnen tritt bitte Dr. Sievers auf die Zehenspitzen. Sie soll diesen Fall mit absoluter Priorität behandeln.«

»Das übernehme ich«, sagte Doris schnell. »Vorher setze ich mich noch mit Platzeck von der Spurensicherung in Verbindung.«

»Du Platzeck, ich Andrea«, bat Hellmer. »Wir treffen uns danach in der Mainschleife und beginnen die Befragung der Familien.« Keiner widersprach.

Sie schwiegen einige Sekunden, und Hellmer rekonstruierte im Kopf die letzten Augenblicke im Leben Mathias Wollners. Wie er sie sich vorstellte. Ein Angreifer, vielleicht auch mehrere. Hatten sie ihm im Auto aufgelauert? Mathias hatte die Gefahr erst kommen sehen, als es für ihn zu spät war. Panik. Er floh, verlor seinen Schuh. Rannte weiter. Dann der erste Stich. Und der zweite. Immer wieder, von hinten, bis sein Körper aufgab und er zu Boden ging.

»Dieser gottverdammte Bastard«, spie er wütend. »Hat sich keinerlei Gedanken darüber gemacht, wie vergeudet ein derart junges Leben ist und was er den Eltern damit antut. Abgestochen hat er ihn wie ein Schwein, nur dass Schweine vorher betäubt werden. Der Junge hat Todesqualen erlitten.« Seine Fäuste ballten sich, und seine Mundwinkel zuckten. »Wenn ich diese Drecksau in die Finger bekomme, dann gnade ihm Gott!«

»Gemach, Herr Hellmer«, erwiderte Berger kopfschüttelnd. »Derartige Entrüstungen sind doch üblicherweise Frau Durants Spezialität. Auch wenn ich Ihnen inhaltlich nicht widersprechen möchte.«

»Was ist überhaupt mit Julia?« Doris Seidel warf Hellmer einen fragenden Blick zu.

»Hat sie sich bei Ihnen gemeldet?«, wollte auch Berger von Hellmer wissen. Doch dieser hatte nichts mehr von ihr gehört oder gelesen, was ihm ganz recht war. Er verneinte. Hätte sich Julia gemeldet, wer weiß, womöglich hätte er die Buchstaben auf Mathias Wollners Unterleib doch erwähnt.

»Frau Durant hat ihren Dienstbeginn erst am Montag«, bemerkte Berger, »und sollte sie darüber hinaus Zeit benötigen, werde ich sie ihr zugestehen. Ihr Vater hatte einen Schlaganfall, wie Sie ja offenbar bereits wissen. Er ist nicht in Lebensgefahr, aber das Ausmaß der Schädigung ist noch unklar. Wir sollten für ihn beten, er ist über achtzig, da muss man mit dem Schlimmsten rechnen. Aber unsere ganze Aufmerksamkeit muss diesem Fall gelten. Die Presse wird sich auf jedes Detail stürzen. Sommerloch. Mehr muss ich dazu wohl nicht sagen.« Als er geendet hatte, wandte er sich wieder seiner Kaffeetasse zu. Ein weiterer Zuckerwürfel ploppte.

»Wie kommen Sie überhaupt zu dem Schluss, dass es sich nur um einen Täter handelt?«

»Nur so.« Hellmer verstand nicht, worauf Berger anspielte. Dann aber begriff er, was er nicht bedacht hatte. Verdammt. Es dämmerte ihm gerade, als Berger es auf den Punkt brachte: »Mathias wurde gewürgt. Spricht das nicht gegen die Theorie eines Einzeltäters? Oder zumindest gegen die Theorie, dass er spontan überfallen wurde?«

»Worauf wollen Sie hinaus?«, fragte Kullmer blinzelnd und kratzte sich am Kinn.

»Mathias könnte gefesselt gewesen sein, man könnte ihn vorher gequält haben. Es gibt eine Menge Variablen, die bewertet werden müssen. Ich kann nicht mal seine Clique ausschließen. Es wäre nicht die erste Jugendgruppe, die eines ihrer Mitglieder aus reiner Mordlust tötet. Dieser Fall geht uns allen an die Substanz. Mir auch. Umso offener müssen wir diese Ermittlung daher führen. Setzen Sie also bei Mathias' Kumpanen an, aber seien Sie alle vorsichtig mit dem Äußern von Hypothesen und Theorien.«

»Und was ist mit den Buchstaben?«

Berger zuckte kaum merklich zusammen, doch Hellmer entging diese Reaktion nicht. Er kannte seinen Boss viel zu lange, um dessen Körpersprache nicht lesen zu können wie ein offenes Buch. Er lächelte süffisant und konstatierte: »Sie erkennen also doch Parallelen zu Rosemarie.«

»Blödsinn!«, blaffte Berger ihn an und hätte im Eifer des Gefechts beinahe die Tasse vom Tisch gefegt. Irritierte Blicke von Kullmer und Seidel. Selbst Hellmer hatte nicht mit einer derart heftigen Reaktion gerechnet.

»Es hat sich längst rumgesprochen«, knurrte der Chef zerknirscht. »Wir haben viel zu viele alte Hasen im Präsidium, die schon damals dabei waren. Der Zusammenhang ist hanebüchen, nur damit wir uns nicht falsch verstehen. Rosi war eine Tramperin, blond, äußerst weiblich.« Seine Hände fuhren beschreibend vor der eigenen Brust hinab, wo sie üppigen Busen andeuteten. »Mathias Wollner ist das genaue Gegenteil. Warum sieht da jeder einen Zusammenhang? Warum einen Mord von vor zwanzig Jahren ausgraben? Was soll der Täter denn zwischenzeitlich gemacht haben? Däumchendrehen? Schwul geworden sein?«

»Rosi und Mathias sind vielleicht nicht die Einzigen«, erwiderte Kullmer mit zusammengekniffenen Augen, hinter denen sein Gehirn angestrengt überlegte. Er sagte aber nichts weiter, deshalb resümierte Hellmer hastig, bevor Berger den Einwand abschmettern konnte: »Wir können die Sache jedenfalls nicht einfach ignorieren.«

Berger nickte widerwillig. »Meinetwegen, Sie geben ja doch keine Ruhe. Aber legen Sie der Spusi und Dr. Sievers um Himmels willen einen Maulkorb an. Die Presse können wir immer noch einschalten.«

Und Julia, dachte Hellmer schwermütig. Er hoffte, dass nichts durchsickern würde. Obwohl er Julia Durant dringend brauchte. Doch er konnte es jetzt ohnehin nicht mehr kontrollieren, wann sie von dem Mord erfahren würde. Presse oder Claus Hochgräbe – die Welt war ein Dorf.

MITTWOCH, 10:45 UHR

Andrea Sievers saß auf einem niedrigen Mäuerchen, in der Linken einen Plastikbecher. Den Porsche Frank Hellmers hatte sie längst erkannt, noch bevor er die Einfahrt zu der alten Jugendstilvilla nahm, in dem sich das Institut für Rechtsmedizin befand.

»Pause?«, begrüßte er sie. Mürrischer als gewollt. Er versuchte, es mit einem hastigen Lächeln wiedergutzumachen.

»Was hat dir denn die Ernte verhagelt?«, fragte Andrea schnell. Ein Mord allein, auch wenn das grausam klingen mochte, so wusste sie, warf keinen vom K 11 derart aus der Bahn.

»Läuft beschissen im Moment«, gestand Hellmer, ging jedoch nicht ins Detail. Er war nicht der Typ, der seine Probleme zur Schau stellte. Nicht mehr. Schlimm genug, dass jeder von seiner Alkoholsucht wusste, die ihn vor ein paar Jahren beinahe ins Grab gebracht hatte.

»Tröste dich«, entgegnete die Rechtsmedizinerin salopp, »die meisten, die zu mir kommen, hat's noch viel schlimmer erwischt.«

Sie gingen ins Innere, Hellmer prüfte sein Handy, das bereits zum zweiten Mal, seit er vom Präsidium losgefahren war, vibrierte. Eine Hattersheimer Vorwahl, die Nummer war ihm nicht bekannt. Später, dachte er, lehnte den Ruf ab, und das Vibrieren erstarb. Andrea fasste ihre Ergebnisse zusammen, es gab wenig Neues.

»Das Tox-Screening läuft noch, bislang keine Anzeichen dafür, dass er ein Drogenproblem hatte. Leber ist unauffällig. Alle anderen Organe ebenfalls. Ein kerngesunder Siebzehnjähriger, wenn er nicht gerade tot wäre.«

»Bitte keine Scherze, danach steht mir heute nicht der Sinn.«

»Ich sag's ja nur. An der Todesursache ändert sich nichts mehr. Umgebracht haben ihn der Blutverlust und die Verletzung des Herzens. Von einem Overkill ist nicht auszugehen, also von doppelter und dreifacher Tötung, während das Opfer längst den Löffel abgegeben hat. Oder einer Art Blutrausch. Ich sehe hier eher ein schnelles, panisches Zustechen, um die Sache zügig zu beenden.«

»Der Junge wurde also nicht gezielt misshandelt?«

»Wohl eher nicht. Falls du auf die Würgemale anspielst, die sind vorher entstanden. Zungenbein, Pupillen und Lunge zeigen keine länger anhaltende Strangulation an. Die Spuren passen zu dem gefundenen Gürtel, es ist unwahrscheinlich, dass etwas anderes im Spiel war. Gegessen hatte er Pizza, getrunken Bier. Alkoholpegel lag bei 0,6 Promille. Er war Raucher.«

»So wie seine Eltern«, murmelte Hellmer. »Das war's?« Die Enttäuschung stand ihm ins Gesicht geschrieben.

Andrea Sievers zuckte mit den Schultern. »Sorry. Zum Tathergang kann ich nicht viel beitragen.« Dann fiel ihr noch etwas ein: »Ach ja, er hat sich tatsächlich den Fuß gezerrt. Verletzungen an den Sohlen durch die Socken hindurch. Schotter, Gras, eine Scherbe. Vielleicht bringt das Platzeck was. Ansonsten war's das von meiner Seite, bleiben nur noch diese Buchstaben.«

»H, S, zweimal E«, erinnerte sich Hellmer, »der Rest war unleserlich. Richtig?«

Andrea Sievers presste die Lippen aufeinander und schüttelte den Kopf. »Nicht ganz.«

Hellmer rechnete damit, dass sie den leichenblassen Körper aus dem Kühlfach ziehen würde, doch stattdessen geleitete sie ihn an ihren Schreibtisch. Nahm ein großformatiges Foto in die Hand, eine Kopie, auf der die Konturen der Schrift mit Edding nachgezogen waren.

»Sieh selbst.«

Hellmer betrachtete das Papier nachdenklich. Der Stift relativierte die lückenhafte Linienführung, nicht aber die Verzerrungen, die auf der Haut entstanden waren. Man benötigte Phantasie, bedachte man, dass die Zeichen unter großen Schmerzen entstanden waren.

»S, E, kleines g, kleines l. Dann eine Drei, aber was bedeutet der Rest? YNH?«

»Ich lese es anders«, erwiderte Andrea und hielt ein weiteres Papier in Hellmers Sichtfeld.

»SE913YNH. Auch nicht besser.«

»Es eliminiert aber die kleinen Buchstaben«, hielt die Rechtsmedizinerin dagegen. »Es ist unwahrscheinlich, dass jemand in einem solchen Fall einen Mix aus Ziffern, Groß- und Kleinbuchstaben benutzt. Allein die Verwendung der Zahl verwundert mich, um ehrlich zu sein.«

»Von welchem *Fall* sprichst du?«

Andrea lachte spöttisch. »Wenn mich einer absticht, was wir natürlich alle nicht hoffen, dann würde ich wohl kaum am Boden liegend mein Shirt hochziehen und der Nachwelt irgendwelche Hieroglyphen hinterlassen. Obwohl«, sie schürzte die Lippen und hob neckend die Augenbrauen, »es wäre eine nettes Rätsel für die hinterbliebenen Kollegen.«

»Mir ist nicht nach Spaß zumute.« Hellmers Miene blieb düster. »Was wäre, wenn der Mörder es geschrieben hat?«

»Das ändert nichts. Im Gegenteil. Der Junge hat sich gewunden, blutete aus allen Löchern – ich habe vierzehn Stichwunden gezählt. Was sagt denn Julia dazu? Hast du sie verständigt?«

56

Hellmer verneinte. »Du hast doch gestern mitbekommen, was mit ihrem Vater ist. Das kann ich nicht machen.«

»Apoplex«, nuschelte Andrea und seufzte. »Blöde Sache. Aber sie wird dir die Hölle heißmachen, wenn sie's aus der Presse erfährt. Das Ganze ist eine Botschaft, da habe ich keine Zweifel. Oder eine Zeichnung, eine Markierung, was auch immer. Ihre Bedeutung müssen andere herausfinden. Ich bin Ärztin, keine Sprachwissenschaftlerin. Aber selbst ich weiß, dass eine Botschaft nur dann etwas nützt, wenn man sie entziffern kann. SE913YNH? Bei mir klingelt da jedenfalls nichts.«

Hellmer lächelte schief. »Wo du recht hast ...«

Er überlegte, wie alt Andrea Sievers Mitte der Neunziger gewesen war. Sie sah blendend aus, man hätte sie locker für eine Dreißigjährige halten können. Tatsächlich war sie Anfang vierzig, dürfte also seinerzeit noch mitten im Studium gewesen sein. Es machte also keinen Sinn, schloss er. Brummte dann aber doch: »Sagt dir der Fall Rosemarie Stallmann etwas?«

»Nie gehört.«

»1995, an der A 5, etwa auf Höhe der heutigen Raststätte Taunusblick. Eine tote Anhalterin, Buchstaben auf dem Rücken.«

Hellmer fasste sich an den Steiß.

»Ach deshalb.« Andreas Gesicht erhellte sich, und Hellmer neigte fragend den Kopf.

»Es wurde gestern davon gesprochen«, erklärte sie, »aber die Buchstaben waren andere. Und hinten. Wo soll es da einen Zusammenhang geben?«

»Weiß ich ja selbst nicht«, murrte Hellmer und winkte ab. »Berger tut so, als dürfe man diese Morde keinesfalls in einem Atemzug nennen. Das kotzt mich an. Darf ich mal an deinen PC?«

»Klar. Wozu?«

»Ich möchte die Fotos an ein paar Spezialisten mailen. Wir müssen den Text dringend entziffern. *Verstehen*, was die Worte uns sagen sollen. Egal, ob sie nun vom Mörder oder Opfer stammen.«

MITTWOCH, 12 UHR

Die Mittagsglocken läuteten. Der Himmel war größtenteils bedeckt, Dunstfetzen huschten unter trägen Wolken hindurch. Ab und an durchbrach ein Flugzeug im Landeanflug das Grau. Ein kühler Wind vertrieb die Sonnenwärme. Hellmer zog ein knittriges Jackett hinter den Sitzen hervor und schlüpfte hinein. Krümel rieselten zu Boden, eine hartnäckige Falte zog sich über den rechten Ärmel.

»Dir fehlt die Frau im Haus«, flachste Kullmer, der seinen Kollegen bereits erwartete.

»Blödmann. Wo ist denn deine?«

»Noch drinnen bei den Neumanns. Der Mord hat sich im ganzen Viertel rumgesprochen. Man sieht den Leuten förmlich an, dass sie sich hintenrum das Maul zerreißen. Aber brauchbare Infos gibt es nur wenige. Georg Neumann war einer der Kumpane von Mathias. Ein schräger Typ, Sorgenkind seiner Eltern. Die Schwester studiert in Mailand, er hat die Schule geschmissen. Lässt sich zu Hause kaum blicken, verbringt die meiste Zeit in einer Art WG drüben in Offenbach. Seine Familie hat ihn praktisch aufgegeben, zumindest klingen sie ziemlich resigniert.«

»Hm. Was sagt Georg selbst?«

»Ist ausgeflogen. Ans Handy geht er nicht.«

»Lassen wir ihn orten?«

»Quatsch. Er hängt entweder am Ufer rum oder ist in der Stadt. Auf der Zeil würde es nichts bringen, ihn zu orten, aber Doris macht gerade eine Liste fertig, wo wir suchen können.«

»Weiß Georg denn vom Tod seines Freundes?«

Kullmer nickte mit düsterer Miene. »Schätzungsweise seit gestern Abend. Er ist ziemlich aufgelöst ins Haus geplatzt, hat sich im Zimmer verbarrikadiert. Hörte laut Musik, rauchte einen Joint. Sein Vater hat sich dann Zugang verschafft, zwischen den beiden kracht es wohl häufiger. Es gab Stunk, dann ist Georg abgehauen und seitdem nicht wiederaufgetaucht.«

»Ich würde gerne mit dem Mädchen sprechen, beziehungsweise mit ihrer Familie«, entschied Hellmer.

»Die wohnen um die Ecke.« Noch während Kullmer ihm den Weg beschrieb, erschien Seidel im Hauseingang. »Die stand auch auf unserer Agenda.«

»Ich übernehme das«, beharrte Hellmer. »Kümmert ihr euch bitte um Georg Neumann.«

Er wusste selbst nicht, was ihn zur Familie des Mädchens trieb. Seine Tochter war dreizehn, Eva fünfzehn. Suchte er Parallelen, wo es keine gab?

Das Elternhaus von Eva Stevens hob sich von den anderen Wohnungen des Viertels ab. Ein Zweifamilienhaus, in dem ausschließlich die Familie Stevens lebte. Großer Garten, hohe Hecken, kaum Einsichtsmöglichkeiten von außen. Der Liguster sah aus, als sei er schon seit geraumer Zeit nicht mehr gestutzt worden. Hellmer läutete. Sekundenlang vernahm er nichts außer dem aufgeregten Zwitschern der Vögel, die er aufgeschreckt hatte. Dann registrierte er im Glasfenster der aluminiumbeschlagenen Tür eine Bewegung. Es knackte, und eine Stimme meldete sich in der Gegensprechanlage.

»Ja?«

»Hellmer, Kriminalpolizei. Machen Sie bitte auf.«

Es knackte erneut, dann schwang die Tür nach innen.

»Haben Sie einen Ausweis?« Ein blasses, müde wirkendes Frauengesicht zeigte sich. Misstrauisch, aber nicht abweisend. Eher gleichgültig. Die Augen lagen tief in ihren Höhlen, hatten einen grauen Hof. Es waren keine Anstalten zu erkennen, die Müdigkeit mit Make-up zu kaschieren. Glanzloses braunes Haar, sie ging barfuß, eine Leinenhose und ein zu großes T-Shirt bedeckten den mageren Körper. In der Bewegung zeichneten sich feste Brüste mit harten Brustwarzen ab. Unwillkürlich geriet Hellmers Blick ins Stocken, in der Linken hielt er den Dienstausweis. Das tonlose »Bitte« ließ ihn zusammenzucken. Er fühlte sich ertappt, räusperte sich.

»Würden Sie Ihre Schuhe ausziehen?« Die Frau lächelte gezwungen.

Wortlos ließ Hellmer sich darauf ein. Sie gingen einen hellen, gekachelten Flur entlang. Künstliche Beleuchtung, kein Sonnenlicht. Die Wände farblos, beinahe klinisch. Keine Pflanzen. Die Holzmöbel schienen zwar teuer, waren dafür aber spärlich verteilt. Helles Holz, wenn nicht lackiert, dann mit weißem Schleier. Selbst die Bücher verliehen dem Raum keine Farbe.

Sie bot ihm einen Platz an. »Möchten Sie einen Tee?«

Hellmer verneinte, dann hörte er Schritte. Aus dem Keller stapfte eine weitere Person heran. Frau Stevens fuhr sich nervös durchs Haar, dann begannen ihre Augen zu leuchten, und ein Lächeln gab die perfekten Zähne frei. Sie huschte dem

60

Fremden entgegen, küsste ihn auf die Wange und sagte: »Schatz, da bist du ja.«

Mürrisch schob er sie von sich. Brummte etwas. Schob sie zur Seite und fixierte Hellmer mit düsterem Blick. Er war das krasse Gegenteil seiner Frau. Braungebrannt, Goldkettchen am Handgelenk, eleganter Kleidungsstil. Teure Lederslipper, die er ohne Socken trug. Ein lässiges Sakko. Es war kühl im Inneren, was auch von der sterilen Atmosphäre herrühren mochte. Aber nicht so kühl.

»Was wollen Sie?«, fragte der Hausherr, nachdem er sich als solcher zu erkennen gegeben hatte. Hellmer überlegte, ob er seinen Porscheschlüssel und den Dienstausweis auf dem niedrigen Beistelltisch plazieren sollte. Entschied sich dagegen und fragte: »Sie haben von dem Vorfall gehört?«

»Welchen Vorfall meinen Sie?«, blitzte Stevens ihn herausfordernd an. »Den Dow Jones, die entführten Journalisten in Arabien oder irgendeine Horrormeldung aus Fukushima?«

»Schatz!« Melanie Stevens gab sich Mühe, nicht allzu vorwurfsvoll zu klingen. Lächelte sofort wieder. Irgendetwas an den beiden schien aus dem Gleichgewicht zu sein, erkannte Hellmer. Sie macht auf heile Welt, er gibt sich angriffslustig. Dabei weiß er genau, weshalb ich hier bin.

»Es geht um Mathias Wollner«, sagte er und versuchte, beide Eltern zu fokussieren. Während ein flüchtiger Schatten über das Gesicht der Mutter huschte, verzog der Vater nur den Mund.

»Schlimme Sache. Was wollen Sie von uns?«

»Eva gehörte unserer Ermittlung nach zu seinem Freundeskreis.«

»Nein, das kann nicht sein«, widersprach Melanie Stevens. »Sie ist erst fünfzehn.« Sie kaute nervös an den Fingern, bis sie den vernichtenden Blick ihres Mannes einfing. Sie senkte den Kopf und hielt inne.

»Mädchen sind ihrem Alter oft voraus, ich habe selbst eine Dreizehnjährige.« Hellmer seufzte. Er ärgerte sich, dass er diese Information preisgegeben hatte, aber vielleicht öffnete sie ihm eine Tür.

»Meine Tochter ist ein anständiges Mädchen«, beharrte die Mutter.

»Wieso denn das? Weil du sie hier einsperrst?« Der Vater lachte spöttisch.

»Schatz!«

»Schatz, Schatz«, äffte er sie nach und sprang auf. Blickte zu Hellmer, der sich nichts anmerken ließ. »Schauen Sie sich mal um! Ein Krankenhaus, eine Gummizelle, finden Sie nicht? Sperren Sie Ihr Mädchen etwa auch ein?«

»Es geht hier um *Ihre* Tochter«, wehrte Hellmer ab.

»Ich bin zwar nur ein dummer Vater, der von Erziehung keine Ahnung hat«, erwiderte Stevens, »aber das hier kann nicht gesund sein. Ein Teenager möchte leben, etwas erleben. Der Käfig, in dem meine Frau sie halten möchte, ist nun nicht einmal golden. Kein Fernseher, kein Handy. Wo leben wir denn?«

Melanie Stevens zog die Beine aufs Sofa, umklammerte sie mit den Armen und vergrub den Kopf darin. Ihr Mann schien noch längst nicht fertig mit seiner Tirade, doch Hellmer nutzte sein Luftholen für sich: »Ihre Tochter war mit dem Opfer befreundet. Können Sie mir etwas darüber sagen?«

»Redet Ihr Mädchen mit Ihnen über ihre Freunde?«

»Nun ja.« Hellmer überlegte kurz. Stephanie redete meistens mit Nadine. Speziell über die Themen, die junge Mädchen beschäftigen. Im Grunde wusste er nichts.

»Oder vertraut sie sich eher Ihnen an?« Er richtete seine Frage an Frau Stevens, die den Kopf aus der Versenkung hob und verneinte.

»Eva belastet nichts. Sonst wäre sie gekommen.«

»Etwa zu dir?« Ihr Mann schnaubte. »Du hast ja nicht einmal mitbekommen, als sie ihre erste Menstruation bekam.«

»Da ging es mir auch gerade sehr schlecht«, bäumte Eva sich zum ersten Mal ein wenig auf. Sank aber sofort wieder in sich zusammen, als ihr Mann den Kopf schüttelte und knurrte: »Wann nicht?«

»Kannten Sie Mathias Wollner?«, lenkte Hellmer zurück zum Thema. Beide verneinten.

»Seine Familie?« Auch nicht. »Wo war Eva gestern Abend?«

»Unterwegs«, antwortete Evas Vater. »Das ist sie immer noch. Ich habe ihr erlaubt, bei einer Freundin zu übernachten.«

Hellmer stutzte. »Das heißt, sie weiß womöglich noch gar nichts von Mathias' Tod?«

»Keine Ahnung. Ist vielleicht auch besser so, oder?«

»Sie hatte mit dem Wollner eh nichts zu tun«, bekräftigte ihre Mutter. »Ich sagte doch, sie ist ein anständiges Mädchen.«

»Mathias Wollner war ein anständiger Junge«, erwiderte Hellmer gereizt. Er konnte es sich nicht verkneifen. »Haben Sie die Adresse von Evas Freundin?«

»Natürlich. Das ist im Riederwald«, erklärte Herr Stevens. »Die Familie ist dorthin umgezogen. Evas beste Freundin. Vielleicht ist es ganz gut so, dass sie da ist. Jede Stunde, die sie nicht in dieser Gruft hier verbringen muss …«

»Schatz!«

»Demnach dürfte ich die Mädchen jetzt dort antreffen«, schloss Hellmer.

Doch Stevens lachte kopfschüttelnd auf. »Wo werden zwei Fünfzehnjährige um diese Zeit wohl sein?«, fragte er mit sarkastischem Unterton. »Ich denke, Sie haben selbst eine schulpflichtige Tochter?«

»Logisch«, murmelte Hellmer. Verdammt. Die Hattersheimer Vorwahl schoss ihm ins Gedächtnis. Er kannte die Nummer *doch*. Stephanies Schule. Eine hastige Entschuldigung hervorpressend, eilte Hellmer aus dem Wohnzimmer. Hinaus in die Trostlosigkeit des Flures. Während er die Anruferliste anwählte, hörte er murmelnde Stimmen, die er aber nicht verstand. Vorwurfsvolle Untertöne, gedämpftes Zischen … Die Stevens waren sonderbare Leute. Dann erklang eine Stimme im Lautsprecher des Handys. Es war tatsächlich das Sekretariat der Heinrich-Böll-Schule. Steffis Schule.

»Frank Hellmer, der Vater von Stephanie Hellmer. Siebte Klasse, ach nein«, er korrigierte sich schnell, »jetzt achte. Sie haben bei mir angerufen.«

Doch die Dame wimmelte ihn ab. Angerufen habe nicht sie, sondern Herr Claußen. Ihr Klassenlehrer. Der einzige Lehrer, dessen Namen Hellmer sich merken konnte.

»Herr Claußen hat jetzt Unterricht. Bitte rufen Sie in der Pause an.«

Hellmer suchte eine Uhr, fand keine.

»Um welche Zeit wäre das genau? Kann er nicht mich anrufen?«

»Gegen dreizehn Uhr, eher fünf nach. Gehen Sie diesmal ran?«

Der Missmut in ihrer Stimme war nicht zu überhören.

»Natürlich. Worum geht es denn?«

»Das weiß Herr Claußen besser als ich«, wehrte sie ab und ließ keinen Zweifel daran, dass sie nichts weiter dazu sagen würde. Als Hellmer das Gespräch beendete, prüfte er die

Uhrzeit auf dem Display. Noch eine halbe Stunde. Gerade als er ins Wohnzimmer zurückkehren wollte, kam ihm Herr Stevens entgegen.

»Darf ich Sie kurz unter vier Augen sprechen?«

Hellmer bejahte.

»Sie wundern sich vielleicht über den rauhen Umgangston, den ich an den Tag gelegt habe. Ich bin etwas cholerisch veranlagt, das tut mir leid, aber gewisse Dinge bringen mich sofort auf hundertachtzig. Meine Frau leidet unter Agoraphobie, dazu kommt eine seltene Hauterkrankung. Sie verträgt kein Sonnenlicht.«

»Sie hat Angst, das Haus zu verlassen«, murmelte Hellmer, was ihm einen respektvollen Blick seines Gegenübers einbrachte. »Ich hatte damit schon zu tun«, erklärte er daher schnell. »Verlässt Ihre Frau das Haus nie?«

»So gut wie nie. Zwischen Ostern und Advent praktisch gar nicht. Sie könnte ihrer Allergie wegen frühmorgens oder spätabends schon, aber die Kombination aus physischen Symptomen und Neurosen hat sich irgendwann derart hochgeschaukelt …« Er seufzte schwer. »Sie hat einen Sauberkeitszwang, dazu kommt Angst vor den Einflüssen der Außenwelt. Kein gesundes Umfeld für einen jungen Menschen. Ich versuche, sooft es geht, zu Hause zu arbeiten und Eva möglichst viel Freiraum zu verschaffen.«

»Was machen Sie beruflich?«

»Public Relations, ich bin Mitinhaber einer Agentur. Ich stamme ursprünglich aus England, habe meine Auslandsprojekte aber mittlerweile aufgegeben, auch wenn das ein herber finanzieller Einschnitt war. Doch Eva braucht mich – und Melanie auch.«

»Was ist mit mir?«, erklang es leise.

»Schon gut. Ich habe dem Kommissar nur gesagt, was ich beruflich mache.« Stevens warf Hellmer einen vielsagenden Blick zu. »Ich trage meine Frau auf Händen«, raunte er, »aber die Entwicklung meiner Tochter ist mir noch wichtiger.«

Als Frank Hellmer gegangen war, eilte Conrad Stevens in die Küche, wo er sich einen großzügig bemessenen Mojito mischte. Er schob die Tür zum Garten auf, trennte mit den Fingernägeln zwei Stengel Minze von einem wuchernden Büschel und steckte diese in das Glas. Roch an den Fingerkuppen und setzte zu einem großen Schluck an.

Melanie räkelte sich auf der Couch. Als sein Blick zu ihr wanderte, registrierte er, dass ihre Hände unter ihrem weiten Oberteil verschwunden waren. Sie spürte seine Augen, verweilte kurz, dann glitt der Stoff über ihren Kopf. Ein dünner, hautfarbener BH fasste ihre Brüste ein. Zeigte ihre Nippel, die schon wieder fest standen. Den dunklen Schönheitsfleck, der wie ein Tintenklecks auf der papierbleichen Haut prangte. Neckisch legte sie den Kopf nach hinten, fing seinen Blick ein. Schlug die Augen auf, während die Rechte hinab in ihre Hose wanderte. Lasziv bewegte sie die Hand über ihr Schenkelinneres. Conrad kippte den Rest des Glases ab, körniger Zucker fing sich in seinen Zähnen.

»Krankes Luder«, stieß er hervor.

»Komm und heile mich«, erwiderte sie kehlig. »Das ist alles, was mir vom Leben geblieben ist. Los, nimm mich hart. Das brauche ich jetzt.«

»Und wie du es brauchst«, sagte Conrad, die Hose längst geöffnet. Sie war noch immer so sexy wie damals, als er sie kennengelernt hatte. Er liebte sie. Liebte die Abhängigkeit, in die sie ihre wachsenden Phobien getrieben hatten. Er konnte ihren Körper nehmen, wann immer er wollte. Diese Macht erregte ihn. Eva hob den Po, ohne die Hose zu öffnen. Schob sie ein Stück hinab, den Rest erledigte er. Seine dunklen Pranken grapschten nach ihren Brüsten, dann zwischen ihre Schenkel. Höschen trug sie keines, wie so oft. Er packte ihre Beine, hob sie senkrecht, und drang in sie ein. Legte die Waden auf seine Schultern, stieß einige Male kräftig zu, während sie kurz aufschrie, dann zu zucken begann und schnurrte wie eine Raubkatze. Dann zog er ihn abrupt heraus, sie jauchzte empört auf. Rollte auf den Bauch, er nahm sie erneut. Nach fünf Minuten war alles vorbei. Schweiß glänzte auf Conrad Stevens' Oberkörper, tropfte von seiner Nasenspitze auf ihren Rücken. Er leckte ihn ab, presste seine breiten, schwulstigen Lippen auf ihre glühende Haut. Sie stöhnte auf.

»Bist du gekommen?«, fragte er, denn es war ihm nicht gleichgültig.

»Allerdings«, raunte sie gurrend. »Aber ich will es gleich noch mal.«

MITTWOCH, 12:38 UHR

Julia beobachtete den Kaffeeautomaten, der summend einen dunkelbraunen Plastikbecher befüllte. Es duftete, war heiß, schmeckte aber widerlich. Sie schüttete die Hälfte in die Büsche vor dem Eingang. Sah auf die Uhr. Sechs Minuten. Warum brauchte sie einen Termin, um über ihren Vater zu sprechen? Mussten die selbsternannten Halbgötter nicht permanent zur Verfügung stehen? Er hatte weiß Gott Besseres verdient als ein abgehalftertes Zimmer und oberflächliche Betreuung. Doch vielleicht betrachtete sie die Dinge auch einfach aus einer falschen Perspektive. Claus Hochgräbe war in der Stadt unterwegs, musste Einkäufe erledigen und wollte im Präsidium vorbeisehen. Er konnte ihr in diesem Augenblick nicht zur Seite stehen, doch Julia Durant war es gewohnt, alleine zurechtzukommen. Seit Jahren tat sie nichts anderes. Sie hatte ihn weggeschickt, wollte sich alleine durchbeißen. Immerhin war es *ihr* Vater. Ihr Vater, den sie allein gelassen hatte, um in Frankfurt Karriere zu machen. Der alleine gewesen war, als ihn der Schlag getroffen hatte. Der, anstatt einen ruhigen Lebensabend zu genießen, von Kanzel zu Kanzel eilte. Würde sie einmal ebenso enden? Sie seufzte schwermütig, entschied sich gegen den Aufzug und nahm zwei Treppenstufen auf einmal. Erhaschte im Vorbeieilen einen Blick auf die Schlagzeilen der großen Zeitungen. Doch die Meldung, dass in Frankfurt ein Siebzehnjähriger gefunden worden war, abgestochen, mit ominösen Schriftzeichen auf dem Bauch, war nicht spektakulär genug, um es auf die Titelseite zu schaffen.

MITTWOCH, 12:49 UHR

Die Minuten verstrichen zäh, bis es endlich dreizehn Uhr war. Hellmer hatte die Gelegenheit genutzt, um bei den Eltern von Greta Leibold anzurufen, Evas Freundin im Stadtteil Riederwald. Die Irritation war beidseitig, als ihm die spür-

bar erregte Frauenstimme versicherte, dass Greta bis nachmittags in der Schule sei. Von einer Verabredung mit Eva
wisse man nichts. Das letzte Mal, dass das Mädchen bei ihnen
gewesen sei, liege bereits einige Tage zurück. Das feine Gespür einer Mutter, wenn etwas nicht stimmte, veranlasste
Kathrin Leibold zu der Frage, was sich in Fechenheim zugetragen habe.

»Worauf spielen Sie an?« Hellmer übte sich in Zurückhaltung.

»Im Radio hieß es, ein Jugendlicher sei ermordet worden. Sie
sind von der Kripo, und Eva wohnt in der Mainschleife«,
kombinierte Gretas Mutter. »Bitte sagen Sie mir, dass es da
keinen Zusammenhang gibt.«

»Wie gut kennen Sie Eva?«

»Wir haben selbst bis vor kurzem dort gelebt. Eva und Greta
sind schon seit ihrer Sandkastenzeit beste Freundinnen. Verdammt noch eins, so reden Sie doch endlich.«

»Tut mir leid, ich muss erst mit Familie Stevens sprechen. Die
beiden sind davon ausgegangen, dass Eva bei Ihnen übernachtet hat. Sagen Sie mir bitte kurz, auf welche Schule die Mädchen gehen. Hat Greta ein Handy?«

»Natürlich. Jedes Kind hat doch heutzutage eines. Aber Greta darf es in der Schule nicht benutzen. Es gab da einen Vorfall ... Jedenfalls ist der Apparat bei der nächsten Verwarnung
weg. Wieso fragen Sie?«

»Ich muss in Erfahrung bringen, wo Eva ist. Sie hat übrigens
kein Handy.«

»Behauptet das ihre Mutter?«

Frau Leibold lachte abfällig. Hellmer schwieg und wiederholte die Frage nach dem Namen der Schule. Frau Leibold nannte ihn und suchte die Durchwahl des Sekretariats heraus.

Eine grausame Ironie des Schicksals, dachte der Kommissar, als er kurz darauf die Nummer ins Handy tippte. Er musste sich beeilen. Durfte den Anruf der Schule seiner Tochter unter keinen Umständen schon wieder verpassen. Drei Minuten später stand Frank Hellmer mit pochendem Herzen vor der Haustür der Stevens.

»Sie schon wieder?«

Diesmal öffnete der Herr des Hauses. Er roch nach Alkohol, war verschwitzt, seine Kleidung wirkte wie eilig übergezogen. Auf dem Sofa räkelte sich Melanie Stevens, katzengleich, auch bei ihr schien etwas anders zu sein. Hellmer beäugte sie argwöhnisch, hatte jedoch keine Zeit, sich darüber den Kopf zu zerbrechen.

»Frau Leibold hat mir soeben mitgeteilt, dass sie Eva seit einigen Tagen nicht mehr gesehen hat.«

Sofort schnellte Frau Stevens nach oben. Dabei fiel Hellmers Blick, dem nur selten ein Detail entging, auf den BH, der sich hinter einem verrutschten Kissen verbarg. Er begriff, was sich hier abgespielt haben musste. Das Ehepaar Stevens war ihm suspekt.

»Was soll das heißen?« Melanie atmete in schweren Stößen und fuhr sich aufgebracht durch die Haare. »Wo war sie denn sonst? Was ist mit Eva? Conrad …« Ihre Blicke rasten zwischen Hellmer und ihrem Mann hin und her. Dieser griff wortlos zu seinem Handy, tippte etwas ein, wartete. Er murmelte etwas Unverständliches, trat neben die Couch.

»Was wissen Sie über Evas Verbleib?«, fragte er den Kommissar.

»Sie ist heute nicht in der Schule aufgetaucht. Greta ist dort, ich werde mich so schnell wie möglich mit ihr unterhalten. Bitte bewahren Sie Ruhe, es gibt sicher für alles eine Erklärung.«

»Pah!«, schäumte Conrad auf. »Alberne Plattitüden. Wo ist meine Tochter? Hat das etwas mit diesem Wollner zu tun?«

»Waren die beiden vielleicht doch ein Paar?«

Melanie Stevens, deren Gesicht in den vergangenen Sekunden nur angsterfüllte Starre gezeigt hatte, sprang nun auf. »Mein Mädchen«, wimmerte sie mehrmals, lief ziellos hin und her. Dann verfinsterte sich ihre Miene, und die Panik verwandelte sich in Wut. »Das ist alles deine Schuld!«, keifte sie und sprang mit geballten Fäusten auf Conrad Stevens zu. »Glaubst du, ich kapiere nicht, was hier abläuft?«

Alarmiert erhob sich Hellmer, kniff die Augenbrauen zusammen und versuchte, sich einen Reim darauf zu machen, was hier geschah. Herr Stevens verachtete die Phobien und Allüren seiner Frau, aber er schien sie auch zu lieben. Oder zumindest zu begehren, denn die beiden hatten vor wenigen Minuten Sex gehabt. Frau Stevens wollte ihre Tochter am liebsten in einem goldenen Käfig halten, fernab von allem Modernen. Von dem Bösen der Welt. Sie projizierte ihre eigenen Ängste auf das Mädchen. Lag er mit dieser Vermutung richtig?

»Wen haben Sie eben versucht zu kontaktieren?«, fragte er in einem kurzen, stillen Moment. Melanie war in sich zusammengesunken, Conrad hatte sie aufgefangen und hielt ihren Kopf auf seine Brust gepresst. Sie schluchzte leise.

»Ich habe Eva eine SMS gesendet.«

»SMS?« Sofort hob Melanie den zerzausten Kopf aus seiner Umarmung. »Wohin?«

Hellmer machte sich auf eine weitere Schimpftirade gefasst, doch die Frau war zu schwach.

»Eva hat ein Prepaid-Handy«, erklärte Conrad, dem Blick seiner Frau ausweichend. Diese schüttelte den Kopf und seufzte.

»Es ist zu ihrem Besten«, beharrte der Vater. »Sie kann mich jederzeit erreichen und ich sie im Gegenzug auch. Heutzutage geht es doch überhaupt nicht mehr ohne.«

»Weil *du* ja auch so verantwortungsvoll bist«, giftete Melanie und machte sich von ihm frei. »Hier zu Hause hätte ich sie beschützen können, dann wäre sie noch da. Aber nein. Du musstest sie ja dazu ermutigen, ständig rauszugehen. Jungs kennenzulernen, Alkohol zu trinken, sich durchbumsen zu lassen.«

»Klappe!« Conrad Stevens baute sich reflexartig vor ihr auf, aus seinen Augen stach Zorn. »Reiß dich gefälligst zusammen!«

Seine Stimme polterte, seine Faust ballte sich, so dass Melanie unwillkürlich zusammenzuckte. Hellmer registrierte auch diesen Reflex.

»Schuldzuweisungen bringen niemandem etwas«, vermittelte er ein wenig unbeholfen. In dieser Sekunde meldete sich das Handy. Es hätte nicht unpassender sein können.

»Verzeihung«, brummelte er kopfschüttelnd und nahm das Gespräch an. Es dauerte kaum eine halbe Minute, da wurde seine Miene aschfahl.

MITTWOCH, 13:37 UHR

Der Porsche 911 schoss in westlicher Richtung über die A 66. Eine Hand klammerte am Lenkrad, die andere am Schaltknauf. Hellmer rauchte nicht, war viel zu verkrampft. Beschleunigte kurzzeitig auf zweihundertdreißig Stundenkilometer, obwohl das hochriskant war. Herr Claußen, Steffis Klassenlehrer, hatte ihm mitgeteilt, dass seine Tochter bereits seit vergangenem Donnerstag nicht mehr zum Unterricht erschienen war. *Donnerstag.* Drei Tage nach Ferienende. Warum schwänzte sie? Das hatte sie noch nie getan. Er erinnerte sich außerdem daran, dass er Steffi selbst zur Schule gefahren hatte. Er hatte gesehen, wie sie ausgestiegen und in Richtung Eingang getrottet war. Er verstand die Welt nicht mehr. Laut dem Pädagogen habe Stephanie verschlossener gewirkt als sonst. Weniger unbeschwert. Ob in den Ferien etwas vorgefallen sei, wollte er wissen. Hellmer war dies suspekt, denn Lehrer waren seiner Meinung nach zum Lehren da. Keine Seelsorger. Dafür waren sie weder ausgebildet noch qualifiziert. Jemand, der einen Menschen nach Leistung benotete, konnte nicht dessen Vertrauter oder gar Therapeut sein. Dafür gab es Sozialarbeiter.

»Meine Frau ist mit unserer Jüngsten in die USA geflogen«, hatte er erklärt, doch dies geschähe nicht zum ersten Mal. Außerdem hatten sie Steffi angeboten, für zwei Wochen mitzufliegen. Das hatte sie abgelehnt. Über die Behinderung von Marie-Therese jedenfalls schien Claußen Bescheid zu wissen. Nachdem Stephanie auch am Montag nicht in der Schule erschienen war, hatte der Lehrer eine ihrer Freundinnen zu sich gebeten. Xenia Laukhardt. Claußen vermutete, sie sei derzeit ihre beste Freundin. Doch diese hatte nur mit den Schultern gezuckt. War ausgewichen. Gab vor, nichts zu wissen. Das weckte sein Misstrauen.

Hellmer hatte aufgelegt. Instinktiv hatte ihn das brennende Verlangen überkommen, sofort zu Steffis Schule zu fahren. Das Gelände abzusuchen, die Bushaltestelle und die üblichen Ecken, in denen Minderjährige ihre Zigaretten rauchten. Er wollte selbst mit Lehrern und Mitschülern sprechen. Doch er fühlte sich nicht in der Lage, wie ein wilder Stier über das Schulgelände zu stampfen. Sich den mitleidigen Blicken auszusetzen, nur, um hinterher doch nichts zu erfahren. Was wussten Lehrer schon? Und aus ihrer Clique würde kaum einer Stephanie verraten. Bittere Verzweiflung stieß in ihm auf. Er wusste ja nicht einmal, wen er hätte ansprechen sollen. Fieberhaft überlegte Hellmer, an welchen Plätzen die Jugendlichen sonst noch abhingen. Er hatte Stephanie hin und wieder zum Bowlen gefahren, doch sowohl das als auch das Kinopolis schieden zu dieser Tageszeit wohl aus. Bummelte sie womöglich durch das Main-Taunus-Zentrum? Schaufenster statt Unterricht? Die Möglichkeiten rasten durch seinen Kopf, auch Absurditäten. Aber wog man alles gegeneinander ab, dann kristallisierte sich eines heraus: Stephanie Hellmer hatte keinen Grund, sich so zu verhalten. Sie hatte Freundinnen, war keine schlechte Schülerin und wuchs in einem Elternhaus auf, in dem sie geliebt wurde. Doch an erster Stelle kam immer Marie-Therese. Unwillkürlich drangen düstere Schatten in seinen Geist. Spürte Steffi das – empfand sie ähnlich? Drehte sich der Alltag tatsächlich überwiegend um das behinderte Mädchen? Teenager reagierten besonders sensibel auf ein Ungleichgewicht an elterlicher Zuwendung. Doch andererseits wollten Heranwachsende auch in Ruhe gelassen werden. Ablösung. Gelegentliche Fahrdienste. Taschengelderhöhung. Diese Kämpfe fochten auch alle anderen in Steffis Alter aus, ohne dabei gleich verhaltensauffällig zu werden. So beängstigend es auch war, Hellmer realisierte, dass etwas Schlimmes passiert sein musste. Seine Kehle war wie zugeschnürt, als er aus dem Porsche stieg. Er verriegelte ihn nicht, ließ ihn einfach auf der Straße stehen. Nahm den Weg ins Haus mit großen Sprüngen und durchquerte keuchend den Flur. Hörte Musik.

»Steffi?«

Schallend brach sich seine Stimme an den Wänden. Er eilte nach oben, Wasser rauschte, die Musik kam aus dem Fernseher. Die Badezimmertür war abgeschlossen, aber es konnte niemand außer seiner Tochter sein, die sich auf der anderen Seite befand. Die Anspannung ebbte ab. Nach Atem ringend, verlangsamte Hellmer die Schritte. Er hustete, Schmerz stach in seiner Lunge. Verdammte Zigaretten. Sein Pensum lag wieder viel zu hoch. Er suchte nach der Fernbedienung, um die Lautstärke herabzuregeln. Was auch immer Stephanie dazu bewogen hatte, drei Tage lang nicht in die Schule zu gehen, er würde ihr keine Vorhaltungen machen. Er würde sie in die Arme schließen, dankbar, dass er sie gefunden hatte. Erleichtert, dass die wirklich schlimmen Dinge anderen geschahen und nicht seiner Familie. So wie den Stevens. Sein Herz pochte noch immer bis zum Hals. Dieser Job macht dich kaputt, sagte er sich, als er die Fernbedienung entdeckte. Sie lag auf dem Bett, neben Steffis MacBook. Er setzte sich, griff nach dem schwarzen Gehäuse, schaltete den Ton auf stumm. Sein Ärmel wischte dabei über das Trackpad, der Bildschirmschoner verschwand. Das blaue Browserfenster von Facebook flammte auf, der Kussmund seiner Tochter erschien. Ihr Profilbild mit Duckface. Versteh einer die Jugend. Sie posierte vor dem Badezimmerspiegel, das Handy in der Linken. Trug sie Lippenstift? Er rollte die Augen. Dann aber wurde Hellmers Aufmerksamkeit schon auf das oberste Posting gelenkt. Ein Foto, unter dem sich die Kommentarfelder häuften. Es zeigte die kindliche Haut eines Mädchens, oberhalb der Scham. Bekleidet mit einem rosa Slip, das weiße Shirt war nach oben geschoben, der Bauchnabel lag frei. Makellose Haut, weibliche Konturen, aber eindeutig noch sogenannter Babyspeck. Das Gesicht lag im Dunklen, man erkannte gerade noch das Kinn, unter das der Stoff des Shirts gezogen war. Ein BH war nicht zu erkennen, wohl aber sanfte Erhebungen, gekrönt von dunklen, weichen Brustwarzen. Hellmer stand das Entsetzen aufs Gesicht geschrieben, als er ungläubig die Buchstaben las, die handgroß auf dem Bauch des Mädchens prangten.

»BITCH«

Die Kommentarfelder wiederholten das Wort oder zeigten nur lachende Smileys. Lachend mit Tränen, lachend mit Teufelshörnern. Dann erkannte Hellmer eine kleine Narbe unterhalb der linken Brust. Jenes unverwechselbare Leukom, das Steffi seit Kindertagen von der Entfernung eines Muttermals trug. Ihm wurde schlecht. Eine Tür klackte, er hörte es nicht, dann näherten sich Schritte.

»Papa!« Verstört hastete Steffi auf ihn zu, ihre Hand raste an ihm vorbei und klappte den Laptop zu. Entrüstung und Wut loderten in ihren Augen, als sie fragte: »Was machst du hier?«

»Was machst *du* hier?«, gab Hellmer geistesgegenwärtig zurück. Doch dann drängte eine viel wichtigere Frage an die Oberfläche. Er deutete mit zittriger Hand auf das MacBook, dessen pink glänzende Hülle fest unter Steffis verschränkten Armen klammerte. »Bist du das auf dem Foto?«

Er hätte mit allem gerechnet, aber nicht mit einem keifenden Wutausbruch.

»Warum schnüffelst du in meinem Computer rum?«, schrie sie und stampfte hin und her. »Das ist ja die totale Überwachung hier!« Sie verbarg ihren Blick vor ihm, doch er hatte die Tränen längst gesehen. Hellmer stand auf, ging zu ihr, doch sie trat ans Fenster. Zeigte ihm die kalte Schulter und wies mit dem Finger hinter sich.

»Raus aus meinem Zimmer!« Ihre Stimme bebte. War eisig.

»Stephanie. Ich werde nicht …«

»Lass mich in Ruhe!« Sie fuhr herum. Tränen hatten sich gelöst, transportierten Schminke über ihre Wangen. »Lass mich einfach in Ruhe. Bitte.« Steffis Stimme wechselte von hasserfüllt zu verzweifelt. »Bitte, Papa. Jetzt nicht. Bitte.« Hoffnungsvolles Flehen. Hellmer setzte sich in Bewegung, näherte sich der Tür, sie ließ ihn nicht aus den Augen.

»Rede mit mir«, sagte er leise. »Ich warte im Wohnzimmer. Lass uns bitte reden.«

»Reden. Reden. Bringt doch eh nichts!«, feuerte Steffi ihm entgegen. Wut blitzte auf. »Immer wenn ihr reden wollt, wird alles nur noch schlimmer!«

»Du lässt es mich ja nicht mal versuchen«, entgegnete Hellmer.

»Weil du's eh nicht kapierst. Keiner versteht was!« Sie sprang auf ihn zu, schob ihn die letzten Zentimeter aus dem Zimmer. Er ließ es geschehen, schockiert und überwältigt. Das Türschloss wurde gedreht, ein faustdicker Kloß bildete sich in seinem Hals. Er nestelte nach seinen Zigaretten, erinnerte sich, dass sie noch im Porsche lagen. Sein Weg nach draußen führte an der raumhohen Wohnzimmerwand vorbei, hinter deren Klapptür einst die Spirituosen gestanden hatten. Er strich mit dem Finger daran entlang und schluckte. Es war nicht heiß draußen, und das Haus war klimatisiert. Doch der Durst, den er manchmal verspürte, rührte nicht vom Wetter her. Er durfte ihm nicht nachgeben. Nie wieder. Stattdessen rauchte er umso mehr. Hellmer musste seine Nerven bewahren. Stephanie brauchte ihn. Eva Stevens brauchte ihn. Und die Wollners. Scheiße.

Er *brauchte* Julia Durant.

MITTWOCH, 14:45 UHR

Die Peilung ergab kein überraschendes Ergebnis. Eva Stevens' Prepaid-Handy war zuletzt in der Funkzelle eingeloggt gewesen, wo sie sich am Abend ihres Verschwindens mit ihren Freunden aufgehalten hatte. Fechenheim. Zur selben Stunde, in der Mathias Wollner gestorben war. Man behielt die Sache im Auge, für den unwahrscheinlichen Fall, dass das Signal noch einmal aktiviert werden würde. Doch niemand brauchte auszusprechen, was ohnehin jedem klar war. Evas Handy würde stumm bleiben. Es ruhte längst auf dem Grund des Mains oder in einem Gully, weitab von ihrer wirklichen Position, wo auch immer diese sein mochte. Für den frühen Abend war eine Befragung der anderen Jugendlichen angesetzt. Auf dem Präsidium, nicht wie ursprünglich geplant in der sicheren Umgebung der Werkstatt. Fernab des eigenen Terrains. Ein ermordeter Junge und ein vermisstes Mädchen rechtfertigten dieses Vorgehen. Schlimm genug, dass es noch drei Stunden dauern würde, bis alles koordiniert war. Doch ein halbes Dutzend junger Menschen zwischen fünfzehn und neunzehn Jahren aufzutreiben, glich der Suche nach einer Nadel im Heuhaufen. Kullmer war gespannt, wie sich die Gespräche entwickeln würden. Er wusste, wie wechselhaft die Gruppendynamik Jugendlicher sein konnte. Hatten sie tatsächlich alle relevanten Personen beisammen? Es waren stets dieselben Namen gefallen, doch was hieß das schon? Jugendliche begegneten Kriminalbeamten zumeist mit sturer Ablehnung. So wie sie sämtliche Obrigkeit missachteten. Oder sie hüllten sich in angsterfülltes Schweigen, um sich nicht selbst in die Bredouille zu bringen. Weil man zum Beispiel zur besagten Zeit einen Joint geraucht hatte. Weil Gruppenzwänge und Loyalität schwerer wogen als Gerechtigkeit.

Peter Kullmer erinnerte sich an einen früheren Fall. Ein geistig behinderter Rentner war von einer Jugendbande ermordet worden. Sein Todeskampf hatte eine halbe Stunde gedauert, lange genug also, um zu realisieren, was man diesem Menschen antat. Genug Zeit, um zwischenzeitlich wieder umzuschalten auf normal. Doch keiner der vier Täter war ausgestiegen. Stattdessen war man immer brutaler geworden, hatte den Mann schließlich einfach einen Abhang hinabgetreten, damit er im Baggersee ertränke. Frettchen im Blutrausch. Vier Gehirne, davon immerhin zwei angehende Abiturienten, die von niedersten Instinkten kontrolliert wurden. Nicht für eine Sekunde einen Aussetzer, sondern für ganze dreißig Minuten. Als Grund für ihre Tat gaben sie an, dass er sterben musste. Einfach so. Weil er immer so dämlich geglotzt habe. Das genügte. Kullmer fröstelte. Etwas in seinem Inneren wehrte sich gegen den Verdacht, dass ausgerechnet die eigene Clique Mathias Wollner getötet haben sollte. Doch von vornherein ausschließen durfte er es nicht. Er sprach mit Doris darüber, als sie sich Wollners Wohnhaus näherten. Diese schüttelte nur den Kopf.

»Andrea geht meines Wissens von einem Einzeltäter aus«, warf sie ein.

»Schon. Bei den Stichwunden. Aber es gab immerhin auch noch das Würgen mit dem Gürtel.«

»Dann hätten sie den Tatort nicht so hinterlassen. Gürtel und Turnschuh hätte man ohne großes Aufsehen im Main verschwinden lassen können. Und sie hätten Mathias in einen Hinterhalt locken können, anstatt ihn querfeldein zu jagen.«

»Stimmt auch wieder«, murmelte Kullmer. »Aber es leuchtet mir trotzdem nicht ein. Was, wenn es um das Mädchen ging?

Verschmähte Liebe zum Beispiel. Oder er hat sie jemandem ausgespannt. Sie hat Panik bekommen oder fühlt sich schuldig und ist abgehauen.«

»Das klingt schon besser. Aber auch nicht zufriedenstellend.«

»Was wäre für dich bei einem derart brutalen Verbrechen denn befriedigend?«

Doris Seidel rümpfte die Nase, so hatte sie es ganz offensichtlich nicht gemeint. Kullmer zog das Foto von Eva Stevens aus dem Jackett. Hellmer hatte es ihm zukommen lassen, bevor er wie ein Wilder davongerast war. Doch für Sorge um den Kollegen fehlte die Zeit. Seidel läutete, Herr Wollner öffnete. Er kannte die beiden vom Vorabend und bat sie leise herein. Die Wohnung war nicht gelüftet, der Dunst schien bis unter die Decke zu stehen. An den Fenstern waren die Rollläden zur Hälfte heruntergelassen und wehrten die gleißende Sonne ab. Es war stickig und beklemmend im Halbdunkel.

»Gibt es etwas Neues?«, erkundigte sich Wollner mit tonloser Stimme. Von seiner Frau war nichts zu sehen.

»Wie man's nimmt. Sind Sie alleine?«

»Sie hat Valium bekommen und liegt im Schlafzimmer. Bitte sagen Sie mir, weshalb Sie da sind. Das Warten und die Ungewissheit sind die Hölle. So etwas hat niemand verdient.«

Kullmer nickte verständnisvoll. »Familie Stevens befindet sich in einer ähnlichen Situation«, sagte er dann und beobachtete den Hünen. Dieser legte den Kopf schräg.

»Stevens? Ach ja, die Kleine.«

»Sie kennen das Mädchen?«

Kullmer hatte Evas Foto hervorgezogen und legte es auf den Tisch.

»Flüchtig. Nur vom Sehen. Was ist mit ihr?«

»War sie mit Ihrem Sohn hier in der Wohnung?«

»Nein. Was ist denn nun mit ihr, verdammt?«

Wollner wurde zunehmend ungeduldig. War es Nervosität?

»Eva Stevens wird seit gestern Abend vermisst. Es ist anzunehmen, dass sie eine der letzten Personen ist, die mit Ihrem Sohn zusammen waren.«

»Was bedeutet das?« Auf Wollners Netzhäuten bildete sich ein wässriger Film. Seine Stimme zitterte.

»Wir müssen herausfinden, in welcher Beziehung die beiden zueinander standen«, erklärte Doris. »Bitte überlegen Sie genau. Fragen Sie auch Ihre Frau. Es wäre außerdem hilfreich, wenn wir Mathias' persönliche Sachen durchsuchen könnten. Handy, Computer, Briefe.«

»Suchen Sie seinen Mörder, oder suchen Sie die Kleine?« Wollners Augen blitzten angriffslustig auf. Es war offensichtlich, dass er der Kripo unterstellte, sie würde der Suche nach Eva eine höhere Priorität einräumen.

»Das eine schließt das andere nicht aus«, antwortete Kullmer diplomatisch. Natürlich hatte das Leben des Mädchens Priorität. *Wenn* sie noch lebte. »Der Täter könnte derselbe sein.«

»Warum hat er sie dann nicht gleich getötet?«

»Diese Fragen überlassen Sie besser uns. Wir möchten nicht vom Schlimmsten ausgehen, aber …«

»Für uns kann's kaum noch schlimmer werden«, unterbrach Wollner ihn bitter, lenkte dann jedoch ein. »Nehmen Sie alles mit, aber wir möchten es wiederhaben. Bitte.« Er schniefte und rieb sich mit dem Ärmel übers Gesicht.

Die beiden Kommissare packten den Laptop ein und eine portable Festplatte. Suchten nach einem Kalender, dem Mobiltelefon, privaten Aufzeichnungen. Fanden nur eine SIM-Karte und ein altes Gerät ohne Akku. Beim Hinausgehen vergaß Kullmer, Evas Foto wieder einzustecken. Ihre Augen schienen den beiden nachzublicken, nachdenklich, tiefgründig, von einem strahlenden Blau. Eva lächelte. Die professionelle Aufnahme war in einem Fotostudio entstanden. Ihr Gesicht war von einer beinahe makellosen Schönheit, Belichtung und Winkel schmeichelten ihren Konturen. Eine blonde Strähne fiel ihr verspielt, wie zufällig, ins Gesicht.

Kullmer rief Berger an, bat ihn, eine Hundertschaft samt Hundestaffel bereitzuhalten. Die Landzunge bestand zur Hälfte aus Dickicht und Feldern, während der Rest dicht bebaut war. Schmale Häuser pressten sich aneinander, Hunderte von Anwohnern. Aber wer achtete schon auf Jugendliche? Auf Fremde? Je enger die Häuser, desto größer die Anonymität, hieß es. Berger hatte keine Einwände. Bereits wenige Minuten später rief er zurück und sicherte den beiden zu, dass die Beamten in zirka einer Stunde vor Ort sein könnten.

Kullmer und Seidel nutzten die Zeit, um in den Riederwald zu fahren. Sie wollten Greta Leibold abpassen, auch wenn sie sich nicht viel Neues erhofften. Frau Leibold war mit ihrer Aussage über Evas Mutter schon recht deutlich gewesen. Irgendetwas stimmte mit der Familie Stevens nicht.

Kullmers Ford Kuga durchfuhr den Zufahrtsbogen am Erlenbruch. Der Riederwald war eine alte Arbeitersiedlung. Teilsanierte Häuser, enge Wohnungen. Ungünstig geschnitten für junge Familien, die sich nach Platz sehnten. Aber seit neuestem gewann der verinselte Stadtteil zunehmend an Attraktivität, nämlich als Wohnraum in angenehmer Nähe zum neuen Glaspalast der Europäischen Zentralbank. Das Haus der Leibolds war kaum zu verfehlen, die Nummer prangte in großen, dunklen Lettern auf dem Beige des Anstrichs. Die dicke Außendämmung verlieh den Anschein, als sei es größer als die

Nachbarhäuser. Doch tatsächlich glichen sich die Häuser der Straße im Grundriss wie ein Ei dem anderen.

Frau Leibold öffnete, Kullmer hatte sich telefonisch vergewissert, ob Greta mittlerweile zu Hause sei. Sie trug einen Hosenanzug mit eleganter Bügelfalte. Ein cremefarbenes Top machte kein Geheimnis aus ihrer fülligen Oberweite. Rouge, Make-up, weit auseinanderstehende, aschgraue Augen, die den Kommissar geradezu kokett anfunkelten. Abschätzig taxierte ihr Blick anschließend Doris, welche fast einen Kopf kleiner war als die hochgewachsene Dame.

»Kommen Sie bitte herein. Obwohl ich nicht begeistert bin, das möchte ich betonen.«

Sie sprach völlig gefasst, kein Anzeichen von Sorge oder Erleichterung darüber, dass *ihre* Tochter unbeschadet ins heimische Nest zurückgefunden hatte. Kullmer und Seidel durchquerten den schmalen Flur, ein enges Treppenhaus führte steil nach oben. Frau Leibold vermied es, schallend durch die Wohnung zu rufen. Stattdessen griff sie zum Handy. Tippte etwas – Kullmer vermutete WhatsApp oder eine SMS – und legte den Apparat beiseite, ohne auf eine Antwort zu warten. Sie bot den beiden mit der Hand einen Platz an. Die Sonne fiel durch das rückliegende Fenster in zwei grellen Lichtstrahlen direkt auf das Cordsofa. Die Einrichtung war eine Kombination aus zeitlosen Möbeln und moderner Kunst. Tradition und Individualität in den beengten Vorgaben des Hauses. Kullmer gefiel es, er wollte sich gerade erkundigen, woher Familie Leibold ihr Einkommen bezog, da setzte sich die sinnliche Frau ihm gegenüber. Überschlug die Beine, deren straffe Konturen sich trotz des Anzugs abzeichneten. Ohne Frage teure Maßkonfektion, konstatierte er und schämte sich zeitgleich, dass Frau Leibold seine Partnerin derart ignorant behandelte. Revierkampf der Amazonen. Vielleicht sollte er ihr zu verstehen geben, dass Doris den schwarzen Gürtel besaß.

»Sie wirken amüsiert«, raunte die grauäugige Raubkatze, doch Kullmer hatte sich längst wieder gefasst.

»Irritiert«, sagte er spitz. »Es wundert mich, dass Sie so seelenruhig dasitzen, während die beste Freundin Ihrer Tochter vermisst wird.«

»Bei *der* Mutter wundert's mich kaum. Sie wird abgehauen sein.«

»Zufällig an dem Tag, an dem ihr Freund erstochen wird? Zur gleichen Zeit?«

»Wer weiß schon, was in Teenies vorgeht.« Ihre Stimme war rauchig, leichte Empörung schien darin zu schwingen. Sie knöpfte den Blazer auf, legte dabei den Blick auf ihre linke Brust frei, deren Nippel sich unter dem Top abzeichneten. Doris räusperte sich. Frau Leibold war Mitte vierzig, schrie jedoch förmlich danach, wie ein Teenager gesehen zu werden. Als willige Beute kräftiger Verehrer, die um ihre Gunst rangen. Allerdings ohne die den Teenagern eigene Naivität. Dem subjektiven Vergleich mit einer weitaus natürlicheren Julia Durant, auch wenn diese ein paar Jahre älter sein mochte, konnte sie nicht standhalten.

In diesem Augenblick betrat Greta das Wohnzimmer, sie trug wollene Hausschuhe, hatte sich lautlos genähert. Kullmer bemerkte den Unterschied sofort. Er hätte eine Lolita erwartet, ein Püppchen, eine jüngere Kopie der alternden Mutter. Doch stattdessen stand ein Mauerblümchen im Türsturz. Hauchte ein schüchternes »Hallo«, unsicher, wohin sie gehen solle. Ihre Mutter bedeutete ihr, neben ihr Platz zu nehmen.

»Das sind die beiden Kriminalbeamten. Sie …«

»Danke, wir können das selbst«, unterbrach Doris sie. »Ich bin Doris Seidel, das ist mein Partner Peter Kullmer. Es geht um Eva Stevens. Dürfen wir du sagen?«

Frau Leibold lachte gellend auf. »Natürlich dürfen Sie. Sie ist fünfzehn.«

»Frau Leibold, bitte«, sagte nun Kullmer, und diese verschränkte murmelnd die Arme. Knöpfte den Blazer wieder zu, als täte sie es aus Protest. Zur Strafe. Derweil gab Greta Doris zu verstehen, dass das Du für sie okay sei.

»Eva Stevens hat ihren Eltern gesagt, dass sie bei dir übernachtet. Kannst du dir vorstellen, warum sie das getan hat?«

Scheue Blicke neben sich, dann antwortete das Mädchen: »Wir hatten es vor.«

»Aber unter der Woche erlauben wir das natürlich nicht«, beendete ihre Mutter den Satz.

Kullmer rechnete sich kaum einen Erfolg aus, fragte aber: »Dürfen wir bitte mit Greta alleine sprechen?«

»Ich bin ja schon still.«

»Mama hat recht. Wir wollten gerne hier übernachten, besonders Eva wollte das.« Sie blickte in Richtung ihrer Mutter, als suche sie deren Bestätigung, und fügte dann leise hinzu: »Aber wir haben gar nicht erst gefragt.«

Frau Leibold schnaubte empört. »Das klingt ja so, als sei ich ein Hausdrache.« Sie erhob sich, eilte zur Durchreiche in die Küche, wo sie ein Glas Wasser aufnahm. Trank und verharrte dort. Doris nutzte die Gelegenheit, um sich einen bestätigenden Blick von Greta zu erhaschen. Es stimmte also. Ihre Mutter war ein Drache. Aber offenbar weniger schlimm als Frau Stevens.

»Eva würde am liebsten andauernd hier sein«, erklärte das Mädchen. »Es ist wegen ihren Eltern.«

»Die Mutter ist krank, der Vater beruflich sehr eingespannt. Stimmt das so?«

»Hm.«

Gretas Blick fror für eine Sekunde ein, sie schien an einem vollkommen anderen Ort zu sein. Kullmer hätte schwören können, dass dies eine Reaktion auf die Nennung des Vaters gewesen war.

»Was ist mit deinen Eltern? Sind sie mit der Familie Stevens befreundet?«

»Nein.« Schon wieder drehte sich das Mädchen zu ihrer Mutter um, als habe sie Angst, etwas Falsches zu antworten.

»Wobei *er* ja ein ganz Schnittiger ist«, scherzte Frau Leibold daraufhin, kehrte zurück und setzte sich wieder.

»Mensch, Mama, wie peinlich«, stöhnte Greta.

»Was denn? Ich wundere mich nur, warum der sich nicht längst aus dem Staub gemacht hat. Dieser ganze Psychokram seiner Frau ist doch pure Strategie, um ihn an sich zu fesseln.«

Kullmer sagte nichts dazu. Er wollte etwas anderes wissen.

»Kannst du dir vorstellen, warum Eva sich zu Hause abgemeldet hat, als sei sie bei dir?«

Schulterzucken. »Vielleicht, weil es der einzige Ort ist, an dem sie sich außerhalb des Schulgeländes aufhalten darf. Eva wird von ihrer Mutter wie eine Gefangene gehalten. Ich kenne niemanden, der so gerne Nachmittagsunterricht hatte wie sie.«

»Welche Rolle spielt Mathias Wollner dabei?«

Greta stockte kurz, errötete. »Weiß nicht.«

»Es ist jetzt sehr wichtig, dass du ehrlich bist«, sagte Doris mit Nachdruck.

»Ich weiß es nicht. Ich kenne Mathias nicht.«

»Aber du hast doch auch mal da gewohnt.«

»Da gehörte er noch nicht zur Clique.« Greta begann, unruhig hin und her zu rutschen.

»Sag's uns schon«, forderte ihre Mutter, und ihre Augen blitzten begehrlich auf. »War er ihr Lover?«

»Nein«, bekräftigte Greta empört, aber ihre Körpersprache verriet, dass das nicht die ganze Wahrheit war. Die beiden Kommissare ahnten jedoch, dass es keinen Sinn hatte, das Mädchen im Beisein ihrer Mutter noch mehr unter Druck zu setzen. Sie litt unter ihrer Dominanz, kämpfte innerlich, umklammerte die Visitenkarte, die Doris ihr hinschob.

»Melde dich jederzeit, wenn dir etwas einfällt. Eva Stevens ist spurlos verschwunden, und wir sind auf jeden Hinweis angewiesen. *Sie* ist darauf angewiesen.«

Die Hundertschaft begann dreißig Minuten später damit, das Gelände zu durchkämmen. Es gab Schrebergärten, Totholz, Dickicht und Ackerland. Eine Million Möglichkeiten, eine Leiche zu verstecken. Sämtliche Beteiligten hofften, nicht derjenige zu sein, der den traurigen Fund macht. Hoffnung, besser *nichts* zu finden. Conrad Stevens überließ den Beamten eine Jeansjacke, die Eva am Wochenende getragen hatte, sowie ihr Lieblingskissen.

»Sie bringen mir das doch wieder?«, vergewisserte er sich mit bebender Stimme. Kullmer nickte. Offenbar hatte der Mann erst in den vergangenen beiden Stunden realisiert, dass seine Tochter einem Gewaltverbrechen zum Opfer gefallen sein konnte.

»Verstehe einer diese Eltern«, sagte er kopfschüttelnd und nahm Doris fest in den Arm. »Das einzig Normale an diesen Familien scheinen ihre Kinder zu sein. Hoffentlich werden wir mal nicht so, wenn Elisa flügge wird.«

Doris lächelte nur und küsste ihn auf den Mund, was sie während des Dienstes nur selten tat.

MITTWOCH, 15:57 UHR

Sie betrachtete die Bäume, die an ihrem Fenster vorbeiflogen. Dahinter Häuser und der Waldrand, in der Ferne langsamer werdend. Es war, als säße sie in einem gigantischen Karussell. Gut drei Stunden dauerte die Jagd, die der ICE vom Hauptbahnhof in München nach Frankfurt vollzog. Julia Durant versuchte, sich zu erinnern, wie sie die Strecke zum ersten Mal gefahren war. Enttäuscht. Vom Zerbrechen ihrer Ehe, dem Aufgeben ihres Jobs. Entschlossen, der bayrischen Hauptstadt für immer den Rücken zu kehren. Um fortan in der Hauptstadt des Verbrechens heimisch zu werden.

Claus Hochgräbe hatte nun eine der Positionen bei der Münchner Mordkommission, die sie selbst hätte haben können, wenn sie geblieben wäre. Begegnet waren sie einander damals nicht.

Es war reiner Zufall gewesen, dass Hochgräbe am späten Vormittag für eine Stippvisite ins Büro gegangen war. Ein Zufall, der ihn hatte Wind bekommen lassen von der geheimnisvollen Ermittlung in Frankfurt. Ein toter junger Mann mit Buchstaben auf dem Körper. Die Anfragen nach ähnlichen Fällen liefen durch sämtliche Präsidien der Bundesrepublik. Bloß keine Presse. Bloß nicht die Pferde scheu machen. Noch gab es keinerlei Hinweise darauf, dass es Verbindungen zu anderen Mordfällen geben könnte. Er hatte vor der Klinik, in der Pastor Durant lag, beinahe zehn Minuten lang im Auto verharrt. Knetete sich die Unterlippe, kaute die Haut an den Fingernägeln weich, wog ab, wie er sich verhalten solle. Das Thema Vertrauen war kein kleines in seiner Beziehung zu Julia. Er wusste von ihrem Vorleben, war sich im Klaren, dass der geringste Vertrauensbruch das sofortige Aus bedeuten konnte. Letztlich blieb ihm deshalb nichts anderes übrig. In der Cafeteria des Krankenhauses setzte er die Kommissarin davon in Kenntnis.

»Ein *Buchstaben-Killer*?« Julia Durant hatte ungläubig die Stirn in Falten gelegt, ihre müden Augen wurden hellwach. Hinter ihrer Stirn setzte sich die Maschinerie in Bewegung. Pflichtgefühl und Angst wogten hin und her.

»Willst du fahren?«

»Wie kann ich das?« Ihre Stimme klang verzweifelt. »Solange Papa nicht aufwacht …«

»Sie lassen ihn mindestens noch eine Woche im künstlichen Koma«, erwiderte Claus. »Ich kann jeden Tag nach ihm sehen, zwei Mal, wenn du möchtest.«

Julia kämpfte einen verzweifelten inneren Kampf. Insgeheim wusste sie, dass Claus recht hatte. Ihrem Vater ging es vergleichsweise gut, reduzierte man die Diagnose auf das Offensichtliche. Atmung, Kreislauf, innere Organe. Sein Körper arbeitete stabil. In keinem der Gesichter seiner Ärzte und Schwestern zeigte sich jene vielsagende Resignation, die Angehörigen das Unvermeidliche zu verstehen gab, ohne es auszusprechen.

Ihr Vater ist zum Sterben gekommen.

Ihre Mutter wird sich von ihrer Krankheit nicht mehr erholen.

Das galt nicht für Pastor Durant.

»Und wenn er doch …« Sie wagte es nicht auszusprechen.

»Du bist doch im Notfall in drei, vier Stunden hier. So schnell geht das nicht.« Claus streichelte sanft ihre Hand. »Vertraue auf dein Gefühl. Vertraue auf Gott. Dein Vater ist damit bis heute ziemlich gut gefahren.«

»Ich weiß nicht«, entgegnete Julia, doch innerlich hatte sie sich bereits entschieden. Es war zum Teil eine egoistische Entscheidung, das gestand sie sich ein. In München herumsitzen und warten, das bedeutete unerträgliche Qualen. Trotz ihres liebevollen Partners. In Frankfurt hingegen konnte sie das tun, worin sie am besten war. Mörder jagen. In menschliche Abgründe blicken. Dem Recht zur Geltung verhelfen, auch wenn es die Hinterbliebenen des Jungen kaum trösten würde. Sie würde sich ihm an die Fersen heften. Dieser Bestie, die einen Siebzehnjährigen grausam erstochen hatte. Was auch immer es mit den geheimnisvollen Zeichen in Mathias Wollners Nabelgegend auf sich hatte, sie würde es herausfinden. Auch wenn sie in diesem Augenblick noch keine Idee dazu hatte. Was war mit dem verschwundenen Mädchen? Gab es einen Zusammenhang mit anderen Fällen? Claus hatte von einer deutschlandweiten Computerabfrage gesprochen. Nachdenklich beobachtete die Kommissarin, wie der hellbraune Cappuccino in der Porzellantasse mit dem roten Buchstabenlogo schwappte. Ihre Gedanken sprangen zu ihrem Vater, dann zu ihren Kollegen. Berger, Hellmer. Sie stöpselte das Handy vom Ladekabel ab und wählte Franks Nummer.

MITTWOCH, 17:50 UHR

Feierabend. Jagdzeit. Er steuerte seinen BMW schwungvoll auf den Parkplatz. Die Parklücke war eng, er musste rangieren, das setzte ihn unter Stress. *Carry on* von Manowar dröhnte aus seinen Lautsprechern, die Bässe brachten eine leere Plastikflasche in der Türtasche zum Vibrieren. Sein Verdeck war geöffnet, die Nachmittagssonne hatte sich ihren Platz erkämpft, doch niemand drehte sich um. Er stoppte den Motor, das Radio erstarb. Der Lärm wich scheinbarer Totenstille, doch als seine Ohren sich an die veränderte Geräuschkulisse gewöhnt hatten, vernahm er das sonore Rauschen der Bundesstraße. Abklingender Feierabendverkehr. Menschen, die es eilig hatten, ihren Job hinter sich zu lassen. Für wenige Stunden, die sie mit Freunden, im Fitness-Studio oder mit der Familie verbrachten. Darius hatte nichts davon. Seine Eltern waren tot, ein Autounfall vor Jahren. Doch die Lücke, die sie hinterließen, hatte nur kurz geschmerzt. Zwischen ihm und seinen Eltern hatte es nur wenig Nähe gegeben, meist nur, wenn andere anwesend waren und es einen Schein aufrechtzuerhalten galt. Auch die Ehe der beiden hatte sich längst auf den materiellen Status quo reduziert; Langeweile aus Gewohnheit. Körperliche Liebe suchte sich jeder woanders. Vater bei Prostituierten, seine Mutter bei einer alten Jugendliebe. Darius hatte das Haus und ausreichend Geld geerbt, um nicht von der Hand in den Mund leben zu müssen. Und sich einen neuen Roadster leisten zu können.

Er schob die Gedanken von sich und betätigte die Zentralverriegelung. Näherte sich der Glastür, die vor ihm aufglitt. Seine geübten Augen musterten die Umgebung. Wie ein Falke, der lautlos seine Kreise zieht, von niemandem bemerkt – und doch alles im Blick. Schweigende Gesichter, auf sich selbst konzentriert, Essen in sich hineinstopfend. Manche schäkerten mit anderen, lachten. Unbeschwert, mit einer beneidenswerten Ahnungslosigkeit. Er renkte den Nacken, als wolle er die Gelenke richten, es knackte leise. Näherte sich dem Tresen und räusperte sich. Dann stockte Darius und warf einen unwillkürlichen Blick auf die Uhr. Kurz vor sechs, der Schichtwechsel musste längst im Gange sein. Doch wo war Gloria? Zwei dunkle Augen blinzelten ihm freundlich entgegen, ihre Stimme riss ihn aus der Agonie der Enttäuschung. Claudia, wie das Namensschild sie auswies, das auf ihrem üppigen Busen wippte. Das Poloshirt, dessen obere Knöpfe offen standen, wurde von den Brüsten weit auseinandergezogen. Gewährte mehr Einblick, als ihm lieb war. Der durchschimmernde BH war von einem satten Pink.

»Herzlich willkommen, was darf es sein?«, fragte sie und strahlte ihn an. Der italienische Akzent war nicht zu überhören. Sie mochte kaum eins sechzig sein, einen ganzen Kopf kleiner also, und mollig wäre geschmeichelt gewesen. Darius rief sich in Erinnerung, dass der sinnliche Gesichtsausdruck und das Spiel mit dem Augenaufschlag nichts weiter waren als einstudierte Kundenfreundlichkeit. Ja, sogar die Lippenbewegungen und die Aussprache; nichts weiter als Indoktrination des Unternehmens, um seinen Gästen das Gefühl vorzugaukeln, etwas Besonderes zu sein. Ihr Kaufverhalten zu fördern, damit sie noch fetter wurden. So wie Claudia. Darius wurde wütend.

Wo ist Gloria, schrie es in ihm, am liebsten hätte er das Mädchen am Kragen gepackt und die Antwort aus ihrer Kehle gewürgt. Doch er zwang es hinunter. Er glaubte, nein, er *wusste,* dass sich bei Gloria mehr hinter ihrem Gebaren verbarg als berufliches Kalkül. Und auch in Claudias Miene, wie sie gerade vor ihm stand und so rein gar nicht seinen Vorlieben entsprach, glaubte er nun, ehrliche Sympathie zu entdecken. Doch sie interessierte ihn nicht. Er wollte Gloria. War extra wegen ihr die ganze Strecke hierhergefahren, obwohl er weder Hunger noch Durst verspürte. Doch er durfte nicht fragen. Claudia wusste nicht, wie gut Darius Gloria kannte. Er kannte sie besser, als sie es sich je ausgemalt hätte. Sie gehörte zu ihm, auch wenn sie kein Paar waren. Er musste sie noch davon überzeugen. Glorias Vorname war außergewöhnlich genug, um sie im Internet auszumachen. Ihr nachzustellen. Das Schnellrestaurant verfügte über eine Website. Ein Blick in die Mitgliederliste genügte. Natürlich gab es auch eine zugehörige Mitarbeitergruppe auf einer sozialen Plattform. Glorias Name tauchte nicht darin auf, jedoch die Gesichter einiger ihrer Kolleginnen. In deren Freundeslisten, auf Facebook, hatte er sie schließlich gefunden. Nicht mit realem Namen, aber das Konterfei war rasch entdeckt. Glo Ria. Kein falscher Name, der besonders einfallsreich gewesen wäre. Sie hatte es ihm leichtgemacht. Der Abiturjahrgang, das Jahrbuch, es gab kaum etwas, das Darius nicht über sie in Erfahrung brachte. In ihrer Heimatgemeinde war sie einmal Gardemädchen gewesen. Entsprechende Fotos und Artikel waren im Netz hinterlegt.

Doch wo war sie nun, just in diesem Augenblick? Das entzog sich seiner Kenntnis. Machte ihn rasend. Sie hätte längst in ihr Shirt geschlüpft sein müssen, in die schwarze Hose, die ihre Hüften so wunderbar betonte. Das kleine Metallschild mit dem klangvollen Namen. Das Farbspiel, in welchem ihre goldenen Haare und die blauen Augen sich mit den Hoheitsfarben der Fastfood-Kette verbanden. Zwangsläufig musste er sich charmant geben, ein Wolf im Schafspelz. Darius bestellte sein übliches Menü, inklusive eines Heißgetränks. Claudia erledigte die Handgriffe mit bedächtiger Routine, sie war bestens geschult, aber es fehlte ihr an Praxis. Plötzlich zuckte sie zusammen, Darius erkannte, wie ihre Hand von der scharfkantigen Kaffeemaschine zurückschreckte. Ein roter Tropfen drang aus ihrer Daumenhaut. Er konnte seine Blicke nicht davon lassen, ihm wurde heiß und kalt. Claudia leckte das Blut impulsiv ab, sah ihn dann verunsichert an.

»So mache ich es zu Hause immer«, entschuldigte sie sich hastig, wusch sich die Hände und desinfizierte sie. »Entschuldigung, dass Sie warten mussten.« Sie schob ihm die Bestellung entgegen. Darius setzte ein mitfühlendes Lächeln auf. Schenkte der übergewichtigen Italienerin zum Abschied einen langen Blick. Sein Interesse war geweckt, eine gemeinsame Erfahrung verband sie nun. Wer konnte schon wissen, welchen Nutzen sie in Zukunft noch erfüllen würde.

Darius fuhr nach Frankfurt, kämpfte sich durch den dichten Verkehr und die Baustellen, ergatterte einen Parkplatz in der Nähe der Taunusanlage. Die Sonne verlieh dem Rotlichtviertel einen warmen Glanz, täuschte hinweg über die heruntergekommenen Fassaden, retuschierte die Obdachlosen aus dem Bild. Langbeinige Aufreißerinnen standen vor den einschlägigen Adressen auf hochhackigen Schuhen, sogen an dünnen Zigarettenfiltern, die Blicke leer. Bezirzten die vorbeieilenden sportlichen Anzugträger wie gefangene Vögel, bekamen aber meist nur die beleibten Durchschnittstypen. Darius stahl sich mit geducktem Nacken in den Eingang eines der Häuser, wand sich an einigen Herumlungernden vorbei und fragte sich durch zu Johanna. Er musste zehn Minuten warten, trank eine Cola. Von dem Essen hatte er nichts angerührt, hatte es wie gewohnt aus dem Wagenfenster entsorgt und nur den Kaffee getrunken. Niemand stand auf dicke Typen, und er hatte schon eine Problemzone, auf die er achten musste. Unwillkürlich zog er die Mundwinkel zusammen. Prüfte, ob sein Hemd über dem Bauch spannte, was es nicht tat. Als er dem blonden Mädchen in ihr Zimmer folgte, dachte er an Gloria. Von hinten sahen sie sich verdammt ähnlich. Selbst die Proportionen von Nase, Ohren und Mund stimmten ansatzweise überein.

Johanna wusste, worauf sie sich bei Darius einließ. Er wollte sie beherrschen, aber nicht verletzen. Wollte hören, wie gut er sei, und das, obgleich er es nicht verstand, eine Frau sexuell zu verwöhnen. Er kam zu schnell, keuchte, verzog das Gesicht zu einer hässlichen Fratze. Keckerte lüstern und gierig, leckte lieber Schweiß und Sperma von der Haut, als die Klitoris zu stimulieren. Doch er war immer noch angenehmer als andere. Und er suchte Johanna immer nur dann auf, wenn er litt. Also spendete sie ihm Trost. Dieser wog mehr als seine Ejakulation, das spürte sie. Manchmal stöhnte er wie weggetreten einen Namen, doch er verweigerte, sich dazu zu äußern. Johanna war ein paar Zentimeter kleiner als Gloria, und auch ihre Stimme klang in einer anderen Tonlage.

Aber sie war das perfekte Ebenbild einer anderen.

Marlen.

MITTWOCH, 18:14 UHR

Hellmer wartete vor dem Bahnhofsgebäude. Renaissancefassade vor modernen Kuppelbögen, Taubenkot und feucht-dunkle Flecken. Verhängte Baugitter umspannten einen Teil des Portals. Die Parkplätze waren teuer, vor dem Automaten lungerten Obdachlose, die auf Wechselgeld hofften. Kippten Bier oder hielten sich an kleinen Flachmännern fest. Ein schwarzer, zotteliger Hund aalte sich. An seinem Porsche stehend, fühlte der Kommissar sich plötzlich deplaziert. Er sah auf die Uhr, der ICE musste längst da sein. Wenn er pünktlich war. Ein Reisender mit einem Rollkoffer näherte sich. Erst auf den zweiten Blick erkannte Hellmer, dass der Schein trog. Die Kleidung und die abgestoßenen Kanten des Koffers waren verräterisch. Der Mann näherte sich wie beiläufig dem Mülleimer. Reckte den Hals, schaute unauffällig hinein. Dann griff er zu. Förderte eine Pfandflasche zutage, weggeworfen, statt fünfundzwanzig Cent dafür zu kassieren. Er schob sie in den halb geöffneten Reißverschluss des Koffers, Plastik knackste darin. Dann zwängte er sich ins Gebäudeinnere. Ein typischer Pfandsammler, wie man sie immer öfter zu Gesicht bekam. Kein Blickkontakt zu den Pennern, keine Mimik. Er sprach niemanden an, bettelte nicht. Für all die Vorbeieilenden nichts weiter als ein Reisender. Hellmer seufzte. Schnippte seine Zigarette weg und überlegte, ob er sich eine weitere anzünden sollte. Julia Durants Stimme ließ ihn zusammenfahren. Sie sah übernächtigt aus, begrüßte ihn mit einem kraftlosen: »Hi Frank.«

Er fuhr herum. »Wo kommst du denn her?«

»Verdammte Baustelle«, murmelte sie und deutete hinter sich auf die Absperrung. »Ich musste einen halben Marathon laufen.«

Sie umarmten sich, wobei jeder der beiden fühlte, dass der andere besonders fest zudrückte. Ein wenig irritiert nahm Julia den kräftigen Geruch von Moschus wahr, der ihren Kollegen umgab. Sie musterte ihn mit zusammengezogenen Augenbrauen.

»Mit Verlaub, du siehst grauenvoll aus. Und was ist das für ein markanter Duft?«

»Danke ebenso«, erwiderte dieser mürrisch und ignorierte den Rest. »Wie geht es deinem Dad?«

»Frag nicht. Wir müssen abwarten. Die Halbgötter sagen das so einfach, aber mich macht es fix und fertig. Ohne Claus würde ich das wohl nicht durchstehen …«

»Du hast wenigstens jemanden«, brummelte Hellmer und bekam sofort ein schlechtes Gewissen.

»Für Nadine ist die Reise sicherlich kein Urlaub«, sagte Julia, was sein Unbehagen nur noch verstärkte. Er hatte ihr am Telefon vage von seinen privaten Problemen erzählt, doch seine Kollegin hatte ein feines Gespür. Prompt sprach sie weiter: »Erzähl mir genau, was bei dir zu Hause schiefläuft. Aber dann will ich auch wissen, was es mit diesem Mord auf sich hat.«

»Fahren wir ins Präsidium«, schlug Hellmer vor, der die Blicke der Penner schon auf sich haften spürte. Er suchte einen anderen Parkautomaten, doch es gab nur den einen. Eilte mit gesenktem Blick darauf zu, entwertete den Schein. Mied den Blick des Mannes, der mit deutlicher Fahne an ihn herantrat und nach einer kleinen Gabe fragte. Es gab sie noch, die Bettler, denen es längst nicht mehr peinlich war, die Hand aufzuhalten. Er rang sich ein höfliches Lächeln ab. Steckte ihm die drei Euro zu, die in den Wechselschacht geklimpert waren.

»Stephanie verschließt sich total vor mir«, klagte er Julia kurz darauf sein Leid. »Sie schwänzt, dann habe ich im Internet ein Foto gefunden. Nackt. Ich könnte schwören, dass sie es ist, auch wenn man ihr Gesicht nicht richtig erkennen kann. Aber diese Narbe …«

»Moment, langsam«, unterbrach ihn Durant. »Sie macht Nacktfotos? Das passt doch überhaupt nicht zu ihr.«

»Ich versteh's auch nicht. Aber ich komme nicht mehr ran, weil es auf Facebook ist. Und als ich mit ihr reden wollte, hat sie mich rausgeschmissen. Seitdem herrscht Funkstille.«

»Scheiße«, murmelte Julia tonlos und schüttelte den Kopf.

»Versteh einer die Jugend. Apropos. Was ist mit dem toten Jungen und seiner Freundin?«

Hellmer berichtete kurz über die laufende Befragung der Clique. Betonte dabei, dass es sich bei dem vermissten Mädchen vermutlich um Mathias' Freundin gehandelt habe. Die Eltern gaben zwar vor, nichts zu wissen, doch die Freunde hatten Entsprechendes ausgesagt. »Schreck und seine IT-Kollegen untersuchen den Computer, es gibt noch nichts Neues.«

»Was hat es mit den Schriftzeichen auf sich?«

»Wir haben Profis darauf angesetzt, aber es kam noch nichts heraus. Mir will die Soko Rosi einfach nicht aus dem Kopf.«

»Das ist zwanzig Jahre her«, warf Durant ein.

»Achtzehn. Na und?«

»Der Fall lief damals bei Aktenzeichen XY. Jeder hätte das kopieren können.«

»Oder der Täter kehrt zurück.«

»Warum ausgerechnet jetzt? Warum ermordet er einen Jungen statt eines Mädchens? Warum schreibt er auf dessen Bauch und nicht auf den Steiß?«

Hellmer hasste es, wenn Julia das tat. Ihm vor Augen führte, dass eine Theorie so brüchig war wie dünnes Eis. Dabei hatte er sich längst eingestehen müssen, dass es – außer der impulsiv aufkeimenden Erinnerung an Rosemarie am Tatort – nicht viele Gemeinsamkeiten gab.

»Die Presse wird dennoch einen Freudentanz veranstalten, sobald die Info durchsickert. Ich hoffe inständig, Berger hält den Deckel drauf.«

»Ich hoffe inständig, dass dieses Schwein seine Finger von dem Mädchen lässt«, stieß Durant grimmig hervor. »Besteht die Chance, dass die Kleine einfach nur abgehauen ist und sich irgendwo verkrochen hat?«

»Verdenken würde ich es ihr nicht. Bei *den* Eltern.« Hellmer zuckte die Schultern, und sein Blick wurde traurig. »Aber auf meine Einschätzung bezüglich Teenagern würde ich derzeit nicht bauen.«

MITTWOCH, 19:50 UHR

Die Befragung der Clique kostete Kraft und Geduld, brachte aber wenig Neues. Womöglich aus Angst, einzugestehen, dass der eine oder andere Alkohol oder Haschisch konsumiert hatte, widersprachen sich bereits die grundlegendsten Informationen. Wann, wo und warum man sich zusammengefunden hatte. Wer später dazugestoßen war. Wer gefehlt hatte. Auf einem Flipchart präsentierte ein sichtlich entnervter Kullmer die Rekonstruktion des gestrigen Abends. Daneben pinnte eine Karte von Fechenheim, auf der das Hellblau des Mains dominierte. Fähnchen und Kreuze markierten wesentliche Punkte.

Befragt worden waren Charly Brückner, Tim Franke, Hannah Wolf und Lennard Kramer, alle sechzehn oder siebzehn Jahre alt. Tim war der Älteste, schien eine führende Rolle innezuhaben. Georg Neumann fehlte noch immer. Seine Kumpane gaben vor, nichts über seinen Aufenthaltsort zu wissen.

Erst als Doris Seidel sich Hannah zur Seite genommen hatte, brach diese ein. Unter Tränen gestand sie, dass Georg hin und wieder mit Drogen zu tun habe und deshalb der Ermittlung aus dem Weg gehen wolle. Sie versprach, ihn zu überreden, sich zu stellen. Im Gegenzug versprach Doris, sie nicht bei der Clique zu verraten. Ein Versprechen, das die Kommissarin eisern halten würde, sofern Georg sich binnen der nächsten Stunden melden würde.

»Über diesen Georg scheiden sich die Geister«, erläuterte Kullmer der Runde. Durant, Hellmer und Berger saßen nebeneinander. Kaffeebecher in den Händen, müde dreinschauend. »Er scheint der eigentliche Rädelsführer, Tim steht an zweiter Stelle. Die Gruppe schützt ihn, ich klammere ihn also vorerst aus, wenn's recht ist.«

Zustimmendes Nicken.

»Alle anderen, Mathias und Eva inklusive, haben sich gegen Viertel nach sechs an der Werkstatt getroffen und sind zum Mainufer gelaufen. Jemand hatte ein Sixpack Bier dabei, jemand anders Wodka. Wer, ist unklar, dürfte aber eine untergeordnete Rolle spielen. Einig sind sich alle, dass keiner Hasch dabeihatte. Irgendwann haben sich Mathias und Eva von der Gruppe entfernt. Wahrscheinlich um fünf vor sieben, nicht später jedenfalls. Lennard hat um 18:58 Uhr eine SMS bekommen, da waren sie schon weg. Laut Tim hat man sie zuletzt hier gesehen.«

Kullmer deutete auf ein vereinzeltes Gebäude in Ufernähe, am unteren Ende der Starkenburger Straße. »Gekommen sind sie aus östlicher Richtung, etwa hier.«

Dichte Bäume an der Mainpromenade.

»Weshalb haben sie die Gruppe verlassen?«, fragte Durant.

»Tim gibt vor, keine Ahnung zu haben«, antwortete Seidel und hob dann die Augenbrauen, »aber Hannah zufolge hatte er ein Auge auf Eva geworfen. Die anderen sagten nichts direkt dazu, aus ihrer Mimik und Gestik würde ich auf zwei Optionen tippen: Kiffen oder Knutschen. Beides Dinge, über die man in diesem Alter nicht einfach so spricht.«

»Hm.« Durant kratzte sich am Ohr. »Wo ist die Stelle, an der Mathias verschwand?«

»Die Turnschuh-Stelle ist hier.« Kullmer deutete auf ein Fähnchen in der Karte, rund dreihundert Meter weiter nördlich.

»Wie ist die Bodenbeschaffenheit?«, fragte Durant weiter. »Oder, anders gefragt: Wie lange würde ein Liebespärchen für dreihundert Meter benötigen?«

»Die Starkenburger Straße ist eine alte Allee«, antwortete Berger, »asphaltiert. In zügigem Schritt ist das in zwei Minuten zu schaffen, flanierend in maximal fünf.«

»Also relativ genau neunzehn Uhr«, schloss die Kommissarin.

»Sehe ich auch so«, nickte Kullmer. »Es gibt keinen Durchgangsverkehr, nur Anlieger, die runter zum Restaurant bei der Anlegestelle wollen.« Er wies erneut auf das Gebäude. Dann wanderte sein Finger vom Fähnchen in Richtung eines weiteren. Wieder einige hundert Meter. Die Fundstelle der Leiche. Diesen Weg, wusste Julia, war Mathias in Todesangst gerannt.

»Jetzt kommt's aber«, sagte Kullmer verschwörerisch. Die müden Blicke wurden wachsam. Folgten seiner Hand zurück auf die erste Markierung, wo er nach einigen Sekunden des Nachdenkens eine weitere setzte.

»Die Spurensicherung hat ein Goldkettchen gefunden, welches dem vermissten Mädchen zugeordnet werden kann. Es lag auf der anderen Straßenseite im Gras, vier Meter von Mathias' Schuh entfernt. Etwa in gleicher Entfernung fanden sich frische Reifenspuren.«

»Brauchbare Abdrücke?«, hakte Julia mit einem bangen Hoffen nach. Die Zuordnung von Reifenprofilen war eine unendlich mühselige Angelegenheit, aber es gab derzeit nur wenige Strohhalme, an die man sich klammern konnte. Kullmers Gesichtsausdruck beantwortete die Frage eher als seine Worte. Ein resigniertes »Eher nicht« brachte Gewissheit. Doris brachte es auf den Punkt: »Wenn wir einen Wagen hätten, könnten wir eine Zuordnung machen. Aber allein von der Spur auf ein bestimmtes Fahrzeug schließen? Vergesst es.«

Julia Durant verließ die Besprechung mit einem dumpfen Gefühl. Sie hatte kaum gegessen, zu viel Kaffee getrunken, und in ihrem Kopf tickte eine erbarmungslose Uhr. Ein tödlicher Countdown, den sie nicht stoppen konnte. Eva Stevens war seit vierundzwanzig Stunden verschwunden. Mit jeder weiteren Stunde starb ein Stück Hoffnung, dass sie noch am Leben war. Mit jeder Minute wuchs die Angst, welche Grausamkeiten sie womöglich durchleben musste.

Julia Durant hatte es abgelehnt, sich nach Hause fahren zu lassen. Doris Seidel hatte es ihr angeboten, Hellmer wollte noch im Präsidium bleiben. Ihre Wohnung lag einen kurzen Fußmarsch entfernt, gerade richtig, um den trüben Gedanken einfach davonzulaufen. Es funktionierte nicht. Sie versäumte es, Lebensmittel zu kaufen, dachte nicht daran, dass ihr Kühlschrank gähnend leer auf sie wartete. Mit ihrem Rollkoffer, der nur die nötigsten Sachen enthielt, kam sie sich seltsam vor. Wie eine Fremde. Das monotone Rollen begleitete sie, zog die neugierigen Blicke einiger Halbstarker auf sie. Provozierende Gesten, prollige Kommentare. Früher hätte sie ihnen Kontra gegeben, den Mittelfinger gezeigt. Doch heute waren sie ihr gleichgültig.

Sie betrat das Haus, vertrauter Geruch stieg ihr in die Nase. Sie öffnete den Postkasten und zog ein halbes Dutzend Briefe heraus, die sie sich unter den Arm klemmte. Ärgerte sich über die Werbesendungen, die trotz einer Unterlassungsbitte aus dem Schlitz quollen. Die restliche Post sowie ihr Schlüssel befanden sich bei einer Nachbarin, die sie flüchtig kannte. Das konnte warten. Julia drückte die Haustür mit der Schulter auf, hievte den Trolley in den Flur und kickte die Tür mit dem Absatz wieder ins Schloss. Atmete tief durch. Es war schwül geworden, ein Unwetter zog auf, aber in der Wohnung war es angenehm kühl. Sie holte die Hygieneartikel aus dem Koffer, ließ ihn unter der Garderobe stehen, zog ihre schmerzenden Füße aus den Schuhen und ließ sich ein Bad ein. Tippte eine SMS an Claus, dass sie zu Hause sei, und überlegte, ob sie ein Glas Wein trinken solle. Stattdessen legte sie Zettel und Stift bereit, denn nicht selten fiel ihr beim Baden etwas Wichtiges ein. Der Schaum türmte sich bereits um den einschießenden Wasserstrahl, als Julia Durant endlich in die Wanne sank. Ihre Kleidung lag auf einem Haufen in der Ecke, an ihr haftete der Mief von Klinik, ICE und Präsidium. Abgestreift in der Hoffnung, alldem zu entfliehen. Doch der Fall arbeitete erbarmungslos weiter, entfachte Flächenbrände in ihrem ohnehin schon überlasteten Gehirn.

Eva Stevens hatte ihre Halskette an derselben Stelle verloren, wo Mathias seinem Mörder begegnet war. Doch die tödlichen Messerstiche hatte der Junge ein ganzes Stück weiter östlich zugefügt bekommen. Was hatte Eva in der Zwischenzeit getan? Sie konnte dem Mörder nicht hinterhergerannt sein, aber stillschweigend zwischen den Bäumen hatte sie wohl kaum gewartet. Es sei denn, sie kannte den Mörder. Julia Durant hielt für einige Sekunden inne. Affekthandlungen spielten sich überdurchschnittlich oft im familiären Umfeld ab. Hellmer hatte ihr von einer zwanghaften Mutter berichtet und einem Vater, der den krassen Gegensatz zu ihr darstellte. Betont aufgeschlossen, zwanghaft jugendlich, auf seine Weise womöglich ebenfalls pathologisch. Beide sorgten sich um ihre Tochter. Hatten sie bei einer Freundin in Riederwald gewähnt, vier Kilometer vom Tatort entfernt. Oder hatten sie das nur vorgegeben? Doch je länger die Kommissarin darüber nachdachte, desto absurder erschien ihr diese Theorie. Welches Motiv sollte dahinterstecken. Hatte Mathias mit Eva geschlafen? Ihr die Jungfräulichkeit genommen, sie befleckt? Es wäre nicht die erste elterliche Überreaktion. Aber eine Bluttat? Durant legte die Stirn in Falten und massierte sich die Schläfen. Dann notierte sie sich einige Punkte. Sie musste sich ein eigenes Bild von dem Ehepaar Stevens machen.

Sie drehte den Wasserhahn ab, tauchte in den Schaum und schloss die Augen. Doch statt entspannender Schwärze stand mit einem Mal das Bild der Zeichenfolge wie Leuchtreklame auf dem Inneren ihrer Lider. SE913YNH. Eine scheinbar wirre Ansammlung von Zeichen. Wer aber würde – im letzten Atemzug – bewusst etwas derart Sinnloses tun? Sich mit der Hand das Shirt hochziehen, einen Stift nehmen, willkürliche Buchstaben auf die Haut kritzeln? Es musste ein Sinn hinter diesen Zeichen liegen. Ohne es zu wollen, sprangen ihre Gedanken zurück zum Fall Rosemarie Stallmann. SPR5. Auch wenn es mehr Widersprüche als Gemeinsamkeiten gab, gab es zweifellos Ähnlichkeiten. Einer Deutung zufolge wies das

Kürzel auf ein biblisches Buch hin. Eine Stelle, wo der Verfasser über Huren richtete.

Sofort der nächste Gedankenreflex. Sie dachte an ihren Vater. Wie oft hatte er ihr schon bei Ermittlungen geholfen, die auf christliche Tatmotive schließen ließen? Am liebsten hätte sie zum Hörer gegriffen, um seine Stimme zu hören. Zuspruch, der ihr in den vergangenen Jahren so viel gegeben hatte. Doch stattdessen lag sie hier, allein, im Halbdunkel ihrer Wohnung. Tränen schossen ihr in die Augen, aber sie weinte nicht. Rief sich die Zeichen auf Wollners Bauchdecke zurück ins Gedächtnis und rätselte, ob auch hier auf eine biblische Stelle angespielt sein könne. Sacharia, Samuel, Sirach. Mehr fiel ihr nicht ein, und keines der Kürzel passte. Enttäuscht zog Durant Muster in den dünner werdenden Schaum. Jeder Gedanke, den sie sich seit Verlassen des Präsidiums gemacht hatte, warf neue Fragen und Ungereimtheiten auf.

Sie stieg aus der Wanne, schlüpfte in den Bademantel und schlug sich ein Handtuch um den Kopf. Ging in die Küche, wo eingeschweißte Salami wartete, aber kein Brot. Öffnete ein neues Päckchen Butter, schmierte seufzend vier Knäckebrote. Mechanisch legte sie drei Scheiben Wurst auf jedes und plazierte acht saure Gurken auf den Teller. Die Bierdosen im Vorratsschrank waren ungekühlt, doch das war jetzt auch egal. Frustriert kauerte sie auf dem Sofa, kaute lustlos auf ihrem Essen und schlief gegen Mitternacht vor dem Fernseher ein.

MITTWOCH, 20:37 UHR

Frank Hellmer trat aus dem Fahrstuhl in den halbdunklen Gang. Die Luft war kühl und abgestanden. Er konnte den Elektrosmog förmlich riechen, der ihm entgegenschlug. Eilig schritt er an verschlossenen Türen vorbei, erreichte eine offen stehende. Trat hinein. Flimmerndes Licht dreier Monitore verlieh dem Raum eine beklemmende Atmosphäre, hochtechnische Gerätschaften reckten ihre Extremitäten ins Licht. Warfen surreale Schatten wie bedrohliche Monster. In dieser Welt fühlte sich Hellmer fehl am Platz. Er kannte sie vor allem aus Fernsehserien, wo die Leistung der Forensiker normale Kriminalbeamte in die zweite Reihe verbannte.

»Sie wollten mich sprechen?«

Tief in düsteren Gedanken gefangen, schrak Hellmer auf, als er die Stimme vernahm. Er fuhr herum, blickte in die freundliche Miene von Michael Schreck. Sammelte sich, denn immerhin war er in sein Reich eingedrungen.

»Da habe ich meinem Namen eben mal wieder alle Ehre gemacht, wie?«, lächelte der IT-Spezialist und bedeutete Hellmer, Platz zu nehmen. Dieser benötigte einige Sekunden, bis er den Wortwitz verstand, und rang sich ein schmales Lächeln ab.

»Danke.«

»Auch eine Tasse schwarzes Gold?«

Hellmer schüttelte den Kopf und räusperte sich. Schreck setzte sich ihm gegenüber, klickte ein paarmal auf seine Computermaus und nippte an seinem Kaffee.

»Was kann ich für Sie tun?«, fragte er dann.

»Es geht um meine Tochter, Stephanie«, begann Hellmer. »Ich kann nicht auf ihre Facebook-Seite zugreifen.«

»Da wären Sie nicht der erste Vater«, warf Schreck amüsiert ein, doch Hellmer schüttelte hastig den Kopf. Dann erklärte er in schnellen Sätzen, was sich am frühen Nachmittag zugetragen hatte.

Es war ihm sichtlich unangenehm, aber er wusste sich nicht anders zu helfen. Schreck war mittelgroß, das volle Haar schwarzbraun, die Lippen hatten einen sanften, fast femininen Schwung. Die wulstigen Augenbrauen kontrastierten diese weibliche Seite. Seit Jahren leistete er im Untergeschoss des Präsidiums herausragende Arbeit, scheute keine Überstunden und war schon vor geraumer Zeit zum Leiter der Computerforensik aufgestiegen. Hellmer dagegen war schon froh, wenn er seinen PC zum Hochfahren bewegen konnte und die Programme fehlerfrei arbeiteten. Er hatte Schreck darum gebeten, ihm vor Feierabend eine halbe Stunde seiner Zeit zu schenken. Ohne dass das halbe K 11 davon erfahren musste.

»Hat sie das Foto gepostet?«

»Nein. Jedenfalls gehe ich nicht davon aus.«

»Dann müssen wir es über ihre Freundesliste versuchen. Haben Sie kein eigenes Konto?«

»Nein. Aber meine Frau.«

»Prima. Nehmen wir doch das.« Schreck öffnete Facebook, klickte zweimal, und ein Fenster poppte auf. »E-Mail?«

»Gott, da fragen Sie mich was«, stieß Hellmer hervor und bekam Herzklopfen. Er überlegte eilig, welche Tageszeit es nun jenseits des Atlantiks sein mochte. Stand auf, murmelte etwas und verließ den Raum. Schritt ungeduldig auf und ab, bis Nadine das Gespräch entgegennahm.

107

»Hallo?«

»Nadine?«

»Ja natürlich.« Sie lachte. »Wen erwartest du sonst unter dieser Nummer?«

»Tut mir leid, ich bin mit den Nerven ziemlich runter.«

»Was ist denn los?«

Ein Schub verzweifelter Sehnsucht übermannte Frank, und er presste sich das Handy schmerzhaft an die Ohrmuschel. Schluckte schwer. Rief sich in Erinnerung, dass Nadine nicht zum Spaß in die USA geflogen war. »Es geht um dein Facebook-Konto. Verrätst du mir deine Zugangsdaten?«

Schweigen. Es knackste in der Verbindung. Dann: »Was hast du damit vor?«

»Du bist da doch mit Steffi befreundet, richtig?«

Wie das klang. Befreundet mit der eigenen Tochter.

»Ja, na klar.« Sie kicherte, es wirkte ein wenig verunsichert. »Leider funktioniert mein Internet hier nicht, aber ich habe ohnehin kaum Zeit dafür. Steffi würde sich bestimmt freuen, wenn du dir auch endlich ein Profil zulegen würdest.«

»Das glaube ich weniger«, brummte Hellmer. Er spürte, dass Nadine ihn etwas fragen wollte, also sprach er schnell weiter: »Bitte gib mir einfach die Daten durch. Herr Schreck wartet auf mich, wir telefonieren später in Ruhe. Du bist doch jetzt erst mal ein Weilchen wach?«

»Das sollte man meinen«, erwiderte Nadine. »Wir hatten gerade erst Lunch.«

»Hm. Ich werde mich wohl nie mit der Zeitverschiebung anfreunden. Wie geht es Marie-Therese?«

»Später.« Sie nannte ihre Mailadresse. »Das Passwort ist …«

»Augenblick, ich muss einen Stift holen«, keuchte Hellmer und tastete suchend sein Hemd ab.

»Brauchst du nicht.« Er hörte ihr Lächeln, konnte sich ihr warmherziges Gesicht vorstellen. Die Sehnsucht war kaum zu ertragen. Nadine war das Beste, das ihm …

»*framatste*«, sprach sie weiter.

»Hä?«

»fra-mat-ste«, wiederholte sie wie selbstverständlich. »Klein und zusammengeschrieben. Das sind jeweils die ersten Buchstaben eurer Vornamen. Die vergesse ich nie. Aber jetzt muss ich mir wohl etwas Neues ausdenken.«

»Du bist wunderbar, ich liebe dich«, sagte Hellmer mit gedämpfter Stimme. Sie wechselten noch einige Sätze, verabschiedeten sich, dann ging er zurück zu Schreck. Sie loggten sich ein und suchten nach Stephanies Namen. Wenige Klicks später prangte besagtes Nacktfoto auf Schrecks übergroßem Flachbildschirm. Er räusperte sich verlegen und versuchte, den Brustwarzen auszuweichen. Die Kommentare hatten sich vermehrt, waren anders.

»Immerhin hat sie ihre Privatsphäre ordentlich geschützt«, sagte der Computerfachmann und prüfte einige Einstellungen. »Das Foto ist nicht vollständig publik. Jemand hat es an ihre Pinnwand gepostet, aber dort können es nur Leute sehen, mit denen sie befreundet ist.«

»273 Personen also«, schnaubte Hellmer wütend. »Das macht es nicht besser. Kann man diese Pinnwand nicht sperren?«

»Man kann einiges tun«, warf Schreck ein. »Ihre Tochter sollte das Foto melden. Löschen lassen. Ihre Verlinkung hat sie offenbar schon entfernt, aber das allein genügt nicht. Leider kann das Foto auch unabhängig davon verbreitet werden. Ich sag's nicht gerne, aber so etwas lässt sich im digitalen Zeitalter nicht wirklich unterbinden.«

»Aber wo kommt es her? Wer ist dieses Schwein?« Hellmers Herz schlug bis in die Kehle. »Können Sie das Foto nicht analysieren?«

»Ich versuche, Kontrast und Sättigung zu verstellen. Dann haben Sie Gewissheit, ob …«

»Brauche ich nicht«, knurrte er. »Sehen Sie diese Narbe?«

»Hm. Trotzdem. Außerdem kann ich versuchen, Orts- und Zeitinformationen auszulesen. Bei einem Handyfoto …«

»Machen Sie's einfach, um Himmels willen, und schalten Sie den Computer aus. Ich kann es nicht mehr ertragen, es anzusehen.«

»Verzeihung«, brummte Schreck und minimierte das Foto, nachdem er es auf den Desktop gespeichert hatte. Er veränderte die Einstellungen, das Ergebnis war nichts Überraschendes. Stephanies Mundpartie, ihre Nasenspitze. Hellmer wurde übel. Er hatte es gewusst. Konnte es dennoch kaum ertragen. Ein Datenfenster öffnete sich.

»15.08. Hattersheim.« Der Donnerstag vor Ferienende. Mariä Himmelfahrt. Hellmer versuchte, sich zu erinnern. Steffi war auf eine Party gegangen, erst am Tag darauf nach Hause gekommen. Hatte bei einer Freundin übernachtet.

Schreck öffnete eine Karte, zoomte die Satellitenaufnahme heran, bis Hellmer einzelne Bäume einer Allee erkannte. Darin ein Rondell. Es war der Weg, der unweit der Geschwister-Scholl-Schule hinaus in Richtung der Weilbacher Kiesgruben führte.

Was zum Teufel …?

MITTWOCH, 23:49 UHR

Unter der Woche wollte Johanna nicht später als Mitternacht zu Hause sein. Nicht dass sie studieren würde oder einen eifersüchtigen Freund hätte. Nicht einmal eine missbilligende Familie. Johanna Mältzer hatte niemanden. Außer ihrem Schatten. Der unter jeder Straßenlaterne kurz verschwand, danach vor ihr auftauchte, sie zu überholen schien und sich schließlich im Kegel des näher kommenden Lichtes auflöste. Sie hatte ihren letzten Kunden abgefertigt. Emotionsloser Oralsex, das Sperma war aus dem pulsierenden Fleisch in ihren Mund geschossen. Würgereiz. Normalerweise tat sie so etwas nicht, doch sie hatte nur noch an den verknitterten Fünfziger gedacht. Das Leben in Frankfurt war teuer. Der Kunde hatte einen riesigen Penis, echte zwanzig Zentimeter, aber gekrümmt wie eine Banane. Beschnitten. Er presste sich in ihre Wangentasche, zwischen die Zähne, drückte von innen gegen die Haut. Er war Lehrer, unterrichtete Grundschulkinder. Ein unscheinbarer Typ, dessen Frau ihn nicht mehr zu befriedigen schien. Einsamkeit oder Frustration, es waren stets dieselben Gründe, weshalb Männer sie besuchten. Für eine Sekunde kam ihr Darius in den Sinn. Er war kein Traumprinz, aber auch kein Quasimodo. Seine Lippen waren angsteinflößend, auch wenn er die Breite seines Mundes stets zu verbergen suchte. Beim Sex allerdings zeigte jeder sein geheimstes, ungeschöntes Ich, wie sie wusste. Sie hatte diese Gier schon unzählige Male gesehen, zum ersten Mal vor etlichen Jahren, als junges Mädchen, in den Augen ihres Vaters. Blicke, die sie niemals vergessen konnte.

Darius' Augen hatten einen ähnlichen Ausdruck. Sie loderten leidenschaftlich, aber immer kalt. Schienen in unerreichbarer

Ferne zu schwelgen, auch wenn sie unter ihm lag, nur zwei Handbreit entfernt. Als sähe er etwas anderes. Jemanden. Doch es gehörte nicht zu Johannas Aufgaben, ins Innere ihrer Freier zu blicken. Vielleicht sollte sie doch Psychologie studieren? Doch dazu brauchte man Abitur. Oder eine Heilpraktikerausbildung mit psychologischem Schwerpunkt, wie sie von ihrem Therapeuten wusste. Es war jenes Hintertürchen, das jedermann die Möglichkeit bot, sich einer entsprechenden Tätigkeit zu widmen, ohne ein Hochschulstudium absolviert zu haben. Wie Heuschrecken brachen seit geraumer Zeit alle möglichen Berater, Coaches und Heiler über das Stadtgebiet herein. Die meisten scheiterten.

Johanna war unschlüssig. Sollte sie tatsächlich zwei, drei Jahre dafür opfern? Sechstausend Euro? Geld, für das sie nicht wenig in Kauf hatte nehmen müssen. Würde die Ausbildung nicht in erster Linie Therapie für sie selbst bedeuten? Nur um später, für ein kleines Honorar, dieselben erbärmlichen Gestalten auf der Couch liegen zu haben, die sie nun auf ihrer Matratze bediente? Oder deren prüde Frauen, die es nie begreifen würden, warum es ihre Männer zu einer Hure trieb?

Johanna verlangsamte ihren Gang. Überquerte die Holbeinbrücke, die sich vom Untermainkai nach Sachsenhausen spannte. Verharrte kurz und lauschte dem Plätschern des Flusses. Ihr Unterleib zog unangenehm, sie hatte fünfmal Koitus gehabt, keinen Analverkehr. Dies gehörte nicht zu ihrem Angebotsspektrum, auch wenn ihr gelegentlich gutes Geld dafür geboten wurde. Darius hatte als einer von wenigen Stammfreiern noch nie danach gefragt. Schon wieder dachte sie an ihn. Analysierte ihn. Sie war überzeugt davon, dass er einer verschmähten Liebe nachtrauerte. Einer, die ihr ähnlich sein musste. Er wollte immer ihr Gesicht sehen. Sich, während er mit ihr schlief, vorstellen, bei der anderen zu sein. Armer Junge. Er musste so einsam sein wie sie selbst.

Johanna ging weiter, ein paar Meter am Mainufer entlang. Fernes Grollen und die feuchtschwere Luft deuteten darauf hin, dass es in der Nacht gewittern würde. Gotteszorn und reinigender Regen, bis die Sonne einen neuen, unbefleckten Tag brachte.

»Du lässt dir Zeit heute«, erklang es wie aus dem Nichts. Der Schreck ließ das Mädchen zusammenfahren und lähmte sie für zwei Sekunden.

»Ich habe Schmerzen«, gestand sie ein, noch immer überrumpelt. Dann, hastig: »Was machst du hier?«

»Spazieren«, erwiderte er. »Der Abend ist so friedlich.«

Johanna beäugte stirnrunzelnd den bedrohlichen Nachthimmel, an dem kein Stern zu sehen war. Wolkenverhangen, dazu Windböen. Sie fasste sich ein Herz. Atmete durch und entgegnete: »Es gibt Gewitter. Was ist daran schön?«

»Ich wollte dich sehen.«

»Ich weiß nicht, ob mir das gefällt. Woher weißt du überhaupt, wo ich wohne?« Sie hätte sich am liebsten auf die Zunge gebissen. Hatte sie ihm soeben etwas verraten, was er bis dato noch nicht gewusst hatte?

Darius lächelte und trat ein Stückchen näher. Wollte sie am Arm berühren, doch sie wich zurück. Der Schatten der Laterne zeichnete eine hässliche Fratze unter seine Nasenspitze.

»Habe dich vorbeigehen sehen«, antwortete er knapp. Es klang plausibel und doch wie eine Lüge.

»Wo vorbei?«, hakte sie nach.

»Ist doch egal.«

»Mir nicht. Obwohl …« Johanna überlegte es sich anders und zuckte mit den Schultern. »Im Grunde ist es ja deine Sache. Ich möchte jetzt gehen.«

»Darf ich dich begleiten?«

»Lieber nicht. Es ist spät …«

»Na und? Hast du was Besseres vor?«

»Ich möchte in die Badewanne und dann die Füße hochlegen«, drängte sie ungeduldig. Sie wollte losgehen, doch Darius stellte sich ihr in den Weg. Ihre Blicke suchten nach Passanten, doch niemand war zu sehen. Platanen verhinderten die Sicht auf die Straße, wo vereinzelt Autos in Richtung Theodor-Stern-Kai jagten.

»Bitte«, sagte sie leise.

Darius' Mundwinkel zogen sich nach unten. »Da fragt man nett und freundlich«, nuschelte er kopfschüttelnd, »und dann so etwas. Hältst dich wohl für etwas Besseres.«

»Ich bin eine Hure, wie gerade du ja wohl weißt«, erwiderte sie schnippisch, »also gewiss nichts Besseres als du. Ich liebe meinen Job nicht, aber ich tue es eben. Mit dir sogar gerne, denn irgendwie mag ich dich. Aber für heute bin ich einfach fertig, kannst du das nicht verstehen?«

»Was, wenn ich es nicht verstehen möchte?« Er hob die Schultern und zog fragend die Augenbrauen hoch. »Sehnst du dich nicht ab und zu nach echter Liebe? Ich tu's.«

Johanna seufzte. Es würde kein Ende nehmen. Der Donner kam näher, wurde lauter. Ließ ihren Mut wachsen, Darius die Stirn zu bieten.

»Kommst du aus diesem Grund zu mir? Weil dich deine Marlene verlassen hat?«

Darius' Miene versteinerte sich. *Marlen.*

»Sie heißt Marlen«, zischte er. »Woher kennst du ihren Namen? Sprich ihn nie wieder aus!«

»Du wimmerst ihn manchmal, bevor du kommst«, sagte Johanna gleichgültig. »Hat sie dich verlassen? Hatte sie keinen Bock mehr auf dich?«

Keinen Bock mehr auf Minutensex ohne Höhepunkt.

Sie konnte es nur noch denken, aber er verstand offenbar, worauf sie angespielt hatte. Nur so konnte sie das ungeahnte Vorschnellen seiner Hand erklären, den festen Griff, als Darius' Fingerkuppen auf ihre Halsschlagadern drückten. Es traf sie aus dem Nichts, keine Chance für Selbstverteidigungstechniken, von denen Johanna einige beherrschte. Wutschnaubend lief ihm der Geifer aus dem verzerrten Mundwinkel. Seine hysterischen Worte klangen wie ein verzerrtes Lachen, seine Augen sprühten vor Hass. Johanna spürte Panik aufsteigen und bereute, dass sie ihn provoziert hatte.

Ein Blitz zuckte auf. Beleuchtete die Leere, die sie umgab. Niemand würde ihr helfen.

DONNERSTAG

DONNERSTAG, 6:50 UHR

Frank Hellmer erwachte nach einer viel zu kurzen Nacht. Er hatte lange mit Nadine telefoniert und sie mit Engelszungen dazu überredet, nicht den nächstmöglichen Flug nach Deutschland zu buchen. Gegen seinen innersten Wunsch. Aber Marie-Therese brauchte die Therapie, brauchte ihre Mutter. Der frühestmögliche Rückflugtermin, auch aus medizinischer Sicht, war am Sonntag. Bis dahin lag es an ihm, sich Stephanie gegenüber als Vater zu beweisen. Als er die rote Digitalanzeige des Weckers sah, der neben der leeren Betthälfte stand, wo Nadine sonst schlief, fuhr er hoch. Dämmriges Pulsieren seiner Schläfen, wirre Traumfetzen, die sich nur langsam verflüchtigten. Zehn vor sieben, er hatte verschlafen. Hellmer schleuderte das verschwitzte Kissen zur Seite, schlug die Decke zurück. Riss Jalousie und Fenster auf, während er nach draußen eilte. Hielt kurz inne, vernahm keine Geräusche, weder aus der Küche noch aus dem Bad.

»Stephanie?«

Hellmer klopfte an ihre Zimmertür, drückte die Klinke. Sie war verschlossen. Zum ersten Mal hatte das Mädchen sich eingeschlossen.

»Mach bitte auf!«, forderte er.

Nichts.

»Ich hole den Schlüsseldienst!«

Hellmer bereute es sofort, doch die Drohung war unwiderruflich ausgesprochen. Sie zeigte offenbar Wirkung, innen regte sich etwas. Schlurfende Schritte, metallisches Knarren. Es roch nach Parfüm, ein Schwall warmer, stickiger Luft quoll ihm entgegen. Im Türspalt stand ein blasses Mädchen mit traurigen Augen. Hellmer hätte sie am liebsten umarmt, festgehalten, doch etwas hemmte ihn.

»Was?«, kam es in diesem Augenblick genervt. Sie gähnte, ohne die Hand vor den Mund zu nehmen.

»Wir haben wohl beide verschlafen«, antwortete Hellmer und rang sich ein Lächeln ab. »Komm, ich mache uns Frühstück, dann fahre ich dich.«

»Lass mal. Ich bleibe heute zu Hause«, entgegnete Steffi wie selbstverständlich. »Frauenkram, du verstehst?«

»Nein, ich verstehe nicht. *Frauenkram*. Was ist denn das für eine Ausrede?«

»Herrje, ich habe Unterleibsschmerzen. Periode, Monatsblutung, schon mal gehört?«

»Nicht in diesem Ton! Du schwänzt seit letztem Donnerstag die Schule und schiebst mir jetzt Regelschmerzen vor?«

Erschrocken hüstelte Steffi. Er wusste Bescheid, dies begriff sie erst jetzt. Doch schnell erlangte sie die Kontrolle über sich zurück.

»Als wenn es dich jemals interessiert hätte, wie es mir geht!«, stieß sie bissig hervor und funkelte ihn an. Der Stich traf ihn wie eine Pfeilspitze, Hellmer schluckte schwer.

»Stephanie, ich liebe dich über alles, und das weißt du auch. Und das, was ich da gestern auf deinem Computer gesehen habe, geht mir nicht aus dem Kopf. Es macht mich fertig.

Wenn das der wahre Grund ist, dann rede um Gottes willen mit mir. Oder ruf Mama an, sie wollte sich sowieso im Laufe des Tages bei dir melden.«

»Reden, reden!« Tränen schossen ihr in die Augen. »Als ob das was bringen würde. Lasst mich doch einfach alle in Ruhe!« Mit diesen Worten, Hellmers kurze Apathie nutzend, drückte sie ihm die Tür vor der Nase zu. Verriegelte sie wieder, er vernahm erbittertes Schluchzen. Seine Tochter litt unbeschreibliche Qualen. Und Hellmer litt ebenfalls. Für den Bruchteil einer Sekunde überkam ihn das Verlangen, seine Gefühle einfach abzuschalten. Den Job, die Familie hinter sich zu lassen. Einfach nur mit einem großen Glas Whiskey auf dem Ledersofa zu sitzen und dem Stundenzeiger bei seiner langsamen Drehung zu folgen. Seine Zunge schwoll an, fühlte sich trocken an. Hellmer verjagte den Gedanken, auch wenn er heute hartnäckiger war als sonst. Er würde bis an sein Lebensende von dem Teufel verfolgt werden, der einen Teil seines Ichs seit Jahren beherrschte. Nicht mehr freigeben würde. Mein Name ist Frank Hellmer, ich bin Alkoholiker. Er durfte diesem Dämon nicht nachgeben. Er war viel mehr als das. Heute musste er in erster Linie Vater sein. Nicht Kommissar. Nicht Alkoholiker.

Hellmer wählte Julias Nummer. Erreichte sie unter der Dusche, wo er, dem Geruch seiner Achseln nach, ebenfalls dringend hinmusste. Sie versprach, sofort vorbeizukommen. Julia hatte einen Draht zu Stephanie, war eine Frau. Hellmer suchte sich frische Kleidung zusammen, duschte und rasierte sich. Nahm sich zum hundertsten Mal vor, mehr auf sein Äußeres zu achten.

DONNERSTAG, 7:32 UHR

Julia Durant hatte unruhig geschlafen. Wie eine Mutter, deren Unterbewusstsein ununterbrochen auf die Geräusche ihres Säuglings ausgerichtet ist, wachte sie im Schlaf über das neben ihr liegende Handy. So war es kaum verwunderlich, dass sie der nervtötende Wecker schon mit dem ersten Vibrieren hellwach machte. Sie reckte sich, knackte mit den Wirbeln, rieb sich den Schlaf aus den Augen. Angelte ihre Wasserflasche, die neben dem Bett stand, und nahm einen großen Schluck. Die Kohlensäure war verflogen, sie verzog angewidert den Mund. Gähnte herzhaft und schlurfte in Richtung Bad. Sie wand sich aus dem weiten T-Shirt, es war eines von Claus, das nach ihm duftete. Drehte das Wasser der Dusche an, und das Wasser lief gerade mit einem angenehmen Schauer über ihre Brustwarzen und den Rücken hinab, als sie alarmiert ein Geräusch vernahm. Das Handy. Es lärmte und vibrierte auf dem Klodeckel, reflexartig drehte sie das Wasser ab und griff zum Handtuch. Die Klinik konnte jederzeit anrufen, oder Claus, und sie musste bereit sein. Doch auf dem Display stand Hellmers Name. Seufzend nahm sie das Gespräch an. Er klang furchtbar, sie erinnerte sich an das gestrige Gespräch und seine Sorge um Stephanie. Julia wurde bewusst, dass er derzeit ganz alleine dastand, ein Gefühl, das ihr vertrauter war, als sie sich eingestehen wollte. Sie versprach ihm vorbeizukommen, ließ Kaffee und Frühstück ausfallen und legte nur etwas Make-up auf.

Es hatte geregnet, doch von dem nächtlichen Donner hatte sie nur unbewusst etwas mitbekommen. Die Straßen waren beinahe getrocknet, nur einige Pfützen mit öligem Film schillerten in der Morgensonne. Der Peugeot parkte unter Bäumen, man sah ihm an, dass er fast zwei Wochen lang nicht bewegt worden war. Ästchen, Blätter und Staub bildeten eine verwaschene Patina. Julia pumpte die halbe Scheibenwaschanlage leer, bis sie die Autobahn erreichte, im Innenraum breitete sich der Duft von Seife und Lösungsmittel aus.

Hellmer öffnete ihr die Tür, er raunte verschwörerisch etwas davon, dass Steffi in ihrem Zimmer sei und über Regelschmerzen klage. Eine gern verwendete Ausrede junger Mädchen, wie Durant wusste, aber auch ein belastendes Thema, mit dem man nicht leichtfertig umging.

»Ich weiß nicht mal, wie lange sie ihren Kram schon bekommt«, gestand Frank geknickt ein und griff damit ihrem nächsten Gedanken vor.

»Das musst du auch nicht«, versicherte Julia. »Frauensachen behalten wir gerne für uns. Ich habe das auch nur mit meiner Mutter besprochen.« Sie schluckte. Ihre Mutter war seit fünfundzwanzig Jahren tot, und um ihren Vater war es derzeit nicht gut bestellt. Doch hier ging es nicht um sie. Hellmer sah unglaublich schlecht aus, so war es nicht mehr gewesen, seit er sich jeden Tag bis zur Besinnungslosigkeit die Kante gegeben hatte. Wie lange war das mittlerweile her? Sieben oder acht Jahre? Julia Durant hatte damals einiges an Kraft aufgewendet, um ihren Freund und Kollegen aus diesem Sumpf zu ziehen. Entzug, Therapie; Hellmer hatte seiner Familie und seinen Kollegen einiges abverlangt, aber sie hatten hinter ihm gestanden. In dieser Sekunde betete Durant inständig, dass die Krise, in der er sich gerade befand, ihn nicht erneut straucheln ließ.

»Ich gehe mal zu ihr«, sagte sie und schaute ihm tief in die Augen. Sie waren müde, dunkel unterlaufen, aber nicht glasig.

»Machst du uns einen Kaffee? Und ein Omelett? Ich hatte noch keine Zeit zum Frühstücken.«

Er brauchte unbedingt eine Beschäftigung, damit er nicht durchdrehte, so sehr stand er unter Druck.

»Klar«, murmelte Hellmer, und dann leise: »Danke.«

Der Kommissarin waren einige Indizien aufgefallen, die sie beunruhigten. Bauchige Glasflaschen ohne Etikett in einem Tragekorb unweit der Garderobe. Ein Stoffschal lag darüber, als sei er zufällig hinabgefallen. Sie waren ohne Verschluss, rochen nach Spüli. Dann der Moschusduft, mit dem Hellmer sich neuerdings umgab. Auch heute schien er ihn wieder mit der Gießkanne aufgetragen zu haben. Als hätte sie nicht schon genug Sorgen.

Durant ging nach oben, klopfte an Stephanies Tür. Klopfte ein zweites Mal, rief leise ihren Namen.

»Ich bin's. Julia.«

Nach zähen Sekunden kam ein unschlüssiges: »Ich liege im Bett.«

»Lass mich bitte rein. Du kennst mich, ich gehe nicht weg, bevor wir gesprochen haben.«

Schwermütiges Stöhnen, raschelndes Textil. Stephanie schien sich tatsächlich im Bett eingegraben zu haben. Dann folgten schlurfende Schritte, es knarzte im Türschloss. Das Erste, was Durant registrierte, waren die geschwollenen Augen des Mädchens. Dann die femininen Gesichtszüge, die die kindlichen mehr und mehr verdrängten. Busen zeichnete sich unter dem weiten Schlafhemd mit Snoopymotiv ab. Seit ihrem letzten Treffen waren zwei, drei Monate vergangen. Eine Zeitspanne, die an der Schwelle der Pubertät eine halbe Ewigkeit bedeuten konnte.

»Schau dich an, wie du dich verändert hast«, lächelte die Kommissarin und schob sich durch den Türspalt ins Halbdunkel. »Wie lange haben wir uns nicht gesehen?«

Schulterzucken. Steffi schloss wieder ab, Durant zog sich den Schreibtischstuhl neben das Bett. Kam ohne Umschweife zur Sache.

»Ich weiß Bescheid, okay? Dann brauchen wir nicht um den heißen Brei zu reden. Dein Paps da unten dreht fast durch vor Sorge. Was ist passiert?«

»Du hast das Foto *gesehen?*«

»Davon gehört.«

»Ich kann nie wieder aus dem Haus gehen«, schluchzte Stephanie plötzlich und sank auf dem Bett zusammen. Julia streichelte sie sanft.

»Ich verstehe nicht viel von diesen sozialen Netzwerken, aber kann man das nicht einfach löschen?«

»Hab ich längst getan.« Ein hilfloses Wimmern. »Aber jeder hat es doch mittlerweile auf seinem Handy gespeichert.«

Durant erinnerte sich an einen Fall von Internet-Mobbing, der einen Fünfzehnjährigen in den Suizid getrieben hatte. Die Medien hatten das Thema entsprechend breitgetreten.

»Da finden sich doch bestimmt Mittel und Wege«, versicherte sie ein wenig hilflos, denn sie wusste nicht im Geringsten, welche Möglichkeiten tatsächlich bestanden. Aber verdammt, sie und Frank waren Kriminalbeamte. Hatten das gesamte Präsidium hinter sich, wenn es darauf ankam. Die Computerexperten würden schon etwas austüfteln.

Etwas anderes beschäftigte sie im Augenblick viel mehr. »Wie kam es überhaupt zu diesem Bild?«

»Ich weiß es nicht.«

»Du musst doch wissen, wo du letzten Donnerstag gewesen bist.« Steffi richtete sich auf. Zuckte mit den Schultern. Alles am Körper des Mädchens schien wie mechanisch abzulaufen, ihr Blick fixierte einen imaginären Punkt in der Ferne.

»Donnerstag«, wiederholte sie tonlos.

»Laut Frank warst du zu einer Party eingeladen. Das Foto entstand gemäß seinen digitalen Daten bei den Weilbacher Kiesgruben.«

»Ja, da hängen wir manchmal rum«, nickte Steffi.

»Gibt es einen Jungen, von dem du deinem Dad nichts sagen willst?«, fragte Durant weiter. »Ich muss es ihm nicht verraten, Ehrenwort. Aber ich muss ihm natürlich irgendetwas zur Beruhigung liefern. Er vergeht vor Sorge.«

Stephanies Miene wurde kühl, sie verschränkte die Arme. Ging auf Distanz.

»Sonst kümmert's ihn doch auch nicht, was hier abgeht.«

»Quatsch. Er liebt euch abgöttisch, das kannst du mir glauben. Also noch mal wegen letzter Woche. Steckt da ein Typ dahinter?«

Nichts.

»Na komm, Steffi. Du wirst mir doch sagen können, mit wem du abgehangen hast.«

Plötzlich begann das Mädchen am ganzen Leib zu zittern, ihr Atem ging stoßweise. Dann warf sie sich an Julias Oberkörper, vergrub ihr Gesicht in ihrer Umarmung und ließ ihren Tränen freien Lauf.

Als die Kommissarin zehn Minuten später zurück in die Küche kam, saß Hellmer vor einem gedeckten Tisch. Es roch nach gebratenem Ei. Omeletts mit Petersilie standen neben dem Herd. Der Kaffeeautomat knackte. Hellmer sah sie erwartungsvoll an.

»Ich ziehe hier ein«, verkündete Julia ihren Entschluss, den sie noch in Steffis Beisein gefasst hatte.

»Wie bitte? Was?«, platzte es aus ihm heraus. Sein Blick hätte kaum entgeisterter sein können.

Durant winkte ab. »Natürlich nur so lange, bis Nadine wieder da ist. Frag mir jetzt bitte keine Löcher in den Bauch und sag mir lieber, wann ich deine Holde am besten erreichen kann. Ich möchte mit ihr reden.«

Hellmer warf einen Blick auf die Uhr. Dachte nach.

»Bis mittags musst du schon noch warten. Aber so einfach lasse ich mich nicht abspeisen. Was ist denn los, zum Teufel?«

»Noch nicht«, bat Julia mit Nachdruck, »gib uns ein wenig Zeit. Heute Abend reden wir, in Ordnung?«

Hellmer schlug mit der Handfläche auf den Tisch und sprang auf. »Nein, verdammt!«, schalt er. »Ich habe ein Recht darauf, Bescheid zu wissen! Also spuck's aus.«

»Deine Tochter hat sich mir anvertraut, Frank, und ich werde dieses Vertrauen nicht missbrauchen«, erwiderte Durant betont ruhig. »Sie weiß, dass sie dich nicht außen vor lassen darf, aber sie hat mich um einen Aufschub bis heute Abend gebeten. Den gestehe ich ihr gerne zu, und du, mein Lieber, solltest das auch.«

Hellmer schnaubte. Trat zum Herd, schob sich ein zusammengerolltes Omelett zwischen die Zähne. Kippte den Rest seines Kaffees hinterher.

»Und was soll das mit dem Einziehen?«, fragte er schließlich.

»Wir beide sind ziemlich durch den Wind. Mir fällt vor Sorge die Decke auf den Kopf, während mein Paps im Koma liegt. Und hier braucht es eine Frau im Haus. *Steffi* braucht das.«

Hellmer brummelte etwas nur halb Verständliches. Es beinhaltete ungefähr ein »erst ruft man dich zu Hilfe« und dann ein »stattdessen verbündet ihr euch gegen mich«. Julia musste unwillkürlich schmunzeln, auch wenn ein düsterer Schatten auf ihrer Seele lag. Das Schlimmste war noch nicht überstanden.

»Wir müssen los«, sagte er dann.

»Fahr du schon mal vor«, erwiderte Julia. »Setze Schreck und sein Team darauf an, dass dieses Foto aus dem Netz verschwindet. Ich kümmere mich um das rechtliche Drumherum, wenn's sein muss. Sag Berger, ich bin in spätestens zwei Stunden da.«

»Was machst du so lange?«

»Ich bleibe noch etwas bei Steffi«, wich Durant aus und drängte Hellmer nach draußen. Sobald der Motor des Porsche aufdröhnte, wählte sie die Telefonnummer ihrer Gynäkologin.

DONNERSTAG, 9:25 UHR

Louis Fischer faltete die Hände über dem Bauch und lehnte sich zurück. Schloss die Augen, atmete den Duft von Gewürzen ein, die seine Kopfschmerzen jedoch nur noch stärker werden ließen. Er beugte sich zurück an den Schreibtisch, nahm eine Zitronenscheibe und drückte ihren Saft in das dampfende Espressotässchen. Koffein und Vitamin C, ein südamerikanisches Hausrezept gegen Schmerz. Der fensterlose Raum wurde durch ein Oberlicht erhellt, welches mit Tüchern abgehangen war. Die einfallenden Sonnenstrahlen schufen ein geheimnisvolles Farbenspiel. Nötigenfalls hielt die hinter einer getönten Glasscheibe verborgene Stereoanlage fernöstliche Harfenklänge bereit. Gerüche, Optik, Klang. Fischer setzte diese Reize je nach Bedarf ein, um seinen Klienten den Boden zu bereiten, sie in Sicherheit zu wähnen. Er hatte Theologie studiert, Psychologie, an Schamanismus-Seminaren teilgenommen und sogar einen echten indianischen Medizinmann kennengelernt. Zu Ende gebracht allerdings hatte er nichts davon. Kein Diplom, kein Zertifikat schmückte seinen Raum. Stattdessen Bildnisse von Gottheiten, Engeln und Fabelwesen.

Doch seine Saat fiel auf fruchtbare Erde. Fischer zielte nicht auf verzweifelte Hausfrauen ab, die sich fragten, was das Leben noch für sie bereithielte. Nicht auf junge Menschen, die den Sinn ihrer Existenz suchten. Seine Klientel schöpfte er aus der gehobenen Klasse des Rhein-Main-Gebiets, sie kamen von überall her, und seine Dienste sprachen sich herum. Er schielte auf eine versteckt angebrachte Uhr. Schlürfte an seinem bittersauren Espresso und verzog das Gesicht. Seine Schläfen pochten, doch es blieb keine Zeit mehr. Der erste Termin des Tages stand an. Er gönnte sich den Luxus, seine Klienten nicht vor zehn Uhr zu bestellen. Doch für sie brach er mit dieser Gewohnheit. Sie kam stets pünktlich, wartete meist schon zehn Minuten vorher in der Auffahrt des Hauses. Sie wusste nicht, dass er sie mit einer seiner Kameras beobachtete, mit denen er sein gesamtes Anwesen, einen kantigen Siebziger-Jahre-Bungalow, ausstaffiert hatte.

Sie war eine seiner jüngeren Besucherinnen, Mitte zwanzig und von bezaubernder Schönheit. Träumte von einem besseren Leben, war aber immerhin solvent genug, um sich einen wöchentlichen Termin zu leisten. Ließ sich Tarotkarten legen, nutzte die Zeit aber zuweilen auch nur, um über Gott und die Welt zu philosophieren. Fragte, ob er an ein Leben nach dem Tod glaube, und was mit den irdischen Sünden geschähe, die man dorthin mitbrächte. Fischer gab keine Antworten auf solche Fragen. Nicht, weil er nicht wollte. Er wusste sie nicht. Wollte sie nicht wissen, denn es interessierte ihn nicht. Der Sinn des Lebens bestand darin, Gutes für sich selbst zu erreichen. Ohne anderen dabei zu schaden, jedenfalls, wenn es sich vermeiden ließ. Er lebte ein Leben auf Kosten anderer, aber sie verließen seine Praxis meist glücklicher, als sie sie betreten hatten.

Er lugte erneut in Richtung Uhr, dann auf den Monitor. Schaltete um auf eine andere Kameraperspektive. Wo war sie? Es war nicht ihre Art, unpünktlich zu sein. Er wusste, wie sie ihren Lebensunterhalt bestritt, auch wenn sie es ihm nie direkt preisgegeben hatte. Sie hatte ihren Körper unter Kontrolle, spielte mit ihren Reizen. Räkelte sich vor ihm wie eine rollige Katze. Konnte kühl und distanziert sein, geheimnisvoll; stets so, wie sie es brauchte. Damit glich sie ihm mehr, als ihr bewusst war. Ihre Kunden verließen sie garantiert glücklicher und befreiter als zuvor. Johanna war wie Louis, und Louis war wie sie. Doch wo zum Teufel steckte sie?

Ein Wagen näherte sich. Hoffnung durchzuckte ihn, dann erkannte er den Paketboten. Ein dumpfer Gong ertönte, missmutig schritt Fischer aus seinem Zimmer und eilte den Flur entlang. Öffnete die Haustür, nickte dem Uniformierten freudlos zu, der ächzend ein schweres Paket über die Schwelle hievte. Bücher oder Zeitschriften. Er bekam regelmäßig umfangreiche Lieferungen, denn als Autodidakt musste er sich auf dem Laufenden halten. Das Internet machte die Menschen misstrauisch, nicht selten hinterfragten neue Klienten Fischers Methoden. Welche Wissenschaft sich hinter den Karten verberge, ob er seine Visionen mit den Mondphasen abstimme, wie er die buddhistische Lehre mit dem Rhythmus der nordeuropäischen Hemisphäre in Einklang brächte. Und Louis Fischer hatte bislang auf alles eine Antwort gewusst. Einzig die Frage, wo Johanna blieb, bereitete ihm Unbehagen. Denn er fühlte nichts. Und das war ungewöhnlich, denn er verfügte über eine mentale Verbindung zu den Menschen, die ihm vertrauten. Die in sein fein gewobenes Netz gerieten, sich ihm öffneten und ihr Innerstes preisgaben. Doch Johanna kam nicht.

DONNERSTAG, 9:45 UHR

Die gynäkologische Praxis befand sich in Schwanheim, vom Wartezimmer konnte man über den Main blicken. Durant hatte sich direkt mit der Ärztin verbinden lassen und ihr die Situation geschildert. Sie rasten über die B 40, Steffi blickte schweigend aus dem Fenster.

»Warst du schon mal bei einer Mädchensprechstunde oder so?«, erkundigte sich Durant.

»Nein. Aber Mama will mich seit der J 1 dort hinschicken.«

»J 1?«

»Jugenduntersuchung beim Kinderarzt.« Steffi rollte die Augen. »Aber ich will nicht zu Mamas Frauenarzt. Das ist außerdem ein Typ.« Sie verzog den Mund.

»Kann ich verstehen. Ich lasse mich auch lieber von einer Frau untersuchen. Aber die ärztliche Schweigepflicht gilt auch für Gynäkologen.«

»Ab vierzehn, ja.« Plötzlich war die Verzweiflung wieder da. »Was, wenn ich tatsächlich vergewaltigt wurde? Wenn ich jetzt schwanger bin? Oh Gott, ich hab solche Angst.«

»Deshalb klären wir das ja jetzt«, versuchte Durant sie zu beruhigen, was ihr nur teilweise gelang.

Das Sonnenlicht fiel grell durch die hohen Fenster, die vier wartenden Patientinnen sahen kurz auf, um sich sofort wieder hinter ihren Zeitschriften zu verschanzen. Zehn Minuten Wartezeit, die ihnen wie eine Ewigkeit vorkamen, dann endlich öffnete sich die Tür. Dr. Mertens holte sie persönlich ab und führte sie in das Behandlungszimmer für Privatpatienten. Sie war eine zierliche Person, von der sich Durant seit Jahren untersuchen ließ. Eine Ärztin, zu der sie keinerlei berufliche oder freundschaftliche Bande pflegte. Sie hatte ihr nicht einmal von ihrer Entführung und dem sexuellen Übergriff erzählt. Die Narben, die Durant davongetragen hatte, waren rein seelischer Natur; von daher bestand kein Bedarf.

Die Ärztin schüttelte Steffis Hand, legte ihr vertrauensvoll die Linke auf die Schulter. Lächelte warmherzig.

»Warst du schon einmal beim Frauenarzt?«

Steffi verneinte.

»Angst?«

»Hm. Kann Julia dabeibleiben?«

»Frau Durant kann die ganze Zeit über bei dir bleiben, wenn du das möchtest. Ich werde dir alles genau erklären. Sollte etwas unangenehm sein, gibst du mir sofort Bescheid, in Ordnung?«

»Ich glaube schon«, kam es kleinlaut. Sie unterhielten sich eine Weile, medizinische Standardfragen, ob Steffi schon ihre Periode hatte und dergleichen. Durant sah die maßlose Angst, die das Mädchen quälte, und gab Dr. Mertens mit einem vielsagenden Blick zu verstehen, dass sie sich beeilen solle. Diese bat Steffi, sich Schuhe, Hose und Slip auszuziehen. Half ihr

129

dann auf den Untersuchungsstuhl. Durant stellte sich hinter sie und umfasste ihre Schulterblätter. Stephanie zuckte leicht, als die Ärztin mit dem Abtasten begann. Verkrampfte sich, atmete schnell, hielt sich aber tapfer. Dr. Mertens beugte sich hinab, prüfte alles sehr genau. Dann zog sie sich ihre Handschuhe aus und lächelte sanft. Half Steffi beim Herunternehmen der unnatürlich gespreizten Beine.

»Du kannst dich wieder anziehen. Alles in Ordnung.«

Schweigend schlich das Mädchen zu ihren Kleidungsstücken.

»Das heißt?«, fragte Durant ungeduldig.

»Keine Hämatome oder Wunden.«

»Der besagte Abend ist schon eine Weile her«, warf die Kommissarin ein. »Donnerstag.«

»Das macht nichts. Blutergüsse von einer gewaltsamen Penetration wären zweifelsfrei noch erkennbar, Dehnungsrisse je nach Ausprägung auch. Aber es ist noch viel einfacher«, zwinkerte sie, »denn das Jungfernhäutchen ist noch intakt.« Sie erhaschte den Blick Stephanies, in deren Augen Tränen standen. »Du musst dir keine Sorgen machen, es ist nichts mit dir geschehen.«

»Wer's glaubt«, schluchzte diese bitter. Aber Julia spürte, dass auch Erleichterung aus ihr sprach.

Sie wechselte einige Worte mit der Ärztin, die ihr versicherte, die Angelegenheit unbürokratisch und vertraulich zu behandeln. Dann fuhren sie zurück nach Okriftel. Nachdem Durant Steffi ins Haus begleitet und sich noch einmal vergewissert hatte, dass es ihr besserging, fuhr sie ins Präsidium.

DONNERSTAG, GEGEN 12 UHR

Sie hatte das Zeitgefühl verloren. Glaubte, in unendlicher Ferne Kirchenglocken zu hören. Doch wie konnte sie sicher sein? Die Klänge drangen aus einem Lüftungsgitter herein, zumindest glaubte sie das. Wenn sie sich nicht alles nur einbildete. Eva Stevens umrundete das Zentrum ihres Gefängnisses erneut. Zum tausendsten Mal.

Eine Kindheitserinnerung kam in ihr hoch. Es musste während der Grundschulzeit gewesen sein. Ihre Mutter verließ noch das Haus, sie führten ein normales Familienleben, wie es seitdem nie mehr stattgefunden hatte. Eva hatte eine Maus auf der Terrasse gesehen, in stoischer Starre vor einer Katze kauernd. Das tödliche Spiel hatte längst begonnen. Zum Nachtisch hatte es Kirschen gegeben, das Einmachglas war der erstbeste Gegenstand in ihrer Hand. Eva dachte nicht an die Saftreste im Inneren, wurde nur von dem Bedürfnis gesteuert, dieses kleine Leben zu retten. Sekunden später war die Maus gefangen, die irritierte Katze mit einem Stein in die Flucht geschlagen. Der Kirschsaft färbte die Maus, als blute sie. Nicht bewusst, dass alles nur zu ihrem Besten geschah, versuchte sie verzweifelt, die Glaswand emporzukriechen. Erfolglos.

Die Gegenwart drängte zurück in Evas Bewusstsein. In der Mitte des leeren Raumes stand eine chemische Toilette, daneben drei Rollen Klopapier, zu einer Pyramide gestapelt. Zwei Armlängen weiter ein Bett. Bequem, sauber, es machte keine knarzenden Geräusche beim Liegen. Doch Eva hatte dennoch kaum ein Auge zugetan. Lief nur immer weiter in ihrer Verzweiflung. Rastlos. Wie eine Maus in einem dickbauchigen Einweckglas. Keine Chance auf Entkommen, panisches Suchen nach einem Ausgang, bloß nicht innehalten. Das Atmen immer schwerer, es sei denn, jemand hatte daran gedacht, Löcher in den Deckel zu stechen. Luft. Eva suchte das Gitter, es befand sich am gegenüberliegenden Ende des kreisrunden Saales. Acht Schritte, sie erreichte die Mitte, noch mal acht, und sie war drüben. Stille. Kein Glockenschlag. Nur quälendes Schweigen, durchbrochen lediglich von stoßweisen Windgeräuschen.

»Halloooo!« Sie konnte das drei Meter hoch liegende Gitter nicht erreichen. Legte die Hände um den Mund, um ihre Stimme zu verstärken. Rief erneut. Der Schall überschlug sich, schien zurück in den Raum zu hallen. So wie die letzten Male. Seit Stunden wiederholte das Mädchen dieses Ritual. Die Hoffnung, dass jemand sie erhören würde, starb mit jedem Versuch ein wenig mehr.

Sie kauerte sich zu Boden, weinte. Grub in ihrer Erinnerung. Mathias hatte sie zu einem Spaziergang überredet, sie sonderten sich von der Gruppe ab, schlenderten die alte Allee entlang. Krähen schrien in den Baumkronen, stoben auseinander, sammelten sich woanders wieder. Die Felder waren abgeerntet, die Grasflächen hingegen wild und ungemäht. Sie wollten abbiegen, in den Schatten der Bäume. Sie liebte Mathias, er war ihr erster fester Freund. Nicht, dass sie es jemandem verraten hätte, außer ihrer besten Freundin. Eva musste an ihre Eltern denken. Sie würden vor Sorge vergehen, jeder auf seine Weise. Armer Papa. Doch ihre Hauptsorge galt Mathias. Die Erinnerungen wurden lückenhaft. Benommenheit. Bewegungsunfähig, hatte sie Schreie vernommen. Ein alter Opel mit stumpfem Lack. Ein Gassigänger? Gesichter verschwammen. Mathias verschwand. Hatte er geschrien? *Hilfe! Was willst du?* Oder träumte sie bloß?

Eva wischte sich die Augen und sah sich um. Kein Alptraum. Sie war gefangen, also musste etwas sehr Reales passiert sein. Das selbstgebaute Gefängnis, in dem sich ihre Mutter befand, wirkte mit einem Mal so unecht. So überflüssig. Hätte sie vor ihr gestanden, Eva hätte sie am liebsten angeschrien. Oder umarmt.

Ein Laib Brot, haltbarer Käse und ein Obstkorb fanden sich auf einem betongegossenen Quader in der Nähe der Bettstatt. Wasser und Apfelsaft. Eine Tüte Studentenfutter. Eva hätte alles dafür gegeben, eine Zigarette zu rauchen und einen Kaffee zu trinken. Ein Stück Fleischwurst. Aber wer immer die Maus gefangen hatte, schien nichts von den Lastern des Alltages zu halten. Dazu kam ein stechender Schmerz in ihren Eingeweiden. Tiefer als der Magen, definitiv nicht vom Hunger.

»Bitte nicht«, murmelte sie verzweifelt. Sie stand auf, schlich zu der Campingtoilette. Setzte sich nach einem prüfenden Blick durch die sie umgebende Leere. Ihre Kleidung war dieselbe wie am Abend mit Mathias. Keine Wechselwäsche weit und breit. Als Eva ihren Slip hinabzog, sah sie die rote Einfärbung.

»Verdammt. Warum ausgerechnet jetzt?«

Erinnerte sich an die blutrote Maus, die sie vor Jahren liebevoll abgetupft und in die Freiheit entlassen hatte. Wusste tief im Inneren, dass der, der sie gefangen hielt, dies nicht aus gutem Herzen tat. Auch wenn sie ihn nicht gesehen hatte, wusste Eva, dass seine Rolle wohl eher der der Katze entsprach. Sie schluchzte verzweifelt auf und vergrub den Kopf tief zwischen den feingliedrigen Händen. Das goldblonde Haar fiel engelsgleich über sie herab.

An seinem Bildschirm prüfte Evas Entführer zufrieden das Resultat seiner Arbeit. Leuchtstoffröhren tauchten das triste Grau der Betonwände in ein gleichmäßiges Licht. Nicht zu hell – sie boten Tageslichtspektrum für zehn Stunden. Abends schaltete er um auf dezentere Beleuchtung. Für sechs Nachtstunden schließlich spendete eine sich im Wechsel verschieden einfärbende Stimmungsleuchte das nötige Ambiente. Das Raumklima lag bei angenehmen einundzwanzig Grad, sicher empfanden seine Gäste es als kühler. Gegen den feuchtmodrigen Geruch setzte er Luftentfeuchter und Salzkristallleuchten ein, allerdings nur, wenn das Gefängnis niemanden beherbergte.

Das Mädchen bekam ihre Tage. Unangenehm, keine Frage, aber die Menstruation gehörte zum Wesen einer Frau. Er würde zwei Packungen teuren roten Fruchtsaft besorgen. Eisen, Folsäure, Vitamin B12. Der Körper würde sich reinigen, neue Zellen bilden. Jenes Ritual der Natur, das seit jeher den Fortbestand der Menschheit sicherte. Er gluckste zufrieden. Jeder neue Zyklus machte ihn um eine Erfahrung reicher. Doch ihre Blässe bereitete ihm Sorgen. Sie trank nicht genug, hatte kaum gegessen. Nur einmal verstohlen zu der Tüte mit dem Studentenfutter gegriffen, diese aber, erschrocken vom Widerhall des Knisterns, fallen gelassen. Es war Zeit, dass er ihr gegenübertrat. Ihr versicherte, dass sie nichts zu befürchten habe. Was für den Moment sogar stimmte. Sie darauf hinwies, dass ihre Schreie kein Gehör finden würden, wie sehr sie sich auch anstrengte. Sie fragen, welche Musik und welche Zeitschriften sie bevorzugte. Und welche Hygieneartikel sie benötigte. Er schob seine Tasse beiseite und kappte die Verbindung zu der hochauflösenden Kamera, die im Zentrum des Raumes angebracht war. Direkt über dem Bett, auf dem Eva sich nun zusammengekauert hatte. Sie weinte leise. Der befleckte Schlüpfer lag auf dem Boden.

Höchste Zeit für einen Besuch.

DONNERSTAG, 12:35 UHR

Bergers Büro. Dienstbesprechung.

Der Kommissariatsleiter schleuderte einige Tageszeitungen auf die Tischplatte. Um ein Haar hätte er Kullmer am Ohr getroffen, der sich gerade noch wegducken konnte.

»Jetzt haben wir den Salat!«, polterte er. Durant überlegte angestrengt, wann sie ihren Chef zuletzt in derart übler Stimmung erlebt hatte. Berger war ein Mann, der sich stets unter Kontrolle zu haben schien. John Wayne, nur ohne Whiskey. Gewisse Dämonen hatte er schon vor langer Zeit besiegt. Dunkle Begleiter, die Kriminalbeamte allzu häufig heimsuchen. Doch seit Berger wieder liiert war, hatte er sich verändert. Selbst sein malträtierter Rücken hatte ihn nicht zu Fall bringen können. Was ihn aber immer wieder in Wut versetzte, war die Sensationsgeilheit der Medien.

»Mathias Wollner?«, erkundigte die Kommissarin sich und überlegte, ob sie zu einer der Zeitungen greifen sollte. Zum Lesen war sie bisher nicht gekommen, und im Radio war keine Meldung erfolgt, oder sie war ihr schlicht entgangen.

»Die Zeitungen sind nicht das Problem«, knurrte Berger. »Im Gegenteil. Selbst die Klatschblätter halten sich zurück. Wir haben unsere Infos entsprechend sparsam dosiert.«

»Wo liegt dann das Problem?«, fragte Kullmer.

»Internet.« Berger deutete auf seinen Monitor. »Die Sache mit den Buchstaben ist durchgesickert, und fragen Sie bloß nicht, woher. Ich würde den Betroffenen eigenhändig einen Kopf kürzer machen.«

»Wo im Netz?«, fragte Hellmer gedankenverloren, denn das Thema Internet versetzte ihn in eine eigenartige Stimmung.

Bedrohung. Er wollte sich davor schützen, in einen Kokon begeben – nein, Steffi in einen solchen wickeln. So lange, bis dieser Spuk vorüber war. Doch das Internet vergaß nichts.

»Schreck soll dem nachgehen«, antwortete Berger. »Wo auch immer der Ursprung ist, die Informationen haben ihren Weg in einen Verschwörungsblog gefunden. Und es dauerte nicht lang, da wurde der Bezug zum Fall Rosemarie Stallmann hergestellt.« Er seufzte schwer, fuhr sich durchs Haar. Seine Stirn glänzte. Ein Spiegel schweißnasser Panik. »Wenn das hochkocht, können wir morgen in der Bildzeitung von einem neuen Serienkiller lesen. Bibelmörder. Satans Assassine. Diesen Typen dort im Netz ist keine Theorie zu absurd.«

»Was sagen unsere Analytiker denn zu den Buchstaben?«, wollte Durant wissen. Ihr bereitete das Breittreten dieser Information weniger Sorge, am wenigsten gefiel ihr dabei noch die Tatsache, was Mathias' Eltern dabei fühlen mochten, sobald sie davon Wind bekamen. Evas Eltern. In erster Linie kam es nun darauf an, das Mädchen zu retten. Die Chancen, dass sie noch am Leben war, schwanden mit jeder Minute.

»Kein Vorankommen bei einem Sinnzusammenhang. Mehrere Möglichkeiten beim Entziffern. Aber ich hatte vorhin ein sehr interessantes Telefonat mit der Rechtsmedizin. Dr. Sievers ist sich nun sicher, dass das Opfer die Buchstaben selbst geschrieben hat. Die Spurensicherung fand auch nichts Gegenteiliges. Das wirft eine neue Perspektive auf.«

»Und die wäre?« Alle Blicke gingen in Bergers Richtung.

»Aus dem undefinierbaren Schriftbild gibt sich eine neue Lesart. Ein Täter, der vor oder neben dem Opfer gekniet hätte, so wie damals bei Rosi Stallmann, hätte richtig herum geschrieben. Bei jemandem, der auf sich selbst schreibt ...«

»… zeigen die Buchstabenspitzen nach unten!«, vollendete
Durant den Satz ihres Chefs. Sie pfiff leise aus. Warum war sie
nicht selbst darauf gekommen? Doch als Berger das krakelige
Foto der Zeichen anhob, erinnerte sie sich. Das Schriftbild
war von zittriger Hand geprägt, erforderte nicht zwingend,
dass man es drehte.

SEgI3ynH. Berger drehte das Blatt.

»So besser?«

Murmeln. Nach einigen Minuten war man sich einig.

H, U, nicht eindeutig, E. Und dann 1, G, 3 und S.

»Das U, das, was wir für ein Y gehalten haben, und das G sind
am schlimmsten«, folgerte Doris Seidel.

»Das S am Ende ist auch nicht besser«, ergänzte Kullmer.

»Wie auch immer, es ist neues Futter für unsere Analytiker«,
sagte Berger. »Ich habe mit ihnen bereits gesprochen, natürlich
hat man die Möglichkeit dort bereits in Betracht gezogen. Mir
wurden Ergebnisse zugesichert.« Ungeduldig warf er einen
Blick auf die Uhr. »Was soll's. Treten Sie denen mal auf die Füße.
Und Schreck soll sich diese Verschwörungsfuzzis vornehmen.«

»Wollen Sie dieses Forum etwa zensieren?« Durant hob zweifelnd ihre Brauen. Man brauchte keine Computerspezialistin
zu sein, um zu erahnen, dass jedwede Restriktion nur noch
mehr Öl ins Feuer gießen würde.

»Mir egal. Was immer Herr Schreck Ihnen rät.«

Michael Schreck begrüßte Durant, die vor Hellmer herschritt,
mit einem erfreuten Lächeln. Sie kannten sich seit Jahren, er
hatte ihr bei der Auswahl und Einrichtung eines Laptops geholfen. Ob er sich damals mehr von ihr erhofft hatte, sie würde es wohl nie erfahren. Mittlerweile waren sie beide liiert,
und die Kommissarin ließ es dabei bewenden.

Berger hatte ihm die notwendigen Informationen bereits zukommen lassen. »Die E-Mail hat Sie auf dem Weg nach unten überholt«, scherzte er.

»Wir hätten nicht die Treppe nehmen sollen«, stieg Durant darauf ein, doch Hellmers Blick blieb düster. Sie hatte ihm in kurzen Sätzen von ihrem Besuch bei ihrer Frauenärztin berichtet. Obwohl sie das Ergebnis direkt auf den Punkt brachte, musste es für ihn die Hölle sein. Die Angst eines Vaters um die eigene Tochter, wehrlos, geschändet; selbst ohne eigene Kinder wusste Durant nur allzu gut, was in ihm vorgehen musste. Die Tatsache, dass nichts Schlimmeres geschehen war als das Foto, entschärfte das Drama nur geringfügig. Immerhin hatte jemand seine schmutzigen Hände an den unschuldigen Leib des Mädchens gelegt, hatte sie entblößt. Bloßgestellt.

Julia wandte sich an den Forensiker. »Also, was meinen Sie?«

»Den Ursprung der Information werde ich nicht finden, sorry«, begann Schreck und verzog den Mund, »und eindämmen werden wir das Ganze wohl auch nicht mehr.«

»Gibt es auch was Positives?«

»Ansichtssache. Was, wenn Sie sich das Forum zunutze machen?«

»Inwiefern?«

»Ich könnte mir eine Scheinidentität zulegen und dort ein wenig mitmischen. Könnte behaupten, dass ich gewisse Verbindungen zum Polizeiapparat habe. Im besten Fall verrät sich der Informant, im schlimmsten Fall bringt es uns nichts. Aber wir wären am Puls des Geschehens.«

»Und was soll das nutzen?«

»Haben Sie denn nicht gelesen, was da fabriziert wird? Es werden bereits ein halbes Dutzend Fälle diskutiert, die mit dem Wollner-Mord in Verbindung gebracht werden. Einiges ist total daneben, aber wer weiß ...«

»Meinetwegen, dann machen Sie mal«, entschied Durant kurzerhand und lugte zu Hellmer. Dieser schürzte die Lippen und zuckte die Schultern, was so viel bedeutete wie »Mir egal«.

Sie verließen Schrecks Schaltzentrale, nachdem sie noch kurz über Steffi gesprochen hatten. Es gab nicht viel Neues, Schreck merkte lediglich an, dass das Foto aus Facebook verschwunden war. Doch dies hieße noch nichts. Er erwähnte geschlossene Benutzergruppen, Cloudspeicher und weitere Begriffe, die weder Durant noch Hellmer verstanden. Der IT-Spezialist versicherte, die Angelegenheit im Auge zu behalten.

Schweigend schritten die Kommissare in Richtung Aufzug. Während sie warteten, musterte Durant ihren Partner kritisch. Er tat ihr leid, gerne hätte sie ihm etwas von seiner Last abgenommen. Nadine Hellmer traf keine Schuld, aber sie war Tausende Kilometer entfernt, ausgerechnet jetzt. Sie war vollständig auf Marie-Therese gepolt, die ja auch auf permanente Hilfe angewiesen war. Aber schon einmal hatte die Beziehung darunter gelitten, so weit durfte es kein zweites Mal kommen.

»Scheiße, Frank, nimm dir doch frei«, schlug Julia vor, als die Lifttür klappernd aufglitt. »Berger kann nicht ernsthaft von dir verlangen, dass du zum Dienst erscheinst. Er ist schließlich selbst Vater. Steffi braucht dich jetzt mehr als wir.«

Hellmer wehrte abrupt ab. Rüder als gewollt sagte er: »Dass das ausgerechnet von dir kommt!«

Am liebsten hätte er sich auf die Zunge gebissen, doch was er gesagt hatte, verfehlte nicht seine Wirkung. Julia sah betroffen zu Boden. Sie war keinen Deut besser. Der Job, immer kam an erster Stelle der Job. Danach die Familie. War ihr eigener Vater nicht genauso gewesen? Stets zur Stelle, wenn Seelsorge vonnöten war? Immer im Dienst, besonders an jenen Festtagen, die eigentlich der Familie gehören sollten? Durant schämte sich, überhaupt in diese Richtung zu denken. Aber war sein Schlaganfall nicht auch zum Teil das Resultat bedingungsloser Aufopferung? Für *Fremde*?

»Tut mir leid, Julia, ich habe es nicht so gemeint.«

»Schon okay. Finden wir einfach das Mädchen.«

Hellmer nickte und knurrte: »Ich schwöre dir, wenn das Schwein ihr etwas angetan hat, kastriere ich ihn höchstpersönlich.«

Durants Handy meldete sich. Es war einer der Forensiker, die sich mit dem Schriftbild herumärgern durften, in den misslungenen Linienführungen einen tieferen Sinn suchten. Insgeheim vermutete sie die undichte Stelle in dieser Richtung, auch wenn es dafür keine konkreten Hinweise gab. Doch wie hieß es so schön? Zu viele Köche …

»Ja, bitte?«

»Wir hätten da etwas, auch wenn es recht abstrus erscheinen mag.«

»Egal, raus damit.« Julias Atem ging schneller.

»Vier Buchstaben, vier Ziffern. HURE, 1635.«

Hure. Durant wurde hellhörig. Mit diesem Begriff war auch Rosemarie Stallmann gezeichnet gewesen, auch wenn es noch so lange her war.

»Was bedeuten die Ziffern?« Sie stellte diese Frage nur halbherzig, denn viel mehr grübelte sie, wie dieses Wort auf den jungen Mann passen könne. War er homosexuell? Ging er auf den Schwulenstrich? Nichts in den Protokollen hatte darauf hingewiesen.

»Na klar, deshalb rufe ich doch an«, antwortete er selbstgefällig. »Auf die Buchstaben hätten Sie auch selbst kommen können. Ezechiel 16,35. Haben Sie eine Bibel parat?«

»Ich trage keine in der Handtasche«, erwiderte Durant schnippisch.

»Hm. Der Vers lautet ›Darum, du Hure, höre des Herrn Wort‹. Ausrufezeichen. Bringt Sie das weiter?«

»Weiß ich noch nicht. Zumindest ist es ein Punkt, über den wir sprechen müssen.«

Durant rang sich ein Danke ab und legte auf. Wiederholte den Vers zweimal und erklärte Hellmer, was es damit auf sich hatte. Seine Augen glänzten triumphierend.

»Ein Bibelspruch? Also doch! Wie bei der Stallmann. Ich habe doch gleich gewusst, dass es da Parallelen gibt.«

Doch Durant war weitaus weniger euphorisch. »Diese Parallelen sind doch an den Haaren herbeigezogen«, warf sie ein. »Die Widersprüche überwiegen nach wie vor. Mathias ist viel zu jung, um den Fall Rosi zu kennen. Und selbst wenn. Warum sich selbst HURE auf den Bauch schreiben?«

Sie verstummte abrupt. Hure und Bitch. Worte auf dem Unterleib. Stephanie. Ein Schauer überlief sie. Nur mit Mühe fing Julia sich wieder und nahm den vorherigen Faden wieder auf.

»Ich überlege gerade, ob wir die Info an Schreck weiterleiten, damit er sie im Netz streuen kann. Mal sehen, wer darauf anspringt.«

»Ohne Bergers Okay?«, fragte Hellmer skeptisch.

»Quatsch, wir gehen gleich zu ihm. Vorher möchte ich mir das Ganze aber noch mal am Computer ansehen.«

Durant stieß einen tiefen Seufzer aus. Sie überlegte, ob sie mit Hellmer über ihren Geistesblitz sprechen sollte. Doch Steffi war ein Opfer von Komasaufen geworden, nicht eines Gewaltverbrechens. Das Wort war mit Lippenstift in mädchenhafter Schreibschrift aufgemalt worden. Würde sie Frank gegenüber einen möglichen Zusammenhang andeuten, würde er ausrasten. Nein. Sie würde ihm gegenüber statt der wenigen Parallelen die ganzen Widersprüche hervorheben. Steffi war ein Opfer falscher Freunde geworden, Mathias war ermordet worden und hatte sich augenscheinlich selbst gezeichnet. Mit einem Bibelzitat, ausgerechnet. Wollte das Schicksal ihr etwas sagen? Es war nicht der erste Mord, bei dem ein Zitat aus der Heiligen Schrift eine Rolle zu spielen schien. Das Buch motivierte die abnormsten Subjekte zu ihren Handlungen, sexuelle Riten, Kindermord, Serienkiller. In solchen Fällen hatte sie stets zum Telefon gegriffen und ihren Vater zu Rate gezogen. Doch Pastor Durant stand nicht zur Disposition. Beklommen prüfte sie die Mailbox, ob ihr ein Anruf entgangen war. Verließ sich nicht darauf, dass das Handy sich von selbst meldete. Nichts. Durant erinnerte sich an ein Mantra, das sie selbst immer wieder von sich gab. Keine Nachrichten sind gute Nachrichten. Dennoch wählte sie Claus' Nummer.

DONNERSTAG, 13:45 UHR

Er war eine Stunde durch den Taunus gefahren, hinauf zum Feldberg, wieder hinab, am Opel-Zoo vorbei. In Richtung Main-Taunus-Zentrum, hatte dort einige Besorgungen gemacht, anschließend in der warmen Sonne einen Kaffee getrunken. Verstohlen Brotkrumen auf den Boden geworfen, was hier nicht gern gesehen war. Doch die Tauben und Spatzen beeindruckte es nicht, dass die moderne Einkaufspassage einen fast klinisch sauberen Eindruck pflegen wollte. Er biss in seinen Muffin, ein Spatz nahm mutig an der Tischkante Platz. Hoffte auf ein herabfallendes Stück. Er gab es ihm. Aufgeregt flatterte der Vogel, als die Hand ihm zu nahe kam, konnte sich aber dem Bann des süßen Teiges nicht entziehen. Wie Insekten, die stupide ins todbringende Licht flogen. Wie naive Kinder, die man ohne Mühen anlocken konnte. Das Koffein entfaltete kaum Wirkung, die plötzliche Nervosität, die ihn ergriff, hatte eine andere Ursache.

Wie konnte er hier sitzen, die Passanten beobachten; unerkannt wie ein Wolf im Schafspelz? Er hatte Hunger, doch von einer Art, die nicht mit Kaffee und Gebäck zu stillen war. Als er wieder im Auto saß, lauschte er dem Radio. Das Verschwinden von Eva Stevens wurde auf allen Sendern durchgegeben, die Polizei schien ratlos. Der Mord an ihrem Freund spielte die zweite Geige, er war immerhin längst tot. Ermittlungsdetails wurden nicht bekanntgegeben. Wer sich für wirkliche Hintergründe interessierte, nutzte ohnehin das Internet. Er schaltete um auf CD, Strauss-Walzer von Boskovsky. Entspannend und ergreifend zugleich, wobei André Rieu den Stücken noch mehr Volumen verlieh. Doch er mochte den Holländer nicht, einzig seine Version der Donau akzeptierte er in seiner Sammlung. Die Nervosität blieb, nach wenigen Minuten schaltete er die CD aus.

Schon beim Heranfahren wunderte er sich, warum die Haustür offen stand. Als er sich der steilen Abfahrt zur Garage näherte und kurz darauf die unsichtbare Lichtschranke durchbrach, öffnete sich wie magisch das Rolltor. Er hob die braune Papiertüte aus dem Beifahrerfußraum. Ging mit klackenden Absätzen zur Brandschutztür, die ins Hausinnere führte, ließ per Knopfdruck das Garagentor wieder hinabgleiten. Schob die Tüte auf kalten Bodenfliesen vor sich her, bis sie im Schatten eines Wandregals verschwand.

Hielt inne und lauschte. Das vertraute Surren des Staubsaugers erklärte die geöffnete Haustür. Magda, die Putzfrau, wischte, saugte und lüftete. Trotzdem kein Grund, den Eingang derart schutzlos zu entblößen. Immerhin ruhten in diesem Haus Geheimnisse, die niemanden etwas angingen. Düstere Geheimnisse. Doch so gerne er Magda ins Gebet genommen hätte, er unterdrückte es. Hatte Wichtigeres zu erledigen, bevor jemand merkte, dass er zu Hause war. Das Surren erstarb, eine Tür wurde aufgerissen. Der polnische Akzent verlieh seinem Namen, wenn sie ihn rief, immer etwas Mystisches. Er fluchte leise, dann bog er um die Ecke und trat in ihr Sichtfeld. Lächelte gequält.

»Habe Auto kommen gesehen.«

Kein Wunder, wenn alles sperrangelweit offen steht.

»Ja. Ich bin jetzt zu Hause«, begrüßte er sie und wand sich am oberen Ende der Treppe an ihr vorbei. Der flache Busen der Dreißigjährigen, die eine eher maskuline Gestalt hatte, rieb sanft an seinem Oberarm.

»Möchten Sie essen?«, gurrte sie.

Oder mich ficken?

Er ahnte, dass sie ihm für ein kleines Taschengeld alles geben würde, was er von ihr verlangte. Doch er gab sich unnahbar, mied ihre Blicke.

»Ich muss arbeiten. Telefonate führen, Aufzeichnungen machen. Bitte machen Sie keinen Lärm mehr im Haus.«

»Nur noch Wohnzimmer, dann fertig.«

»Meinetwegen.« Er nickte ihr freundlich zu und wartete, bis sie sich einige Meter entfernt hatte. Dann verschwand er über einige hohe Stufen in dem Gebäudeteil, zu dem sie keinen Zutritt hatte. Sein Büro. Er zog sein Schlüsselbund hervor, schloss auf. Bevor er eintrat, wandte er sich noch einmal um.

»Und lassen Sie die Haustür nicht immer offen stehen.«

Die Tür klackte, er durchschritt zielstrebig den Raum, drückte einen kleinen Schalter an seinem PC. Der Bildschirm erwachte flimmernd zum Leben. Gab sein Passwort ein, wartete eine Weile. Alles erschien so, wie es sein sollte.

»Na dann.«

Er verließ das Büro über die Balkontür, ging außen entlang um die Hausecke und gelangte über eine Metalltür in ein enges Treppenhaus. Eine Wendeltreppe führte hinunter, Sekunden später stand er eine Etage tiefer hinter den milchigen Scheiben seines Schwimmbads. Schlich hinaus, um die Tüte zu holen, näherte sich dann dem Filter- und Heizraum, in dem er verschwand.

Eva Stevens vegetierte auf ihrer Bettstatt vor sich hin. Sie war zu verängstigt, um ihre anhaltende Übelkeit als Hungersignal zu deuten. Hatte keinen Appetit, zudem stach es in ihrem Unterleib. Doch in ihrer Trance blieben die Überlebenssinne wachsam, schon beim ersten Geräusch schnellte ihr Körper nach oben. Mit weit aufgerissenen Augen fixierte sie die schwere Metalltür, an deren Innerem weder Klinke noch Knauf zu finden waren. Tatsächlich zeichnete sich dort im Schatten eine Bewegung ab. Eva glitt wie gebannt hinter das schützende Bett. Duckte sich schutzsuchend.

DONNERSTAG, 14:15 UHR

Gedankenverloren kritzelte Durant einige Worte auf ein Blatt Papier.

propterea meretrix audi verbum Domini
Darum, du Hure, höre des Herrn Wort!
So, Hure, höre das Wort JHWHs

Latein, Übersetzung, Neufassung.
Es gab zig Bibelfassungen, das Internet kannte sie alle. Besonders auffällig schienen die Lesarten bei den Sprüchen Salomos zu sein. Durant hatte lange suchen müssen, bis sie überhaupt auf den Begriff »Hure« stieß. Die Textquelle war als Lutherübersetzung gekennzeichnet, altes Deutsch.

Denn die Lippen der Huren sind süß wie Honig, und
ihre Kehle ist glatter denn Öl. Aber hernach bitter wie
Wermut und scharf wie ein zweischneidig Schwert.

Sie blätterte in den alten Fallakten, deren Umfang ihr recht dürftig vorkam. Hellmer war ebenfalls darin vertieft.
»Ich sehe hier keinen Zusammenhang, tut mir leid«, bemerkte Julia, und er blickte fragend auf.
»Also lassen wir es Schreck ins Netz stellen?«
»Ja. Wir haben Wichtigeres zu tun, als kiloweise vergilbtes Papier zu wälzen. Apropos. Wo ist der Rest der Akten hingekommen?«
»Kiel vermutlich. Das Mädchen stammte doch von dort.«
Durant überlegte kurz, ob sie im dortigen Präsidium anrufen sollte. Sören Henning war ihr von einem früheren Fall her

bekannt, was ihr lange Dienstwege und Diskussionen ersparen dürfte. Und wie hieß seine Kollegin noch mal? Santos, eine Spanierin. Doch dann schüttelte sie den Kopf.

»Lass uns erst mal zu Berger gehen. Hinterher möchte ich mir das Ehepaar Stevens mal ansehen. Es kommt mir seltsam vor, dass deren Tochter ein so untypischer Teenager sein soll.«

In den persönlichen Sachen des Mädchens hatten sich praktisch keine Hinweise gefunden, was sonderbar war. Der Computer verfügte über eine Kindersicherung, die bestimmte Internetseiten blockierte. Soziale Netzwerke, Shopping, alles verboten. Selbst Bücher bestellen konnte sie nicht. Hausaufgaben, ein Vokabeltrainer, ein Matheprogramm. Keine Fotos, keine E-Mails. Doch offenbar hatte Eva eine Möglichkeit gefunden, mit Greta, Mathias und den anderen zu kommunizieren. Ein für Jugendliche zugänglicher Chatroom, erreichbar über eine Seite, die nicht gesperrt war. So viel verriet der Browserverlauf. Berger zeigte sich wenig begeistert davon, noch mehr Informationen in das Forum zu stellen. Er rief Schreck an. Letztendlich gelang es diesem, ihn umzustimmen. Unter der Bedingung, dass er nicht ins Detail gehen dürfe, gab Berger ihm grünes Licht.

»Bibelstellen«, sagte er dann mürrisch, als der Hörer wieder auf dem Apparat lag. »Als hätten wir keine anderen Sorgen. Was haben Sie vor?«

»Noch mal zu Stevens. Ich will mir selbst ein Bild machen«, antwortete Durant. Beide wussten, dass es nichts weiter als der Griff nach einem Strohhalm war. Doch was blieb ihr anderes übrig?

»Was ist mit Kullmer und Seidel?«

»Die vernehmen meines Wissens Georg Neumann«, sagte Hellmer, »den fehlenden Kumpel aus der Clique. Angeblich hat er sich am Mordabend die Birne zugedröhnt und war sich nicht mehr bewusst, was passiert ist.«

»Ich dachte, er lief zu Hause auf und hatte Stress mit seinem Vater? Na ja, machen Sie mal weiter.«

Durant stand auf und eilte in Richtung Tür.

Hellmer kaute nervös an einem eingerissenen Daumennagel. Als er sich ebenfalls erheben wollte, bedeutete Berger ihm zu bleiben.

»Herr Hellmer, auf ein Wort. Frau Durant, schließen Sie bitte die Tür?«

Unruhig flammte Hellmers Blick auf und sprang zu seiner Kollegin. *Freundin.*

»Sie kann gerne bleiben«, sagte er leise, und es klang wie eine Bitte. Berger überlegte kurz, nickte dann.

»Hm, gut. Im Grunde betrifft es Sie ja auch beide.«

Durant schloss die Tür von innen und nahm ebenfalls wieder Platz.

»Sie können sich wahrscheinlich denken, was nun kommt.«

Eine Standpauke, dessen war Durant sich sicher, aber sie schwieg. Berger fuhr fort: »Was Ihre privaten Probleme betrifft, so ist Ihnen mein Mitgefühl sicher, das wissen Sie hoffentlich. Aber ich muss mich darauf verlassen können, dass der Mörder von Mathias Wollner hier absolute Priorität genießt. Und natürlich die kleine Stevens. Mit jeder Stunde, die vergeht, sinkt die Wahrscheinlichkeit, dass wir das Mädchen wohlbehalten auffinden. Dass sie noch am Leben ist.«

»Wird das jetzt ein Rauswurf?«, fragte Hellmer übellaunig.

»Diese Entscheidung nehme ich Ihnen nicht ab«, verneinte Berger, »noch nicht. Es gibt genügend andere Ermittler, die ich hinzuziehen kann, auch wenn ich lieber Sie beide mit im Boot hätte. Wie stehen denn die Dinge bei Ihnen zu Hause?«

148

»Ich werde mich jedenfalls nicht tagein, tagaus in die Bude setzen. Das stehe ich nicht durch«, gestand Hellmer ein.

Durant nickte. »Geht mir ebenso.«

»Wie geht es Ihrem Vater?«

»Unverändert. Laut Klinik kann das noch eine Weile so bleiben. Das Schlimmste ist das Warten. Also klemme ich mich hier hinter meine Arbeit, wenn Sie nichts dagegen haben.«

»Wie gesagt ...«

»Gut. Und ich ziehe übrigens vorübergehend bei Frank ein.«

Hellmer runzelte die Augenbrauen, offenbar behagte es ihm nicht, dass Durant diese Information preisgab.

Auch Berger neigte argwöhnisch den Kopf. »Halten Sie das für eine gute Idee?«

»Wird sich zeigen.« Julia war sich nicht ganz sicher, worauf genau diese Frage abzielte.

Einige Minuten später verließen die beiden das Gebäude. Frank hatte auf dem Weg zum Schreibtisch das Bedürfnis geäußert, eine zu rauchen. Sie fuhr mit ihm nach unten. Im Aufzug stieg ihr ein Geruch in die Nase. Sie konnte sich irren, betete, dass sie es tat. Trat näher an Hellmer heran, so dass sie seinen Atem riechen konnte. Er roch nach ungeputzten Zähnen, säuerlich, dazu eine Nuance von Kaffee.

»Ist was?«, fragte Hellmer.

»Lass uns erst rausgehen«, wich Durant aus.

Sie lehnten sich an einen Mauervorsprung. Er zündete sich eine Zigarette an, inhalierte gierig, hielt einen Moment inne. Julia beobachtete seine Bewegungen. Er zitterte. Sie rückte ein Stück näher, lehnte sich an ihn.

»Gib mir auch mal eine.«

Hellmer erstarrte. »Wie bitte?«

»Eine Zigarette. Keine Moralpredigt.«

Unschlüssig nestelte er eine zweite aus der Packung, rauchte sie kurz an und reichte sie weiter.

»Echt jetzt?« Noch hielt er den Glimmstengel fest zwischen den Fingern. Doch Julia sagte nichts weiter. In all den Jahren hatte sie sich mehr als ein Mal danach gesehnt. Hatte durchgehalten. Ein paar Pfund zugelegt und daraufhin ihr Joggingpensum erhöht, um dem entgegenzuwirken. Sie hatte ihren frischen Teint liebgewonnen und die Tatsache, dass sie drei Stockwerke erklimmen konnte, ohne außer Atem zu geraten. Aber das Verlangen blieb. Sie sog den Mund voll, schloss die Augen und atmete dann tief ein. Mechanismen, die man nie ablegte. Doch ihre Lungen waren es nicht mehr gewohnt, sie begann zu husten. Verschluckte sich, hustete und würgte, bis sie Sterne sah. Fluchend warf sie die Zigarette weg.

»War wohl nix«, murmelte Hellmer mit einem matten Grinsen.

»Scheiße. Frank, ich muss dich etwas fragen. Und ich erwarte, dass du mir ohne Umschweife die Wahrheit sagst.«

»Hm?«

Sie beobachtete Hellmer genau. Untersuchte die vertraute Mimik gezielt auf verdächtige Muskelbewegungen, als sie fragte: »Wann hast du zuletzt etwas getrunken?«

»Kaffee?«, fragte er fahrig lachend. Schob sich hastig den Filter zwischen die Lippen, um nicht weitersprechen zu müssen. Durant blieb ernst und beharrlich. »Du weißt, wovon ich rede.«

»Nur weil du nicht von den Kippen wegkommst?«, erwiderte er gereizt. »Was soll die Scheiße?«

»Warum antwortest du mir nicht einfach?«

»Ich trinke jeden gottverdammten Tag«, zischte er, und in seinem Blick loderte etwas auf, was sie lange nicht mehr gesehen hatte. Es war diabolisch, wie ein inneres Fegefeuer, das ihn verschlang. Selbst seine Stimme schien wütende Glut zu versprühen. »Jeden einzelnen Tag gehe ich durch die Hölle. Meine Kehle brennt, ich kippe literweise Kaffee in mich und saufe Wasser wie eine Herde Kamele. Der Brand bleibt.« Er redete sich in Rage, war aufgesprungen. Machte seinem Frust Luft. »Wenn es unerträglich wird, rauche ich zu viel oder presche mit dem 911er durch die Gegend. Malträtiere meinen Sandsack. Mache dazu gute Miene, weil ich die besorgten Gesichter nicht ertrage, die hinter meinem Rücken tuscheln. *Das ist doch der Hellmer. Armes Schwein. Der Job macht ihn kaputt. Dann die behinderte Tochter. Kein Wunder, dass er säuft. Er betrügt seine Frau.* Das liegt bereits sieben Jahre zurück! Seitdem ist eine Menge geschehen, aber verdammt noch mal, ich habe das Dreckszeug nie wieder angerührt. Und Nadine hat mir längst verziehen, obwohl ich's nicht verdient hätte. Aber manch einem steht es ins Gesicht geschrieben. *Der müsste doch gar nicht arbeiten gehen. So gut wie der müsste man es erst mal haben.*«

Seine Wut verwandelte sich in Selbstmitleid, die Stimme wurde leiser. Bebte. »Dass ausgerechnet du von mir denkst, ich würde wieder an der Flasche hängen, tut unglaublich weh.«

Quälende Sekunden verstrichen, in denen Julia sich wie eine miese Verräterin fühlte.

Plötzlich aber funkelte Hellmer sie angriffslustig an. Griff sich an die Stirn, als er eine Erkenntnis gewann: »Ich Idiot! Jetzt verstehe ich!« Er lachte auf. »Willst du deshalb bei mir einziehen? Um mich zu kontrollieren?«

Er hatte sie ertappt. Zumindest zum Teil. »Tut mir leid, Frank. Aber ich musste dich fragen. Du weißt, dass der nächste Exzess dein letzter sein könnte.«

»Ich weiß es jeden Tag«, sagte er leise. »Wenn ich an der Tanke stehe, wenn ein Geburtstag ist oder Neujahr. Wenn irgendwo Mon Chéri herumsteht. Wenn die innere Stimme dir zubrüllt: ›Ach komm, was macht denn schon eines?‹«

»Und deshalb muss ich es wissen. Die Krise mit Steffi ist keine einfache. Nadine ist nicht da, um dir Kraft zu geben. *Deshalb* ziehe ich ein. Dir und Steffi zuliebe. Na ja, und mir selbst tut es auch gut, nicht allein zu sein.«

Hellmer lehnte wieder neben ihr, blickte ins Leere. Zerfledderte die braungelbe Filterwatte. Dann sagte er leise: »Weißt du, was mir wirklich weiterhilft? Manchmal, wenn ich morgens derart dürste, dass ich Mundwasser saufen könnte? Es ist das Foto meiner drei Mädchen. Ich habe etwas Wunderbares, und wir haben noch viele Jahre vor uns. Das gibt mir Kraft. Ohne die drei wäre ich längst verreckt.« Er verstummte abrupt. Wie aus dem Nichts kullerte eine dicke Träne über seine Wange.

»Scheiße, verdammt«, wimmerte er tonlos. »Warum kann es nicht einfach mal ein paar Jahre gut laufen. Warum ausgerechnet ich? Warum Steffi?«

Julia legte schweigend den Arm um ihn.

DONNERSTAG, 14:50 UHR

Er hockte in unbequemer Haltung neben dem Bett. Doch er ertrug es und summte zufrieden die Melodie einer Rockballade. Seine Gedanken gehörten ihr allein. Wie sie dalag, in ihrer jugendlichen Unschuld. Eine magische Aura schien über ihr zu schweben, sie zum Leuchten zu bringen. Jenen perfekt geformten Körper, von der Statur eines Kindes mit den Attributen einer Frau. Keine Spur von Angst und Abscheu, wie sie sie ihm entgegengebracht hatte, als er das Gefängnis betreten hatte.

»Wer sind Sie?« Ihre Stimme hatte gebebt, es musste sie Überwindung gekostet haben, diese Worte zu formulieren.

»Keine Angst.« Mit dieser Floskel, betont ruhig, leitete er seine ersten Kontakte stets ein. Er hätte genauso gut die Lottozahlen aufsagen oder eine Gegenfrage stellen können, das wusste er.

»Ich habe hier Hygieneartikel und Fruchtsaft.«

Raschelnd stellte er die Papiertüte neben sich. Ihr Rand war gerollt und vom Tragen zerknittert, die scharfen Haltegriffe hatte er abgeschnitten. Fürsorge zeigen. Abwarten. Die Tür lag im Halbdunkel, von draußen fiel kein Licht herein. Sie konnte kaum mehr als seine Silhouette erahnen. Er vergewisserte sich, dass der Schlüssel an seinem Karabiner an der Hose hing. Drückte den Türspalt klackend zu, trat zwei Schritte in den Raum.

»Was wollen Sie von mir?«

»Ich kümmere mich um dich«, lächelte er, nun, da sie ihn besser erkennen konnte. Er setzte sich in Bewegung, sofort duckte sie sich. Hinter den panisch aufgerissenen Augen wurde der übliche Kampf ausgetragen. Hinter dem Bett kauern oder den Schutz aufgeben und die Distanz vergrößern? Er entsann sich eines anderen Mädchens, Jahre her. Sie war ein aufgewecktes Geschöpf gewesen, hatte sich für Flucht entschieden. Rannte vom Bett an die entlegenste Wand. Keine Säule, kein Schrank, keine Ecken. Umrundete den Raum rückwärts dreimal, barfüßig, bis sie ins Taumeln geriet und ihre schweißnassen Sohlen sie zu Fall brachten. Beate. Er zwang sich zur Konzentration. Kehrte zurück in die Gegenwart.

»Glaubst du an Gott?«, raunte er und verharrte. Zwischen ihnen lagen noch drei Meter. Sie blickte ihn nur fragend an, also fuhr er fort: »Man sagt doch: Gott, gib mir die Gelassenheit, die Dinge zu akzeptieren, die ich nicht ändern kann. Kennst du den Spruch?«

Kaum merklich und scheinbar widerwillig nickte Eva.

»Na, bitte.« Er lächelte schief. »Je eher du akzeptierst, dass du bis auf weiteres hier wohnen wirst, umso einfacher. Für uns *beide*«, betonte er.

»Ich m...möchte nach Hause«, wisperte sie.

»Das hier ist jetzt dein Zuhause. Denk daran, was ich eben gesagt habe.«

Sie schluckte erschrocken, dabei hatte er seine Stimme kaum angehoben. Vielleicht kamen Erinnerungen zurück, er tastete prüfend die Tasche seiner Trainingsjacke ab. Im Inneren verbarg sich eine Spritze. Sie enthielt dasselbe Sedativ, das er ihr am Abend ihrer Entführung verabreicht hatte. Sie begann zu weinen, unwillkürlich, war überfordert mit der Situation.

»Ich komme jetzt zu dir«, sagte er leise, aber bestimmt. Doch sofort schrak sie auf, schnellte nach oben, fluchtbereit. Barfüßig.

»Du hast nichts von mir zu befürchten«, betonte er, schritt langsamer, »ich kümmere mich um dich. Du hast keine Chance, mich zu überrumpeln. Kooperation bringt Belohnung. Bestrafen möchte ich dich nur ungern. Lass dich einfach darauf ein.«

»Soll ich dir also was vorspielen?« Eva rang sich einiges an Mut ab, doch er wusste, dass in die Enge getriebene Tiere instinktiv so handelten. Sie spie wütend aus: »Bist du ein Kinderficker? Ich bin fünfzehn! Soll ich so tun, als sei ich deine Prinzessin, weil du sonst keine abbekommst?«

»Du sollst vor allem die Klappe halten!«, zischte er wütend.

»Was bringt's mir denn?«, rief sie hysterisch und begann langsam, rückwärtszulaufen. Unbewusst hielt sie sich den Unterleib, ihre Schritte wirkten verkrampft.

»Welche Kleidergröße hast du? XXS?«, fragte er impulsiv. »Ich besorge Wechselkleidung. Es tut mir leid, dass du ausgerechnet jetzt in dieser unpässlichen Lage bist.«

»Hä?« Erst langsam begriff sie. Wurde aschfahl. »Woher …«
Sie hatte geahnt, dass sie beobachtet wurde, aber keinen Beweis gefunden. Suchte die Decke des Raumes erneut ab, konnte jedoch keine Kameras ausmachen. Er hatte sie gut verborgen.

»Hygieneartikel, Fruchtsaft«, wiederholte er und deutete hinter sich. »Wechselkleidung besorge ich noch. Wenn du mir deine Größe nicht sagst, muss ich schätzen.«

Oder nachmessen. Doch er wollte sie mit dieser Option nicht noch mehr verängstigen. Sie schüttete bereits jetzt mehr Stresshormone aus, als gut für sie war. Er zog die Kunststoffspritze aus seiner Tasche und umklammerte sie mit der Faust. Dann schnellte er nach vorn, überraschte die Kleine, die einen spitzen Schrei von sich gab. Keuchte schwer, doch er war trainiert, größer, schwerer. Ein halbes Dutzend großer Schritte, wie ein Jaguar, der seine Beute bespringt, dann hatte er sie. Gellende Schreie, in den Pupillen spiegelte sich die Furcht der Welt wider. Die Kanüle war mit einer Plastikkappe geschützt, er schob sie mit einer Hand herunter, während sein Ellbogen die Kehle des Mädchens umschloss. Er drückte sie zu Boden, sie bäumte sich ein letztes Mal auf, dann stach er ihr in den Nacken. Brennend entleerte sich eine gelblich klare Flüssigkeit in ihr Gewebe, ein letzter verzweifelter Schrei, dann wurden ihre Reflexe langsamer. Ihre Sinne vernebelten. Schwere. Finsternis. Er trug sie hinüber zum Bett, ein Fliegengewicht. Ihre Taille maß gerade mal fünfundsechzig.

Seine Finger fuhren ihr über die Lippen, er roch an ihren Haaren. Streichelte ihren Nabel, den feinster Flaum umgab. Das Zwerchfell hob sich sanft und gleichmäßig.

»Träum süß«, hauchte er. Drückte ihr mit breiten Lippen einen feuchten Kuss auf den Oberbauch. *Paracetamol*, schoss ihm in den Sinn. Wenn sie Schmerzen hatte, sollte sie etwas dagegen nehmen. Medikamente und Wechselkleidung. Er hatte sich vorhin, im Main-Taunus-Zentrum, nicht überwinden können, in eine der Boutiquen zu gehen und dort Kleider in Kindergröße zu kaufen. Nicht so nahe. Nicht, wo auch nur der Hauch einer Möglichkeit bestand, dass man ihn erkannte.

»Ich kümmere mich um dich«, murmelte er ihr zum Abschied zu, »ich kümmere mich gut um dich. Besser, als deine kranke Mutter es tut, die dich auch in einem Gefängnis hält. Aber sie tut es um ihretwillen. Nicht, weil du so etwas Besonderes bist. Etwas Besonderes verdienst. Auch wenn es am Ende bedeutet, dass du einen frühen Tod sterben wirst.«

Er schloss die Tür auf, vergewisserte sich noch einmal, dass er nichts vergessen hatte. Presste sie von außen wieder zu, verriegelte alles. Sein Puls ging schnell, er spürte seine Erregung. Die Lust schmerzte, trieb ihn beinahe in den Wahnsinn. Er sehnte sich danach, mit ihr zu schlafen.

DONNERSTAG, 15:45 UHR

Durant und Hellmer stiegen aus dem Porsche. Es war schwül, eine bedrückende Atmosphäre. Schien den ganzen Stadtteil zu lähmen. Achtundvierzig Stunden. So lange war Eva Stevens nun bald verschwunden. Weder das Durchkämmen der Umgebung noch massenhafte Befragungen hatten etwas ergeben. Der Polizeihelikopter flog nur noch alibihalber seine Kreise. Das Foto ihrer Tochter war gegen den Widerspruch von Melanie Stevens in Zeitungen und Internet veröffentlicht worden. Doch es gab nichts mehr zu schützen. Der zarte Vogel war seinem goldenen Käfig entkommen.

Conrad Stevens öffnete den beiden, bat sie leise ins Haus. Seine Frau habe sich hingelegt, erklärte er mit dem Zeigefinger vor den Lippen. Sie habe Valium bekommen.

»Ist sie in Behandlung?«, erkundigte sich Durant, nachdem sie sich kurz vorgestellt hatte.

»Therapeutisch oder medikamentös?«, fragte Stevens sarkastisch. Winkte ab. »Weder noch. Auch wenn sie es weiß Gott nötig hätte.«

»Übernehmen Sie diese Rolle?«

»Um Himmels willen, nein. Ich leide nur unter ihren Macken. Aber was tut man nicht alles aus Liebe?« Er lachte, es klang zynisch. »Melanie würde ohne mich kaum zurechtkommen.«

»Verstehe ich es richtig, dass Sie Ihre Tochter davor schützen wollen, genauso zu werden?«

»Ja, unbedingt.«

»Mit einem Handy, von dem niemand etwas weiß.«

»Unter anderem. Eva ist in einem kritischen Alter, Pubertät, Sie wissen doch, wie junge Mädchen sind. Ich kann sie ja

157

schlecht zu Hause festbinden. Ein Mädchen sucht sich Männer, die ihrem Vater ähneln. Also versuche ich, ein gutes Vorbild zu sein. Dazu gehört auch gegenseitiges Vertrauen.«

»Und Kontrolle.«

»Nur in bestimmten Fällen. Ich habe das Handy nie genutzt, um sie auszuspionieren. Habe sie überall hingefahren und abgeholt, auch nachts um zwei, wenn es sein musste.« Er seufzte schwer und zuckte mit den Achseln. »Alles ohne Melanies Wissen.«

»Wussten Sie auch von dem Chatroom?«

Conrad schrak zusammen. »Welcher Chatroom?«

»Eva hat einen Weg gefunden, mit ihrer Clique zu kommunizieren. Trotz der restriktiven Computereinstellungen. Das scheint Sie zu stören?«

»Ach, Unsinn.« Conrad fuhr sich über die feinporige Stirn, auf der sich ein feuchter Film gebildet hatte. »Wenn sie sich frei durchs Netz bewegen wollte, brauchte sie nur in mein Büro zu kommen.« Er dämpfte verschwörerisch seine Stimme. »Verraten Sie das bloß nicht weiter. Sagen Sie mir lieber, was Sie unternehmen, um mein, ähm, *unser* Mädchen wiederzufinden.«

»Der Fall hat höchste Priorität«, erwiderte Durant knapp.

Bereits Minuten später war das Gespräch beendet, und sie gingen nach draußen. Als sie außer Hörweite waren, konstatierte die Kommissarin: »Ein krankes System, findest du nicht?«

»Nadine und ich leben jedenfalls anders«, entgegnete Hellmer.

»Traust du ihm zu, selbst mit drinzustecken?«

»Wie?« Hellmer hob die Augenbrauen. »Warum sollte er seine eigene Tochter entführen? Er hat hier doch schon einen wunderbaren Knast für sie.«

»Ja, eben. Die Mutter ist die Hexe, von der beide nicht loskommen. Der Vater rettet seine Prinzessin aus ihren Fängen.

Verbündet sich mit ihr, siehe das Handy oder der Computer in seinem Büro. Eva ist abhängig von ihm, und loyal sowieso. Es wäre nicht das erste Mal, dass ein Vater sich bei seiner Tochter holt, was er bei seiner Frau nicht bekommt.«

»Darüber muss ich nachdenken«, brummte Hellmer. Dann trat ein Lächeln auf seine Miene. »Aber deine Theorie hat auch ein Manko.«

»Und das wäre?«

»Als ich letztes Mal hier war, musste ich meine Vernehmung unterbrechen. Kehrte kurz darauf noch mal zurück, da habe ich die beiden praktisch in flagranti erwischt. Sexuell scheint sich da noch was abzuspielen.«

»Das System ist trotzdem krank«, schloss die Kommissarin.

Sie telefonierte mit Berger und Kullmer und erfuhr, dass Georg Neumann am Abend des Mordes ein weißer Opel Astra aufgefallen war. Er habe ihn nur deshalb bemerkt, weil er ihn zuvor geschnitten habe. Als wolle er eilig zum Uferparkplatz, dann aber wendete er an einer Einmündung und blieb stehen. Danach hat er ihn aus den Augen verloren, denn er sei ja unterwegs in Richtung Brücke gewesen. Auf konkretes Nachfragen wollten nun auch Hannah und Tim ein weißes Fahrzeug gesehen haben.

»So eine dumme Bande!«, ärgerte sich Durant und hätte am liebsten die gesamte Clique noch mal ins Präsidium zitiert. »Was gibt es denn Wichtigeres als einen Wagen, zumal wir Reifenspuren gefunden haben? Können die nicht eins und eins zusammenzählen?«

»Gassigänger wurden erwähnt«, verteidigte Hellmer die jungen Leute. »Die parken am Wegrand, laden ihre Köter aus, wie selbstverständlich. Wahrscheinlich ist das so normal, dass es keinem mehr im Gedächtnis bleibt.«

»Aber bei Mord ... na, egal. Kullmer fragt eine Liste aller weißen Astras ab, das werden leider nicht wenige sein.«

»Kennzeichen?«

»Nichts Auffälliges. Neumann gab zu Protokoll, dass es kein
auswärtiges Nummernschild war. Aber mehr konnte er nicht
dazu sagen.«

»Warten wir die Liste ab«, nickte Hellmer und gähnte. Sie
wussten beide, dass sie nur wenig zur Fahndung beitragen
konnten. Sämtliche Reviere waren alarmiert, überall hielt man
Ausschau nach dem vermissten Mädchen. Suchte in leerste-
henden Gebäuden, Schrebergärten, wertete die Tüten voller
echter oder vermeintlicher Spuren aus, die sich angesammelt
hatten. Jedes Kaugummipapier, jede Zigarettenkippe in einem
Radius von fünfhundert Metern rund um Evas letzten Aufenthaltsort waren aufgesammelt worden und warteten nun
auf forensische Begutachtung.

»Ich würde gerne zu Stephanie fahren«, gab Hellmer kleinlaut zu verstehen.

Durant überlegte kurz. »Setz mich am Präsidium ab, bitte, ich
möchte noch meine Ablage durchgehen und ein paar Dinge
klären. Gepackt habe ich auch noch nicht.«

»Julia, du brauchst nicht ...«, begann Hellmer, doch sie schnitt
ihm entschieden das Wort ab.

»Keine Diskussion. Ich bin um halb sieben, sieben da. Be-
stellst du uns eine Pizza?«

»Mal sehen. Wollte noch mit der Familie von Xenia sprechen,
Steffis Freundin, bei der sie übernachten wollte. In der Nacht,
als das Foto entstand.« Hellmer stieß einen Seufzer aus. »Mein
Gott, bin ich erleichtert, dass keiner sie vergewaltigt hat. Aber
wer weiß, wer seine dreckigen Griffel ...«

»Ruhig, Frank, mach dich nicht verrückt mit solchen Gedan-

160

ken. Sprich mit Xenia, aber raste bloß nicht aus. Wir können das auch zu zweit machen, ist vielleicht besser.«

Hellmer zuckte unentschlossen die Schulter. Der Porsche rüttelte über das Kopfsteinpflaster des Industriegebiets.

»Dann nicht zum Präsidium?«

»Nur kurz. Zuerst Wohnung, dann Büro.«

In ihrer Wohnung am Holzhausenpark griff Durant sich einige Tops und Shirts, dazu Unterwäsche und ein Schlafhemd. Eine Jeans und eine Stoffhose, Wechselschuhe. Sie tat dies mit geübten Griffen, trauerte der Einsamkeit nicht nach, als sie die Wohnung wieder verließ. Hoffte, dass sie ihrer Nachbarin nicht begegnete. Sollte diese ruhig glauben, dass sie erst kommenden Montag wiederkäme. Ihr stand nicht der Sinn nach Rechtfertigungen. Danach, für ihren Vater bedauert zu werden. Hellmer wartete geduldig unten, er rauchte drei Zigaretten. Doch er hätte die ganze Packung wegquarzen können, es war Julia gleichgültig. Alles, solange er nicht wieder soff. Sie schickte ein tonloses Stoßgebet zum Himmel. Minuten später erreichten sie das Präsidium, auf dem Innenhof herrschte Betrieb. Fuhren auf Hellmers Parkplatz, er nahm den Lift, sie die Treppe. Er wollte bei Schreck vorbeischauen, während sie direkt ins Büro ging. Auf dem letzten Treppenabschnitt stieß sie um ein Haar mit Doris Seidel zusammen.

»Julia!«

Sie berappelte sich. »Gute Arbeit mit dem Astra.«

»Danke. Nur leider ist die Liste endlos. Peter sagt, es gebe deutschlandweit um die zwei Millionen Astras. Im Rhein-Main-Gebiet dürften es Zehntausende sein.«

»Weiß, heimisches Kennzeichen, da müssen wir jetzt durch. Frankfurt, Offenbach, Hanau. Dann weiten wir es aus. Melde dich per Handy, sobald etwas herauskommt. Ich bin bei Hellmer.«

»Hab's mitbekommen. Irgendwas mit seiner Tochter?«

»Frag nicht. Wir unterhalten uns morgen, okay?«

Durant eilte an ihren Platz, wo ein überfüllter Posteingang auf sie wartete. Sie fischte wahllos einige Kuverts heraus, während sie den PC hochfuhr. Den Rest ignorierte sie. Auch einen dicken, milchkaffeebraunen Umschlag. Den sie zwar argwöhnisch registrierte, ihm aber keine weitere Beachtung schenkte. Opel Astra, erste Baureihe. Sie überlegte, ob der Kofferraum des Mittelklassewagens Platz genug für ein entführtes Mädchen bot. Oder war sie freiwillig eingestiegen?

DONNERSTAG, 16:33 UHR

Sie betrachtete sich im Spiegel und war zufrieden mit dem, was sie sah. Feste Brüste von der Sorte, die ohne BH auskamen, ein flacher Bauch. Sie widerstand der immerwährenden Versuchung, das Essen der Restaurantkette zu konsumieren. Sonst, wusste sie, sähe ihre Hüfte anders aus. Unwillkürlich dachte sie an Claudia. Schämte sich. Claudia hätte einen kleinen Finger geopfert, um so auszusehen wie sie. Doch führte sie auch das bessere Leben? Noch eineinhalb Stunden. Gloria schlüpfte in ein enganliegendes Unterhemd, welches sie gern unter ihrem Arbeitsoutfit trug. Keiner glotzte ihr so auf die Nähte eines Büstenhalters oder sah das Tattoo auf dem Oberarm durchschimmern. Sie war wunderschön, aber hatte es satt. Der Computerlüfter surrte leise in die Stille der Wohnung. Kämpfte gegen die Wärme, die sich im Dachgeschoss staute. Von einer besseren Dämmung oder einem Klimagerät wollte der Vermieter nichts wissen. Glotzen und grapschen, *das* konnte er. Sie hatte es aufgegeben, auf ihr Recht zu pochen. Gloria bewegte die Maus, ein Klingen verriet ihr, dass neue E-Mails eingetroffen waren. Ihr Atem stockte. Nur *einen* Tag … doch diesen Gefallen tat er ihr nicht.

Hallo Gloria.
Ich habe ein bisschen gebastelt, gefällt's Dir?
Ich sehe Dich jeden Tag, Dein Geruch ist in mir, Deinen Geschmack stelle ich mir vor. Bin Dir näher als jeder andere, so lange, bis Du mir verfällst.

Das würde nie passieren, dessen war sie sich sicher. Grimmig scrollte sie hinab, erschrak. Drei Nacktfotos, vermutlich von einer Porno-Seite. Junge Blondinen. Eine ritt, die Hände auf den Körper eines Mannes gestützt, auf dessen Penis. Von dem Männerkörper war nicht viel mehr zu sehen, aber das Konterfei der Darstellerin ließ sie erbleichen. Gloria blickte in ihre eigenen Augen. Lächelte sich selbst an, auf einem anderen Körper, dessen Statur der ihren nur annähernd ähnlich war. Sie hauchte einen tonlosen Fluch, betrachtete auch die anderen beiden Bilder. Liegend, die Brüste streichelnd, eine Hand an der Scham. Sinnliche Haltung, dasselbe Lächeln. Dasselbe Gesicht. Es war das Foto ihres Abschlussballs des Abiturjahrgangs. Seit Monaten nicht mehr auf Facebook zugänglich. Doch dieses Schwein schien alles gespeichert zu haben. Sie schluckte schwer, beschloss, das dritte Bild nicht auch noch zu betrachten. Erkannte nur die Ladung Sperma, die ein Dekolleté hinunterrann. Ihr Dekolleté. Verdammt. Selbst ein Tattoo hatte er ihr verpasst, das dem ihrigen glich. Woher kannte er es überhaupt? Ein Bikinifoto aus Ägypten? Viel zu spät hatte sie sich über Privatsphäre Gedanken gemacht. Gloria löschte die Mail, markierte sie als Spam, obwohl sie wusste, dass das nichts half. Er benutzte zu viele Absender, erreichte sie immer. Seinetwegen besaß sie unterschiedliche Accounts bei diversen Onlinehändlern, war nur noch in einem sozialen Netzwerk aktiv, hatte eine neue Handynummer. Schon die dritte. Kein Festnetz. Nur eine wechselnde Nummer über Internet-Telefonie. Doch ihre Wohnung und ihren Job, die Ausgehgewohnheiten in der Frankfurter Clubszene; das konnte und wollte sie nicht so einfach aufgeben. Sie öffnete Facebook. Er war online, wie sollte es auch anders sein. Er kannte ihren Tagesablauf. Zuweilen, wie es schien, besser als sie selbst. Er hatte sich ein neues Profil zugelegt, mit dem er sie anschrieb. Dies tat er öfter, damit sie ihn nicht blockieren konnte.

»Wo warst Du gestern?«

Sie ignorierte ihn. Doch er konnte in seinem Chatfenster sehen, dass sie den Text gelesen hatte. Die Zeilen poppten in schneller Abfolge nacheinander auf:

»Hast Du Deinen Dienst getauscht?
War sehr verärgert!
Ich sollte mich bei Deinem Chef beschweren.«

Sie suchte den Button, mit dem sie den unbekannten Absender ignorieren konnte. Bevor sie die Funktion aktivierte, kam noch ein Satz durch:

»Sehen wir uns nachher?«

Sie vergrub den Kopf in die Hände und schluchzte leise. Verzweifelt. Niemand half ihr. Dabei hatte sie es so satt, auf dem Präsentierteller zu stehen, mit freundlicher Miene zum bösen Spiel. Hatte ihren Vorgesetzten zu Rate gezogen, doch dieser gab ihr sehr deutlich zu verstehen, dass es in einem Franchise-Unternehmen keine Hausverbote gab. Sie solle froh sein, Kunden zu haben, die auf sie fixiert seien. Könne sie mit Promo-Artikeln bei Laune halten, hier mal eine Portion mehr, da mal ein Sonderangebot.

»Und wenn er dir auf die Titten starrt, dann lass ihn doch«, hatte er knallhart resümiert. »Hauptsache, er kommt gerne wieder. Wag es ja nicht, ihn zu vergraulen.«

Gloria war nicht entgangen, dass auch ihr Boss sie begehrenswert fand. Er tätschelte sie beim Hinausgehen, versuchte, so viel Handfläche wie möglich auf sie zu pressen. Chauvinistisches Schwein. Doch sie brauchte den Job, es gab derzeit keinen besseren. Noch ein halbes Jahr, dachte sie. Maximal. Aber Darius würde nicht einfach so verschwinden, wenn sie ihre Schürze abgab und dem Tresen den Rücken kehrte. Er würde auf sie warten. Auf dem Parkplatz, in der Dunkelheit, am Computer. Sie war ihm hilflos ausgeliefert. Gloria weinte noch ein paar Minuten, fühlte sich einsamer denn je, dann löschte sie seine Mail. Meldete sich von Facebook ab und fuhr den Rechner herunter. Noch eine Stunde.

Kalte Angst stieg in ihr hoch. Schnürte ihr die Kehle zu. Sie hätte sich am liebsten krankgemeldet, doch sie wusste, dass man ihr das nicht durchgehen ließe.

DONNERSTAG, 17:20 UHR

Karl Leibold lenkte den Audi in die Garage. Zwängte sich aus der Tür, damit er sie an der Wand nicht verkratzte. Der Wagen war nur geleast, aber er musste für Schäden geradestehen. Er warf die dunkle Pilotenbrille auf den Ledersitz und fuhr sich durch die strähnigen Haare. Ein Dressman. Ein Schönling. Er öffnete den Kofferraum und entnahm ihm einen Aktenkoffer, außerdem eine Reisetasche. Er ging nach innen, begrüßte seine Frau mit einem Kuss.

»Was gibt's Neues?«

»Die kleine Stevens ist verschwunden«, raunte sie, sich an ihn schmiegend wie eine Katze.

»Verdammt. Ich habe eine Radiomeldung aufgeschnappt, aber den Namen nicht gehört. Schlimm?«

»Für Greta ja, schätze ich. Eva hat zu Hause angegeben, sie würde bei uns übernachten.«

Karl wirkte überrascht. »Hat sie?«

»Quatsch. Ich mag sie nicht, und das weißt du auch.« Kathrin löste sich aus der Umarmung. »Ich habe Lasagne im Ofen, möchtest du?«

»Hm. Ist Greta da?«

»Oben. Lass uns zusammen essen, okay? Die Sache mit Eva macht mir irgendwie Angst. Um sechs Uhr?«

Karl murmelte etwas Zustimmendes und trug seine Taschen ins Schlafzimmer. Den Koffer plazierte er in einem kleinen Nebenraum, der als Büro fungierte. Er zog einen Laptop heraus, schloss ihn ans Ladegerät an, dann ging er zurück in die Küche. Er fand Kathrin am Herd stehend vor, sie setzte Wasser auf. Seine Hände umschlangen ihre Hüfte, glitten hinab zu ihrer Scham. Sie stöhnte impulsartig auf. Es war ein unsichtbarer Mechanismus, der sie in Bewegung zu versetzen schien. Sie drehte sich um und schob ihm die Zunge in den Mund.

»Hab dich vermisst«, nuschelte sie kokettierend. »Nimm mich gleich hier.«

»Was ist mit Greta?«

»Die bekommt doch nichts mit.« Sie begann, sein Hemd aufzuknöpfen.

»Moment«, wand sich Karl. »Lass uns hochgehen.«

Doch sie hatte das Hemd bereits auseinandergeschoben. Bearbeitete seine Brust mit den Zähnen. Gänsehaut überlief ihn, Blut schoss in sein Genital. Er packte ihre Haare, sie stöhnte auf, als er ihren Kopf nach hinten zog. Klemmte ihre Hüfte zwischen seine Schenkel und schob das schwarze Top nach oben, um ihre Brüste freizulegen. Er nahm sie auf dem Sofa, wo zuvor Kullmer und Seidel gesessen hatten. Es dauerte nur Minuten, anschließend verwöhnte er sie mit seinen Fingern, bis sie einen spitzen Schrei ausstieß und erbebte. Erschöpft ließen sie voneinander.

»Der Bulle sah aus wie du«, verkündete Kathrin guttural, als sie wieder zu Atem gekommen war. Sie lag in seinen muskulösen Armen, spürte das pumpende Herz. Warum sie es sagte, wusste sie nicht. Während des Orgasmus hatte sie an Kullmer denken müssen.

»Welcher Bulle?«

»Zwei waren hier, ein Pärchen, glaube ich. Haben mich über die Stevens ausgefragt.«

Karl zuckte kaum merklich zusammen. Seine Gedanken rasten.

»Und?«

»Sie wollten herumwühlen im Umfeld der Familie. Ist doch normal, wenn ein Teenie vermisst wird. Ich habe ihnen natürlich nichts gesagt, falls du das meinst.«

»Was sollte ich sonst meinen?«, brummte er unwirsch.

Kathrin drückte sich nach oben, gab ihm einen flüchtigen Kuss zwischen die Brustwarzen. Sie zog ihr Top zurecht, schüttelte den Kopf und richtete ihre Frisur.

»Ich schaue nach dem Essen. Holst du Greta?«

Karl verharrte einen Moment. Dachte nach über das, was seine Frau eben gesagt hatte. Die Polizei würde das Leben der Familie Stevens auf den Kopf stellen, solange Eva abgängig war. Es würde den Beamten dabei vollkommen gleichgültig sein, welche Details sie ans Licht brachten, denn auf den ersten Blick schien alles wichtig zu sein. Welche Rolle dabei die gemeinsame Vergangenheit der beiden Familien spielte, würde auf die Phantasie der Ermittler ankommen.

Grund genug, sich Sorgen zu machen.

Greta saß an ihrem Computer und tippte an einer Geschichtshausaufgabe. Sie trug Kopfhörer, hörte Karl nicht kommen, sah erst seine Spiegelung im Monitor, als er ihr die Hände auf die Schultern legte. Versteifte sich sofort, als hätte sie den Leibhaftigen gesehen. Rang sich ein Lächeln ab und versuchte, sich aus seiner Berührung zu lösen.

»Hey, Kleines, was hast du denn?« Karl lächelte sie an. »Ich bin's doch nur, dein Papa.«

In der Küche stand Kathrin Leibold wieder vor dem Herd. Der Backofenlüfter summte vor sich hin, der Käse war dunkelbraun und stellenweise nach oben gewölbt. Hier und da ploppte eine Blase auf. Sie strich sich eine Träne aus dem Gesicht. Lugte in einen glänzenden Topfdeckel, prüfte, dass ihre

Schminke nicht verschmiert war. Ihre Aufmerksamkeit galt den Geräuschen aus Gretas Zimmer. Leise, kaum hörbare Stimmen. Sie öffnete und schloss einen Küchenschrank. Klapperte mit der Besteckschublade.

»Essen ist fertig«, rief sie dann.

Kathrin Leibold liebte Karl nicht, hatte ihn nie wirklich geliebt. Er hatte ein begehrenswertes Äußeres und sorgte für ihre finanzielle Sicherheit. Für eine gute Bildung Gretas. Doch sie lebte in permanenter Angst. Karl war ein kontrollierender Mann, eiskalt, wenn er wollte. Lüstern und zügellos. Ob er sich bemühte, sie zu befriedigen, hing einzig und allein von seiner Laune ab. Janusgesichtig gab er den liebenden Familienvater, den Fürsorger, den Mitfühlenden. Doch dann zeigte er seine verborgene Seite. Er hortete pornografische Videos mit jungen Mädchen auf seinem Computer. Jugendliche. Keine Kinder mehr, aber näher am Kind als am Erwachsensein. Auf seinen Geschäftsreisen ging er regelmäßig mit Prostituierten ins Bett. Er hob nie die Hand gegen seine Frau oder das Mädchen. War meistens kontrolliert, doch in seinen Augen loderten gefährliche Flammen. Kathrin Leibold musste seiner dunklen Seite zuvorkommen. Wusste, dass sie sich ihm hingeben musste, wann immer er wollte. Tat es, ohne aufdringlich zu sein. Ein schwieriger Spagat, und es spielte keine Rolle, ob sie in Stimmung war, ob sie ihre Tage hatte oder unter Übelkeit litt. Sie musste Karl in sexueller Hinsicht die perfekte Partnerin sein. Nur dann würde er sich vom Zimmer ihrer Tochter fernhalten. Die Ungewissheit dieses stillen Arrangements raubte Frau Leibold den Verstand.

DONNERSTAG, 18:10 UHR

Eine anstrengende Schicht lag hinter ihr. Müde schlurfte Claudia zu ihrem verbeulten Nissan. Sie hatte einen Arbeitskollegen beim Griff in die Kasse beobachtet, doch anstatt ihn zu melden, hatte sie sich von ihm um den Finger wickeln lassen. Er sei der Dienstältere, wem würde der Chef wohl glauben. Als sie sich nicht sofort kooperativ zeigte, hatte er sie in die Enge gedrängt.

»Wer glaubt schon einer fetten Henne wie dir?« Der Akzent, das gegelte Haar, der Mundgeruch. Dazu die wilde Entschlossenheit in seinen Augen. »Ich sage dem Chef, *du* hast hineingelangt. Dann werden wir ja sehen.«

Schließlich hatte sie klein beigegeben. Sie würde schweigen. Ihr Magen stach, als sie den Wagen erreichte. Claudia ließ solche Dinge viel zu nah an sich heran. Schien ein Magnet zu sein. Sie spürte das Magengeschwür förmlich aufgehen. Dann fiel ihr Blick auf den Vorderreifen. Platt. Rundherum lagen braune Scherben, schätzungsweise eine Bierflasche. War sie derart unachtsam gewesen?

Verzweifelt sah sie sich um. Erschrak, als sie in ein bekanntes Augenpaar blickte.

»Dumme Sache.« Darius verzog den Mund. »Haben Sie ein Ersatzrad dabei?«

»Ich glaube nicht.«

»Soll ich nachsehen?«

Claudias Herzschlag beschleunigte sich. Der Eingang lag außer Sichtweite, nach hinten hatte das Restaurant keine Fenster. Sie wusste, dass Gloria den Mann, der ihr gegenüberstand, hasste. Gloria behauptete, er würde sie belästigen. Doch er war nett und höflich. Vielleicht bildete sie sich das nur ein? Gloria gehörte zu dem Typ Frau, dem jeder Mann hinterhersah. Sie gab sich offenherzig, flirtete mehr, als das Franchise es von den Mitarbeitern forderte. Wackelte mit ihrem kleinen Hintern, um den Claudia sie so beneidete, wie eine läufige Gazelle. Kein Wunder, wenn jemand darauf ansprang. Dieser Typ war kein Adonis. Doch er gehörte durchaus zu dem Typ Mann, der für Frauen wie Claudia unerreichbar schien.

»Das wäre nett«, antwortete sie daher mit scheuem Blick.

Darius suchte nach dem Reservereifen, fand aber nur ein Notrad.

»Keine Luft«, meldete er. »Würden Sie es drüben an der Tankstelle aufpumpen lassen? So lange schraube ich den Reifen ab.«

»Du«, sagte Claudia schnell, und Darius neigte fragend den Kopf. Sie ergänzte: »Wir müssen uns hier draußen nicht siezen.«

Er lächelte nur.

Zehn Minuten später war alles erledigt. »Sie sollten nur bis zur Werkstatt fahren, keinen Meter weiter«, mahnte er, als Claudia einstieg.

»Wir wollten uns doch duzen.«

»Ach ja. Soll ich hinterherfahren und dich mitnehmen?«

»Habe ich dir nicht schon genug Umstände bereitet? Aber ich lade dich gerne auf ein Eis ein. Oder einen Cocktail.«

Darius musste sich größte Mühe geben, sein breites, selbstgefälliges Grinsen zu unterdrücken. Es war so einfach manchmal, so verteufelt einfach.

Sie parkte den türkisfarbenen Wagen vor einem Reifenservice, der bereits geschlossen hatte. Watschelte zu Darius' BMW, er hatte das Verdeck geöffnet.

»Schicker Wagen. Was arbeitest du?«

»Selbständig, ist kompliziert«, wich er aus.

»Gloria ist nicht gut auf dich zu sprechen«, wechselte sie unbeholfen das Thema. Innerlich hin- und hergerissen, aber wie eine Biene dem Nektar verfallen. Claudia hatte seit über zwei Jahren keinen Freund gehabt. Kein Sex, abgesehen von zwei One-Night-Stands, von denen sie keiner befriedigt hatte. Sie fühlte sich zu Darius hingezogen, spürte, dass es ihm ähnlich zu gehen schien. Gloria behauptete, er würde sie stalken, doch was wusste diese eingebildete Ziege schon? Gab vor, ihre Freundin zu sein, aber in Wirklichkeit war sie nur auf ihren eigenen Vorteil bedacht. Gönnte ihr keinen Mann. Keine Nähe, nach der sie sich so sehnte. Sie fuhren nach Hanau, setzten sich in eine Bar, tranken jeder zwei Cocktails. Darius ging zur Toilette, kehrte zurück. Claudia schob ihr Handy zurück in die Handtasche.

»Was hast du gemacht?«, fragte er.

»Nur kurz auf Facebook geschaut. Bist du auch da?«

»Ab und zu«, wich Darius aus.

»Ob du angemeldet bist, meine ich.«

»Nur zum Schauen. Ist doch egal.«

Claudia wurde misstrauisch. Sie fasste sich ein Herz. »Gloria sagte, du seist da. Stimmt das?«

Darius fuhr sich fahrig durchs Haar. »Gloria hat mich verletzt. Aber ich möchte nicht darüber reden, denn es ist seit langem endlich mal wieder ein schöner Abend.«

Er wusste um Claudias Dilemma. Sie schien keinen Wert auf Privatsphäre zu legen, man konnte im Internet ihre Urlaubsfotos einsehen, ihren Beziehungsstatus und alles, was sie teilte. Das Profil einer sehnsüchtigen, unerfüllten Persönlichkeit. Seine Worte trafen ins Schwarze.

»Was findest du schön?«, fragte sie mit großen Augen.

»Diesen Moment, unsere Laune, die Cocktails«, sagte Darius, dann leise: »Und dich.«

Seine Worte lösten ein Kribbeln in ihr aus.

»Mir gefällt es auch«, sagte sie und lachte dann. »Mal abgesehen von dem platten Reifen.«

Sie zahlten und gingen. Darius fuhr zum Bärensee, wo sie von einer einsamen Stelle aufs Wasser blickten.

»Erzähl mir von Gloria«, forderte er abrupt.

»Warum? Was ist mit ihr?«

»Ich möchte sie verstehen. Vielleicht gibt es einen Grund, warum sie mich hasst. Findest du nicht, man sollte ein Recht darauf haben, zu erfahren, was andere über einen denken?«

»Ich weiß nicht.«

»Würdest du nicht gerne wissen, was ich über dich denke?«, lockte Darius.

»Schon.«

»Du aber zuerst. Ich möchte diese Sache mit Gloria gerne abhaken.«

Bereitwillig erzählte ihm Claudia alles, was sie wusste.

DONNERSTAG, 19:10 UHR

Die Baumwipfel wiegten sich im Abendwind. Krähen stoben auf, als der Porsche durch die Allee glitt. Hellmer hatte alle Fenster geöffnet, ließ sich den Fahrtwind um die Nase streichen. Eine Bodenwelle fuhr ihm durch Mark und Bein. Er stellte den Wagen in Ufernähe ab, achtete darauf, nicht im Weg zu stehen. Doch weit und breit war niemand zu sehen. Der Main floss ruhig dahin, Enten quakten. Hellmer schloss nicht ab. Handy, Portemonnaie und Zigaretten nahm er mit sich, schritt behäbig den Weg entlang. Er erreichte zwei Bänke, einen silbergrauen Abfalleimer. Trittspuren, das Wort *Hure* war daraufgesprüht. Müll lag auf dem Boden verteilt, vermutlich die Krähen, dachte er. Er setzte sich, zündete eine Zigarette an. Blies den Rauch aus, kniff die Augen zusammen, dachte nach. Es war dieselbe Tageszeit gewesen. Dasselbe Wetter, dasselbe Licht. Abendstimmung. Keine Passanten. Niemand hatte Mathias Wollner gesehen oder gehört. Zweifelsohne hatte dieser geschrien. Doch alles war totenstill. Er blickte auf den Asphalt hinab. Wurzeln hoben ihn an, er war ausgebeult und rissig. Kaugummispuren. Hundekot. Der weiße Astra hatte wenige Meter entfernt geparkt. Befand sich Eva im Wagen, als ihr Freund starb? Freiwillig? Oder war sie sediert? Das Mädchen wog kaum über fünfzig Kilo, eine Statur, die es einem halbwegs kräftigen Mann nicht allzu schwermachte.

Ein metallisches Knacken riss Hellmer aus seinen Gedanken. Ein Fahrrad näherte sich. Verstohlen trafen sich die Blicke der beiden Männer. Der Fahrer war unrasiert, die schwarzgrauen Haarsträhnen fielen ihm ungebändigt über Stirn und Ohren. Er trug zerschlissene Kleidung. Grüne Satteltaschen mit Warndreiecken. Der Gurt einer Hüfttasche kreuzte seine Brust. Scheinbar unschlüssig, verlangsamte er die Fahrt, sein Blick traf den Mülleimer. Hellmer saß auf der äußeren Bank, offenbar ausreichend weit entfernt. Der Fremde steuerte auf den Metallbehälter zu, hielt an und lugte hinein. Griff hinein, doch es war nur eine zerschnittene Getränkedose, die er in Händen hielt. Er vermied einen weiteren Blickkontakt mit

Hellmer, und dieser versuchte, nicht zu offensichtlich hinzusehen. Wieder ein Pfandsammler. Es gab sie selbst abseits der belebteren Stadtgebiete. Wie konnte es sein, dass in einem reichen Land Menschen von Almosen leben mussten? Der Kommissar spürte den Porscheschlüssel in seiner Hosentasche. Fühlte sich plötzlich unwohl, wünschte, dass der Mann endlich verschwinden würde. Er kannte die Sammler, die alltäglich am Präsidium vorbeikamen. Vormittags eine Frau, deren langes, graues Haar stets ordentlich in ein Tuch gewickelt war. Nachmittags ein Mann. Mitte vierzig. Man hätte ihn in seiner Latzhose für den Hausmeister halten können. Feste Routen, feste Zeiten. Selbst das Betteln in einer Großstadt unterlag Regeln. Quietschend setzte sich das rote Klapprad in Bewegung. Hellmer sprang auf. »Halt, warten Sie mal kurz«, rief er.

Es grenzte an ein Wunder, dass der Fremde sich tatsächlich umdrehte. Fragend neigte er den Kopf.

»Redest du mit mir?«

»Sehen Sie sonst jemanden?« Hellmer näherte sich ihm. Der Fremde griff demonstrativ um seine Tasche.

»Keine Angst, ich gehöre zu den Guten«, sagte Hellmer etwas unbeholfen.

»Was willst du?«

»Fahren Sie jeden Tag hier entlang?«

»Und wenn's so wäre?« Es waren die skeptischen Fragen eines Mannes, der das Vertrauen in seine Mitmenschen längst verloren hatte.

»Am Dienstag ist hier ein Mord geschehen und eine Entführung. Ich bin von der Kriminalpolizei. Daher meine Frage. Sie sammeln Pfandflaschen, haben Sie eine feste Route und Uhrzeit?«

»Wenn du's eh weißt, brauchst du ja nicht zu fragen.«

Hellmer überlegte kurz, zog sein Portemonnaie hervor. Fluchte leise, denn neben einer Menge Plastik fand sich nur ein Geldschein.

»Einen Zehner, wenn Sie mir alles zu Protokoll geben. Ausführlich und wahrheitsgemäß, versteht sich. Was auch immer Sie gesehen haben.«

»Ich nehme keine Almosen«, verwehrte sich der Mann beleidigt.

Hellmer steckte die Geldbörse wieder ein.

»Bitte helfen Sie dem verschwundenen Mädchen, wenn Sie's nicht für mich tun wollen.« Er zog das Handy hervor und rief die Fotos auf. Der Mann verharrte. Betrachtete regungslos die Fotos der Clique, darunter auch die von Eva und Mathias. Da verdüsterte sich seine Miene.

»Die kenn ich.« Seine Stimme wurde mürrisch. »Überhebliches Pack. Dosenshooten. Mit denen kann man dann nix mehr anfangen. Den da hab ich gesehen.«

Georg Neumann.

Hellmers Augen weiteten sich. »Zur selben Zeit wie heute?«

»Nee, später. Und nicht direkt hier.«

»Wo und wann?«

Der Mann zuckte die Schultern. »Uhrzeit weiß ich nicht. Hatte 'nen Platten, hat mich bestimmt 'ne Stunde gekostet. Schlechte Ausbeute. Er lief Richtung Brücke, unterm Arm ein Bündel. Dachte, es sei ein Sixpack oder so. Er bringt öfter Bier für die Kids mit.«

Hellmer notierte sich etwas.

»Darf ich weiter?«, drängte der Pfandsammler ungeduldig.

Ein Bellen verriet, dass Gassigänger sich näherten. Zumindest von seinem Stolz ist noch etwas übrig, dachte Hellmer. Dann fiel ihm etwas ein.

»Ihre Personalien bräuchte ich noch.«

Widerwillig nannte der Fremde einen Namen und eine Adresse. Einen Ausweis besäße er nicht.

»Dort hinten steht mein Wagen«, sagte der Kommissar wie beiläufig. »Da fliegen sicher sechs, acht Flaschen drinnen herum. Ist nicht abgeschlossen, wenn sie nachher weg sind, ist's okay für mich. Ich rede noch mit den Hundebesitzern.«

DONNERSTAG, 20:27 UHR

Er hatte alle Informationen durchgegeben. Das Puzzlespielen durften andere erledigen. Hellmer lenkte den Wagen die Ausfahrt hinunter. Zeit, Feierabend zu machen. Zeit für familiäre Angelegenheiten, denn er hatte noch etwas vor. Angestrengt suchten seine Augen das Viertel ab. Er konnte sich nur noch facettenhaft an das Haus erinnern; es war lange her, dass er hier gewesen war. Nadine würde es auf Anhieb finden. Nadine. Zum wiederholten Mal überkam ihn die Erkenntnis, wie viel sie für die Familie tat. *Seine* Familie, die *sie* zusammenhielt. Sie hatte ihm das Trinken vergeben, das Fremdgehen, ohne je etwas dafür gefordert zu haben. Sie besaß ein beachtliches Vermögen. Teilte es mit ihm. Hellmer hätte sich tagein, tagaus auf dem Golfplatz verdingen können, wählte stattdessen den auslaugenden Job bei der Mordkommission. Währenddessen kümmerte Nadine sich um Marie-Therese, was keine leichte Aufgabe war, und um Steffi. Sie hätte die Adresse der Laukhardts im Schlaf gefunden.

Er stoppte den Porsche, als er es erblickte. Lief die letzten Meter, um den Kopf freizubekommen. Durchschritt einen akribisch geschnittenen Heckenbogen, schweres Metallgitter umspannte das Grundstück. Kein Unkraut lugte aus dem Wegkies, seine Schritte knirschten. Es war eines der besseren Viertel Hattersheims, wo die Häuser weiter auseinander und die Straßenlaternen enger standen. Ein silbernes BMW Cabrio schillerte in der Abendsonne, das Verdeck geöffnet. Aus dem Halbschatten des Carports trat ein Mann, etwas größer als der Kommissar und sehr sportlich.

»Kann ich Ihnen helfen?«, fragte er kühl. Oliver Laukhardt, Xenias Vater.

»Frank Hellmer«, stellte er sich vor, sagte nichts weiter, um zu sehen, wie der Mann reagierte. Dieser ließ ein »Ah« verlauten, machte ein Pokerface, aber der kurze mitleidige Impuls in seinen Augen entging Hellmer nicht.

»Ich möchte mit Xenia sprechen.«

»Hm. Ob sie überhaupt zu Hause ist.« Offensichtlich war Laukhardt auf ein Kräftemessen aus.

»Hat Ihnen Ihre Frau nichts gesagt?«, gab Hellmer zurück.

»Ich habe angerufen und mich angekündigt.«

Laukhardt schnaubte mürrisch. »Drinnen.« Er griff sich ein Fensterleder und begann, die Frontscheibe des BMW zu polieren.

Birgit Laukhardt kannte Hellmer, sie war vor Jahren mit Nadine befreundet gewesen, doch der Kontakt war irgendwann eingeschlafen. Von einer Party in ihrem Haus wollte sie nichts wissen.

»Letzten Donnerstag? Nein.«

»Weder Grillfest noch Gartenparty?«, hakte Hellmer nach.

»Ich wüsste davon, wenn es so wäre. Aber fragen wir Xenia.«

Sie rief ihre Tochter, es dauerte unerträgliche Minuten, bis diese sich herbequemte. Xenia Laukhardt betrat das Wohnzimmer grußlos und kauerte sich mit hochgezogenen Knien auf einen buntgeblümten Sessel. Sie war mager, noch schmäler als Stephanie, hatte dafür aber einen größeren Busen. Ihre Gesichtszüge waren erwachsener, auf der Stirn prangten zwei verzweifelt überschminkte Pickel. Es war Monate her, seit Hellmer sie zuletzt gesehen hatte. Diese verdammte Pubertät.

»Hallo, Xenia«, begann er warmherzig. »Ich denke, du weißt, weshalb ich hier bin.«

Schulterzucken.

»Xenia, bitte«, drängte ihre Mutter. »Wir haben besprochen …«

»Lassen Sie nur«, wehrte Hellmer ab. »Dürfte ich mich bitte einen Moment alleine mit Xenia unterhalten?«

Unschlüssig wand sich Frau Laukhardt, gab aber schließlich nach und verließ den hohen Raum in Richtung Haustür.

Hellmer bedankte sich, hüstelte. »Xenia, Steffi geht es sehr schlecht, wie du dir vielleicht vorstellen kannst. Ich möchte ihr gerne helfen. Ihr seid doch Freundinnen, oder?«

»Schon.«

»Dann hilf mir bitte. Ich muss wissen, was letzte Woche passiert ist.«

»Sie haben's doch gesehen«, wich die Kleine aus.

»Ich habe ein Foto gesehen, ja. Aber wie ist es entstanden?«

»Ich war's nicht.« Xenia verschränkte die Arme und mied Hellmers Blick.

»Hör mal, ich bin nicht hier, um dich bloßzustellen. Ich verrate deinen Eltern nichts, wenn du davor Angst hast. Aber ich *muss* wissen, was sich zugetragen hat. So oder so.«

Endlich ein kurzer Blickkontakt.

»Sie verraten *nichts?*« Ein fingerbreiter Türspalt schien sich aufzutun, Hellmer musste höllisch aufpassen.

»Ich versuch's. Hauptsache, die Scheiße mit Steffi hat ein Ende. Sie ist fix und fertig.«

»Ist auch blöd gelaufen«, murmelte Xenia und sah zu Boden. »Wir wollten an den Silbersee, Ferienabschluss feiern. Aber das hätte ja eh keiner erlaubt. Also haben wir uns das mit der Party ausgedacht.«

»Weiter.«

»Wir haben halt getrunken und so. Ich habe Steffi nicht die ganze Zeit über gesehen. Aber da waren so viele ...«

»Wer war zu diesem Zeitpunkt da?«

»Ich kenne nicht alle. Ein paar aus der Klasse, ein paar aus der Oberstufe. Das hat sich vermischt, am Ufer feierten auch noch andere. Deshalb wollten wir ja hin.«

»Hm. Und Steffi war weg? Wie lange?«

»Weiß nicht.«

Zorn stieg in Hellmer auf. »Warum kümmert ihr euch nicht umeinander, wenn ihr zusammen wohin geht?«

»Lassen Sie meine Tochter in Ruhe!« Hellmer schrak auf, im Wohnzimmerdurchgang stand Oliver Laukhardt.

»Ich bin noch nicht fertig.«

»Sie sind so was von fertig!« Laukhardt eilte auf den Kommissar zu und wies mit dem Finger in Richtung Tür. »Verschwinden Sie. Xenia ist nicht verantwortlich für Ihre Tochter.«

Hellmer stand auf. Zwang sich zur Ruhe, obwohl er innerlich kochte.

»Aber Sie sind verantwortlich. Sie haben sich ebenso linken lassen wie ich.«

»Dass ich nicht lache!«, polterte Laukhardt. Die beiden standen kaum einen Meter voneinander entfernt, und er betrachtete Hellmer mit höhnischer Arroganz. »Wollen Sie mir die Schuld zuschieben, dass Ihre Tochter sich ins Koma säuft? Sich im Rausch betatschen lässt? Wie der Vater, so die Tochter.«

Er sah die Faust nicht kommen, die ihn unter dem Kinn traf. Taumelte benommen zurück, Hellmer realisierte erst jetzt, was er getan hatte. Die geballte Hand schmerzte, aber er fühlte sich befreit. Dann sah er die entsetzten Augen von Xenia. Ein Anblick, den er sich gerne erspart hätte. Ihr erspart hätte. Kein Kind sollte mit ansehen, wie der eigene Vater gedemütigt wurde. Doch Laukhardt hatte Hellmer an seiner Achillesferse getroffen, und das mit voller Absicht.

Er rannte nach draußen, rang nach Luft. Auf halbem Weg traf er auf Brigitte Laukhardt, die ihn entgeistert anstarrte. Hellmer presste ein tonloses »Entschuldigung« heraus und gelangte ins Freie. Weg, nur weg, dachte er. Im Vorbeieilen tangierte sein Blick das 6er Cabrio. Ein Neunzigtausend-Euro-Schlitten. Auf der Motorhaube prunkte ein kalkweißer Fleck, umgeben von unzähligen Sprenkeln. Ein reflexartiges Grinsen legte sich auf Hellmers Lippen.

FREITAG

FREITAG, 3:12 UHR

Kein Bass pochte aus dem Subwoofer, kein Hochziehen der Gänge. So unauffällig wie möglich glitt der BMW über die verkehrsleeren Straßen. Hier und da ein aufgemotzter Bolide, dazu zwei Polizeistreifen. Darius biss sich auf die Lippe, ärgerte sich über sich selbst. Er hätte früher losfahren sollen. Unter der Woche waren zu dieser Zeit nur wenige Fahrzeuge unterwegs. Das Risiko, von frustrierten Beamten, die Nachtschicht schoben, herausgewinkt zu werden, war hoch. Doch was sollten sie schon bei ihm finden. Er lächelte grimmig. Dafür schliefen die meisten. An Wochenenden, wenn kein Arbeitstag folgte, tickten die Uhren anders. Weniger Kontrollen. Es war also gut, dass er heute losgefahren war. Er hatte sich einen Wecker gestellt, drei Stunden geschlafen. Feuchtigkeit schlug sich an den Scheiben nieder, die Nächte waren bereits empfindlich kühl. Er umrundete weiträumig das Wohngebiet, welches er gut kannte, und parkte auf einem hinter Hecken verborgenen Friedhofsparkplatz. Schlüpfte lautlos durch das schmiedeeiserne Tor, welches frisch gefettet war. Vermied es, die vorbeihuschenden Schatten anzusehen, die der Mond vor die Grabsteine warf. Er duckte sich, als er einen knorrigen Walnussbaum passierte. Wucherungen im Holz gaben dem Baum ein sonderbares Profil, als bildete es die Gesichter der Toten ab, die unter den Wurzeln lagen. Darius fröstelte. Er lief im Schatten der Sandsteinmauer, bis er eine dunkle, verwucherte Ecke erreichte. Ein behender Schwung, dann landete er auf der anderen Seite. Umrundete den Lichtkegel der Straßenlaterne, kam hinter Altkleidercontainern zum Stehen. Er wartete, bis sein Atem sich beruhigte, und beäugte das Mehrfamilienhaus. Die Fenster lagen im Dunkel, hinter einigen Schlitzen der heruntergelassenen Rollläden glomm Licht. Aber nicht auf Glorias Etage. Sie schlief bestimmt. Ihre Schicht war endlich vorbei. Kein Club, keine Diskothek. So war es ihm am liebsten. Die Läden waren fest verschlossen, nicht einmal der blaue Schein ihrer Lavalampe drang nach draußen. Darius erspähte ihren Wagen, sie parkte gegenüber dem Eingang. Rückwärts, das war sein Glück, denn er wollte ans Fahrzeugheck. Trotzdem ein Risiko, denn das Auto stand wie auf einem Präsentierteller. Eine Katze lugte unter dem Nummernschild hervor.

Darius holte noch einmal tief Luft, dann schälte er sich aus dem Schatten des Containers. Er tastete seinen schwarzen Blouson ab, eng anliegend, in dessen Taschen sich das nötige Utensil verbarg. Routiniert entriegelte er das Schloss des Kofferraums. Einfachste Technik aus den neunziger Jahren, kein Hindernis. Er sah ins Innere, eine leere Milchpalette aus Karton mit abgestoßenen Ecken, Gloria nutzte sie für Einkäufe. Eine gelbe, ausgeblichene Stofftasche, das Warndreieck, der Verbandskasten. Abgelaufen, aber das schien sie nicht zu stören. Würdest du zu mir gehören, würde ich mich um solche Dinge kümmern, dachte Darius. Würde sie ihm gehören. Er fühlte mit den Fingern, die in dünnen Stoffhandschuhen steckten, nach einem Schlitz im Teppich. Glitt hinein und förderte ein Handy zutage, ließ es in der Jacke verschwinden.

Nahm das neue Gerät, welches er mitgebracht hatte, und plazierte es an derselben Stelle. Er drückte den Schlitz zu, der graue Teppich schloss sich und ließ ihn unsichtbar werden. Ein breites, hässliches Grinsen legte sich auf Darius' wulstige Lippen. Jeder Schritt, jeder Tritt, dachte er zufrieden.

Ein Schnurren riss ihn aus den Gedanken, die Katze umspielte seine rechte Wade, rieb ihren Körper an ihm. Wollte gestreichelt werden, doch Darius verabscheute Tiere. Er trat nach ihr, was sie nicht beeindruckte, nur lauter schnurren ließ. Dann aber landete sein Fuß unbeabsichtigt auf ihrer Pfote, ein Kreischen, und das Tier stob davon. Prompt schlug der Bewegungsmelder an, und grell wie eine Stadionbeleuchtung flammte der Wandschweinwerfer auf. Sekundenblind verharrte er, dann gewann er die Kontrolle zurück. Drückte den Kofferraumdeckel eilig ins Schloss, während er sich die andere Hand schützend vors Gesicht hielt. Er vernahm Lärm, wo keiner war, wartete nur darauf, dass wütende Stimmen laut wurden. Darius rannte, so schnell er konnte.

FREITAG, 6:50 UHR

Julia Durant hatte ihre Zahnbürste, das Schminkzeug und ihre Hygieneartikel säuberlich ins Gästebad sortiert. Die wenigen Kleidungsstücke hingen im Schrank.

Frank hatte sie nach Dienstschluss nach Okriftel gefahren. Sie hatte sich gerne von ihm überzeugen lassen: »Wir haben morgen früh ohnehin denselben Weg.«

Julia war dankbar, nicht alleine zu sein. Hatte halbwegs gut geschlafen, am Abend zweimal mit Claus telefoniert. Außerdem mit Nadine. Das Telefonat hatte lange gedauert, doch schließlich ließ sich die besorgte Mutter davon überzeugen, dass alles auf einem guten Weg sei. Nadine bedankte sich, dass Julia sich kümmere. Hellmer war noch einmal aufgebrochen, ohne zu sagen, wohin, und erst spät nach Hause zurückgekehrt. Stephanie war längst auf ihrem Zimmer gewesen. Er war wortkarg, murmelte etwas von »durch die Gegend fahren« und gab vor, keinen Appetit zu haben. Er bewegte sich krampfhaft, schien etwas verbergen zu wollen, doch sie kam nicht dahinter. Er ging nach oben, um nach seiner Tochter zu sehen, doch die Tür war abgeschlossen. Hellmer und Durant sahen schweigend fern, irgendwann hatte er dann die Katze aus dem Sack gelassen.

»Ich habe dem Laukhardt eine verpasst. Xenias Vater.«

Durant war zu müde, um Hellmer eine Standpauke zu halten. Sie hatte ihn lediglich gefragt, ob es ihm nun besserginge. »Nicht wirklich«, gestand er kleinlaut ein. Schließlich war sie zu Bett gegangen, während er noch wie versteinert in den Fernseher stierte.

Der Wecker hatte vor zwanzig Minuten geknistert. Ein alter Radiowecker mit Funkuhr, doch sie hatte vergessen, einen Sender einzustellen. Nach der Morgentoilette schlüpfte Durant in Jeans und Sneaker, darüber ein weites T-Shirt. Nicht jeder musste ihre weiblichen Konturen auf Anhieb erkennen. Sie verharrte einen Moment am gekippten Fenster und beobachtete die vorbeifahrenden Autos. Frankfurter Kennzeichen, Wiesbadener Kennzeichen. Ein Scirocco schepperte mit hoher Drehzahl vorbei, Durant las die Lettern. Schmunzelte und fragte sich, worin der Sinn bestand, sich das Nummernschild WI-XX 69 auszusuchen. Ihre Zunge schmeckte trotz Zähneputzen nach kaltem Rauch. Sie tastete sich nach einem Kaugummi ab. Warum hast du das gemacht?, schalt sie sich im Stillen. Verschluckter Zigarettenrauch hielt sich hartnäckig, das wusste sie. Es würde ihr eine Lehre sein. Sie putzte sich erneut die Zähne. Bekam den Scirocco nicht aus dem Kopf. WI-XX. Sie erstarrte und ließ die Zahnbürste fallen. Eilte zum Nachttisch, wo das Handy am Ladekabel steckte. Kullmer meldete sich.

»Peter, hör zu«, keuchte Durant.

»Ich gehöre dir allein, solange du Doris nichts verrätst«, lachte Kullmer schelmisch. Der alte Casanova, wer hätte gedacht, dass er mal sesshaft würde und die Jagd nach allem Weiblichen aufgeben würde.

»Keine Zeit für Scherze. Das Kennzeichen. HU steht für Hanau, dann RE. Es ist ein Nummernschild, keine Bibelstelle!« Kullmer verstand sofort. HU-RE 1635. Er versprach, sich sofort darum zu kümmern. Durant eilte in die Küche, wo Hellmer am Tisch saß. Es roch nach Kaffee und Zigarettenrauch, Übelkeit stieg in ihr auf.

»Die Zeichen auf Wollners Bauch sind ein Kennzeichen«, sagte sie abrupt. Hellmer wischte sich Krümel vom Mund und blickte sie fragend an. »Eine Hanauer Nummer, ich habe Kullmer darauf angesetzt.«

»Verdammt, das könnte stimmen.« Hellmers Gesicht erhellte sich. Er massierte sich die noch immer schmerzende Faust, vor ihm war die Zeitung aufgeblättert. »Kullmer wird nicht lange brauchen, schätze ich.«

»Für einen Kaffee langt's wohl«, brummte Durant. Ihr Blick wanderte über die leeren Küchenstühle. Die unbenutzten Platzsets. »Ist Steffi noch oben?«

»Sie frühstückt später, wenn wir weg sind.« Hellmer seufzte.
»Ich habe nur kurz mit ihr gesprochen. Sie macht keine Anstalten, zur Schule zu gehen, aber ich kann sie verstehen. Wer weiß, wie es mir in ihrer Situation ginge.«
»Lass sie. Ich gehe gleich noch mal zu ihr. Sie schämt sich, das ist doch verständlich. Vielleicht sollten wir Alina zu Rate ziehen.«
Alina Cornelius war eine befreundete Therapeutin, die Durant vor Jahren bei einer Ermittlung kennengelernt hatte. Sie betrieb eine florierende Praxis und hatte auch der Kommissarin bereits zur Seite gestanden.
Hellmer wippte skeptisch mit dem Kopf. »Wenn du meinst. Ich weiß nicht, wie ich mich Stephanie gegenüber verhalten soll. Liegt es daran, dass ich ein Mann bin? Oder weil ich Nadine mit der Erziehung alleine lasse? Hat sie kein Vertrauen zu mir?«
»Nimm's nicht persönlich«, erwiderte Durant. »Sie braucht einfach ihre Zeit. Ich bin zwar keine Mutter, aber der größte Fehler wäre wohl, sie jetzt zu bedrängen.«
Prompt schnarrte das Handy, welches sie neben den Kaffeeautomaten gelegt hatte. Kullmer. Es gab Neuigkeiten.
»Hast du einen Thermobecher?«, fragte sie kurz darauf, und Hellmer deutete auf einen der Schränke. Durant füllte sich den Kaffee um, kippte Zucker hinein. »Der Computer hat mögliche Übereinstimmungen gefunden. Nicht exakt, nur mit Zahlendreher, aber immerhin. Wollen wir?«
»Lass uns bitte getrennt fahren«, bat Hellmer, offensichtlich hin- und hergerissen zwischen dienstlichem und familiärem Pflichtgefühl. »Du nimmst den BMW, ich gehe noch mal kurz nach oben und mache dann an Steffis Schule halt. Das hätte ich längst erledigen sollen.«

»In Ordnung. Ich werde es Berger versuchen schmackhaft zu machen.«

»Was Berger denkt, ist mir egal«, schnaubte Hellmer, und Durant sah ihm an, dass das Gegenteil der Fall war. Sie legte ihre Hand auf seine, eine Geste, die keiner Worte bedurfte. Hellmer fasste mit der anderen Hand danach, umschloss sie. Dann sagte er kleinlaut: »Es ist mir nicht wirklich egal, und das weißt du auch. Aber wenn Berger mich vor die Wahl stellt, entscheide ich mich für meine Familie. Vielleicht hätte ich das schon viel eher tun sollen.«

»Bisher ging immer beides«, erwiderte Durant. »Berger steht hinter dir, das tat er immer. Er hat es selbst weiß Gott nicht leicht gehabt. Mach dir nicht so viele Sorgen.«

Hellmer ächzte. Schüttelte resigniert den Kopf und deutete nach oben, etwa, wo Steffis Zimmer lag. »Er hatte es aber auch nicht mit so was zu tun. Aber jetzt verschwinde endlich, Reisende soll man nicht aufhalten.« Er rang sich ein Lächeln ab. »Der Autoschlüssel hängt neben der Garderobe.«

»Ich hätte auch den Porsche genommen«, schmunzelte Durant im Hinausgehen.

FREITAG, 7:35 UHR

Berger kam früh, wie immer in letzter Zeit. Er nahm die Treppe, achtete auf sich, denn er wusste, dass man in seinem Alter gut auf sich achten musste. Berger war zweiundsechzig, verheiratet mit einer deutlich jüngeren Frau, die er sehr liebte. Hatte eine erwachsene Tochter, die seit geraumer Zeit als Kriminalpsychologin im Präsidium arbeitete, was ihn mit Stolz erfüllte. Alles lief zufriedenstellend, und Berger wollte die Jahre nach seiner Pensionierung genießen. Er stellte seine Tasche ab und zog das Sakko aus. Er saß noch nicht, da betrat Kullmer das Büro. Ohne anzuklopfen, wie immer, er wirkte aufgebracht.

»Heiße Spur«, erklärte er knapp und berichtete von Durants Geistesblitz. »Drei weiße Astras mit Hanauer Nummer, einmal ER statt RE und die richtige Nummer, zweimal mit Zahlendreher.« Kullmer heftete einen gelben Klebezettel auf den Schreibtisch.

»Was gibt es zu den Haltern zu sagen?« Berger nahm Platz und warf einen Blick auf die Liste.

»Weniger gut«, gestand Kullmer ein. »Eine Rentnerin, gemeldet in einem Offenbacher Altenheim. Ein Saisonkennzeichen für den Winter, der Fahrzeughalter kommt aus Bruchköbel. Außerdem eine junge Lehrerin, tätig an der Eugen-Kaiser-Schule. Berufsschule. Die beiden Frauen scheiden wohl eher aus.«

»Keine voreiligen Schlüsse. Auch wenn mir ein eindeutiger Treffer lieber gewesen wäre. Vernehmen Sie alle drei so schnell wie möglich.«

»Läuft bereits.«

»Was ist mit Durant und Hellmer?«

»Unterwegs.«

Berger fuhr seinen Computer hoch und trank eine Tasse Kaffee. Dann ging er die Zeitungen durch, in denen sowohl der Mord als auch die Entführung breitgetreten wurden. Das Spektrum der Theorien reichte weit ins Absurde, aber einig waren sich alle in einem: Die Polizei hatte versagt. Sosehr er sich auch vor dem unvermeidlichen Tag fürchtete, an dem er sein Büro zum letzten Mal verlassen würde – in Momenten wie diesen sehnte Berger seinen Ruhestand förmlich herbei. Er rief das Internetforum auf und las die neuesten Beiträge. Man hatte sich dort auf die Bibelstelle eingeschossen. Drei weitere Fälle wurden hinzugezogen, ein Benutzer tat sich dabei besonders hervor. Berger wählte Schrecks Nummer.

»Können Sie mir sagen, wer hinter *druide_666* steckt?«

Michael Schreck klapperte mit den Tasten, seine Informationen waren spärlich. Laut Nutzerdaten handelte es sich um einen männlichen Teilnehmer, als Avatar hatte er eine glühende keltische Rune. Registriert hatte er sich ohne weitere Namensangaben mit einer Freemail-Adresse.

»Ich versuche, etwas mehr herauszufinden«, versprach der Computerforensiker, »aber dafür brauche ich Zeit.«

»Bitte beeilen Sie sich«, erwiderte Berger. »Finden Sie heraus, ob es sich um jemanden mit internen Informationen handelt. Locken Sie ihn aus der Reserve. Was ist mit der IP-Adresse?«

Schreck lachte anerkennend. »Lassen Sie mich mal machen.«

Als Nächstes wählte Berger die Nummer des benachbarten Präsidiums. Hanau und das südliche Mainufer östlich Sachsenhausens fielen in die Zuständigkeit der Kollegen aus Offenbach. Bernhard Spitzer. Peter Brandt.

Etwa zur gleichen Zeit hockte auch Darius vor Kaffee und Tageszeitung. Er studierte Eva Stevens' Fahndungsfoto. Das blonde Haar, die koketten Lippen. Die Augen. All das kam ihm auf sonderbare Weise vertraut vor. Nicht von Eva, sondern aus einem früheren Leben. Einem anderen. Einer Zeit, die für immer vergangen war und die niemand wiederbringen konnte. Er tat sich schwer, seine Blicke von dem Bild zu lösen. Blätterte weiter, übersprang den Wirtschaftsteil und den Sport. Um Geld musste er sich nicht sorgen, und Sport interessierte ihn nicht. Nichts davon. Darius' Aufmerksamkeit richtete sich auf den Wetterbericht. Ein milder Spätsommertag, kühle Nächte. Kein Niederschlag. Eine erotische Frauenstimme im Radio hatte vor wenigen Minuten praktisch das Gegenteil behauptet. Weiber. Darius war übellaunig, er hatte schlecht geschlafen. War nicht zur Ruhe gekommen, nachdem er von seinem nächtlichen Ausflug zurückgekehrt war. Er schlief allein, wie er es immer tat, dabei hätte es am Vorabend nicht viel gebraucht, um die dicke Bedienung ins Bett zu kriegen. Er schüttelte sich. Seiner Selbstbestätigung war Genüge getan, fürs Erste, denn sie hatte ihn stundenlang angehimmelt. Er stand auf und schloss das Facebook-Fenster, welches der Grund für sein Ärgernis war. Claudia hatte ihre Cocktails fotografiert und gepostet. Ein Smiley mit Herzaugen, einer, der zwinkert. Auf einem der Gläser war sie verlinkt, auf dem anderen er. Elf ihrer Freundinnen hatten bereits *Gefällt mir* geklickt, drei davon neugierige Kommentare geschrieben. Darius griff zum Handy. Überlegte fieberhaft. Tippte anschließend:

Guten Morgen. Wie hast Du geschlafen?

Er hätte sie am liebsten angeschrien, doch er musste sich zusammennehmen.

Gut :-) Und selbst?

Ich habe gerade das Foto auf Facebook gesehen.

Also bist Du doch da.

Habe ich doch gesagt.

Ich markiere Dich, wenn Du willst.

Lieber nicht. Ich würde es vorziehen, Du löschst das Foto.

Warum? Ist es wegen Gloria?

Ich mag es einfach nicht. Finde es schöner, wenn man Dinge für sich behält.

Gloria ist mir egal. Aber wenn Du willst, setze ich es auf privat.

Das wäre sehr nett.

Er sah sie vor sich. Sie wand sich vor ihrem Handy, begierig auf alles, was von ihm kam. Ließ sich kontrollieren, ohne es zu bemerken. Manipulieren. Claudia war wie Butter in seinen Händen, sie kämpfte mit sich, dessen war sich Darius sicher. Es war eine Frage von Sekunden, bis …

Sehen wir uns heute Abend?

Bingo. Sie hatte sich schneller getraut als erwartet.

Sehr gerne. Ich melde mich noch mal, okay?

Freu mich drauf :-)

Ein Smiley mit Kussmund. Darius rollte mit den Augen. Er musste auf andere Gedanken kommen. Ein Blick auf die Karte verriet ihm, dass Gloria noch immer zu Hause war. Online war sie auch noch nicht gegangen. Sie schlief noch, kein Wunder, ihre Schicht hatte bis nach Mitternacht gedauert. Danach Kasse und Saubermachen. Ihre Haare rochen wahrscheinlich nach Fett, sie hatte nicht mehr geduscht. Schlief in einem Shirt, darunter die blanken Brüste. Dazu ein knapper Slip. Darius rief einen Fotoordner auf, in dem er seine Kunstwerke gesammelt hatte. Ließ eine Diashow laufen. Pornografische Fotos, die er mit Glorias Konterfei versehen hatte. Perfekte Illusionen. Er masturbierte gierig vor dem Monitor, während er verzweifelt versuchte, Claudias Augen aus dem Gedächtnis zu vertreiben. Er hasste sie dafür.

FREITAG, 8:15 UHR

Polizeipräsidium Südosthessen, zuständig für Offenbach und den Main-Kinzig-Kreis. Ein kompaktes Gebäude in einer Seitenstraße Offenbachs, unweit der Bahngleise, unweit des Mains. Bernhard Spitzer kam meist als Erster, spaßhaft kommentierte er das gerne mit: »Im Alter braucht man nicht mehr so viel Schlaf.« Spitzer war der direkte Vorgesetzte Peter Brandts, dem seinerseits die Mordkommission unterstand. Außerdem waren die beiden seit vielen Jahren Freunde. Beide ein wenig eigen, doch Spitzers Lokalpatriotismus war bei weitem nicht so stark ausgeprägt wie der Brandts.
Er telefonierte, als Brandt das Büro betrat und ihm zunickte, zwei Kaffee in den Händen. Spitzer formte »Berger« mit den Lippen, um Brandt ins Bild zu setzen. Bedeutete ihm, Platz zu nehmen, und machte sich Notizen.

»Brauchen die Frankfurter mal wieder unsere Hilfe?«, kommentierte Brandt, nachdem Spitzer aufgelegt hatte.

»Scheint so«, lachte dieser. »Du hast sie in der Rockersache offenbar von deinen Qualitäten überzeugt.« Die letzte gemeinsame Ermittlung mit Julia Durant lag kaum ein Jahr zurück. Brandt und sie kamen besser miteinander zurecht, als er je zugeben würde. Sie war eben keine gebürtige Frankfurterin, womöglich lag es daran. Spitzer sprach weiter: »Berger hat uns darüber informiert, dass einige ihrer Recherchen bei uns reinfunken könnten. Kooperation nicht ausgeschlossen. Du kannst dich schon mal seelisch und moralisch drauf einstellen.«

»Besser könnte ein Tag gar nicht beginnen«, seufzte Brandt schwermütig und strich sich über den Bauch. Seit er regelmäßig joggte, verzieh ihm sein Körper das üppige italienische Essen. »Worum geht es?«

»Kennzeichenüberprüfung, Vernehmung von Personen. Nichts Weltbewegendes. Aber Berger hat auch einen alten Fall erwähnt, der damit zusammenhängen könnte. Jutta Prahl, klingelt da was?«

Es dauerte einige Sekunden, bis Brandt den Namen eingeordnet hatte. Er hatte ein Gedächtnis wie ein Elefant, konnte Namen und Gesichter präzise abrufen. Aber je länger etwas zurücklag … Dann schlug er sich vor die Stirn.

»Prahl? Der Mord an der A 66? Das ist doch ewig her!«

»Nicht nur das. Wir haben den Fall auch gelöst. Vergewaltigt und erdrosselt, ein Lkw-Fahrer. Es waren Alkohol und Drogen im Spiel, außerdem hat man DNA gefunden.«

»Und der Trucker hat sich nach seiner Inhaftierung das Leben genommen, ich erinnere mich. Was will Berger mit diesen ollen Kamellen?«

194

»Ich weiß es nicht, er hat um Akteneinsicht gebeten.«

Peter Brandt verließ das Büro einige Minuten später. In seinem Kopf rasten die Gedanken. Jutta Prahl. Ein blonder Engel, wie ihre Eltern sie genannt hatten. Es stand sogar auf dem hölzernen Kreuz, welches aus den unzähligen Kränzen ragte, nachdem man Juttas toten Körper der Erde übergeben hatte. Eine ganze Gemeinde hatte mitgetrauert. Hinter vorgehaltener Hand aber tuschelte man. Ein Engel? Unschuldige Mädchen trieben sich nicht nach Einbruch der Dunkelheit in der Nähe von Parkplätzen herum. Nahmen keine Drogen, tranken keinen Alkohol. Engel verloren nicht schon mit siebzehn ihre Jungfräulichkeit. Es war einer seiner älteren Fälle, viele Jahre her, aber die Bilder standen ihm nun immer deutlicher wieder vor Augen. Mit neunzehn gestorben, nachdem sie brutal vergewaltigt worden war. Der Mörder ein fünfundvierzigjähriger Mann polnischer Herkunft. Hatte in gebrochenem Deutsch ein Geständnis abgelegt, aber darauf bestanden, dass er sie nicht getötet habe. Weder der Richter noch die Medien zeigten sich beeindruckt. Nach dem, was er ihr angetan hatte, schien der Tod eine Erlösung gewesen zu sein. Hätte man den Mann in Hasselroth, wo Jutta aufgewachsen war, freigelassen, wäre er wohl einem Lynchmob zum Opfer gefallen. Rasende Wut. Dieselben Menschen, für die Juttas Tod im Grunde nur eine logische Konsequenz ihres freimütigen Lebensstils war. Dieselben Seelen, die sonntags auf Knien ihre christliche Nächstenliebe heuchelten. Brandt hatte lange versucht, diesen Fall zu vergessen, doch geglückt war ihm das erst nach vielen Jahren. Nun gruben ausgerechnet Berger und Durant ihn wieder aus. Der Fall wies Ähnlichkeiten zu einer anderen, längst abgeschlossenen Mordermittlung auf. Und zu einem verschwundenen Mädchen. Falten legten sich über seine Stirn. Kaum lief es auf der anderen Seite des Flusses mal nicht rund, fischte man sofort im Nachbarrevier im Trüben. Als Nächstes würden sie seiner Abteilung dann wahrscheinlich vorwerfen, nicht ordentlich ermittelt zu haben.

FREITAG, 8:20 UHR

Hellmer war vor einer Viertelstunde angekommen. Geschwister-Scholl-Schule. Eine kooperative Gesamtschule – Haupt, Real, Gymnasium. Ihm war mulmig zumute. Solche Besuche oblagen in der Regel Nadine. Außer zu einem Tag der offenen Tür war er nicht mehr hier gewesen. Neben ihm stand einer der beiden Schulsozialarbeiter. Eleganter Mann, kurzer Bürstenhaarschnitt, trainierter Oberkörper. Er glich mehr einem Türsteher denn einem zotteligen Sozialpädagogen, wenngleich dieses Klischee ohnehin längst überaltert war.

»Wenn Sie bereit sind«, nickte er ihm auffordernd zu.

Hellmer ballte die Faust und klopfte gegen die Tür. Es schmerzte. Das Pochen hallte laut, innen ertönte ein neugieriges Raunen. Er öffnete die Tür, sah Herrn Claußen am Pult lehnen, den Blick auf ihn gerichtet. Claußens Konterfei hatte er an einer Fotogalerie entdeckt, die unweit des Lehrerzimmers hing. Zwei Dutzend Dreizehnjährige stierten ihn an. Frühreife Mädchen, picklige Jungen, von denen manch einer bereits den ersten Flaum unter der Nase zu haben schien, während andere noch wie Milchbubis aussahen. Bei den Mädels waren die Unterschiede weniger deutlich. Die Mienen waren kindlich, aber die meisten kokettierten. Trugen große Ohrringe, enge Leggins. Taschen statt Scout-Rucksäcken.

»Guten Morgen, Sven«, lächelte Claußen den Schulsozialarbeiter an, reichte ihm die Hand. Dann Hellmer, dessen Namen er nicht laut aussprach. Offenbar wusste die Klasse von nichts. Hellmer spürte, wie ihm der Schweiß ausbrach, er zupfte an den Ärmeln seines Sakkos. Sein Blick fuhr die Klebefuge des PVC-Bodens entlang, dann fasste er sich ein Herz. Räusperte sich. Wozu hatte er diesen Kasper überhaupt mitgenommen?

»Mein Name ist Frank Hellmer. Ich bin der Vater von Stephanie.«

Irgendwo kicherte jemand, anderswo tuschelte man. Die Blicke wurden abschätzig, manche hatten etwas Mitleidiges. Doch am meisten schien sich ein Schutzschirm zu materialisieren, hinter verschränkten Armen und überheblichen Mienen. Er konnte ihnen nichts, sie fühlten sich sicher. Niemand wagte es, aus der Homogenität zu treten und sich nach Steffi zu erkundigen. Auch wenn der eine oder andere das sicher wollte.

»Wer von euch ist nicht bei Facebook?«, fragte Hellmer, der sich diese Formulierung gut überlegt hatte. Vorschnell zuckten ein paar Hände, zogen die Meldung aber sofort wieder zurück. Es gab niemanden, der keinen Account hatte. »Dachte ich mir«, lächelte er gezwungen, »also alle. Dann reden wir nicht lange drum herum. Ich bin bei der Kriminalpolizei und erwarte von jedem von euch, dass dieses Foto meiner Tochter aus dem Netz verschwindet. Und von euren Festplatten und Handys.«

Pupillen weiteten sich, einige Kinnladen klappten nach unten. Nach wie vor traute sich keiner, einen Mucks zu sagen.

»Ich bin zwar ein Bulle, bald fünfzig, also in euren Augen wahrscheinlich niemand, den man ernst nehmen muss«, fuhr Hellmer mit wachsender Selbstsicherheit fort. »Aber ich habe Hessens modernste Computertechniker an der Hand und kenne einen Arsch voll Richter.« Seine Kiefer mahlten aufeinander, als er zwischenatmete. Er musste daran denken, dass der Übeltäter mit seinen widerwärtigen Griffeln sich im selben Raum befand. Sven, er hatte sich den Nachnamen des Schulsozialarbeiters nicht gemerkt, räusperte sich beschwichtigend.

»Herr Hellmer hat sich wohl deutlich ausgedrückt. Er ist nicht hier, um jemanden zu verhaften oder so. Er möchte, dass dieses Mobbing mit dem Foto aufhört. Stephanie …«

»Wir spionieren, wenn's sein muss, jeden eurer PCs aus«, zischte Hellmer mit lodernden Augen dazwischen. Was maßte dieser Fuzzi sich an? Kannte er Steffi überhaupt? »Ich schalte das BKA ein, wir filzen eure Festplatten und die eurer Eltern gleich mit. Mal sehen, wie viele von euch illegale Musik oder Spiele geladen haben. Sehen, wer vor den Jugendrichter darf. Wessen Eltern ich verknacke.«

»Herr Hellmer, bitte.« Sven fasste ihn an den wild fuchtelnden Arm.

»Schon gut«, beruhigte sich dieser und machte sich frei. Er lief auf und ab, musterte die Klasse. Entsetzen und Unsicherheit standen ihnen ins Gesicht geschrieben, aber auch die Frage, was als Nächstes kommen würde. Hellmer hielt abrupt an, trat direkt an die erste Bank. Er kniff die Augen zusammen, ließ seinen Blick reihum über jedes Gesicht wandern. Dann deutete er in die Mitte des Raumes, auf einen der höchstgewachsenen Jungen, der sich am selbstsichersten gab.

198

»Hier ist mein Deal, und es ist ein einmaliger«, sagte er trocken. »Das Foto wird nirgendwo mehr auftauchen. Im Gegenzug werde ich die Angelegenheit nicht weiterverfolgen. Aber ich werde alles genauestens überwachen. In eurem eigenen Interesse rate ich euch, darauf einzugehen.«

Kein Wort über Stephanie, auch wenn er es ursprünglich anders geplant hatte. Aber auf Mitgefühl zu pochen, erschien ihm einer solchen Gruppe gegenüber als zweifelhafte Strategie. Sven übernahm und gab einige Phrasen zum Besten, griff den Begriff Mobbing noch einmal auf und bot an, seine Sprechstunde zu nutzen. Hellmer unterstellte ihm die Absicht, sich am liebsten selbst an dem Foto aufzugeilen, auch wenn er ihm damit unrecht tat. Soll er seinen Job machen, dachte er. Hauptsache, meine Tochter hat Ruhe.

Ab Montag würde sie wieder zur Schule gehen.

Wenn Nadine am Wochenende nach Hause kam.

FREITAG, 8:30 UHR

Tick, tack, schoss es ihr in den Sinn. Julia Durant stand auf der Toilette des Präsidiums und rieb sich den Nacken mit feuchten Händen. Sie spürte die Hitze des Tages bereits jetzt, dabei waren es draußen noch nicht einmal fünfzehn Grad. Du wirst älter, Julia. Der Fünfzigste steht unmittelbar bevor. Ihr Spiegelbild zeigte ein jüngeres Gesicht. Der Sport, die Kosmetikerin, der aufgegebene Zigarettenkonsum, all das tat ihr gut. Trotzdem lagen Schatten um die Augen und Krähenfüße in ihren Winkeln. Wenn du nicht aufpasst, siehst du bald auch aus wie fünfzig. Ein Gedanke, der ihr zutiefst missfiel. Sie ging an ihren Platz, schloss das Fenster, denn es zog unangenehm. Der PC surrte, sie hatte E-Mails gelesen, nichts Weltbewegendes. Kullmer und Seidel kümmerten sich um die Kennzeichensache, Durant wollte später mit Greta Leibold sprechen. Allein. Sie ärgerte sich, dass es keinerlei Anhaltspunkte gab, doch Seidels Bericht über die Leibolds beschäftigte sie. Irgendetwas schien dort nicht zu stimmen, ebenso wie bei Familie Stevens. Es war eines jener unbestimmten Gefühle, die sie nicht beschreiben konnte. Noch nicht. Andrea Sievers war auf dem Anrufbeantworter, Durant rief sie zurück.

»Schön, dich mal wieder zu hören«, begrüßte die Rechtsmedizinerin sie. »Wie immer musste erst jemand hopsgehen, damit das passiert.«

»Berufsrisiko«, erwiderte die Kommissarin.

»Ich habe von deinem Vater gehört, tut mir leid. Wie geht es ihm denn?«

»Unverändert, sie lassen ihn dahinvegetieren. Aber ich muss den Ärzten wohl vertrauen.« Durant seufzte.

»Traue keinem Mediziner«, lachte Andrea glucksend, dann wurde sie ernst. »Weshalb ich anrief – es geht um diese Würgemale bei Mathias Wollner.«

»Ich bin ganz Ohr.«

»Ich würde meine Seele drauf verwetten, dass sie vor dem Tod entstanden sind. Deutlich davor, meine ich.«

Durant schluckte. »Du meinst, es war nicht der Mörder?«

»Es ist zumindest nicht in unmittelbarer Nähe zur Todeszeit geschehen.« Sievers räusperte sich, als wollte sie noch etwas sagen, schwieg dann aber.

»Kann man das eingrenzen?«

»Nicht auf die Minute genau, aber ich habe mindestens zwei zeitlich variierende Würgemale. Die einen dürften eine halbe Stunde bis zwei Stunden vor dem Ableben entstanden sein, die anderen sind kaum sichtbar. Vor einigen Tagen entstanden, würde ich schätzen.«

»Verdammt«, stieß Durant aus und bereute ihren Fluch sofort. Zeit ihres Lebens hatte ihr Vater darauf geachtet, dass nicht leichtfertig mit derartigen Begriffen umgegangen wurde. Gott, Teufel, verdammt. In fast allen Sprachen gab es ähnliche Umschreibungen, weil man die mächtigen Worte ehrfürchtig gemieden hatte. Jahrhundertelang. Sie fühlte sich schuldig, als habe sie ihres Vaters Willen verletzt. Nun, da er sie nicht zurechtweisen konnte. Doch statt abzudriften, rief sie sich zur Ordnung. Würgemale. Mathias Wollner war misshandelt worden. Von wem? War es das, was bei ihm zu Hause abgelaufen war? Kranke Familienverhältnisse, wie sie sie auch bei den Mädchen vermutete? Doch Andrea Sievers schien eine andere Theorie zu haben.

»Es hieß doch, die Jugendgruppe um unseren Toten habe mit Drogen zu tun, stimmt's?«

»Ja, angeblich. Kullmer wollte, glaube ich, Tests machen lassen.«

»Würde mich nicht wundern, wenn sich nichts findet«, warf Sievers ein. »*Choking,* schon mal gehört? Beliebt unter Jugendlichen. Man würgt sich selbst, ein Gürtel ist dabei hilfreich. Die Sauerstoffzufuhr wird gedrosselt, nach einigen Sekunden beginnt das Gehirn, Endorphine und Adrenalin auszuschütten. Ein kurzer Rausch, der nicht selten tödlich endet.«

»Warum sollte man das tun?«, fragte Durant irritiert.

»Weil's nix kostet und man trotzdem den ultimativen Kick bekommt. Ohne Alkohol oder Drogen konsumieren zu müssen, mit der Gefahr, erwischt zu werden. Das Problem dabei ist, man muss rechtzeitig aufhören. Zwei Sekunden zu lang, ein wenig zu fest, und man wacht nicht mehr auf. Exitus. Jährlich sterben Hunderte Jugendlicher an diesem Unfug.«

»Und du glaubst, dass Wollners Clique sich damit die Zeit vertrieben hat?«

»Checkt die Hälse und Brustkörbe, dann wisst ihr es. Manchmal existieren auch Handyvideos. Ich schicke dir eine Mail mit den nötigen Infos.«

Durant bedankte sich, legte auf und begann zu grübeln. Es schien eine grausame Ironie zu sein. Mathias riskierte sein Leben bei einer Mutprobe, einem Zeitvertreib aus Langeweile. Leichtfertig, ohne zu wissen, dass sein Tod unmittelbar bevorstand. Ihr fröstelte, und sie schüttelte den Kopf. Vor Jahren hatte sie es bedauert, keine Kinder zu haben. Doch heute, wenn sie an Stephanie Hellmer dachte, an die verschwundene Eva Stevens, an Mathias Wollner ... Vielleicht war es so am besten. In diese Welt gehörten keine Kinder, schon gar nicht welche, die keine Achtung vor dem Leben hatten. Die sich oder andere quälten. Früher hatte es geheißen, man müsse die Kinder vor der bösen Welt schützen. Im Jugendalter war es womöglich eher andersherum.

Durants Blick fiel auf den Posteingang. Solange Kullmer und Seidel nichts verlauten ließen, konnte sie sich um die Ablage kümmern. Von Hellmer ebenfalls keine Spur. Hoffentlich hielt er seine Faust im Zaum. Ob sie ihn hätte begleiten sollen? Die Kommissarin fischte das dicke Kuvert hervor, das ihr am Abend ins Auge gefallen war. Kein Absender, adres-

siert an ihre Abteilung, zu ihren Händen. Persönlich. Sie riss
den Umschlag auf, ungeduldig mit der Handkante, und wunderte sich, dass kein Papier zum Vorschein kam. Sie hatte
nichts bestellt, und wenn, kam ihre private Post nach Hause.
Stutzig lugte sie mit zusammengekniffenen Augen in das
Dunkel des Kuverts, drehte es über der Tischplatte um. Zeitungspapier. Ein kleines Bündel fiel hinaus, umspannt mit
einem roten Weckgummi. Sie wog es in der Hand, es war
leicht. Keine Notiz, kein Hinweis auf den Absender. Kaum,
dass ihre Finger das Gummiband berührt hatte, froren ihre
Bewegungen ein. Erinnerungen kamen hoch. Persönliche
E-Mails. Fotos. Mitteilungen kranker Psychopathen, die sich
direkt an sie wandten. Der Ripper, Holzer, es gab so viele von
ihnen. Wie unprofessionell von ihr, dass sie den Umschlag
derart zerfleddert und überall ihre Fingerabdrücke hinterlassen hatte. Sie legte das faustgroße Bündel nieder und rief bei
der Spurensicherung an. Dann informierte sie Berger. Zehn
Minuten später traf Platzeck ein, eine Kollegin im Schlepp-
tau.

»Ah, der Chef kommt persönlich«, begrüßte ihn Berger
schmunzelnd.

»Möglicherweise falscher Alarm«, sagte Durant, »aber ein
Kuvert ohne Absender und Anschreiben. Ich habe schon zu
viel erlebt.«

»Vollkommen richtig«, murmelte Platzeck und widmete sich
ohne Umschweife dem Objekt. »Wann haben Sie es erhalten?«

Durant zuckte die Schultern. »Offiziell bin ich bis Montag im Urlaub. Es lag schon da, als ich kam. Mindestens
zwei Tage also.« Sie überlegte kurz und fügte hinzu: »Maximal zehn Tage. Aber die Post wird ja trotzdem geprüft,

wenn auch nicht täglich. Tut mir leid, dass es nicht präziser geht.«

»Macht nichts. Wenn es ein anonymer Absender ist, wird er ohnehin alles getan haben, um seine Identität zu verbergen.« Er löste den Gummi und raschelte mit dem Papier. »Tageszeitung, kein Datum erkennbar. Keine persönliche Notiz. Wir analysieren die Artikel auf Hinweise. Schauen wir mal, was drinnen ist.« Es raschelte erneut, dann legte Platzeck es frei. Ein etwa walnussgroßes Objekt, braunviolett. Entfernte Ähnlichkeit mit einer Trockenpflaume, nur dass es nicht feucht glänzte. Platzeck beugte sich hinab, versuchte, Geruch aufzunehmen. Das Innere der Papierhülle war leicht rötlich eingefärbt.

»Hat was von Trockenfleisch«, brummte er unschlüssig. »Wir müssen das analysieren.« Durant schluckte. Wenn jemand der leitenden Ermittlerin der Mordkommission anonym ein fleischartiges Objekt sandte, dann war die Wahrscheinlichkeit groß, dass es sich um Fleisch handelte. Menschenfleisch. Sie stieß auf, es schmeckte wieder nach Rauch. Ausgerechnet jetzt. Durant entschuldigte sich, trat ans Fenster, riss es auf. Ihr wurde übel.

FREITAG, 9:45 UHR

Hellmer war in die Lagebesprechung geplatzt, die ohne Seidel und Kullmer recht karg ausfiel. Berger hatte aus seiner Missbilligung keinen Hehl gemacht, es aber bei einem stillschweigenden Blick belassen.

Nun fuhren sie in den Riederwald, Hellmer saß am Steuer, und unterwegs fasste Durant noch einmal zusammen: Kennzeichen, anonyme Sendung.

»Jetzt fahre *ich* mal zur Stippvisite in eine Schule«, schloss sie. »Ich möchte mit Greta Leibold alleine sprechen, später dann mit ihrem Vater. Der war bei Kullmers und Seidels Vernehmung überhaupt nicht präsent.«

»Was willst du von der Kleinen?«

»Mir ein eigenes Bild machen, über Eva reden, ich weiß es selbst nicht so genau«, brummte die Kommissarin. »Greta scheint neben Mathias die engste Bezugsperson Evas zu sein. Außerdem verbindet ihre Elternhäuser etwas, aber ich kann es nicht greifen. Beide Elternpaare haben ihre Malaisen, es sind Einzelkinder, sie waren früher wohl gute Nachbarn, doch Frau Leibold lässt an Frau Stevens kein gutes Haar. Ich hätte Mitgefühl erwartet, Angst ums eigene Kind. Aber laut Doris und Peter kam in dieser Hinsicht nicht viel.«

»Wir reden also von Eltern, die zu sehr auf sich bezogen sind, um die Probleme ihrer Kinder wahrzunehmen, wie?«, gab Hellmer mit düsterer Miene zurück. »Autsch!, kann ich da nur sagen.«

»Blödsinn. Du liebst deine Kinder. Du würdest dir die Hände abhacken für sie, das weiß doch jeder.«

»Steffi offenbar nicht.«

»Selbstmitleid bringt dich auch nicht weiter, oder? Komm schon, Frank, das renkt sich wieder ein. Ich brauche deinen Scharfsinn jetzt für Eva Stevens. Eva braucht ihn.«

Hellmer murmelte ein zustimmendes Okay. Hielt an einer Ampelkreuzung und warf ihr einen Blick zu. »Danke für deine Hilfe. Ich werde dir das nicht vergessen.«

»Wozu sind Freunde da?«, lächelte Durant.

Sie fuhren weiter, schwiegen eine Weile. Hellmer schien zu grübeln, plötzlich sagte er: »Schöne Freunde sind das, wenn man sich gegenseitig würgt oder beim Würgen filmt. Wie krank ist unsere Welt denn geworden ...«

»War das eine Frage?« Durant lachte spitz auf. »Wir nehmen sie uns nachher alle noch mal vor, das will ich genau wissen. Die Aussagen widersprechen dem zwar, aber könnte es nicht doch sein, dass der Wollner bewusstlos oder zumindest geschwächt war? Dass er sonst seinem Mörder vielleicht entkommen wäre?«

»Weit hergeholt, aber wir können es der Clique gegenüber so aussehen lassen«, grinste Hellmer. Vielleicht motivierte das Damoklesschwert der fahrlässigen Tötung zur Kooperation. Auf staatsbürgerliches Pflichtbewusstsein zu hoffen wäre wohl blauäugig.

Durant wollte alleine mit Greta sprechen und fragte sich zu ihrer Klasse durch. Hellmer hielt sich bereit, aber auf Abstand. Das junge Mädchen, das schließlich vor ihr stand, sah ganz anders aus als erwartet. Farblos, unauffällig, brave Ponyfrisur. Keine Riesenohrringe, kein Lippenstift, nur ein Hauch von Puder. Sie trat unsicher auf der Stelle. Jeans und Turnschuhe, weites T-Shirt.

»Ich bin Julia Durant von der Mordkommission.« So einschüchternd dieser Satz klingen mochte, er gehörte zu Durants Standardsprüchen.

Greta blinzelte fragend in die Sonne. »Kommen Sie mit schlechten Neuigkeiten?«

»Was wären denn schlechte Neuigkeiten?«

»Na, wegen Eva. Ist sie etwa ...« Greta vollendete ihre Frage nicht, Durant wehrte hastig mit den Händen ab.

»Nein, wir haben noch immer keine Spur. Das ist leider keine viel bessere Nachricht, wie?«

Schulterzucken. Betretenes Schweigen, die Kommissarin fuhr fort: »Ich möchte so viel wie möglich über Eva erfahren, vor allem, was sie in letzter Zeit beschäftigt hat. Mädchensachen, egal was. Du warst doch ihre beste Freundin, richtig?«

»Früher ja«, nickte Greta.

»Was hat sich geändert?«

»Wir sind weggezogen, dann das mit Mathias.«

»Deiner Mutter war eure Freundschaft ein Dorn im Auge, stimmt das?« Durant registrierte ein leichtes Zucken, sie schien einen Nerv getroffen zu haben. Sofort ergänzte sie: »Was hat es damit auf sich?«

»Ach, Mama«, wich Greta aus, sichtlich unbehaglich. Sie trippelte und mied den Blickkontakt, kaute an ihrer Nagelhaut.

»Du und deine Mutter, ihr seid sehr unterschiedlich.«

»Wieso? Weil ich nicht wie eine Schlampe herumlaufe, die jeden Typen am liebsten anspringen will?« Sofort fuhr sich das Mädchen mit der Hand über die Lippen, ihre Augen weiteten sich. »Scheiße«, hauchte sie kleinlaut, »das haben Sie jetzt aber nicht gehört.«

»Doch, aber ich sag's nicht weiter«, lächelte Durant. »Nicht, wenn du offen und ehrlich bleibst.«

Greta sah sich prüfend um, als fürchtete sie, dass ihnen jemand zuhören könnte. Doch der Gang war leer. Sie standen in einem weitläufigen Fensterrahmen, ein alter Heizkörper hing darunter. Lehnten auf einem Sims in der Sonne, in der Ferne raunten Stimmen hinter geschlossenen Klassenzimmertüren. Eine Tür schwang knarrend auf, schloss sich wieder, eilige Schritte entfernten sich in Richtung Treppenhaus.

»Ich möchte nicht mehr über unsere Eltern sprechen«, sagte Greta abrupt und klang plötzlich sehr selbstbewusst.

»Woher der Sinneswandel?«

»Es sind meine Eltern, sie lieben mich. Das ist mehr, als viele andere haben.«

»Eben sagtest du *unsere* Eltern.«

»Habe ich?«

»Spiel nicht mit mir.«

»Fragen Sie sie selbst.« Gretas Miene erhärtete sich, ihr Blick hielt nun dem der Kommissarin stand. Sie verschränkte die Arme. »Außerdem hat es nichts mit Evas Verschwinden zu tun.« Greta ließ ihren Blick in die Ferne schweifen. Fast tonlos flüsterte sie schließlich: »Wenn das so wäre, müsste ich auch weg sein.«

Sie wollte darüber sprechen, worüber auch immer, das war nicht zu übersehen. Aber es gelang Julia nicht, das Mädchen zu überzeugen.

Kaum hatte sie das Schulgelände verlassen, meldete sich Andrea Sievers per Handy. Die Kommissare stellten sich in den Schatten der Bushaltestelle, und Julia aktivierte den Lautsprecher.

Andrea Sievers kam direkt auf den Punkt. »Es handelt sich um ein Stück Milz. Menschlich. So viel ist schon mal sicher.«

Durant schluckte. Der Kehlkopf schmerzte dabei. Es wurde ihr flau. Warum schickte ihr jemand eine Milz? *Persönlich?*

»Kannst du auf Alter, Geschlecht und Herkunft schließen?«, fragte sie geschäftsmäßig.

»Über die DNA, klar. Das braucht aber seine Zeit, ich habe die erforderlichen Schritte bereits eingeleitet. Hast du eine Vermutung?«

»Nicht die geringste.« Durant überlegte, welche offenen Fälle sie derzeit auf ihrem Schreibtisch hatte. Neben der Entführung und dem Mord gab es einige Ermittlungen, die jeweils an einem toten Punkt angelangt schienen. Allerdings nichts Spektakuläres, nichts, bei dem einem Menschen innere Organe fehlten.

Hellmer räusperte sich und beugte den Kopf in Richtung Handy. »Kann die Milz jünger als zwei Tage sein?«, fragte er, korrigierte sich dann aber sofort selbst. »Ach nein, Blödsinn, vergiss es.« Er entsann sich Durants Bericht, dem zufolge das Päckchen bereits vorher im Präsidium gelegen haben musste.

»Wenn man Gewebe gefriertrocknet, ist praktisch alles möglich«, beantwortete Andrea die Frage dennoch. »Ich versuche, so viel wie möglich herauszufinden«, versprach sie, »aber das braucht wieder Zeit.«

»Zeit, die für jemand anderen abläuft«, murmelte Hellmer just, als das Gespräch beendet war. Durant wusste, dass er Eva Stevens meinte. Sie empfand dasselbe.

FREITAG, 10:35 UHR

Zwei Treffer, eine Niete. Kullmer und Seidel unterrichteten Berger darüber, dass es nur zwei weiße Opel Astras gab, die tatsächlich passten. Der dritte war blau, wann er umlackiert worden war, stand in den Sternen. Nur einer von ihnen war außerdem fahrtüchtig; der Wagen der jungen Lehrerin.

»Die Spurensicherung soll dennoch alle drei Fahrzeuge genauestens prüfen«, ordnete Berger an. »Kofferraum, Rückbank, Beifahrersitz. Ich will wissen, wer alles Zugriff auf die Fahrzeuge hatte, ob eines davon zur Tatzeit verliehen war, et cetera. Keine falsche Zurückhaltung! Sprechen Sie mit allen drei Fahrzeughaltern persönlich.«

»Wird gemacht«, nickte Kullmer, als das Telefon klingelte. Er hatte noch etwas sagen wollen, aber Berger schien das Gespräch erwartet zu haben. Bat sie beide, sitzen zu bleiben, und schaltete auf Lautsprecher.

»Herr Schreck«, eröffnete er.

»Ich habe den Druiden«, hallte es blechern in den Raum. Kullmer und Seidel tauschten fragende Blicke aus. Schreck fuhr fort: »Es handelt sich um einen Namen, der uns nicht ganz unbekannt ist.«

»Inwiefern?«

»Louis Fischer.«

»Sagt mir nichts.«

Der IT-Experte lachte auf. »Tja, Computer vergessen nichts. Fischer meldete sich vor Jahren bei uns, als es um Rosemarie Stallmann ging. Er hatte einige krude Denkansätze, gab sich als Medium aus, derlei Quatsch eben.«

Er berichtete in kurzen Sätzen, was seine Recherche ergeben hatte, und schloss mit den Worten: »Seinen neuesten Postings zufolge sollten wir ihn aber besser nicht ignorieren. Er nutzt dieses Forum für seine Ergüsse, wettert gegen die Ermittlungsbehörden, behauptet, dass der Mörder längst hinter Gittern und das Mädchen gerettet sein könnte.«

»Ich schicke Durant und Hellmer hin«, entschied Berger. »Senden Sie mir alles, was Sie haben.«

FREITAG, 11:40 UHR

Louis Fischer öffnete erst beim dritten Läuten. Zweifelsohne hatte er die Kommissare über eine der Kameras beäugt, die Julia sofort ins Auge gefallen waren. Ein Sicherheitsfanatiker oder ein Kontrollfreak. Sie war gespannt. Die beiden zeigten ihre Dienstausweise und folgten Fischer ins Innere. Hohe Räume, lichtdurchflutet. Stille. Teppichböden verschluckten ihre Gehgeräusche, keine Musik. Wenig Kunst oder Tinnef, stattdessen karge Schlichtheit. Zwei Flachbildschirme hingen einander gegenüber in einem Flur; schwarz. Ganz anders in Fischers Büro, dessen esoterischer Touch nicht zu übersehen war. Sogar orientalische Düfte lagen in der Luft, schwere Süße, Weihrauch und Zimt.

»Ich musste eine Sitzung absagen«, eröffnete Fischer mürrisch, nachdem er den beiden Plätze angeboten hatte. Er saß an seinem Schreibtisch, die bequemen Polstermöbel hatte er gezielt links liegenlassen. Die Kommissare hockten wie Bittsteller vor ihm. Kontrollfreak.

»Sitzung welcher Art?«, fragte Durant.

»Das ist vertraulich. Meine Klienten schätzen es aber nicht, von mir verprellt zu werden.«

»Unsere auch nicht«, erwiderte Hellmer süffisant.

Durant entschied sich, distanziert zu bleiben. Sie sah sich um, dann zurück zu Fischer. »Womit verdienen Sie Ihren Lebensunterhalt? Arbeiten Sie von zu Hause?«

»Ich suche meine Klienten auch auf, falls Sie das meinen, aber ich ziehe eine Beratung in meinen Räumlichkeiten vor.« Fischer räkelte sich in seinem Sessel. Begutachtete die manikürten Finger. »Ich arbeite als Coach, persönlicher Berater, seelischer Begleiter, ganz wie Sie wollen. Interesse?« Seine perfekte Kauleiste blitzte die Kommissarin in einem breiten Lächeln an. Sie ignorierte die Überheblichkeit und fragte kühl: »Solvente Kundschaft, wie es scheint.«

»Ich begleite Manager, Politiker, sogar einen der letzten Kanzlerkandidaten habe ich beraten. Den habe ich übrigens aufgesucht.«

Durant hätte gerne nachgefragt, hielt aber an sich.

Hellmer räusperte sich. »Und Sie finden außerdem Zeit, als *druide_666* in fragwürdigen Internetforen aufzutreten?«

Fischer schluckte. »Deshalb sind Sie hier?«

»Was dachten Sie denn?«

»Na, wegen des Mädchens. Ich fungiere hin und wieder als Medium. Erinnern Sie sich an den Fall ...«

»Schon gut«, unterbrach ihn Durant. »Wenn es etwas gibt, das Sie zur Suche nach Eva beitragen können, dann bitte.«

»Ohne gezielten Auftrag – nein, bedaure.« Fischer schüttelte mit resigniertem Gesichtsausdruck den Kopf. »Tee?«

Beide verneinten. Milchiges Sonnenlicht durchbrach das Oberlicht. Fischer betätigte einen Druckknopf, woraufhin sich mit leisem Summen die Stoffjalousie schloss. »Sie gestatten?«, fragte er und kratzte sich an den Armen. »Ich vertrage kein Sonnenlicht.«

»Schon gut.« Durant betrachtete seine helle, leberfleckige Haut. Ein Allergiker?

Fischer nippte an seiner Tasse. »Sie haben meine Internetbeiträge also gelesen?«

Offenbar hatte Berger ihm gegenüber erwähnt, dass die Kripo sich für seine Tätigkeit in dem Forum interessierte.

»Wir haben irgendwo bei den Sprüchen Salomos und dem Absatz über Hurerei aufgehört weiterzulesen«, flunkerte Durant. Fischer musste nicht wissen, dass der Begriff *Hure* nach aktuellen Erkenntnissen lediglich auf ein Kennzeichen verwies.

»Sie erinnern sich nicht an mich, oder?«, fragte Louis leise.

Durant kniff die Augen zusammen. »Erinnern woran?«

»Der Fall Rosi Stallmann, Aktenzeichen XY. Der Fall Jutta Prahl. Beate Schürmann.«

»Beate Schürmann?« Hellmer und Durant schraken gleichzeitig auf. Die Erinnerung an den Skelettfund im Schatten eines Waldstücks an der Autobahn beschwor düstere Bilder herauf. Es war 2006, die Zeit von Hellmers Alkoholexzessen, eine Zeit, in der Julias Privatleben mal wieder auf Messers Schneide gestanden hatte. Fälle, die alles von ihnen forderten und sie sämtlicher Kraft beraubten. Beates Eltern hatten Nieder-Erlenbach schlussendlich den Rücken gekehrt. Waren weggezogen, nachdem sie sich jahrelang nicht dazu hatten durchringen können. Hin und wieder erinnerten sie auf einer Website daran, dass der Mörder ihrer Tochter sich noch immer auf freiem Fuß befand.

»Ich habe damals schon gesagt, dass die Polizei in die falsche Richtung ermittelt«, beharrte Fischer und strich sich über die Stirn. Seine Augenwinkel zuckten nervös. »Man wollte mich nicht hören. Sie können sich ja nicht einmal erinnern.«

Durant grub in ihrem Gedächtnis, doch da war nichts. Hellmer sprang in die Bresche.

»Bei jedem Fall, der auf öffentliches Interesse trifft, häufen sich Meldungen von Zeugen. Teils sehr abstruse Theorien, einiges wird ausgefiltert, bevor es auf unseren Tisch kommt. Was hatten Sie denn damals zu sagen?«

»Ich habe den Mörder gesehen.«

»Gesehen?« Durants Augen weiteten sich. Etwa in flagranti? Oder war es der verzweifelte Schrei eines geltungsbedürftigen

Mannes nach Anerkennung? Die Ernüchterung kam stante pede.

»Ich hatte eine Vision«, verkündete Fischer mit stolzer Inbrunst. »Ich sah Beate sterben, den Leibhaftigen über sie gebeugt.«

»Solche Meldungen meinte ich«, murmelte Hellmer, sichtlich enttäuscht, doch Fischer gab sich unbeeindruckt.

»Prüfen Sie meine damalige Meldung. Ich habe alles ordnungsgemäß zu Protokoll gegeben, aber mehr als ein Lachen habe ich da nicht für bekommen. Gleichen Sie sie mit dem ermittelten Todeszeitpunkt des Mädchens ab. Sie werden sehen …«

»Und was bringt uns das?«, fragte Durant gereizt. »Was bringt es Eva?«

»Es ist ein Schema. Warten Sie.« Fischer öffnete eine Schublade und entnahm ihr einen Stapel Papier. Durant erkannte Zeitungsausschnitte, Papierschnipsel, ein Foto von Rosemarie Stallmann. Material, welches der Öffentlichkeit zugänglich gewesen war. Sie brannte darauf zu erfahren, ob sich auch Interna darunter befanden. Fischer raschelte mit den teils vergilbten Blättern. Fluchte kaum hörbar, offenbar fand er nicht, was er suchte. »Egal«, murmelte er, »dann muss es so gehen.« Er schrieb vier Namen auf ein Stück Papier, schob den Zettel dann in Durants Richtung. Es handelte sich um die drei genannten, außerdem Mathias. In Klammern war dahinter Eva vermerkt. Er bewegte die Computermaus und rief eine Straßenkarte auf, reduzierte den Ausschnitt auf Mittelhessen. Ein Drucker begann zu surren, spuckte eine Seite aus.

»Wären Sie so frei«, forderte Fischer in Hellmers Richtung. Dieser erhob sich mürrisch und trabte zum Drucker. Der

Ausdruck war seltsam eingefärbt, anscheinend war die rote Tonerkartusche leer.

»Open Maps, ich bin beeindruckt«, sagte der Kommissar ironisch, als er das Blatt auf die Tischplatte segeln ließ.

Fischer grinste. »Beate Schürmann bei Münzenberg. Nördliche Wetterau.« Er markierte die Stelle mit einem Kugelschreiber. »Jutta Prahl in Hasselroth. Ein paar Kilometer außerhalb Langenselbolds.« Ein weiteres Kreuz. »Und der jüngste Mord hier.« Er markierte den Mainbogen.

»Fehlt Rosi Stallmann«, nickte Durant, die nicht begriff, worauf Fischer hinauswollte. Doch sein lodernder Blick verriet ihr, dass er sich seiner Sache absolut sicher war. Dankbar, dass ihm endlich jemand zuhörte. Jemand Reales, außerhalb der virtuellen Gemeinde mystischer Verschwörungstheoretiker. Rosemarie bekam einen Kringel, kein Kreuz, was Durant sofort auffiel.

»Wieso kein Kreuz?«, fragte sie.

»Warten Sie ab. Mich hat man auch warten lassen. Jahrelang.« Ein Schatten huschte über Fischers Miene. »Werfen Sie einen Blick in Ihre Akten. Hirzenhain, Familiendrama, 1989.« Er lachte spöttisch. »Köppern, Mord an einer Wanderin. Wurde einem der Irren im Waldkrankenhaus angehängt. Die Leiche fand man hier.« Flugs kreuzte er eine weitere Stelle auf der Karte an, dann wanderte sein Kuli nach rechts. B 275. Hirzenhain. Das fünfte Kreuz. Fischer drehte das Papier um. »Und?«

»Was und?«

»Sehen Sie es denn nicht?«

»Fünf Punkte, ein Kreis«, kommentierte Hellmer. »Das konnte meine Tochter schon mit vier.«

Louis Fischer murmelte etwas von Ignoranz und legte das Papier wieder hin. Schob das Lineal darüber und zog mit rotem

215

Filzstift eilends, aber mit Akribie einige Linien. Noch bevor er sein Werk vollendet hatte, erkannte Durant das Bild. Eine Spitze deutete auf ihren Solarplexus, was ihr nicht behagte.
»Scheiße«, flüsterte sie. Aus den fünf Punkten ergab sich ein präzises Pentagramm. Hellmer hatte es ebenfalls erkannt. Er deutete auf den einzelnen Kringel.
»Und das hier?«
»Ich habe keinen Zirkel da, bedaure«, lächelte Fischer. »Aber Sie werden sehen, dass sowohl der damalige Wohnort von Beate als auch der Fundort von Rosi in unmittelbarer Nähe der Pentakelkreise liegen. Vielleicht wäre jetzt ein guter Zeitpunkt, um über mein Honorar zu verhandeln.«

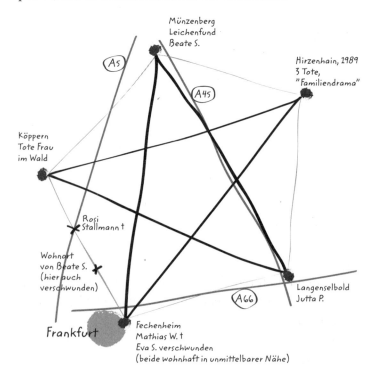

Als Durant und Hellmer gegangen waren, atmete Fischer auf. Er war es nicht gewohnt, sich zu rechtfertigen. War sein eigener Herr, dem niemand etwas vorzuschreiben hatte. Der einzige Zwang, dem er unterlag, ging von ihm selbst aus. Er prüfte seinen Kalender, obwohl er sämtliche Termine im Kopf hatte. Es war noch ein wenig Zeit. Zeit, die er dringend brauchte. Fischer schritt zu der Stereoanlage, wählte einen Klassiksender. Er erkannte das Stück nicht, doch es hatte eine beruhigende Wirkung. Er öffnete eine Tür in der Wandtäfelung, die beinahe unsichtbar verborgen war. Eine Leuchtstoffröhre flackerte, es gelang ihr nicht, zu starten. Er öffnete einen zwei Meter hohen Kühlschrank, der Kompressor vibrierte, in einem flachen Wandregal übertrug sich das Brummen auf einige Glasphiolen und Flaschen. Die Kühlschranktür schwang auf, im Inneren warteten weitere Behälter, gefüllt mit roter Flüssigkeit. Nektar, wie Fischer zu sagen pflegte, und mit zitternder, schweißnasser Hand entnahm er eine. Drehte den Deckel ab, es knackte, gierig schüttete er den dickflüssigen Saft in sich. Spülte die Flasche an einem kleinen Waschbecken aus und verstaute sie im Regal. Beim Schließen des Kühlschranks überprüfte er die Temperatur. Zwei Grad. Die Behältnisse im Inneren gingen allmählich zur Neige, er musste für Nachschub sorgen. Die Zeit drängte. Fischer wischte sich fahrig mit dem Handgelenk über den Mund, verschloss den Verschlag, trat zielstrebig auf die Polster der Sitzecke zu. Ließ sich herabsinken, entspannte für einige Minuten und fühlte dem Lebenssaft nach, wie er in seinem Inneren neue Kräfte entfaltete. Dann schnellte er nach oben. Stoppte die Musik, ging an den PC und loggte sich in die Überwachungskameras ein. Seine Augen erhellten sich, als er inmitten schwarzweißen Flimmerns das Mädchen ausmachte. Die junge Frau. Er schaltete den Computer aus, stand auf.

Er musste zu ihr gehen.

Jetzt.

FREITAG, 12:32 UHR

Friedlich schlafend lag sie vor ihm, die Pupillen wanderten unter den Lidern hin und her. Wirre Träume. So entspannt der sedierte Körper auch schien, das Unterbewusstsein hielt das Stresslevel hoch. Eine Tatsache, die sich leider nicht verhindern ließ. Die Zeit drängte, er konnte es sich nicht leisten, seinen Gast psychisch zu brechen. Zehn Tage, mehr hätte er nicht benötigt, doch diese Spanne stand ihm nicht zur Verfügung. Die dünne Klinge blitzte auf, als sich das Deckenlicht an ihr brach.

»Ruhig, Liebes«, sagte er, als er das Metall unter ihre Kleidung schob. Vorsichtig trennte er zuerst das Shirt auf, bis zum Kragen, dann legte er das Skalpell beiseite. Wischte Stofffasern von ihrem Unterhemd, zog dann die Ärmel über die Schultern. Wie leicht sie war. Er hob sie an, um die Kleidung unter ihr herauszuziehen. Verfuhr mit dem engen Hemd genauso, ertappte sich, wie er ihre Brüste mit dem Handrücken streifte. Berührte sie ein weiteres Mal, diesmal mit den Fingern. Weiche, feinporige Haut. Kleine Nippel, rosabrauner Vorhof. Einen BH trug sie nicht. Er schnitt die Hose auf. Roch durch den Slip, den er ihr ließ, an ihrer

Scham. Stöhnte auf, als er das Pochen zwischen den Lenden spürte. Lust durchströmte ihn. Mit einem Mal war sie da, löste seine routinierten Bewegungen ab. Sanft hob und senkte sich der Unterbauch. Flache Atmung. Er richtete ihr die Haare.

»Mein kleiner Engel, nun ist es so weit. Viel zu schnell, wir konnten uns gar nicht richtig kennenlernen. Doch gleich sind wir eins, nur du und ich. Ich werde in dir sein, und du in mir.«

Unwillkürlich drang ein alter Hit von Peter Maffay in sein Ohr. Irritiert kämpfte er dagegen an. Niemand durfte ihn stören, es gab keinen Raum für Außenseiter. Dieser Augenblick gehörte nur ihm und seinem Mädchen. Seine Zunge trat nach außen, als er sich hinabbeugte. Er schleckte über den Bauch, an der Grenze des Slips entlang, spielte mit der Naht. Dann in Richtung Nabel, über den Brustkorb. Er achtete darauf, ob er eine erogene Zone traf, ob sich die Atemfrequenz änderte oder ein Muskelzucken ausgelöst wurde. Nichts. Er gab sich dem Körper hin, bis seine Gier befriedigt war. Dann brachte er ein weiteres Messer zum Vorschein. Die Erinnerung an sein erstes Mal stieg in ihm auf. Es war viele Jahre her, doch seine Mädchen schienen nie gealtert zu sein. Das bange Harren auf ein Geräusch, wenn die Klinge sich in die Bauchhöhle schnitt. Unterbewusst erwartete er noch immer, dass es sich wie das Schneiden von Filetstücken anhörte. Jenes unbeschreibliche Schaben, wenn eine Klinge sich durch Fleischfasern schnitt. Doch da war nichts. Die jugendliche Haut, das wenige Fett lagen völlig entspannt vor ihm. Es hob und senkte sich in gleichmäßigem Rhythmus. Als die Klinge Evas Bauchhöhle durchstach, erklang nichts weiter als ein letzter Seufzer.

FREITAG, 13:10 UHR

Louis Fischer wechselte fieberhaft zwischen dem Monitor und seinem Posteingangsfenster. Konnte seine Blicke nicht von Johanna lassen, die in seinem Warteraum Platz genommen hatte. Er ließ sie warten, etwas, was er sonst nicht tat. Es zog ihn magisch in ihre Nähe. Doch sie hatte dasselbe getan. Ihn warten lassen. Er las noch mal ihre E-Mail. Sachlich, wie gewohnt.

> Hallo. Wie sieht es aus heute Mittag gegen eins? Wäre schön, wenn's klappt. Gruß, Johanna.

Gesendet via Smartphone, wie die Signatur verriet.

Keine Entschuldigung, weshalb der Termin am Donnerstag verfallen war. Keine Erklärung. Wie selbstverständlich setzte sie voraus, dass er binnen zwei Stunden seine Mails las, samstags, und dann Zeit hatte. Doch sie schien ihn besser zu kennen als er sie. Schien zu wissen, dass er alles Menschenmögliche unternommen hätte, um für sie da zu sein. Fischer verehrte Johanna auf seine Weise. Er sah sie nicht als Sexualobjekt. Blickte hinter die Kulisse ihres makellosen Körpers. Johannas Art faszinierte ihn. Ironisch, manchmal dröge, und das alles, obwohl sie das unbeschwerte Lachen schon vor so langer Zeit verloren hatte. Dann wieder verletzbar wie ein hilfloses Jungtier. Sie stand alleine da, hatte niemanden in Frankfurt, der sich für sie interessierte. Ihre Freier einmal außen vor gelassen, doch denen ging es nur um Johannas Körper. Das blonde Unschuldsgesicht, die jugendliche Hülle. Sie befriedigte Triebe, denen sich Väter von Töchtern nicht hinzugeben wagten. Tat damit gesellschaftlich sogar etwas Gutes, zynisch betrachtet. Ihr trockener Zynismus war eine weitere Eigenschaft, die Fischer bewunderte. Von ihrer Zerbrechlichkeit zeigte sie nichts, spielte die perfekte Pragmatikerin. Fischer würde es ihr niemals offen gestehen, aber er erkannte sich an manchen Tagen in ihr wieder. Wie Johanna Mältzer bestritt auch er seinen Lebensunterhalt damit, anderen etwas vorzugaukeln. Verständnis, Rat, Interesse. Manchmal auch etwas mehr. Fischer hatte sich zum Dogma gemacht, nicht mit den gelangweilten, superreichen Endvierzigerinnen ins Bett zu steigen, die seinen Terminkalender dominierten. Die zu ihm kamen, weil ihre Männer ihn als Coach oder persönlichen Berater konsultierten. Bevor oder nachdem sie ihre Flittchen fickten.

Auf dem Monitor hatte er Johanna beobachtet. Das Räkeln auf dem bequemen Sessel, mit den Enden ihres Stoffschals spielend. Warum trug sie bei der Wärme einen Schal? Unter dem T-Shirt ihre Brüste. Die Haustemperatur betrug sechzehn Grad, kühl genug, um ihre Nippel erhärten zu lassen. Doch auch bei Johanna galt seine Maxime: Finger weg. Wer konnte schon wissen, wie viele Schwänze sie am Vorabend geritten hatte. Eine Unreinheit, die Fischer bis aufs äußerste ekelte. Während einer ihrer ersten Sitzungen, vor zwei Jahren, hatte er sie mit der Frage konfrontiert, warum sie sich das antue. Naiv, denn er hätte es sich denken können. Doch was dann kam, schockierte ihn zutiefst. Am meisten beeindruckte ihn Johannas schonungslose Offenheit. Dinge, die sie bisher niemandem erzählt hatte. Kindheitserinnerungen. Traumata. Dinge, die ihr niemand geglaubt hatte, zuallerletzt die eigene Mutter. Johanna stammte aus einem guten Elternhaus, wie man so sagt. Kein Scheidungskind, eine ältere Schwester, ein

Bruder dazwischen. Aus dem dörflichen Idyll unweit Bruch-
köbels. Der Vater lange Jahre Ortsvorsteher, die Mutter auf-
opfernde Hausfrau und in einem halben Dutzend Vereinen
aktiv. Allseits geachtet, die Kinder gingen in den Kindergar-
ten und die Grundschule des Dorfes. Jeder kannte jeden.
Doch es wollte niemandem auffallen, dass die beiden Mädchen blass, ruhig, introvertiert auftraten. Ganz anders als der
Junge. Die Lehrerin war eine verstockte alte Jungfer, keine
Person, zu der man als Kind Vertrauen fasst. Der Kinderarzt
ein Cousin der Mutter. Keiner wollte sehen, was mit den
Mädchen nicht stimmte. Dass sie seit dem fünften Lebensjahr
aufs brutalste missbraucht wurden, so klein und zart, dass
ihre Organe dauerhaften Schaden davontrugen. Und ihre Seelen verkümmerten. Johannas ältere Schwester ritzte sich mit
vierzehn die Pulsadern an, weil sie es nicht mehr ertragen
wollte. Kam in ein Heim, weit weg, der Vater machte seinen
Einfluss geltend. Im Ort wunderte man sich nur kurz, glaubte bereitwillig, sie sei auf einer Privatschule. Papas Liebling,
die Erstgeborene, ein ganz besonderer Schatz. Er wollte ihr
die beste Förderung zukommen lassen. Niemand erhob
Zweifel. Johanna ertrug seine Peinigungen bis zum achtzehn-
ten Lebensjahr. Dann zog sie aus und kehrte nie wieder zurück. Brach den Kontakt zu ihrer Mutter ab, die sie nicht be-
schützt hatte, als sie ihre Hilfe brauchte. Und zu ihrem Bruder, der sich von ihr abgewandt hatte, aus Angst, sie zerstöre
mit ihren Anschuldigungen das Familienidyll.
Eine Vertrauensperson kannte sie nicht. Jeder, der ihr eine ge-
sunde Bindung hätte bieten können, hatte sie enttäuscht.
Louis Fischer erhielt Geld von ihr, verlangte keine sexuellen
Aktivitäten, und sie stand ihm nicht nah. Vielleicht hatte sie
deshalb ungehemmt ausgeplaudert, wofür es kaum Worte

gab. Fischer verstand, weshalb sie sich in die Prostitution flüchtete. Sie sah keinen Wert in ihrem Körper, denn dieser Wert war lange zuvor zerstört worden. Wenn sich Körper an ihr abarbeiteten, fühlte sie keine Liebe. Doch ebenso wenig Abscheu. Emotional blieb sie kalt. Teilnahmslos. Doch sie spürte etwas in sich, Hitze und Stöße, organisch. Etwas, von dem es hieß, es sei die schönste Sache der Welt. Etwas, das ihr nach all den Jahren endlich keine Angst mehr machte. Das ihr die Illusion gab, begehrenswert zu sein. So wie dieser Darius, der in ihr offenbar jemanden sah, den er vor langer Zeit verloren hatte.

Louis Fischer war der erste Mensch, mit dem sie in entblößender Offenheit sprach. Es befreite sie, ganz offensichtlich, aber sie reckte ihm damit auch die Kehle entgegen. Schutzlos. Wäre er ein Wolf, er hätte bloß zubeißen müssen. Doch tief im Inneren bewegte ihn ihr Schicksal. Sie war keine der unter pseudo-depressiven Verstimmungen gelangweilten Ehefrauen, mit denen er sonst zu tun hatte. Kein Ringen nach Absolution, wenn jemand sich für seine Rücksichtslosigkeit schämte. Unter Geschäftsmännern kam das öfter vor als gedacht. Das, was früher Priester unentgeltlich taten, ließ Fischer sich horrend bezahlen. Und er fühlte sich gut dabei. Dann Johanna Mältzer.

»Geben Ihnen die Freier das, wonach Sie sich sehnen?« Rückblickend schämte er sich für diese unbeholfene Frage.

»Kunden. Ich erbringe Dienstleistungen.« Sie hatte ihn spöttisch angefunkelt. »Verkaufen Sie nicht ebenfalls etwas von sich selbst?«

»Meinen Rat, meine Meinung …«, begann er.

»Und ich meine Muschi. Worin besteht der Unterschied?« Sie war schlagfertiger. »Ich dusche, wechsle die Kleidung, gehe nach Hause. Was machen Sie mit all dem Seelenmüll? Nagt der nicht an Ihnen, wenn Sie schon lange Feierabend haben?«

Monate später hatte er ihr gestanden, dass es nur wenige Dinge gab, die ihm wirklich nahegingen. Ihre Geschichte gehöre dazu. Sie hatte ihn in ihren Bann gezogen. So schmutzig er sie auch fand, ob ihres Berufs, den er bis heute nicht akzeptierte. Fischer kam nicht von Johanna los.

Viel zu lange hatte er erregt auf den Monitor gestarrt. Blicke zugelassen, die er ihr gegenüber nicht riskieren durfte. Warum aber der Schal?

Sie begrüßte ihn mit einem müden Lächeln. Kraftlos, blass.

»Wo warst du vorgestern?«, fragte er, unfreundlicher als geplant.

»Krank.« Das war alles?

»Ein Anruf wäre nett gewesen.«

»Bin doch jetzt da. Ich zahle den Termin auch extra.« Sie stand auf. Es tat ihm weh, dass sie ihn so von oben herab behandelte. Mehr, als er es sich eingestehen wollte.

»Darum geht es nicht.«

»Worum dann? Mir kam etwas dazwischen. Sorry.«

Sie stolzierte auf und ab, hielt den Kopf irgendwie verkrampft – als wollte sie verhindern, dass das Halstuch verrutschte.

»Eben hast du behauptet, du seist krank gewesen.« Er deutete darauf. »Halsentzündung?«

Sie zuckte kurz. »Nicht so wichtig.« Ging auf Distanz.

»Weshalb wolltest du einen Zusatztermin? Du weißt, dass ich samstags …«

»Ich wurde überfallen«, platzte es aus ihr heraus. Fischer riss die Augen auf.

»Jetzt schau nicht so. Es hat nichts mit meiner, hmm, Tätigkeit zu tun.« Sie näherte sich ihm und zog den Stoff zur Seite. Blutergüsse kamen zum Vorschein. Ovale Male, entstanden durch Darius' Daumen und Mittelfinger. Fischer starrte sie entsetzt an. Sadomaso, das wusste er, gehörte nicht zu Johannas Angebotsspektrum.

»Wer hat das getan?«, hauchte er und neigte den Kopf.

»Ein Kunde. Aber nicht währenddessen. Er lauerte mir auf.«

»Ein Kunde?«

»Ja, mein Gott, unterbrich mich nicht.«

In wenigen Sätzen erzählte sie ihm den Tathergang. Erwähnte, dass sie ihn möglicherweise provoziert habe. Dass er sie plötzlich gepackt hätte, gewürgt, aber dann genauso reflexartig von ihr abgelassen hatte. Davongerannt. Ein flüchtiges »Entschuldigung« wispernd, übertönt durch die Hupe eines herannahenden Wagens. Beides konnte aber auch nur Einbildung gewesen sein. Sie hatte sich benommen aufgerichtet und war nach Hause gewankt. Was hätte sie auch sonst tun sollen? Eine übernächtigte Nutte. Niemand hätte sich für sie interessiert.

»Es wird höchste Zeit«, sagte Fischer, Minuten nachdem sie geendet hatte. Sie standen nebeneinander und betrachteten eine abstrakte Malerei, die den Warteraum zierte. Fischers Schulter berührte die ihre, er ließ es zu. Empfand das Mädchen zum ersten Mal als nicht unrein. Sie hatte seit Mittwochabend keine Freier mehr bedient. Behauptete sie.

»Zeit wofür?«, fragte sie. Bis zum frühen Abend hatte sie keinen Grund zur Eile.

»Zeit, dass du diese Drecksarbeit hinwirfst. Dass du die Drecksau anzeigst und deine Siebensachen packst.«

Doch sie winkte nur ab. »Auf ein Wochenende mehr oder weniger kommt's wohl nicht an.«

»Jeder Tag ist kostbar, ein Unikat. Glaub mir.«

Fischer sprach nicht weiter, denn es hatte keinen Sinn.

»Bist du eifersüchtig?«, neckte sie ihn.

»Unsinn.«

»Na komm. Es hat dir doch vom ersten Tag an missfallen, wie ich mein Geld verdiene.« Sie lachte spöttisch. »Auch das Geld für unsere teuren Sitzungen.«

»Du bist zu mir gekommen«, brummte er.

Sie wollte etwas sagen, nieste stattdessen heftig. Dreimal. Rieb sich etwas benommen die Nase. Ein rot glänzender Streifen zog sich über ihren Finger.

»Mist«, rief sie leise und hielt sich die Nase zu, »hast du ein Taschentuch?«

Fischer suchte den Raum ab, erfolglos. Zog ein Stofftaschentuch aus der Hose und reichte es ihr. Johanna hielt ihre Nasenflügel zu, ein Tropfen Blut ploppte zu Boden. Dann den weichen Stoff. Das Gewebe sog sich voll, rote Ränder bildeten sich unter ihren Fingerkuppen. Grelles Rot, umrahmt von unbeflecktem Weiß. Louis wurde schwindelig. Er kämpfte um seine Kontrolle, erlangte sie erst wieder, als er seine Schläfen zu massieren begann, den Blick zu Boden gerichtet. Doch dort war der Tropfen. Johanna sprach, er hörte sie nur in der Ferne. Verstand sie nicht.

Louis Fischer konnte kein Blut sehen. Nicht so. Nicht von Johanna. Nicht auf seinem Parkett. Er stöhnte und sank in Richtung des Sessels.

FREITAG, 18:37 UHR

Dienstbeginn um sechs, mitten im Ansturm hungriger Kunden. Eine halbe Stunde Hektik, dann hatte sie sich an den Rhythmus gewöhnt. Gloria erledigte gerade die letzte Bestellung einer ungeduldigen Menschenschlange, wollte kurz durchatmen und einen Schluck Wasser nehmen. Da sah sie ihn. Sie zerdrückte den Pappbecher in der Hand. Er war omnipräsent. Überall. Immer. Gloria stockte der Atem, als er durch die Glastür trat, Angstschweiß drang aus ihren Poren. Eine unsichtbare Kraft schnürte ihr die Kehle zu. Hilfesuchend sah sie sich um, doch keiner ihrer Kollegen war in der Nähe. Der Kopf ihres Chefs bewegte sich hinter der abgetönten Glasscheibe seines Verschlags, von ihm war keine Hilfe zu erwarten.

»Ein Kunde ist ein Kunde – und der Kunde ist König.«

Mehr gab es von seiner Seite her nicht zu sagen.

Darius spielte betont lässig mit seinem Schlüsselbund, er war an und für sich ein ansehnlicher Kerl. Warum quält er mich?, dachte sie verzweifelt und knöpfte verkrampft einen Knopf ihres Kragenausschnitts zu. War es Absicht des Unternehmens, dass man durch die über der Brust Falten schlagenden Knöpfe auf das Dekolleté schielen konnte? Den BH erkennen, die Wölbungen des Busens? Gloria traute in ihrer derzeitigen Verfassung jedem alles zu. Wenigstens in natura aber würde sie sich schützen, so gut es ging. Seinen Blicken trotzen, auch wenn er praktisch jeden Millimeter von ihr kannte. Sie ekelte es bei dem Gedanken, dass er ihre nackte Haut, ausgenommen die knappen Bikinizonen, längst gesehen hatte. Auf seiner Festplatte gespeichert. Stets zum Abruf bereit. Es war einer jener Fehler, die zu viele Menschen begingen, wenn sie sich achtlos im Internet präsentierten. Einer virtuellen Schattenwelt, in deren Winkeln die Kranken und Perversen sich ungehindert ausbreiteten.

»Claudia ist nicht da«, begrüßte sie ihn kühl und mied es, seinem durchdringenden Blick zu begegnen.

»Du weißt, dass ich nicht wegen Claudia komme«, erwiderte er.

Gloria erschauderte. Jedes seiner Worte machte ihr Angst. Diese eisige Bestimmtheit, die sich darin verbarg. Die Überlegenheit.

»Was willst du, verdammt?«, fragte sie.

»Das Übliche. Du solltest die Bestellungen deiner Stammkunden besser kennen. Vielleicht sollte ich mich mal bei deinem Chef beschweren?«

»Als ob du wegen des Essens kämst«, murmelte sie tonlos und wandte sich der Kasse zu. Gloria hatte Darius schon öfter dabei beobachtet, wie er beim Hinausgehen das Essen in den Abfall warf. Nur das Getränk nahm er mit. Dieses kranke Schwein kam nicht, um zu essen, er kam, um sie zu quälen. Sie las stoisch den Preis ab, orderte die Bestellung. Ließ das Getränk durchlaufen, ohne ihn weiter zu beachten. Dabei spürte sie seine Augen wie Kletten an ihr haften.

»Es ist deine lange Woche, ich weiß das«, sprach er leise. »Die Abendschichten, spätnachts erst nach Hause, zu müde, um noch tanzen zu gehen. Ich warte auf dich, wenn du möchtest. Ich warte jeden Tag.«

»Warte, bis du schwarz wirst!«, fauchte sie. Erschrocken vergewisserte sie sich sofort, dass niemand irritiert aufblickte.

»Das muss ich nicht«, gab Darius von oben herab zurück, »du wirst schon sehen. Bald bist du mein. Dann ist es vorbei mit der Einsamkeit, die uns beide auffrisst. Jeden Abend werde ich auf deinen warmen Körper warten …«

»Ihre Bestellung, bitte sehr«, unterbrach sie ihn mit einer lauten, aufgesetzt freundlichen Stimme. Papier raschelte, als die Tüte auf ihn zuschnellte. »Guten Appetit und einen schönen Tag noch.«

Dann wandte sie sich ab und klapperte mit einer Schublade. Kein weiterer Kunde wartete, sie nahm in Kauf, dass Darius ihre Hüfte und den Po begaffte. Hauptsache, er verschwand endlich. Sie hasste ihn, ihr wurde speiübel, als sie ihm nachblickte. Glorias Knie wurden butterweich, sie musste sich festhalten. Er war ein Stalker, saß ihr wie ein widerhakiger Giftstachel im Fleisch; nahm ihr die Luft zum Atmen. Sie hatte zwei erfolglose Versuche gestartet, die Polizei einzuschalten. Doch was tat er schon, rein strafrechtlich gesehen? In den Augen der Beamten, allesamt Männer, war nichts Verbotenes dabei, regelmäßig ein Fastfood-Restaurant aufzusuchen oder über Facebook zu kommunizieren. Niemand sei schließlich gezwungen, dort ein Profil zu unterhalten. Und wenn sie mit ihrem Job unzufrieden sei, müsse sie das selbst lösen. Gloria hatte die Gleichgültigkeit mit Verachtung geschluckt. Es erinnerte an jene zynische Logik, einer Vergewaltigten vorzuwerfen, dass ihr mit weniger aufreizender Kleidung ein sexueller Übergriff wohl erspart geblieben wäre. Gloria hatte den Beamten ihre Verzweiflung ins Gesicht schreien wollen, doch letztlich erkannt, dass es die Resignation war, die aus ihnen sprach. Stalking-Paragraphen, neue Gesetze, neue Richtlinien. Ohne einen konkreten Eingriff in die persönliche Freiheit eines Opfers hatte die Polizei kaum eine Chance, strafrechtliche Schritte zu bemühen. Einen dritten Versuch, so entschied Gloria, würde es nicht geben.

Sie musste die Sache selbst in die Hand nehmen.

FREITAG, 19:03 UHR

Wer auch immer Sie sind, bitte geben Sie uns unsere Tochter zurück.«

Julia Durant schloss das Browserfenster, in dem die Videobotschaft abgespielt worden war. Evas Eltern hatten sich am Nachmittag an die Medien gewandt, der Fall hing mittlerweile lähmend über der Stadt. Aufrufe im Fernsehen, eine Belohnung von fünfundzwanzigtausend Euro. Damit waren sie Berger zuvorgekommen, seitens der Ermittlungsbehörden waren zehntausend Euro angedacht gewesen. Familie Stevens hoffte, ihre Tochter damit freikaufen zu können.

Alle waren versammelt, saßen im Konferenzraum. Kullmer, Hellmer, Seidel, Durant und Berger.

»Gibt es Resonanz?«, erkundigte sich dieser.

»Hauptsächlich die üblichen Spinner. Außerdem einige Hinweise, denen nachgegangen wird«, fasste Doris Seidel zusammen. »Nichts Weltbewegendes. Leider.«

»Ich möchte, dass wir diese Kids einzeln vernehmen«, sagte Durant. »Wir ködern sie mit der Belohnung oder machen Druck. Ich kann nicht glauben, dass niemand etwas weiß.«

Es wäre nicht die erste Jugendclique, die sich aus Angst vor ihrem Rädelsführer in Schweigen hüllte. Doch meist brach der kollektive Zusammenhalt auf, wenn man die Gruppe lange genug voneinander trennte. Ein schmaler Grat zwischen Einschüchterung und Legalität, zumal die meisten noch nicht volljährig waren. Julia rief sich in Erinnerung, welche der Familien die Belohnung am dringendsten gebrauchen könnte.

»Ich übernehme Hannah und Georg«, schlug sie daraufhin vor. Doris Seidel wirkte, als wolle sie etwas sagen, nickte dann aber nur. Die Kommissarin entsann sich, dass Doris dem Mädchen zuvor die Infos über Georgs Drogengeschichten entlockt hatte. »Nimm du die Kleine«, lächelte sie, »ich nehme stattdessen diesen Tim.«

Zehn Minuten später saß sie Georg Neumann gegenüber. Kurz zuvor hatte Hellmer Durant signalisiert, dass er ihr etwas mitzuteilen hatte. Äußerst zufrieden hatte sie die Information zur Kenntnis genommen.

Das Vernehmungszimmer war kühl, ein Tisch, ein Tonbandgerät, eine Flasche Wasser. Neumann fläzte sich auf seinem Stuhl, spielte betont gelangweilt mit einem Zigarettenpäckchen. Unter seiner dünnen Wollmütze traten fettige Haarsträhnen hervor, ein Dreitagebart stand auf seinem Gesicht. Ließ ihn älter wirken, stärker. Bestätigte seine Rolle als Rudelführer. Gegen Georg wirkten die anderen wie zarte Welpen.

»Bitte nennen Sie Ihren vollen Namen«, begann Durant.

»Wird das ein Date?«, gab er mit überheblichem Grinsen zurück. Durant schwieg und funkelte ihn an. Es versprach ein mühseliges Machtspiel zu werden. Wer zuerst einknickte.

»Georg Neumann«, gab er schließlich preis, früher als erwartet.

»Beruf?«

Hämisches Lachen und Kopfschütteln. »Arbeitslos und Spaß dabei.«

»Anschrift?«

Neumann gab die Adresse seiner Eltern an.

»Bitte nennen Sie auch die Adresse, unter der Sie am häufigsten anzutreffen sind.«

Neumann stutzte. »Ich hab mein Zimmer bei meinen Alten«, beharrte er.

»Und die WG in Offenbach?«

Man konnte seinen Ärger kaum übersehen, als er mürrisch antwortete: »Ach, die.« Er nannte die Straße.

»Sie haben angegeben, einen weißen Opel Astra gesehen zu haben. Können Sie sich an weitere Details erinnern?«

»Dann hätte ich's wohl längst gesagt, oder?«

»Fünfundzwanzigtausend Euro sind ein verlockender Denkanstoß, oder?«

»Ich würde ja etwas erfinden, aber mir fällt nichts ein. Darf ich rauchen?« Neumann klopfte auf die Pappschachtel.

»Können Sie lesen?« Durant neigte den Kopf nach links. Das »Rauchen verboten«-Schild war nicht zu übersehen. »Erzählen Sie mir lieber, was Sie über Choking wissen.«

»Hä?«

»Würgen mit dem Gürtel. Stimulanz. Rauschzustand ohne Drogen.« Julia versuchte, es ohne die in ihr aufkommende Abscheu aufzulisten.

»Hab ich nicht nötig«, lachte Georg. »Haben Sie meinen Pinkeltest nicht zu Gesicht bekommen?«

»Sie nehmen richtiges Zeug, schon klar. Und die anderen? Sie konnten bei denen wohl nicht landen mit Ihren Probiergaben. Keine Kohle, zu viel Angst. Habe ich recht?«

»Blödsinn. Ich deale nicht.«

»Was haben Sie dann in den Main geworfen, frage ich mich?« Neumann zuckte zusammen. Hellmers Information erwies sich als Gold wert. Durant grinste kurz und hob die Augenbrauen. »Ein Zeuge hat sich gemeldet und zu Protokoll gegeben, dass jemand etwas von der Carl-Ulrich-Brücke geworfen hat. So ist das, wenn Mord und Entführung durch die Medien geistern. Da werden die Menschen aufmerksam.«

Dass die Personenbeschreibung des Pfandsammlers nur äußerst vage gewesen war, verschwieg Durant geflissentlich.

»Das war nicht ich.«

»Klar. Sie dealen ja auch nicht. Ihr Vater wird das gerne bestätigen, nehme ich an.«

Neumann mauerte. Er glotzte sie nur schweigend an.

»Okay, dann anders. Mindestens einer der Jugendlichen weist Würgemale auf. Kostenloser Rausch, den bekommt man auch ohne Drogen. Stellen Sie sich nicht dumm. Sie haben den Kids vielleicht nichts verkauft, waren aber doch dabei.«

»Mir scheißegal, was die am Laufen haben«, wehrte Neumann ab. »Kinderkram.«

»Aber Eva war anders.« Pfeilschnell wechselte Durant das Thema. Beäugte ihn genau, ließ nicht mal ein Zwinkern zu. Seine Pupillen weiteten sich, als sie den Namen aussprach. Sofort drehte er den Kopf zur Seite, als musterte er den Raum. Schien sich zu zwingen, keine fahrigen Bewegungen zu machen.

»War das 'ne Frage?«, sagte er schließlich, nachdem sekundenlanges, quälendes Schweigen zwischen ihnen stand.

»Habe ich denn recht?«

Er zuckte mit den Achseln. »Eine von denen halt.«

»Sie hatten ein Auge auf sie geworfen.«

»Behauptet das eine dieser Arschgeigen?«, rief Georg zornig. Seine Augenbrauen zogen sich zusammen.

»Ich habe nur Ihre Körpersprache gelesen«, erwiderte Durant lächelnd. »Sie müssen sich nicht genieren. Eva ist ein attraktives Mädchen. Reif für ihr Alter.«

»Eva ging mit Matze«, knurrte Georg.

»Jetzt nicht mehr. Wollner ist tot.«

»Eva vielleicht auch, oder nicht?« Plötzlich zeigte sich Neumann von einer unerwarteten Seite. Seine Stimme bebte, wenn auch nur leicht. In seinen Augen flimmerte etwas. Angst?

»Wissen Sie etwas darüber?«, wiederholte Durant ihre Eingangsfrage. »Falls ja, dann wäre jetzt der richtige Zeitpunkt, mir das mitzuteilen. Warten Sie!« Sie stoppte das Aufnahmegerät. »Jetzt sind wir ganz unter uns, niemand hört zu. Denken Sie nicht an die Konsequenzen für sich, denken Sie an Eva. Sie ist fünfzehn Jahre alt, hat das Leben noch vor sich. Vielleicht liebt sie Sie eines Tages sogar, wer kann das schon vorhersagen? Aber selbst wenn nicht, sie hat das Recht zu leben. Wenn Sie tatsächlich etwas für sie empfinden, dann wäre jetzt die Gelegenheit, das zu zeigen.«

Doch so gut es eingefädelt war, Durants Spiel ging nicht auf. Georg Neumann richtete sich auf, die Miene versteinert.

»Ich habe Ihnen nichts weiter zu sagen«, schloss er. Wandte sich um, drückte die Klinke und ließ Durant allein. Wütend fluchend hieb sie so fest auf den Tisch, dass die Flasche zu zittern begann. Das Nichtraucher-Schild kam ihr vor die Augen, sie schluckte. Prompt schmeckte sie den heruntergeschluckten Rauch in ihrer Kehle, sauer und abgestanden. Sie setzte die Flasche an und leerte sie zur Hälfte. Dann holte sie Tim Franke in den Verhörraum.

FREITAG, 20:37 UHR

Der Letzte der Clique war gegangen. Bleiernes Schweigen. Keiner hatte klein beigegeben. Zwei Möglichkeiten standen im Raum, entweder wusste die Gruppe tatsächlich nichts, oder sie wollte nichts verraten. Durant wollte an Letzteres glauben, sie ärgerte sich über Georg Neumann. Tim Franke, womöglich sein Vize, war ihr bei weitem nicht so selbstgefällig gegenübergetreten. Beinahe kooperativ, es sei denn, sie lenkte ihre Fragen auf ein anderes Gruppenmitglied. Sofort schaltete er um. Bedingungslose Loyalität. Wie Georg mit seiner Eifersucht auf Mathias umgegangen sei. Nichts. Ob er Drogen in die Gruppe brächte. Kein Kommentar. Nicht mal ein Wimpernzucken.

Berger brach die Stille. »Immerhin haben wir zwei weitere Autos.« Hellmer und Kullmer waren mit dieser Information gekommen. Ein dunkler Kombi, entweder Audi oder BMW, sei vom Mainufer stadteinwärts gefahren. Habe einem anderen Fahrzeug ausweichen müssen.

»Bringt uns nur nichts«, murmelte Hellmer.

»Wir gehen noch mal Klinken putzen bei den Anliegern. Immerhin ist es keine Straße mit Durchgangsverkehr. Vielleicht gibt es eine Fenster-Oma, Kinder, die im Garten gespielt haben, oder dergleichen. Denken Sie an die Belohnung.«

»Was machen wir mit Hannah?«, erkundigte sich Doris Seidel. Ihrem Bericht zufolge hatte das Mädchen offenbar panische Angst vor Georg. Sie hatte es nicht näher benennen wollen, aber seit sie der Kommissarin von Neumanns Avancen in Evas Richtung erzählt hatte, fühlte sie sich als Verräterin.

»Geht von Neumann eine Gefahr aus?«, wandte sich Berger an Durant.

»Schwer zu sagen. Er ist aalglatt, ich bekomme ihn nicht zu greifen. Aber ob er gefährlich ist?«

»Observierung von Neumann«, ordnete Berger kurzerhand an, »wir dürfen uns da keine Fehler leisten. Das Haus der Wolfs soll auch regelmäßig abgefahren werden.«

Die Polizeipräsenz in Fechenheim war ohnehin überdurchschnittlich hoch. Der Kommissariatsleiter dachte zurück an die Zeit, als seine eigene Tochter fünfzehn gewesen war. Eine düstere Epoche seines Lebens. Ihm war nicht die Tochter geraubt worden, das Schicksal hatte seine geliebte Ehefrau eingefordert. Ein Strudel, der ihn jahrelang nach unten gezogen hatte, bis er ihn endlich hinter sich lassen konnte. Das Ehepaar Stevens fühlte in diesen quälenden Stunden ähnlich. Es war nicht die Zeit für falsche Zurückhaltung. Sollte sich tatsächlich etwas an der Theorie bewahrheiten, dass ein esoterischer Serienkiller in der Region sein Unwesen trieb … Berger wollte nicht einmal daran denken. Und auch wenn nicht, die Presse würde das Ganze entsprechend aufbauschen. Der Täter, wo auch immer er sich verbarg, würde über jeden Schritt, den die Ermittler im Dunkeln tappten, informiert sein. Sich höhnisch ins Fäustchen lachen – und weitermachen.

Kraftlos sank Julia Durant in ihren Schreibtischstuhl. Das Spekulieren und die Gedankenspiele, welches Motiv hinter dem Mord an Mathias und dem Verschwinden Evas steckten, hatten sie ausgelaugt. Denn es führte zu nichts, jede Theorie warf neue Fragen auf. Spiegelte ihnen vor, dass sie ahnungslos waren. Sie rief das Forum auf. Die meisten Beiträge kannte sie, doch es gab mittlerweile neue. Hellmer tippte ihr gegenüber auf seiner Tastatur. Das Handy schnarrte. Er blickte kurz auf, lächelte. Eine warme Brise Glück, die wie fehl am Platze wirkte in dieser trostlosen Ermittlung.

»Steffi hat mir eine SMS gesendet«, erklärte Frank. »Jemand hat ihr wohl von meinem Auftritt vor ihrer Klasse erzählt.«

»Was schreibt sie?«

Hellmer hob das Handy an, damit Durant es selbst lesen konnte.

Danke, Papa.
Ich hab dich lieb <3

Es ging kaum schlichter, doch es konnte nicht treffender sein. Flüchtige Gänsehaut überzog Durants Unterarme. Sie schluckte und lächelte nun ebenfalls.

»Schön.« Dann rann ihr eine Träne über die Wange.

»Hey, ich bin der, der heulen müsste«, intervenierte Hellmer. Doch dann begriff er, dass seine Partnerin an ihren eigenen Vater dachte. Sie hatte ein kurzes Telefongespräch mit Claus geführt. Es gab nichts Neues. Pastor Durant benötigte nichts weiter als Ruhe, auch wenn das Nichtstun die Geduld der Wartenden zerfraß. *Danke, Papa.* War sie undankbar, weil sie in Frankfurt ihrem Job nachging, statt an seinem Bett zu verharren? Hellmer stand auf und legte ihr die Arme auf die Schultern.

»Wir stehen diese Scheiße durch«, raunte er. Sie ergriff seine Hand, atmete tief. Schloss die Augen und nickte.

»Ja, Frank, das werden wir. So wie immer – und eins nach dem anderen. Wo bist du gerade dran?«

»Habe im Forum gelesen. Dieser Guru war fleißig, seit wir ihn verlassen haben.«

»Inwiefern?«

»Er hat Fotos hochgeladen«, seufzte Hellmer. »Schau's dir am besten mal an.«

Durant ging um den Schreibtisch, der Monitor zeigte das Forum, dahinter verbarg sich ein geöffneter Dateiordner. Hellmer fuhr mit der Maus in das Feld, klickte ein Icon an.

Eva Stevens. Blond. Engelsgleich. Tiefgründige Augen. Es war dasselbe Foto, das auch der Presse und Fahndung zur Verfügung gestellt worden war. Sekunden später das nächste Bild. Durant fröstelte. Rosemarie Stallmann. Verspielt. Blond. Ein hübsches Gesicht, das Foto vergilbt und rotstichig. Dann eine unbekannte Frau. Goldene Strähnen, blaue Augen. Neunziger Jahre, wenn man nach dem Pullover ging. Beate Schürmann. Dann Jutta Prahl.

Julia Durant stieß einen entsetzten Seufzer aus. Wie hatte sie das übersehen können? Alle Frauen waren blond. Ähnliche Gesichtszüge. Gleiche Frisuren. Ein Schema?

»Aber die Fälle *können* nicht zusammenhängen«, warf sie verzweifelt ein.

Hellmer räusperte sich und schloss die Diashow wieder. »Nicht, wenn man abgeschlossene Ermittlungen ausklammert. Aber können wir es uns leisten, diese Theorie zu ignorieren?«

»Scheiße, nein!« Durant warf einen Blick auf die Uhr. »Am liebsten würde ich diesen Fischer sofort einkassieren.«

»Keine Chance. Er zeigt sich ja prinzipiell kooperativ und könnte sich sogar darauf berufen, dass er schon damals helfen wollte. Bei dem müssen wir vorsichtig sein.«

»Dann morgen, mit Termin«, gab Durant nach. »Und mit Durchsuchungsbeschluss. Berger hat bestimmt noch ein paar Gefallen gut, die er einfordern kann.«

»Mal sehen. Machen wir Schluss?«

»Ich möchte noch in Ruhe meine Mails abarbeiten, also fahr ruhig vor. Nutze die Tür, die Stephanie dir mit ihrer SMS geöffnet hat. Aber sei behutsam.«

Hellmer gab ihr einen flüchtigen Kuss auf die Stirn, hauchte ein »Danke« und verschwand.

Durant blickte zum dutzendsten Mal in Richtung des Postkorbs. Er war leer. Sämtliche Kuverts geöffnet und wegsortiert. Sie murmelte etwas, rief dann bei ihrer Nachbarin an, die ihre Privatpost verwaltete. Doch außer einer erwarteten Buchsendung befand sich nichts Außergewöhnliches darunter. Sie konzentrierte sich wieder auf ihre E-Mails, loggte sich zuerst in den privaten Account ein. Susanne Tomlin hatte geschrieben, wollte wissen, wie es ihrem Vater ging. Sie hatte schon drei SMS gesendet, die Julia nicht beantwortet hatte, also nahm die Kommissarin sich Zeit für ein paar Zeilen. Das Gleiche galt für ihre Freundin Alina Cornelius. Dann das Dienstliche. Andrea Sievers hatte geschrieben, ihre Mail fiel dürftiger aus als erhofft. Ergebnisse frühestens morgen. Die Blutgruppe war bestimmt, die Milz mehrere Jahre alt. Nicht biologische Jahre, sondern Jahre außerhalb des Körpers. Geschlecht weiblich. Ein brauchbarer Anfang, aber er führte nicht weiter. Erst der genetische Fingerabdruck würde Aufschluss bringen. Die nächste Mail war von Platzeck. Einige Zeitungsartikel waren beinahe zehn Jahre alt, wie man anhand der Themen einschätzen konnte. Horst Köhler wird Bundespräsident. Gerhard Schröder wirft das Handtuch als Parteivorsitzender. 2004. Es bedurfte keiner Papieranalysen. Es handelte sich um das Jahr, in dem Beate Schürmann verschwunden war. Ein Zufall?

Durant überprüfte einige Daten. Sie wusste, dass sie sich nicht in vorschnelle Schlussfolgerungen verrennen durfte. Horst

Köhler wurde am dreiundzwanzigsten Mai gewählt. Beate Schürmann verschwand zehn Tage zuvor. Doch es gab noch so viele andere Fälle. Ein Treffer in den Fallakten des Nachbarreviers erweckte Durants Aufmerksamkeit. Clara, aus Hofheim. Verschwunden 1998, auf dem Weg, ein Päckchen Eier zu kaufen. Skelettiert aufgefunden 2007. Clara war ebenfalls blond gewesen. Lebenslustig und gerade mal dreizehn. Kopfschmerzen und dumpfes Pochen breiteten sich in ihrem Schädel aus. Sie kramte das Papier von Louis Fischer hervor. Hofheim jedenfalls dürfte kaum in die Geometrie des Pentagramms passen.

Morgen, sagte sie sich, als sie ihre Jeansjacke griff und den PC abschaltete. Das Wochenende konnte sie sich ohnehin abschminken.

SAMSTAG

SAMSTAG, 7:50 UHR

Stephanie Hellmer stand in der Küche. In ein langes T-Shirt gekleidet, unter dem eine graue Leggins hervorkam. Durant fiel auf, wie hager ihre Beine waren. Doch die jungen Mädchen heutzutage sahen häufig so aus. Julia hatte unruhig geschlafen, sehnte sich nach ihrem eigenen Bett. Von der Côte d'Azur nach Okriftel, prima, dachte sie. Susannes Matratze war zu weich, Hellmers zu hart. Doch hätte sie, allein in ihrer Wohnung, tatsächlich mehr Ruhe gefunden?

Durant hatte Aspirin im Schrank des Gästebads entdeckt. Löste zwei Tabletten im Zahnbecher auf, schüttete die bitzelnde Flüssigkeit hinab. Ihr Nacken schmerzte, hoffentlich wirkte das Medikament bald. Ein Telefonat mit Claus hatte nichts Neues ergeben. Vier Tage. Der Einzige, der friedlich zu ruhen schien, war Pastor Durant. Wie viel hätte die Kommissarin gegeben, nur ein paar Minuten seine Hand zu halten. Dreimal war sie im Bett hochgeschnellt, den Entschluss vor Augen, sich einfach ins Auto zu setzen und nach München zu fahren. Doch genauso oft drang Eva Stevens' Bild vor ihre Augen, und sie sank zurück in ihr Kissen. Die Sehnsucht aber blieb, seine Hand zu halten. Vielleicht konnte er es spüren, es hieß doch, dass Menschen im

Koma ihre Umgebung wahrnahmen. Zumindest unterbewusst. Und das Bewusstsein entschied über den Lebenswillen.

»Alte Menschen sterben.« Das war eine der Weisheiten, die ihr Vater stets zum Besten gab. Die Zahl seiner Schulfreunde, die er zu Grabe getragen hatte, war höher als die derer, die noch lebten. Wir machen den Jungen Platz, erklärte er weiter. Pastor Durant hatte ein erfülltes Leben hinter sich, war längst bereit, seinem Schöpfer gegenüberzutreten. Julia Durant war das nicht. Sie brauchte ihn. Sie schluchzte leise. Dann hatte sie sich geräuspert, den Gedanken verjagt. War ins Bad gegangen, trug Puder auf, fuhr ihre Lippen nach und schlurfte in Richtung Küche. Konzentriere dich auf den Tag, mahnte sie sich. Es würde ein anstrengender werden.

Steffi lächelte ihr zu. Ein warmer, freundlicher Blick, in dem nichts weiter lag als Güte. Überspielte das Mädchen ihren Frust? Ihre unendliche Scham, halbnackt und ausgeliefert im Gras gelegen zu haben, während vermeintliche Freunde sie bloßstellten? Fremde? Was von beidem war schlimmer? Durant lächelte zurück, erwiderte den Morgengruß. Hellmer war nicht zu sehen, doch im Hintergrund rauschte das Wasser der Dusche.

»Wie geht es dir?«, erkundigte sich die Kommissarin.

»Ganz gut, glaube ich. Ich habe einen tollen Papa, hast du bestimmt mitbekommen.«

»Sein Besuch in deiner Klasse löst aber nicht alle Probleme«, erwiderte Durant vorsichtig.

Stephanies Blick verdüsterte sich kurz. »Nein, sicher nicht. Das geht jetzt erst richtig los.«

»Er hat nicht geblufft, als er sagte, dass wir unsere Experten darauf ansetzen. Taucht ein Foto noch mal auf …«

»Mir egal. Ich habe mein Profil gelöscht. Auf *solche* Freunde kann ich soundso verzichten.«

Täuschte sie sich, oder lag da etwas Endgültiges in der Luft? Durant hatte begonnen, sich ein Müsli zu mischen, unterbrach sich. Beobachtete das Mädchen argwöhnisch.

»Gibt es da etwas, das du mir sagen möchtest?«, fragte sie nach einiger Zeit. Sosehr sie mit den modernen Kommunikationsmedien auf Kriegsfuß stand, eines wusste auch Durant: Ein junges Mädchen warf seine Online-Präsenz nicht einfach über Bord. Das war in etwa so, wie freiwillig auf Handy und MP3-Player zu verzichten.

»Wann kommt Mama?«

»Montag früh, ich glaube, gegen Mittag. Frag besser deinen Paps. Aber du kannst auch mit mir über alles reden. Ich kann schweigen wie ein Grab.« Durant zwinkerte dem Mädchen zu.

»Ich weiß nicht.« Stephanie wirkte unentschlossen. Dann dämpfte sie ihre Stimme. »Vielleicht ist es gar nicht mal so schlecht, wenn ich mit dir darüber spreche. Dann hab ich's wenigstens schon mal geübt. Mama und Papa werden einen Aufstand machen.«

»Sag's mir schon«, forderte Julia und stieß sie aufmunternd in die Seite. Sie standen nebeneinander, schmierten Butter auf Toastbrotscheiben. Erdnussbutter, Nutella. Sie hätte beides am liebsten zentimeterdick aufgetragen.

»Ich möchte auf ein Internat wechseln.«

Klirrend fiel Julias Messer auf die Arbeitsplatte. Ihre Kinnlade klappte hinunter. Steffi Hellmer, das kleine Mädchen, das sie schon auf dem Arm getragen hatte. Himmel, und jetzt so etwas.

»Ein Internat?«, hauchte sie wie ein Echo.

243

»Ja, warum nicht?«, erwiderte Steffi und schenkte ihr einen trotzigen Blick. »Ich habe mich im Internet umgesehen. Auf *die* Schule gehe ich jedenfalls nicht mehr zurück, nach allem, was passiert ist. Ich möchte mein Abi machen, aber die Vorstellung, noch jahrelang mit diesen Typen in einer Klasse abzuhängen ...« Sie stockte. »Kannst du das nicht verstehen?«

Julia überlegte kurz und nahm das Messer wieder auf. Wog es in der Hand. Konnte man es dem Mädchen verdenken? Die Zahl von Schülern, die aufgrund von Mobbing die Schule wechselten, stieg Jahr für Jahr. Es lag nicht an den Schulen, es war das gottverdammte Kommunikationszeitalter. Wer konnte garantieren, dass es nicht wieder passierte? Und hatte Stephanie nicht letztlich freiwillig zum Alkohol gegriffen? Das Karussell raste. Ausgerechnet jetzt.

»Durch ein Internat lösen sich aber nicht sämtliche Probleme in Wohlgefallen auf«, begann sie vorsichtig.

»Hierzubleiben ertrage ich noch viel weniger«, gab Steffi entschlossen zurück. »Das Wechseln ist jetzt, zu Beginn des Schuljahrs, wesentlich leichter als mittendrin.«

»Wechseln wohin?« Hellmers Stimme trieb beiden den Schreck in die Glieder. Flehend trafen die Augen des Mädchens Durants Blick. Sie machte eine zuversichtliche Miene, die Steffi zu verstehen gab, dass sie sich keine Sorgen zu machen brauchte.

»Später, Frank«, wehrte die Kommissarin ab und schenkte ihm ein vielsagendes Lächeln. »Frauensachen.«

Die K.-o.-Ausrede, auf die kaum ein Mann sich traute, weitere Fragen zu stellen. Es war ihr unwohl dabei, Frank immer wieder auszubremsen und dumm dastehen zu lassen. Doch es ging nicht anders. Steffi biss erleichtert in ihren Toast.

»Übrigens: Guten Morgen, Papa«, nuschelte sie kauend.

»Guten Morgen auch, die Damen.« Hellmer lachte. Keine Spur von Argwohn. Aber es lag auf der Hand, dass er eingeweiht werden musste. *Vor* Nadines Rückkehr.

»Lass uns frühstücken und ins Präsidium zischen«, sagte Durant schnell. Ihr Toast war längst kalt, das Nutella verlaufen. Sie spülte mit Kaffee nach und griff nach der Salami.

SAMSTAG, 8:35 UHR

Die Morgensonne verbarg sich hinter einem milchigen Schleier. Der Herbst kündigte sich an, langsam zwar, aber jeden Tag ein bisschen mehr. Frank rauchte aus dem Fenster, was Julia nicht störte. Seit dem Zähneputzen schien der schale Geschmack des verschluckten Rauchs endgültig verschwunden zu sein. Sie rasten über die leere Autobahn, was Hellmer sichtlich genoss, dann über die Miquelallee in Richtung Innenstadt. Das Telefon fiepte, Andrea Sievers.

»Schalte doch mal Bluetooth an.«

Hellmer deutete hektisch auf das neue Autoradio, welches er unlängst hatte einbauen lassen. Durant schenkte ihm einen zweifelnden Blick. Sie tippte sich an die Schläfe. Murmelte spöttisch »Bluetooth« und hob das Telefon ans Ohr.

»Sitzt du?«, erkundigte sich die Rechtsmedizinerin direkt, wie es ihre Art war. Durant bejahte.

»Es ist ja nicht so, dass ich ein erfülltes Privatleben hätte«, holte Andrea aus, »aber ich verbringe meinen freien Samstag trotzdem nur wegen deiner Ergebnisse im Institut.«

»Du bist ein Engel«, erwiderte Durant lächelnd, »also, was hast du?«

»Hm. Da du ja sitzt, höre und staune: Die DNA passt zu einem fast zehn Jahre alten Fall, und zwar eindeutig.«

»Beate Schürmann«, hauchte Durant entsetzt, obwohl sie es geahnt hatte.

»Och Mensch«, meckerte Andrea, »du zerstörst mir meine fünfzehn Minuten Ruhm. Nicht mal fünfzehn Sekunden gönnst du mir.«

»Zweifel ausgeschlossen?«, vergewisserte sich die Kommissarin unbeirrt. Sievers bejahte.

»Andrea, du bist die Heldin des Tages, auch wenn das Ergebnis mehr Fragen aufwirft als Antworten. Du hast was gut bei mir.«

»Hm. Na gut. Ich gehe mir jetzt trotzdem Schuhe kaufen.«

Durant sah Hellmer fragend an.

»Mitbekommen?«

»Ja. So viel Kombinieren bekomme ich gerade noch hin. Beate Schürmann also.« Hellmer verzog den Mund. »Was bedeutet das? Woher kommt das Stück Milz? Wer hat es aufbewahrt? Warum schickt er es an dich?«

Fragen, die auch Julia Durant beschäftigten. Sie blickte auf die vorbeiziehenden Häuser. Bunte Gardinen, Blumen vor den Fenstern, trotzdem irgendwie Einheitsbrei. Ihr schossen weitere Fragen in den Kopf, auf die sie keine Antwort fand. Wer? Wieso? Und warum ausgerechnet jetzt?

SAMSTAG, 8:45 UHR

Vor einer Viertelstunde war sie aufgestanden. Müde und wie gerädert, denn freitagabends forderte ihre Tätigkeit die meiste Kraft. Die Arbeitswoche geschafft, das Wochenende vor der Tür. Druck, der sich entladen wollte. Einsamkeit, die die Zähne bleckte. Der letzte Freier war gegen zwei Uhr verschwunden. Keiner hatte sie gefragt, woher die grünvioletten Würgemale stammten, die man kaum übersehen konnte. Ihre Emotionen zählten nicht, sie war nur eine hübsch anzusehende Hülle, in die Männer ihre Lust und ihren Frust entluden. Johanna hatte nachts geduscht, duschte noch mal. Sie fühlte sich schmutzig, besudelt, obgleich sich nichts geändert hatte. Kein Analverkehr, kein Sex ohne Gummi. Sie war keine billige Nutte. Gaukelte sich vor, die Kontrolle zu haben über das, was sie tat. Konnte jederzeit aufhören. Und doch wirkten Louis Fischers Worte bitter nach.

Zeit, dass du diese Drecksarbeit hinwirfst.

Dass du die Drecksau anzeigst und deine Siebensachen packst.

Johanna putzte sich die Zähne, wischte mit der Handfläche über den beschlagenen Spiegel. Sie betrachtete sich. Er hatte ihr Angst gemacht. Hatte ihr weh getan. Man durfte ihr weh tun. Wenn man dafür bezahlte. Wachsspiele, Würgespiele, Fesselspiele. Darius aber war ihr entweder nachgegangen, oder, was noch schlimmer war, er hatte ihr aufgelauert. Hatte sie in die Enge getrieben und ihr die Kehle zugedrückt. Ja, er sollte dafür zahlen.

Sie verließ ihre Wohnung ohne Frühstück, denn morgens aß sie nie etwas. Wand sich einen Stoffschal um den Hals, eine kühle Brise strich über den Main. Es roch leicht nach Schiffsdiesel und Teer. Sie blinzelte müde in Richtung Sonne, die sich hinter dem Dunst noch nicht zeigen wollte. Das Polizeirevier lag nur wenige Gehminuten entfernt. Sie zögerte ein letztes Mal, dann sammelte sie allen Mut, den sie vor dem Spiegel gespürt hatte. Johanna überlegte, was sie über Darius wusste. Sie würde den Beamten alles auftischen, nötigenfalls inklusive seiner sexuellen Disposition. Er konnte keine Frau befriedigen, jedenfalls nicht, wenn er sich bei anderen so anstellte wie bei ihr. Vielleicht war er ein stadtbekannter Sittenstrolch? Nun wuchs mit jedem Schritt ihre Entschlossenheit.

Und nach ihrer Anzeige würde sie ihren Hurenjob hinwerfen. Oder vielleicht auch erst morgen. Samstage waren in der Regel ausgesprochen lukrativ. Auf einen Tag mehr oder weniger kam es schließlich nicht an.

SAMSTAG, 9:14 UHR

Polizeipräsidium, Dienstbesprechung.

Übellaunig, weil er sich seines freien Samstags beraubt fühlte, durchschritt Peter Brandt den Gang. Grauer Boden, Tristesse, genau wie sein Innenleben. Er hatte am Abend für Elvira Klein gekocht, die Staatsanwältin, mit der er seit geraumer Zeit liiert war. Sie war das einzig Gute, wie er zu sagen pflegte, was Frankfurt je hervorgebracht hatte. Als Offenbacher wusste er mit allem, was rechts des Mains lag, nicht viel anzufangen. Statt eines romantischen Abends hatten sie dann jedoch Akten gewälzt. Jutta Prahl. Ein Fall, der zu lange zurücklag, um Elvira in Erinnerung zu sein. Eine Verurteilung, die sie zumindest als ungewöhnlich empfand. Vieles deutete darauf hin, dass man damals sehr eilig darauf gedrungen hatte, jemanden schuldig zu sprechen. Indizien wurden verschlampt, Hinweise nicht verfolgt.

»Was habt ihr euch da bloß gedacht?«

Ihre Frage traf Brandt wie ein Dolch. Er war ein junger Polizeibeamter gewesen, voller Elan. Sein Vater ein alter Hase, ein Idol, dem er nacheiferte.

»Vonseiten der Kripo ist da nichts falsch gemacht worden«, war seine mürrische Antwort gewesen. Er gab Durant und Berger die Schuld, dass es am Vorabend beinahe zu einer Grundsatzkrise gekommen war. Staatsanwaltschaft und Kripo. Es würde immer zu Reibereien kommen, das brachte ihr Verhältnis naturgemäß mit sich. Doch leider hatte Elvira am Ende recht behalten. Im Fall Jutta Prahl *waren* Fehler gemacht worden, was man aber erst rückblickend erkannte.

Sie erwarteten ihn bereits, begrüßten ihn freundlich, er fühlte sich, als stünde er vor in Schafspelzen eingenähten Wölfen.

Ludi incipiant. Die Spiele mögen beginnen.

Julia Durant bot Brandt einen Kaffee an, er nahm ihn mit einem schmalen Lächeln entgegen. Brandt schätzte Durant, mochte sie sogar. Sie war schließlich auch keine gebürtige Frankfurterin. Kullmer fasste die wichtigsten Infos zusammen, erwähnte die Vernehmungen der Jugendlichen, die Suche nach dem weißen Astra. Schloss mit der ernüchternden Erkenntnis, dass der Mörder des Jungen im Dunkeln bliebe und der Aufenthaltsort des Mädchens ungewiss. Ein mulmiges Gefühl breitete sich in Brandt aus. Er kannte Derartiges nur zu gut. Dann übernahm Durant.

»Mir wurde ein Teil einer weiblichen Milz zugestellt«, kam sie ohne Umschweife auf den Punkt. »Anonym, das Gewebe ist mehrere Jahre alt. Es stammt von Beate Schürmann, verschwunden im Mai 2004, tot aufgefunden zwei Jahre später.«

»Ihnen stellt jemand innere Organe zu?«, wiederholte Brandt skeptisch. »Was soll das? Etwa der Täter? Gab es keine Verhaftung?«

»Beate Schürmanns Tod wurde nie aufgeklärt«, erklärte Berger, »trotz intensivster Fahndung. Es wurden x genetische Fingerabdrücke abgeglichen und Hunderte Fahrzeuge. Weiße Opel Astras übrigens, das fiel mir beim Lesen der Akten ins Auge. Deshalb habe ich jemanden darauf angesetzt, aber das führte bisher zu nichts. Frau Durant, zeigen Sie bitte die Karte.«

Julia ging zum Flipchart und schlug die Seite um, auf der die Namen der Clique und ein paar Notizen standen. Sie enthüllte einen farbenfrohen Ausdruck. Ein knallrotes Pentagramm, Spitze nach links unten, lag über einem Kartenausschnitt Mittelhessens. Eine vergrößerte Kopie von Fischers Ausdruck, die roten Linien darauf winkelgenau ausgeführt. Brandt erkannte den Main, die Autobahnen. Ein Kreis umrundete die Sternspitzen, man hatte diese mit weiteren Linien zu einem Fünfeck verbunden. Ein weiterer Kreis mit engerem Radius tangierte diese Linien. Klebepfeile schmückten das Bild wie buntes Konfetti.

Brandt kniff die Augen zusammen. Gelber Pfeil auf der Spitze unweit des Mainufers. Fechenheim. Mathias Wollner. Eva Stevens. Der Fall war präsent. Dann erkannte er eine weitere Markierung auf der Kartenstelle. Jutta Prahl.

»Was zum Teufel ist das?«, fragte er entgeistert.

»Teufel ist gut«, brummte Berger mürrisch. »Wenn die Bildzeitung davon Wind bekommt, haben wir bald den Satanskiller auf der Titelseite. Ein Serienmörder, der es auf blonde Mädchen abgesehen hat.«

»Wäre ja nichts Neues«, murmelte Brandt abgelenkt, während er die anderen Punkte beäugte. Es waren viele, verdammt viele. »Sind das alles tote Mädchen?«

»Mädchen, junge Frauen; alle aus den letzten zwanzig Jahren«, bestätigte Durant. »Grüne Markierungen zeigen offiziell abgeschlossene Fälle wie den Ihrigen.« Brandt missfiel die Betonung des Wortes »offiziell«.

»Unterstellen Sie uns etwa Pfuscherei?«

Es machte für ihn einen gewaltigen Unterschied, ob er selbst Zweifel an der Arbeit seiner Mordkommission hegte oder ob die Vorwürfe anderswo erhoben wurden.

»Nein. Wir können es uns aber nicht leisten, etwas außer Acht zu lassen«, meldete sich wieder Berger. »Sehen Sie hier oben«, er wies auf die rechts oben liegende Spitze des Sterns. »Familiendrama in Hirzenhain. Wetteraukreis, fast schon Vogelsberg. Kein Mensch wähnte dahinter ein Verbrechen von außerhalb. Ein Mann tötet seine Familie und sich selbst. Fall abgeschlossen. Doch aus den Akten ergeben sich Widersprüche. Ich unterstelle den Kollegen dort oben überhaupt nichts Böses, aber Irrtümer passieren nun mal. Der Mann war Linkshänder, auf Schmauchspuren wurde er nicht untersucht. Das Gewehr wies Abdrücke auf, die auf eine völlig andere Haltung hindeuteten. Aber schließt ihn das als Täter aus? Oder die Tatsache, dass es im Haus Sohlenabdrücke gab, die keinem seiner Schuhe zuzuordnen waren. Rechtfertigt das eine Wiederaufnahme der Mordermittlung nach so vielen Jahren?«

»Hm. Dieselben Widrigkeiten haben wir im Fall Prahl auch. Frau Klein und ich haben die Akten eingesehen. Es sind Fehler gemacht worden, aber der Trucker ist tot. Ihn können wir nicht mehr befragen, außerdem wurde ihm die Vergewaltigung einwandfrei nachgewiesen.«

»Den Mord hat er aber nicht gestanden«, sagte Durant.

»Nein. Aber worauf zielen Sie ab? Ist die Theorie eines Serienmörders nicht sehr weit hergeholt?«

»Vierzehn ungeklärte Fälle«, fuhr Durant fort, »davon acht, bei denen Jahre nach dem Verschwinden eine Leiche gefunden wurde. Sechs weitere, bei denen jede Spur fehlt. Dazu die Fälle, die mit einer Verurteilung endeten. Insgesamt dreiundzwanzig, davon fast alle im Linienbereich dieses Teufelszeichens. Zufall oder nicht?«

Brandt wollte etwas erwidern, wurde aber unterbrochen von einer jungen Frau, die ins Zimmer trat.

»Frau Durant?«, fragte die hagere Brünette in unvorteilhafter Kleidung. Die Kommissarin wandte sich um, irritiert, dann entschuldigte sie sich und eilte hinaus.

Berger nahm Brandt beiseite. »Bitte untersuchen Sie alles, was darauf hindeutet, dass im Fall aus Ihrem Zuständigkeitsbereich etwas übersehen worden sein könnte.«

»Ich bin noch nicht überzeugt.« Brandt kratzte sich am Kinn. »Aber ich werde dem selbstverständlich nachgehen. Immerhin war ich selbst beteiligt. Viele der damaligen Ermittler sind längst in Pension, aber ich bemühe mal meinen Vater. Versprechen Sie sich keine Wunder.«

In diesem Augenblick kehrte Durant zurück. Kreidebleich. In ihrer Hand hielt sie etwas, was Brandt erst auf den zweiten Blick erkannte.

»Er hat es schon wieder getan«, gab sie zittrig bekannt und hielt das braune Kuvert an den Fingerspitzen hoch. Brandt schluckte.

Platzeck meldete sich prompt. Er habe an einem mutmaßlichen Tatort zu tun. Licht- und Luftbad Niederrad, eine künstlich angelegte Halbinsel, die einst zu einer Schleuse gehört hatte. Dank Wochenendpublikum sicher keine dankbare Aufgabe. Nahe der Böschung war eine tote Frau gefunden worden. Kollegen ermittelten. Er schicke jemand anderen, schlug Platzeck vor. Zwanzig Minuten später trafen zwei junge Männer ein, untersuchten die anonyme Sendung. Die Zeitungen waren aktuell, Evas Name tauchte auf und ihr Konterfei. In einem Plastikbeutel mit Zip-Verschluss schwamm weiches Gewebe in schmieriger Flüssigkeit. Durant musste unwillkürlich an eingeschweißte Schweineleber denken. Angeekelt gab sie die Indizien frei. Drängte darauf, dass das Gewebe umgehend ins rechtsmedizinische Institut gebracht werde, was die Männer ihr zusicherten. Sie rief Andrea Sievers an, um sie darauf vorzubereiten, dass sie heute wohl keine Schuhe mehr kaufen gehen würde.

Dann loggte Durant sich ein und lud E-Mails herunter. Sie wollte die Ruhe in ihrem Büro nutzen, wenigstens für einige Minuten, um einen klaren Kopf zu erlangen. Ein seltsamer Absender machte ihr einen Strich durch die Rechnung. Argwöhnisch klickte sie den Absendernamen an. *hyena_kills*. Allem Anschein nach eine anonyme Wegwerfadresse. Sie wunderte sich, warum die Spamfunktion ihn nicht aussortiert hatte. Filterte überhaupt jemand ihre Mails? Einmal mehr wurde sie gewahr, wie schlecht sie sich in solcherlei Dingen auskannte. Vielleicht hätte ich doch einmal mit Schreck ausgehen sollen, dachte sie impulsiv, dann las sie die Zeilen.

Ohne Milz kein Überleben.

Wie viele werden es wohl noch sein?

Na, habe ich nun Ihre Aufmerksamkeit?

253

Lösen Sie den Fall, bevor die Reporter Sie in Stücke reißen.

Ha, ha. Die Presse. Die Hyänen der Zivilisation. Ein gelungener Vergleich.

Also, Frau Durant. Die Zeit läuft. Tick. Tack.

Hören Sie schon das Lachen in der Nacht?

Keine Signatur, keine weiteren Erklärungen.

Durant raufte sich die Haare und schloss für zwei Sekunden die Augen. Verdammt. Sie druckte die Nachricht aus und kehrte zu den anderen zurück.

»Was soll dieser Scheiß?«, entfuhr es Berger, der sich in der Regel besser unter Kontrolle hatte.

»Um einen Wirrkopf wie euren Fischer kann es sich jedenfalls nicht handeln«, warf Kullmer ein. »Der Verfasser dieser E-Mail dürfte auch der Absender der Körperteile sein. Das bedeutet, er besaß ein Körperteil von der Schürmann. Und die ist seit Jahren skelettiert.«

»Warum schließt das Fischer aus?«

Durant stellte diese Frage ganz bewusst in den Raum. Möglich war vieles, gerade bei Tätern, die um Aufmerksamkeit rangen. Dann aber musste Fischer ein weitaus abgebrühteres Schwein sein, als sie bisher angenommen hatte. »Wir müssen ein Profil erstellen«, sagte sie zu Berger, »egal, wie wirr manches aus dem Internet klingen mag. Zwei Gewebestücke sind handfest genug. Ich informiere Alina Cornelius.«

»Nichts für ungut«, hielt Berger dagegen, »aber ich würde das gerne intern belassen. Wozu haben wir Fachleute, die sich in den USA mit den perversesten Fällen auseinandergesetzt haben.«

Durant begriff, auf wen der Chef anspielte. Andrea Berger. Ihre Miene erhellte sich. Sie hatte die Tochter ihres Chefs nicht übergehen wollen. Vielleicht waren es die Geister der Vergangenheit, die sie davon abgehalten hatten, das Nächstliegende zu wählen. Der letzte Profiler aus den eigenen Reihen hatte sich als brutaler Killer entpuppt, sie selbst war nur knapp seinem Folterkeller entkommen.

Berger beendete in diesem Augenblick sein kurzes Telefonat. »In zwei Stunden können wir loslegen«, sagte er. »Herr Brandt, Sie können uns beiwohnen, solange Sie möchten. Andernfalls halten wir Sie auf dem Laufenden.«

Brandt lehnte ab. Er verabschiedete sich mit der Begründung, dass er noch zwei Kartons Material zu sichten habe. Durant hätte gerne noch mit ihm geplaudert, aber dafür blieb keine Zeit. Berger bedeutete, dass ihm noch ein weiterer Punkt auf der Seele brannte.

»Wir müssen uns über *das* hier unterhalten.« Mit düsterer Miene tippte er auf einige Zeitungen. Durant hatte noch nicht hineingeschaut, seit Tagen nicht, aber sie wusste, dass Berger dies regelmäßig tat.

Seufzend fuhr sie sich durchs Haar. »Mit Verlaub …«

»Keine Chance«, würgte der Chef sie ab und zog einen Artikel hervor. Er suchte mit dem Zeigefinger, dann begann er zu lesen:

Er nennt sich *Hyäne*. Eine auffällige Wahl, wenn man darüber nachdenkt. Diese hässlichen Tiere sind dafür bekannt, geduldig zu lauern, bis die Menschen schlafen. Danach holen sie ihre Kinder. Oder sie graben Leichen auf Friedhöfen aus. In Afrika glaubt man zudem, dass sie Zwitter seien, die ihr Geschlecht nach Belieben ändern können. So ein Monster treibt also in Frankfurt und Umgebung sein Unwesen. Vertrauenswürdigen Quellen zufolge schon seit Jahren. Aber was tut unsere Polizei, um uns zu schützen? Was leistet man in Hessens größtem und vor allem teuerstem Präsidium? Eine offizielle Erklärung steht weiterhin aus. Vielleicht sollten alle Eltern, bis etwas unternommen wird, besser nicht mehr schlafen. Denn niemand scheint ihre Kinder vor der *Hyäne* beschützen zu können.

»Ich dachte vorhin, mich trifft der Schlag! Die nennen ihn dort *Hyäne*. Woher haben die das? Das kann doch nur von ihm selbst stammen. Ich könnte kotzen!«

»Welche Zeitung?«, erkundigte sich Durant.

»Das können Sie sich ja wohl denken.« Berger zerknüllte das Papier wütend und pfefferte es in die Ecke. »Im nächsten Absatz geht es lang und breit um die Milz. Die Schmierfinken wussten genau, wie weit sie gehen können. Hunderttausende Leser. Einstampfen unmöglich. Es lebe die Pressefreiheit.«

Seidel seufzte. »Mir tut es vor allem um die Familien Stevens und Wollner leid. Sie haben mich am frühen Vormittag angerufen, völlig verstört.«

»Wegen dieses Artikels?«

Seidels Augen verdüsterten sich. Sie schüttelte den Kopf. »Frau Wollner ruft jeden Tag an«, sagte sie leise, »nur um zu hören, dass wir nichts Neues haben. Herr Stevens tut dasselbe.«

»Was ich nicht kapiere«, stieß Durant ungeduldig hervor, »ist das *Warum?*« Sie tippte sich auf die Brust. »Ich bin diejenige, der er die Milzen sendete. An *meine* Adresse kam die E-Mail. Weshalb wendet er sich dann auch noch an die Presse?«

»Vielleicht, weil nichts geschah«, mutmaßte Berger. »Wir haben nichts durchsickern lassen, die erste Milz lag außerdem einige Tage unbeachtet in Ihrem Poststapel.«

Durant horchte auf. Doch in den Worten ihres Chefs lag kein Vorwurf. Sie murmelte etwas von Psychopath, überließ dann aber Berger das Wort, der sich räusperte.

»Er möchte eine breite Aufmerksamkeit auf sich lenken«, begann er.

»Das ist ihm hinlänglich gelungen«, platzte es aus der Kommissarin heraus.

»Ich möchte das gerne ausführlich mit meiner Tochter besprechen«, fuhr Berger fort, »aber wir können uns einer Sache sicher sein. Es war beabsichtigt und präzise getimt. Er wählte die Mordkommission und die auflagenstärkste Presse als Adressaten, das macht man nicht, wenn man im Schatten agieren möchte. Kontrollzwang, denn er steuert gezielt, wann er was von sich preisgibt. Dazu massiver Geltungsdrang, denn er weiß sich nun bald in aller Munde. Plus die Macht, dass keiner ihn kennt. Das sind immense psychische Kräfte, die dort am Werk sind. Sein Handeln treibt ihn an, er ist auf nichts anderes fixiert. Solche Menschen …«

»Klingt nach einem Hannibal Lecter«, warf Seidel bitter ein.

»Der hätte die Milz gegessen, anstatt sie zu versenden«, gab Kullmer zurück.

»Solche Menschen sind unberechenbar«, beendete Berger stirnrunzelnd seinen Satz. Durant stimmte ihm zu. Ganz offensichtlich hatte er mit seiner Tochter bereits über den Fall gesprochen.

»Berechenbar ist, dass solche Menschen ihr eigenes Handeln in allen Varianten durchplanen«, gab sie zu bedenken, »und zwar bis ins kleinste Detail. Geht es nur mir so, wenn ich da immer wieder an Fischer denke? Sein Haus, die Kameras, seine Auftritte im Internet. Und die Verbindung zu Beate Schürmann besteht auch. Er hat uns selbst darauf hingewiesen, bereits damals der Polizei Hinweise gegeben zu haben.«

»Eher obskurer Blödsinn«, korrigierte Berger.

»Dennoch Hinweise. Was bezweckt er damit?«

»Er möchte Teil des Spiels sein. Alle Widersprüche mal außen vor: Wenn er der Täter ist, so wäre sein Handeln umso perfider. Er weiß, dass wir vermuten, dass er es war. Er hält uns vor, dass wir ihn trotz dieses Wissens nicht überführen können. Genießt es, aalt sich jeden Tag darin.«

»Ein perverses, abartiges Schwein«, schloss Durant.

»Aber er kann es nicht gewesen sein«, sagte Kullmer, »zumindest nicht er allein. Er hat doch ein Alibi für die Tatzeit.«

Berger reckte sich, es knackte in seiner Wirbelsäule. »Dann prüfen Sie noch einmal sämtliche Alibis, insbesondere das von Louis Fischer.«

»Können Peter und Frank die Fahrt zu Fischer übernehmen?«, wandte Seidel sich im Hinausgehen an Durant. »Ich möchte dir etwas zeigen.«

Erst jetzt realisierte die Kommissarin, dass Doris schon die ganze Zeit über wie abwesend gewirkt hatte. Sie hatte alles mitbekommen, keine Frage, hatte sich aber nicht beteiligt. Stattdessen hatte sie andauernd ein Bein übers andere geschlagen oder ungeduldig auf ihrem Stuhl gewippt.

»Fischer soll ins Präsidium kommen«, ordnete Julia kurzentschlossen an. »Ich möchte ihn außerhalb seines Baus vernehmen. Worum geht es bei dir?«

»Ich wollte es dir vorhin schon sagen«, zögerte Seidel, »aber dann kam die Sache mit der Milz dazwischen. Wir müssen an meinen PC, es geht um das Video meiner Vernehmung von Hannah.«

Durant nickte und folgte ihr.

»Wir haben sämtliche Handys einkassiert«, fuhr Seidel fort, »bis auf das von Hannah. Aber dazu kommen wir später. Auf keinem Gerät waren Aufzeichnungen von Würgespielen. Um genau zu sein, befand sich in den meisten Fällen überhaupt nichts darauf. Weder Fotos noch Videos oder Textnachrichten.«

»Das ist unüblich. Jugendliche speichern ihr ganzes Leben auf diesen Dingern. Wurden diese Daten gezielt gelöscht?«

»Möglich. Aber wir brauchen Gerichtsbeschlüsse, um die Geräte zu durchforsten. Schreck meint, dass er aber selbst dann nichts garantieren könne.«

»Mist. Und was ist nun mit dieser Hannah?«

»Sie behauptet, das Handy verloren zu haben. Das allein kam mir schon suspekt vor, aber ich konnte es ihr leider nicht aus der Rippe schneiden. Doch spätestens seit *dem* hier bin ich mir sicher, dass Hannah etwas Wesentliches verschweigt.«

Doris Seidel spielte das Video ab, Durant sah ein souveränes, gefasstes Mädchen am Tisch sitzen. Die Hände waren unter der Platte, ruhten vermutlich auf den Beinen. Oder sie spielte mit den Fingern. Überspielte damit ihre Angespanntheit. Hannahs Antworten kamen nicht schnippisch, sie geriet nicht ins Faseln, stockte nur hin und wieder, um nachzudenken. Sie gab nichts preis, nach dem nicht gefragt wurde. Verzog keine Miene, wirkte dennoch irgendwie gequält. Ganz anders als der großkotzige Georg Neumann.

»Was siehst du?«

»Sie hat sich unter Kontrolle. Ein wenig verkrampft, aber wer wäre das nicht in einer solchen Situation?«

Durant überlegte kurz. »Eingefrorene Haltung, darauf deuten ihre Gesichtszüge hin. Aber worauf willst du hinaus?«

259

»Moment.« Doris spulte die digitale Aufnahme mit dem Cursor vor, bis kurz vor Schluss. Hannah stand auf, hielt kurz inne, wie in Trance. Dann eilte sie aus dem Raum. Doris wiederholte die Stelle und hob die Augenbrauen. Wie ein Falke, der lautlos über seiner Beute kreist, stieß sie plötzlich den Finger hinab auf die Computermaus. Fror das Bild ein, als Hannah sich gerade erhob. Durant kniff die Augen zusammen und beugte sich nach vorn.

Ihre Augen suchten, sie wollte gerade ungeduldig fragen, da fiel es ihr auf. Auf der Hose des Mädchens zeichneten sich zwei handgroße Abdrücke ab. Deutliche Schatten, an beiden Oberschenkeln, dort, wo ihre Hände gelegen hatten. »Scheiße«, wisperte sie.

»Die Kleine steht dermaßen unter Druck, dass sie sich binnen einer Viertelstunde die Hose durchgeschwitzt hat«, kommentierte Seidel. »Mir ist das erst lange nach der Vernehmung aufgefallen, aber ich bin mir ziemlich sicher, dass da mehr dahintersteckt. Wenn du mich fragst, hat Hannah vor irgendetwas Angst. Panische Angst.«

Julia Durant stimmte ihr zu. Etwas lag im Dunkeln, genau wie bei Greta Leibold. Doch Hannahs Angst hatte eine andere Gestalt.

»Wie schätzt du sie ein?«, fragte sie daher. »Wird sie etwas ausspucken, wenn wir sie damit konfrontieren? Wenn wir ihr vorhalten, zu wissen, dass sie etwas verbirgt?«

Seidel zuckte die Schultern. »Fifty-fifty, denke ich.«

Sie konnten sich den Luxus nicht leisten, es unversucht zu lassen.

SAMSTAG, 11:25 UHR

Hannah saß am Ufer, blickte einem Lastkahn nach, dessen Bug lange Wellen ins Mainwasser schnitt. Glucksend erreichte das bewegte Wasser ihre Füße, die nur wenige Zentimeter entfernt über der Böschung baumelten. Sie hatte geweint, aber das sah man ihr nicht mehr an. Der Druck des Verhörs wog weniger schwer als das, was in ihr vorging. Ein Knacksen im Unterholz ließ sie zusammenfahren.

»Georg«, stöhnte sie genervt.

»Wen haste denn sonst erwartet«, murrte dieser, eine Zigarette im Mundwinkel. Sie wollte aufstehen, er aber drückte ihre Schultern nach unten. »Bleib.« Setzte sich neben sie.

»Ich muss nach Hause. Mittagessen. Meine Alten …«

»Laber nicht. Wir müssen reden.«

Sie rollte die Augen. »Reden, reden. Worüber denn?«

»Du weißt genau, was ich meine.« Er grinste schäbig, zog ein weiß glänzendes Telefon aus der Jeansjacke. Nur so weit, dass sie es erkannte. Die glitzernde Schutzhülle, es war ihr Handy. Reflexartig reckte sie sich danach, doch Georg wehrte ihren Arm ab, ließ den Apparat wieder verschwinden.

»Nix da.«

»Meine Alten laufen Amok, wenn das Handy weg ist«, jammerte Hannah.

»Lieber deine Erzeuger als ich«, erwiderte er süffisant. »Hast du den Bullen was gesagt?«

»Quatsch.«

»Braves Mädchen. Und damit das so bleibt, behalte ich das Teil als Pfand.«

»Wie lange?«

»Mal sehen. Bis die Bullen jemanden verhaften.«

Hannah stöhnte auf. »Das kann ja ewig dauern. Wie sollen sie denn jemanden einbuchten, wenn ...«

»Scht!«, unterbrach Georg sie. Er legte sich den Finger über die Lippen und machte eine verschwörerische Miene. »Nicht weitersprechen.«

»Ich habe Angst.«

»Macht nichts. Angst hindert einen daran, Dummes zu tun. Man gewöhnt sich dran.«

Er rückte näher an sie, wollte sie berühren, doch sie wich angewidert zurück.

»Hab dich nicht so!«, knurrte er. »Du bist doch sonst kein Kind von Traurigkeit.«

»Sagt wer?«

»Dachte ich mir. Oder flirtest du nur, wenn du etwas haben willst? Und lässt dann jeden abblitzen? Eine kleine Schlampe, die auf unnahbar macht.«

»Mich bekommst du jedenfalls nicht in die Kiste, falls es das ist, was du willst«, zischte Hannah und sprang auf. Georg schnappte nach ihrem Arm, bekam das Handgelenk zu fassen. Er zog sich hoch. Eine eiserne Umklammerung, schmerzend bohrte sein Daumen sich zwischen ihre Knochen. »Lass mich los!«

Georg zog sie an sich, bis er ihre Brüste spüren konnte. Hielt sie mit seinen muskulösen Armen fest. Die Sicht auf den Weg war durch dichtes Buschwerk versperrt, Hannah überlegte panisch, ob sie schreien solle. Doch sie war gelähmt, wie das Kaninchen im Bannblick der Schlange. Außerdem besaß er ihr Handy. Hatte Macht über sie. Im Speicher des iPhones waren Aufnahmen abgelegt, die Eva, Mathias, Hannah und Charly zeigten. Auf dem Schulhof, zur Ferienzeit, unweit der

Tischtennisplatten. Charly hatte ein schwarz-weiß kariertes Tuch um den Hals geschlungen, drehte es langsam zu. Irgendwann sackten ihm die Knie weg, Mathias und Eva sprangen auf ihn zu. Ein anderes Video zeigte sie selbst, den Brustkorb gegen eine Betonwand gepresst. Charly stand hinter ihr, Evas Stimme ertönte aus dem Off: »Fester! Mehr!«

Mathias' Kopf erschien im Bild. Charly rief: »Tut sich nix.«

Matze eilte auf ihn zu, stieß ihn beiseite. Warf sich mit aller Kraft gegen Hannah, sie konnte beim bloßen Gedanken daran die plötzliche Enge spüren, die ihr den Atem raubte. »Musst schon richtig pressen«, lachte er, der Zoom erfasste Hannahs panisches Gesicht. Die Wange auf dem kalten Beton, die Zunge auf der Unterlippe. Sie konnte sich nicht genau erinnern, was dann geschehen war. Nur noch an Sterne. Einen Adrenalinkick, dem eine mehrminütige Gleichgültigkeit folgte. Das Video endete mit einer taumelnden Hannah, die in Mathias' Arme sank. Charly kam dazu. Vier Hände, zwei davon schienen nach ihren Brüsten zu grapschen. Dann der von Unkraut durchstoßene Schulhofasphalt. Schwärze. Niemand durfte dieses Video jemals zu Gesicht bekommen.

»Weißt du, was passiert, wenn die Bullen das Video sehen?« Georgs Stimme holte sie aus der Erinnerung in die Gegenwart. »Sie werden denken, du hast dich an Matze gerächt.«

»Und Eva?« Hannah hatte sich langsam wieder unter Kontrolle. Sie funkelte ihn mit stechendem Blick an.

»Egal. Hauptsache, der Mord ist vom Tisch.«

»Erzähl mir von Eva!«, forderte Hannah hartnäckig. Ihr kam ein grausiger Verdacht. Georg glotzte sie wortlos an, woraufhin sie fortfuhr: »Du bist doch schon ewig spitz auf Eva. Doch sie ist zu *gut* für dich, du hättest sie nie in deinen Bunker locken können!« Sie redete sich in Rage, ein in die Enge

263

getriebenes Tier, dem nur die Flucht nach vorn blieb. Speichel spritzte wie Galle aus ihrem Mund. Sie nahm den sich nähernden Schatten nur in den Augenwinkeln wahr. Es war Georgs Handrücken, der sie mit voller Wucht auf die Schläfe traf. Ein dumpfes Klatschen, Hannahs Kopf flog zur Seite. Die Sterne kehrten zurück.

SAMSTAG, 11:37 UHR

Louis Fischer erschien im Präsidium. Ein dreiundfünfzigjähriger Mann, der im Halbschatten seines Hauses wie Mitte dreißig gewirkt hatte. Der Leuchtstoffschein des Verhörzimmers indes beschien gnadenlos die verräterischen Fältchen und graumelierten Kopfseiten. Fischer gab sich weltmännisch und offen. Seine Hilfsbereitschaft bestünde schon seit Jahren, hatte er gegenüber Berger und seinen Kollegen betont, aber man schenke ihm erst jetzt das nötige Vertrauen.

Durant rollte die Augen und wies ihn ins Vernehmungszimmer. Nach den üblichen Protokollfragen redete sie nicht weiter um den heißen Brei herum.

»Haben Sie etwas mit der Ermordung Beate Schürmanns zu tun?«

Erschrocken zuckte Fischer zusammen.

»Wie bitte? Was?« Schweiß stand ihm auf der Stirn, er griff sich an die Kehle und wand sich auf dem Stuhl.

»Haben Sie oder haben Sie nicht?«, beharrte Durant, betont gleichgültig.

»Natürlich nicht. Nicht als Täter jedenfalls.« Fischer erlangte seine Fassung zurück.

»Kommt da noch ein Aber?«

»Na ja, als Zeuge irgendwie schon.«

»Etwa wegen Ihrer Pentagramm-Phantasien?«

Er lachte bitter auf. »Keine Phantasien. Haben Sie nicht alles längst überprüft?«

»Natürlich. Dabei haben wir festgestellt, dass es mit dem Satanismus nicht weit her sein kann.«

»Drudenfuß und Bibelverse? Kommen Sie …«

»Bibelverse gibt es nicht«, offenbarte Durant, und Fischer neigte irritiert den Kopf.

»Nur weil Sie sie ignorieren, heißt das nicht, dass sie nicht da sind«, warf er ein.

Durant grinste und schüttelte den Kopf.

»HU-RE. Ein Autokennzeichen, nichts weiter. Was fahren Sie für einen Wagen?«

»Ich besitze kein Auto mehr.«

»Wo waren Sie am Dienstag?«

»Da war ich in Leipzig. Über Nacht.«

»Und 2004, am dreizehnten Mai, als Beate Schürmann verschwand?«

»Ersparen Sie uns bitte diesen Blödsinn.«

»Beantworten Sie einfach meine Frage.«

Fischer sprang auf, sichtlich verärgert. »Als ob ich das noch wüsste!« Er lief auf und ab, dann blieb er mit verschränkten Armen stehen.

»Setzen Sie sich bitte wieder«, sagte Durant betont teilnahmslos. »Jemand, der so viel zu wissen vorgibt, darf sich über eine solche Frage nicht wundern.«

»Das ist zehn Jahre her!«

»Neun Jahre. An Beates Todestag erinnerten Sie sich doch auch«, bohrte sie weiter. »Sie sagten, Sie haben davon geträumt. Was soll ich denn nun glauben?«

»Ich denke, es ist besser, wenn ich nun gehe.« Fischer näherte sich der Tür. »Verhaften Sie mich? Dann organisiere ich mir einen Anwalt. Ansonsten bestelle ich mir ein Taxi.«

Durant gab sich unbeeindruckt. »Können Sie Ihr Alibi von Dienstag beweisen? Gibt es Zeugen?«

Zu ihrer Überraschung lenkte Fischer ein. Er wandte sich ihr zu. Sprach in leisem, selbstsicherem Ton. »Ich schreibe an einem Ratgeber, unter Pseudonym. Es ist mein drittes Buch. Ich habe mich mit meinem Literaturagenten getroffen, seine Nummer gebe ich Ihnen gern. Ebenso die gestempelten Bahntickets und die Hotelrechnung. Genügt das?«

»Wir prüfen das nach, danke.«

Julia geriet ins Schwimmen. Sollte das Alibi derart wasserdicht sein, schloss es Fischer als Mathias Wollners Mörder praktisch aus. *Wenn* es wasserdicht war. Sie machte sich Notizen. Dann signalisierte sie ihrem Gegenüber, dass das Gespräch beendet sei. Schaltete das Tonbandgerät aus und sah ihm zu, während er in sein helles Leinensakko schlüpfte. Als er die Türklinke drückte, fragte sie wie beiläufig: »Was beschäftigt Sie so an dem Fall? Warum stellen Sie diese Theorien ins Netz?«

»Weil die Polizei nicht in alle notwendigen Richtungen ermittelt. Es wäre nicht das erste Mal, dass relevante Fakten übersehen werden.« Fischer strich sich das Haar glatt. »Lesen Sie ein wenig im Forum, dann verstehen Sie, was ich meine.«

»Sammeln Sie nur Informationen?«, bohrte Durant.

»Hä?«

»Oder sammeln Sie auch Souvenirs? Körperteile, zum Beispiel, die Sie dann an die Polizei senden.«

Mit einem lauten Knall flog die Tür ins Schloss. Julia trat enttäuscht gegen den Stuhl, auf dem Fischer gesessen hatte. Er kippte um, schepperte. Sie verharrte zwei Minuten in sich zusammengekauert, bevor sie ebenfalls hinausging.

SAMSTAG, 12:28 UHR

Die Kommissarin saß auf dem Innenhof des Präsidiums in der Mittagssonne. Doch ihr wurde nicht warm. Das Handy hüllte sich in eisiges Schweigen, ihr war, als habe man einen tiefen Graben zwischen sie und ihren Vater geschlagen. Einen Graben, den sie nicht überwinden konnte. Sie war nutzlos in München, solange sich an seinem Zustand nichts änderte, aber sie war auch nutzlos in Frankfurt. Wer auch immer ihr Körperteile sendete, er behielt die Kontrolle. War es Fischer? Dann hatte er alle Vorkehrungen getroffen, dass ihm nichts nachzuweisen war. Oder wollte er sie nur glauben machen, dass er das perverse Schwein war? Doch welche Gründe sollten ihn dazu treiben? Was sie am meisten erschauern ließ, war der Gedanke, dass sich eine teuflische Mordserie abspielte. Seit Jahren, vor ihren Augen, und niemand hatte etwas davon bemerkt. Der Killer war gerissen, mordete im Zuständigkeitsbereich von vier Präsidien und ließ genügend Zeit verstreichen. Ein Serientäter also, der seine Mordlust zügeln konnte. Ein Kontrollmensch. So wie Fischer. Aber warum sollte Fischer dann in einem Internetforum auf sich aufmerksam machen? Narzissmus? Durant seufzte. Reflexartig, aus alter Gewohnheit, tasteten ihre Finger an die Brusttasche ihrer Jeansjacke. Mist. Keine Gauloises. Schon seit geraumer Zeit nicht mehr. Aber es gab Tage, an denen vergaß sie das. So übel ihr der jüngste Ausrutscher auch bekommen war, die Lust auf eine Zigarette blieb.

»Hier bist du.« Durant schrak auf, entließ ihre Beine aus der Umklammerung. Blut kribbelte in den Adern. Sie hatte Hellmer nicht kommen hören. Er trat vor sie, wirkte gehetzt. »Es gibt Arbeit, du wirst es kaum glauben.«

»Spuck's schon aus.«

»Hannahs Eltern haben angerufen. Ihr Vater, denn die Mutter war wie aufgelöst.«

Durant sprang auf, die Farbe wich ihr aus dem Gesicht. Ihre Gedanken rasten. Bloß nicht Hannah. Lieber Gott, dachte sie flehend, bitte nicht noch ein vermisster Teenager!

Sie nahm Hellmers Worte kaum wahr, realisierte dann aber doch, was er sagte.

»Hannah ist wohlauf. Sie hat nach Doris verlangt.«

»Was ist geschehen?«

»Erzähl ich dir unterwegs«, sagte Hellmer und klimperte mit seiner Funkfernbedienung. Der Porsche entriegelte mit leisem Klacken.

»Ich dachte, sie wollte Doris?«

»Keine Chance.« Hellmer zuckte die Achseln. »Irgendwas mit Elisa. Babysitter, ich weiß es nicht, jedenfalls musste sie weg. Also übernehmen wir das.«

Durant lächelte freudlos. Es war ohnehin höchste Zeit, dass sie diese Hannah kennenlernte. Hellmer jagte über die Nibelungenallee, vorbei an der mattmetallenen Zeppelinskulptur, die vis-à-vis der Fachhochschule inmitten des Grünstreifens stand. Ein Überbleibsel der Luminale, einem alle zwei Jahre stattfindenden Lichtfest. Der dünne Verkehr erlaubte ein schnelles Vorankommen. Hellmer fasste kurz zusammen, eine Zigarette klemmte in seinem Mundwinkel.

»Die Kleine kam zu spät zum Mittagessen. Deshalb ruft man natürlich nicht die Kripo, aber sie habe sich seltsam verhalten. Eilte auf ihr Zimmer, schluchzend. Schloss die Tür ab, sagte, sie habe keinen Appetit. Irgendwoher kam mir das sehr bekannt vor.« Durant ignorierte Hellmers Zynismus, auch wenn sie ihn nachvollziehen konnte. Er aschte aus dem Fenster, sprach weiter. Sie lauschte gebannt. »Hannahs Vater bestand darauf, dass sie zu Tisch erscheine. Also kam sie zehn Minuten später angetrottet, zentimeterdick geschminkt. Die Platzwunde war dennoch kaum zu übersehen, ihre Mutter begann zu schreien, der Vater ließ nicht locker, bis Hannah sich dazu äußerte. Sie probierte es damit, dass sie gestürzt sei, gab aber schlussendlich auf. Sie sei geschlagen worden. Nicht vergewaltigt, das betonte ihr Vater mehrfach. Zumindest versicherte sie ihm das immer wieder. Einfach nur ein Streit. Er ließ nicht locker, ich kann ihn gut verstehen.« Hellmers Blick wurde hart. Zweifelsohne dachte er wieder an Steffi, hilflos, denn es gab niemanden, den er sich greifen konnte. Nur eine Gruppe Jugendlicher, namentlich unbekannt. Und eine Klasse, die nichts sagte.

»Weiter«, drängte Durant.

»Hannah sagte, sie würde den Täter nennen, aber nur in Gegenwart der Polizei. Darauf ließ sich ihr Vater wohl ein.«

»Hättest du dich darauf eingelassen?«

»Hm. Ungern«, gestand Hellmer ein. »Ich sag's dir ganz ehrlich. Am liebsten wäre mir, dieses Schwein, das meine Tochter begrapscht hat, stünde vor mir. Und ich wäre in diesem Augenblick kein Bulle. Für einen Vater gibt es nichts Schlimmeres …«

»Schon gut«, erwiderte Durant, »ich verstehe dich. Dann pass bitte gut auf Herrn Wolf auf, dass er den Namen nicht spitzkriegt. Und falls doch, müssen wir ihn vielleicht vor sich selbst beschützen. Außerdem möchte ich, dass Hannah ärztlich untersucht wird. Nur zur Sicherheit.«

»Ist schon organisiert«, lächelte Hellmer kopfschüttelnd. »Wir machen auch hin und wieder etwas richtig, wenn du nicht anwesend bist.«

Durant sah ihn an, musste dann lachen. »Blödmann.«

Hannah Wolf wartete in ihrem Zimmer, ein kleiner Raum unter dem Dach. Es war heiß, die Sonne brannte durch die Jalousie des schrägen Fensters. Bravo-Poster, Computer, Schulbücher. Auf dem Bett ein großer, abgewetzter Teddy. Filmplakate von Twilight, Robert Pattinson. Das Zimmer eines Teenagers. Durant verharrte kurz. Pattinson erinnerte sie an Mathias Wollner. Sie schüttelte den Kopf. Beim zweiten Blick war die Ähnlichkeit bereits weitaus geringer.

»Kommt Frau Seidel nicht?«, fragte das Mädchen leise. Sie hielt sich ein Kissen vor den Bauch, die Beine im Schneidersitz. Durant beäugte sie. Schutzhaltung, aber Schneidersitz. Opfer sexueller Gewalt würden eher nicht in dieser Pose sitzen. Neben ihr lag ein türkiser Eisbeutel.

»Doris musste leider nach Hause«, antwortete Durant einfühlsam. »Sie hat eine kleine Tochter. Du wirst mit mir vorliebnehmen müssen.«

Hellmer war nicht mit nach oben gegangen, er sprach mit Hannahs Eltern. Der Vater fuhr Lkw für ein internationales Unternehmen, hatte gerade vier Tage frei. Kräftige

Pranken, verkrampfte Haltung, vermutlich Rückenprobleme. In der Wohnung hingen Kruzifixe und Marienbilder. Hannahs Mutter war unscheinbar, die Augen waren verheult. Vielleicht kein Fehler, dass Hellmer sich mit ihnen unterhielt. Er konnte am besten einschätzen, was in den beiden vorging.

Hannah rutschte unsicher hin und her. Durant ließ ihren Blick durchs Zimmer streifen, brach dann das Schweigen: »Was ist passiert?«

»Georg«, nuschelte das Mädchen mit gesenktem Kopf. Durant horchte auf.

»Georg Neumann?«, vergewisserte sie sich.

»Hm.«

»Setzt er die Clique unter Druck?«

Hannah zuckte die Schultern. »Er ist halt der Macker.«

»Und er benutzt Gewalt, um ...«

»Nein, nein.« Hannah winkte ab und seufzte genervt. Dann suchten ihre Augen Durants Blickkontakt. »Behandeln Sie das, was ich sage, vertraulich?«

Durant verstand sofort. »Gegenüber deinen Eltern? Ich bin ehrlich, okay? Es kommt darauf an, was du mir erzählen möchtest.«

»Meine Alten rasten ja jetzt schon total aus«, sagte Hannah. »Wenn sie das mit dem Handy spitzkriegen ...«

»Was ist mit deinem Handy?«

»Georg hat es. Es war ein Weihnachtsgeschenk, ein iPhone, brandneu. Wir haben nicht viel Geld, aber wegen meiner guten Noten habe ich es trotzdem bekommen. Papa hat Extratouren dafür gefahren. Sobald er es mal drei Tage lang nicht zu Gesicht bekommt, fragt er gleich danach.«

»Und du hast es Georg gegeben?«

Hannah lachte spöttisch. »Nicht freiwillig.«

»Wann?«

»Montag. Nein, Dienstag.«

»Der Abend, an dem Mathias Wollner starb.«

Hannahs Blick wurde leer. »Ich glaube schon.«

»Warum ausgerechnet deines?«

»Bleibt das nun unter uns oder nicht?«

Durant neigte den Kopf und blinzelte. »Ist etwas drauf, was deine Eltern nicht sehen dürfen?«

»Hm. Ein Video.« Hannah nuschelte wieder.

»Was zeigt es?«

»Diesen Würgekram, nach dem wir befragt worden sind.«

»Bitte etwas genauer.« Widerwillig berichtete Hannah von der Aufnahme. Eva. Mathias. Zwischendurch erkundigte sie sich ein weiteres Mal, ob die Kommissarin das für sich behalten könne.

»Über das Video selbst muss ich nichts sagen«, versicherte diese, »und über das Handy auch nicht zwingend. Das solltest du besser selbst tun.«

»Bekomme ich es nicht wieder? Sie nehmen es Georg doch ab, wenn Sie ...« Hannah verstummte.

»Wenn wir was?«

»Georg erpresst mich damit. Ist das nicht strafbar?«

»Was erpresst er denn von dir?«

»Ich darf nicht mit Ihnen sprechen.« Hannahs Atem ging schneller. Der Blick wurde panisch. »Das verlangt er. Das Video würde ein prima Mordmotiv abgeben, sagt er.«

»Hast du das Video auf deinem PC?« Durant deutete in Richtung des Computers.

»Nein. Noch nicht runtergeladen. Meine Mom benutzt den Computer mit, ich wollte nicht, dass sie es findet.«

»Wovor hat dieser Georg Angst?«

»Keine Ahnung.« Hannah schien es tatsächlich nicht zu wissen. »Er möchte von sich ablenken, denke ich. Hat Vorstrafen wegen Drogen und so.«

»Hat er etwas mit dem Mord an Mathias oder mit dem Verschwinden Evas zu tun?«

Schulterzucken. Schweigen. Durant versuchte es anders. »Du hast doch eine Meinung dazu, oder nicht?«

»Sehen Sie das hier?«, fragte Hannah aufgesetzt gleichgültig und deutete auf ihre geschwollene Wange. »Das hat mir meine Meinung eingebracht.«

»Erzähl sie mir.«

Hannah schwieg einige Sekunden, drehte sich ein Stück zur Seite. Mied den Blick der Kommissarin, als sie stoisch weitersprach.

»Georg ist ein Ekel. Er glotzt uns immer an, kann seine Finger nicht bei sich halten. Die anderen dulden ihn, weil er Alkohol und Zigaretten an der Tanke kauft. Er hat immer Gras dabei. Hängt auch bei anderen Cliquen rum, aber so richtig leiden kann ihn niemand. Das mit Eva«, sie stockte, »da hat er wohl eine fixe Idee gehabt. Sie hat ihn mal angeflirtet, weil sie ein paar Gramm brauchte. Seither ... egal. Ich habe ihm vorhin an den Kopf geworfen, dass er sie high gemacht hätte, damit sie gefügig wird. Weil er sonst eh keine Chance bei ihr hätte. Dann habe ich mir eine gefangen und bin weggerannt.«

Durant überlegte kurz. »Glaubst du das denn auch?«

Hannah zuckte die Achseln. »Ich wünsche mir jedenfalls, dass es Eva gutgeht. Und hoffe, dass sie nicht in seine Fänge geraten ist. Georg ist Abschaum, nichts weiter. Er hat Kontakt zu widerlichen Leuten.«

»Hältst du es für möglich, dass er mit Mathias' Ermordung zu tun hat?«

Hannahs Blick kehrte zu Durant zurück. Mit eisiger Entschlossenheit antwortete sie: »Georg Neumann traue ich alles zu.«

SAMSTAG, 14:57 UHR

Georg Neumann wohnte in Offenbach. Ein Wohnsilo an der Mainstraße, ziemlich heruntergekommen. Vom Balkon der WG aus konnte man über den Main blicken, nur wenige hundert Meter Luftlinie trennten den Schauplatz des Verbrechens von Georgs zerschlissenem Sofa. Peter Brandt hatte kein Interesse gezeigt, sich zu beteiligen. Vernehmung eines Mordverdächtigen, Hausdurchsuchung, das versprach stundenlange Arbeit. Er bedankte sich kurz angebunden bei Durant, sie spürte, dass er den Samstag mit seiner Liebsten verbringen wollte, und sie gönnte es ihm.

Hinter dem Türspion war eine Bewegung zu erkennen, außerdem Geräusche. Als niemand öffnete, rief Hellmer: »Kriminalpolizei. Öffnen Sie die Tür, sonst tun wir's!«

Gläser klirrten. Dumpfe Schritte näherten sich, eine mürrische Stimme. »Kein Stress, ey. Komm ja schon.« Eine Kette wurde beiseitegeschoben, die Tür knarrte und schwang zwei Handbreit auf.

»Herr Neumann, wir müssen mit Ihnen reden.«

Wortlos trabte der Mann, barfuß, in Shorts und Unterhemd gekleidet, in Richtung Fernseher. Er sank mit gleichgültiger Miene in einen Sitzsack, die gerissene Seitennaht klaffte auf.

»Sie schon wieder«, grinste er. »Stehen Sie etwa auf mich?«

Doch Durant erkannte, dass seine Selbstsicherheit nur gespielt war.

»Wir haben einen Durchsuchungsbeschluss für Ihre Wohnung.«

Neumann zuckte. »Den will ich sehen.«

Durant zog einen Faxausdruck hervor. Sie wollte nicht wissen, welche Hebel Berger in Bewegung gesetzt hatte, um dieses Papier in Windeseile zu erhalten. Es interessierte sie auch nicht. Neumann stieß das Papier schnaubend von sich. Mit Verachtung beäugte er die Uniformierten, die nun durch die Tür strömten.

»Sind Sie allein?«, fragte Durant.

»Sehen Sie noch jemanden?«

»Wir haben uns ein wenig darüber gewundert, dass Sie sich hauptsächlich hier aufhalten. Sie hatten nämlich Ihre Fechenheimer Adresse zu Protokoll gegeben ... Na, wie auch immer. Können wir uns ungestört unterhalten?«

»Balkon«, kam es einsilbig zurück. »Dort liegen meine Kippen.«

Georg Neumann angelte sich eine blaue Adidasjacke, die an einer Wäscheleine hing. Zündete eine Zigarette an und paffte mit geschlossenen Augen. Genervt. Blickte nach unten, dann über den Main. Durant trat neben ihn.

»Tolle Aussicht. Stehen Sie hier mit dem Fernglas?«

»Was?«

»Nichts. Man kann die Bänke sehen, auf denen Evas Clique herumhängt. Und die Stelle, an der Mathias zu rennen begann.«

»Hmpf.«

Neumann knickte den Filter so stark, dass er abbrach. Fluchend warf er den Glimmstengel über die Brüstung, fünf Etagen über dem Boden.

»Wo ist Eva Stevens?«

»Woher soll ich das wissen?«

»Sie waren schon lange scharf auf sie, das ist kein Geheimnis. Und Mathias war Ihnen ein Dorn im Auge. Auch das wissen wir längst. Also?«

»Ich habe Eva nichts getan«, zischte Neumann wütend und hielt sofort erschrocken inne. Eilig, aber viel zu spät setzte er nach: »Und Matze auch nicht.«

»Das können Sie sonst wem erzählen«, lachte Durant. »Jede Wette, wenn wir mit Ihrem Loch fertig sind, hat die KTU ein halbes Dutzend Indizien sichergestellt, die Sie belasten.«

»Sie bluffen!«, bellte er, aber aus seinen Augen sprach Angst. Sein Brustkorb hob und senkte sich angestrengt, Schweiß stand ihm auf der Stirn.

»Wo haben Sie das Messer? Ist es in der Tüte, die Sie in den Main geworfen haben?«

Neumann schwieg. Er zog die Jacke wieder aus, offenbar glühte er innerlich. Durant schien auf dem richtigen Weg zu sein. Sie sprach weiter: »Mathias Wollner hat Ihnen Eva weggenommen, so zumindest haben Sie es wahrgenommen. Also haben Sie ihm aufgelauert, ihn verfolgt und getötet. Aus dem Tathergang spricht so viel Wut und Hass, das haben Sie an ihm ausgelassen. Sie haben Mathias Wollner erstochen, sind dann bei Ihren Eltern aufgeschlagen. Ein Joint, um runterzukommen. Frische Kleidung. Danach zu Fuß nach Offenbach, das Messer im Fluss versenkt. In Ihr blutiges Shirt gewickelt, vermute ich. Passt perfekt zusammen, nicht wahr?«

»Ich habe …«, wollte sich Neumann zur Wehr setzen, doch sie unterbrach ihn unwirsch.

»Ach, kommen Sie. Die Zeugenaussage ist absolut glaubhaft. Wir sperren den Fluss und lassen die Taucher ran, in zwei bis drei Stunden haben wir das Messer, wollen wir wetten? Dann ist's egal, ob Sie hier was vom Stapel lassen oder nicht.«

Georg Neumann zitterte. Er verschränkte die Arme, als wollte er sich selbst Halt geben. Die Finger gruben sich tief ins Fleisch seines Bizeps.

»Ich möchte einen Anwalt.«

»Doppelmord«, murmelte Durant trocken und nickte. »Ja, da sollten Sie besser einen hinzuziehen.«

»Eva ist tot?« Mit weit aufgerissenen Augen starrte er die Kommissarin an.

Durant musste vorsichtig sein, sie bewegte sich auf dünnem Eis. Daher fragte sie nur: »Überrascht Sie das etwa?«

»Ich sagte doch, ich habe nichts damit zu tun«, flehte Neumann.

Durant kniff die Augen zusammen. »Und was ist mit Mathias Wollner? So wie Sie Eva lieben, müssen Sie ihn doch gehasst haben. Gestehen Sie besser, bevor Ihnen einer Ihrer«, sie lachte kehlig auf, »Freunde zuvorkommt.«

»Keiner wird etwas sagen«, knurrte Neumann, doch es war nur mehr eine verzweifelte Farce.

»Täuschen Sie sich da mal nicht. Ihr Königreich bröckelt. Es rächt sich, seine Macht erzwingen zu wollen. Die Untertanen fallen einem bei erstbester Gelegenheit in den Rücken. Haben Sie in Geschichte nicht aufgepasst?«

Neumann verharrte wie eingefroren, richtete seinen Blick wieder in Richtung Mainufer. Möwen kreisten über dem Wasser. Er entzündete eine Zigarette, blies den Rauch schweigend aus. Durant bekam ein mulmiges Gefühl, wie er so an der Brüstung lehnte. Sie winkte einen vorbeieilenden Kollegen herbei.

»Georg Neumann, Sie sind vorläufig festgenommen wegen des Verdachts, Mathias Wollner ermordet zu haben.«

Widerstandslos, beinahe schon gleichgültig ließ Neumann sämtliche Prozeduren über sich ergehen. Erst als er im Fond des Streifenwagens saß, beugte er sich noch einmal in Durants Richtung. Kaum hörbar, mit flehendem Tremolo, stammelte er: »Finden Sie Eva. Bitte. Finden Sie sie. Ich liebe sie. Sie hat doch nun keinen mehr. Ihr darf nichts geschehen.«

Durant blickte ihn wortlos an. Versteinert. Vor wenigen Minuten hatte sie einen Anruf von Andrea Sievers erhalten. Was die Blutuntersuchung bereits angedeutet hatte, war beklemmende Wahrheit geworden. Die zweite Milz stammte von Eva Stevens; Irrtum so gut wie ausgeschlossen. Die Chancen, dass das Mädchen noch lebte, gingen gegen null. Doch sie war nicht dazu bereit, dies Neumann gegenüber zu erwähnen. Durfte es nicht. Sie gebot den Beamten, loszufahren, sah sich um, zog dann das Telefon heraus. Andrea meldete sich sofort.

»Tut mir leid, dass ich dich eben abwimmeln musste«, sagte Durant ohne Begrüßungsfloskel, »ich war mitten in einer Verhaftung.«

»Etwa Evas Mörder?«, erkundigte sich Sievers.

»Hm, wohl kaum«, gestand die Kommissarin mürrisch ein. »Aber müssen wir wirklich davon ausgehen, dass Eva tot ist?«

»Hundertprozentige Gewissheit über die Ergebnisse bekomme ich erst morgen, das weißt du auch. Ein DNA-Test ist nun mal komplexer als ein Promilleröhrchen. Aber wem immer das Organ entnommen wurde, eine Splenektomie ist eine heikle Angelegenheit. Um an die Milz zu gelangen, ist ein Schnitt in die Bauchhöhle notwendig. Direkt nebenan befinden sich sensible Organe, es muss klinisch rein sein, der Schnitt muss genau sitzen, eine Narkose ist erforderlich. Du kannst ja mal nachrechnen, wie wahrscheinlich es ist, dass all diese Faktoren gegeben sind.«

»Aber die Milz selbst ist kein lebenswichtiges Organ, korrekt?«

»Du hörst mir nicht zu«, beschwerte die Rechtsmedizinerin sich. »Man kann ohne Milz leben, das ist richtig. Aber der Eingriff selbst ist hochgradig lebensgefährlich. Außerhalb eines OP zumindest, und davon ist ja wohl auszugehen. Wer Milzen in Zeitungspapier wickelt wie Fish 'n' Chips ...«

»Okay, kapiert. Entfernt er also die Milz, weil das Opfer dies *theoretisch* am ehesten überleben könnte?«

»Er könnte den Finger nehmen oder ein Ohr.«

Diesen Einwand hätte Durant als Nächstes gebracht. Stattdessen überlegte sie kurz. »Was macht die Milz so besonders?«

»Man kann sie nicht essen«, gab Andrea schlagfertig zurück, »zumindest ist es nicht üblich.«

»Ach, komm ...«

»Nein, ernsthaft. Denk mal darüber nach. Er öffnet das Opfer. Entscheidet sich also ganz bewusst gegen das Sammeln von Ohrläppchen, Fingerkuppen oder Zehen. Leber, Lunge und Herz kann man essen. Milz isst heutzutage kaum noch jemand, soweit ich weiß.«

Durant wollte widersprechen, denn sie fand diesen Gedanken viel zu weit hergeholt. Doch bevor sie etwas sagen konnte, sprach die Rechtsmedizinerin bereits weiter: »Es war nur so ein Gedanke. Wir hatten unlängst in der Kantine Kannibalismus zum Thema.«

»Sehr appetitlich.«

»Tja, so bin ich. Aber mal Tacheles. Milz hin oder her, ein inneres Organ lässt sich sehr gut konservieren. Trocknen, einlegen, was auch immer. Bei der Verwesung fällt ein Stück fehlende Milz nicht auf, ein abgeschabter Knorpel dagegen schon. Und außerdem gab es schon x Fälle mit Augen, Fingern oder ähnlichen Souvenirs. Milz ist mir neu. In diese Richtung würde ich denken. Aber viel Hoffnung für das verschwundene Mädchen sehe ich leider nicht.«

Durant wollte nicht aufgeben. Durfte nicht. Was wäre ihr Job, was wäre die Welt ohne Hoffnung. Und was ihr Vater? Sie beendete das Gespräch abrupt, suchte Hellmer. Besprach mit ihm die nächsten Schritte, die es zu tun galt, um Neumann endgültig dingfest zu machen. Doch in ihrem Kopf war sie bei Eva – und bei all den anderen Mädchen, die Fischer erwähnt hatte. Fischer. Migräneartiger Schmerz durchdrang sie.

SAMSTAG, 16:10 UHR

Durant hatte die Uniformierten instruiert, darauf zu achten, dass Neumanns Verhaftung nicht bekannt wurde. Vor allem dürfe er selbst keine privaten Anrufe oder SMS absetzen. Jeder der Kommissare suchte zeitgleich einen der Jugendlichen auf, Charly Brückner, Tim Franke und Lennard Kramer. So wollten die Ermittler verhindern, dass die Clique sich untereinander absprach. Eine Uniformierte, die bei Hannah geblieben war, hatte sichergestellt, dass auch diese keine Mails oder Telefonanrufe tätigte. Man setzte die Jugendlichen über Georgs Verhaftung in Kenntnis. Drängte darauf, dass nun endlich belastende Details preisgegeben würden. Neumann könne keinen Druck mehr ausüben, kein Grund, ihn zu schützen. Die Informationen waren weniger ergiebig als erhofft, zeichneten aber zumindest ein deutlicheres Bild. Neumann hatte Mathias abgrundtief gehasst und dies auch offen gezeigt. Drecksarbeit und Botengänge blieben stets an ihm hängen. Hatte Neumann einen Sixpack Bier, trank er eines mehr, so dass es für Mathias nicht reichte. Er hatte beim Würgen gefordert, den Gürtel länger um Wollners Hals gespannt zu lassen. Hatte ihm am vergangenen Wochenende sogar sein Butterflymesser an den Hals gehalten. Alles passte, doch es war eine mühsame Arbeit, die Fakten zusammenzusetzen.

Bevor Durant ins Präsidium zurückfuhr, machte sie noch einen Abstecher nach Riederwald. Greta Leibold musste Georg Neumann ebenfalls gekannt haben. Ein willkommener Vorwand, um dem Mädchen noch einmal gegenüberzutreten. Sie betrat das Haus mit Bedacht. Achtete auf jedes Detail, in der Hoffnung, dass es etwas über die Familie verriet. Biederes Vorortidyll: Kunstdrucke, aneinandergereihtes Dekomaterial, wenig Persönliches. Keine Familienfotos. Doch in ihrer eigenen Wohnung gab es davon auch nur wenige. Durant hatte eine alte Aufnahme ihrer Mutter, eine ihres Vaters. Außerdem ein Album, in dem Kindheitsbilder gesammelt waren. Doch die Leibolds hatten eine Tochter. Was war mit Bildern von Einschulung, Konfirmation, Firmung oder dergleichen? Urlaubsfotos?

»Suchen Sie etwas?« Greta wartete im Wohnzimmerdurchgang auf die Kommissarin. Sie hatte ihr die Tür geöffnet, unscheinbar wie immer, fast kleinlaut.

»Ich wundere mich nur, dass es so wenige Fotos gibt«, antwortete Durant und näherte sich dem Mädchen. Diese zuckte mit den Achseln. Herr Leibold war dienstlich unterwegs, Frau Leibold beim Pilates. Die Art und Weise, wie Greta das gesagt hatte, kam Durant eigenartig vor. Voller Abscheu oder Ablehnung.

»Ihr versteht euch nicht sonderlich gut, du und deine Mutter, habe ich recht?«

»Hm. Und wenn schon. Gibt es etwas Neues von Eva?«

»Bedaure.« Durant entschied sich, nichts über die Milz zu sagen. Gretas Miene trübte sich ein. »Was wollen Sie dann schon wieder von mir?«

»Ich möchte Evas Umfeld besser begreifen. Wir haben Georg Neumann verhaftet, sagt dir der Name etwas?«

»Ist so ein Typ. Ich kenne ihn kaum. Hat er Eva entführt?«

»Traust du ihm das zu?«

»Ich hab doch schon gesagt, ich kenne ihn kaum.« Greta zuckte mit den Achseln.

»Evas Entführung und Mathias' Tod scheinen zwei Paar Schuhe zu sein. Was auch immer die Zeitungen behaupten. Irgendetwas sagt mir, dass das Verschwinden deiner Freundin einen persönlichen Hintergrund hat. Ihr wart doch so eng befreundet, heißt es.«

»Ja, früher mal«, sagte Greta und wirkte mit einem Mal tieftraurig.

»Was ist vorgefallen? Sprich bitte mit mir. Alles, was du sagst, werde ich vertraulich behandeln. Ehrenwort.«

Es war nicht zu übersehen, welch inneren Kampf das Mädchen ausfocht. Eine innere Zerrissenheit aus Loyalität und

Verachtung. Ein Konflikt, den Durant schon mehr als ein Mal mit angesehen hatte.

»Eva ist tot, oder?«, fragte Greta schließlich.

»Ich möchte nicht lügen«, wich Durant aus, »aber es sieht nicht gut aus.«

Gretas Gesicht wurde zur wächsernen Maske.

»Diese Schweine«, hauchte sie. »Perverse Schweine.«

Keine Träne, kein Zucken. Sie blickte starr in die Ferne.

»Was ist passiert«, fragte Durant nach einer Minute lähmender Stille.

»Unsere Eltern«, spie das Mädchen aus, als spräche sie vom Teufel persönlich. »Sie ekeln mich an, alle miteinander. Können Sie mich mitnehmen?«

»Mitnehmen?« Julia begriff nicht sofort und neigte den Kopf.

»Ich möchte hier nicht bleiben. Keinen Tag länger.«

Sie überlegte. Wie so oft kam ihr zunächst Alina Cornelius in den Sinn. Doch diese hatte ebenso selten mit Jugendlichen zu tun wie sie selbst.

»Wie gesagt, ich helfe dir, wo ich kann. Mitnehmen kann ich dich sicher, aber das wäre keine dauerhafte Lösung. Bevor wir das Jugendamt einschalten, solltest du mir aber schon reinen Wein einschenken. Einverstanden?«

»Es hat aber nichts mit Eva direkt zu tun«, wehrte sich Greta.

»Erzähl's mir bitte trotzdem.«

Greta stand auf, trat ans Fenster. Schwieg, bis sie endlich mit leiser Stimme zu sprechen begann. »Evas Mutter kennen Sie ja, oder?«

Durant bejahte.

»Sie und meine Mom …« Greta fröstelte. »Ich habe im Internet nachgesehen.« Sie wandte sich der Kommissarin zu. »Man nennt es *nymphoman*. Gibt es das wirklich?«

Durant rümpfte die Nase. »Ich denke schon.«

Sie hatte schon manches erlebt, was diesen Begriff verdiente. Aber sie wollte das Mädchen nicht durch lange Erklärungen vom Reden abhalten.

»Wir mussten *zusehen*. Sie haben es miteinander getrieben, verstehen Sie? Zu viert.« Greta schüttelte sich angewidert. »Wir haben bei uns übernachtet. Bei Eva durften wir ja nicht schlafen, weil ihre Mutter es nicht erlaubte. Eines Abends haben wir uns rübergeschlichen, weil Eva etwas vergessen hatte. Da haben wir sie gehört. Schreiend. Stöhnend.«

Sie schüttelte mit angewidertem Gesichtsausdruck den Kopf. Julia Durant unterdrückte den Impuls, erstaunt zu pfeifen.

»Und dann?«, fragte sie nur.

»Wir haben nachgesehen. Es hätte ja Gott weiß was sein können, ich meine, damit rechnet man ja nicht.« Eva raufte sich kopfschüttelnd die Haare. »Als meine Mom meinen Kopf im Türspalt erkannte, wurde sie aschfahl, aber nur für eine Sekunde. Sie lag auf dem Bauch, Evas Vater saß auf ihr. Ich werde dieses Bild nie vergessen. Ihre Mutter sagte dann, wir sollen reinkommen. Uns hinsetzen und zusehen. Es hat sie aufgegeilt, so viel ist sicher.«

»Nur zusehen?«, fragte Durant vorsichtig, denn sie fürchtete sich vor der Antwort.

»Ja, nur zusehen«, wehrte Greta fahrig ab. Ob das tatsächlich der Wahrheit entsprach?

»Wann war das?«

»Bevor wir weggezogen sind. Wir sind *deshalb* weggezogen, bevor Sie fragen. Alles andere wäre gelogen. Es gab sicher weitere Gründe, Papas Job zum Beispiel, aber …«

Sie verstummte mitten im Satz. Julia wartete, ob noch etwas kam, dann fragte sie: »Eure Eltern haben euch also gezwungen. Auch zu anderen Dingen?«

»Nein, sagte ich doch schon.«

»Und es war nur dieser eine Abend?«

»Nur?« Greta lachte schrill auf. »Uns hat's gereicht! Niemand möchte seine Eltern beim Sex sehen. Erst recht nicht auf diese Weise. Sie kennen ja meine Mutter. Macht alles an, was ihr unter die Augen tritt. Selbst Ihren Kollegen.«

Durant hatte Mühe, ein flüchtiges Lächeln zu unterdrücken. Betraf es doch ausgerechnet Peter Kullmer, den das Präsidium vor Jahren als Macho der Nation erlebt hatte. Er hatte es bei jeder versucht und bei nicht wenigen Erfolg gehabt. Kullmer, der Dressman. Den Gedanken an ihn und Frau Leibold verdrängte die Kommissarin schnell.

»Hast du außer mit Eva mit jemandem darüber gesprochen?«, fragte sie schließlich, und Greta schüttelte vehement und mit weit aufgerissenen Augen den Kopf.

»Mein Vater hat es auf unsere Mütter geschoben. Evas Mutter sei ja ach so krank. Und meine könne er nicht alleine befriedigen. Er hat mir Dinge anvertraut, die ich niemals hören wollte. Nur, um sich zu rechtfertigen. Um sich meines Schweigens zu versichern.«

»Hat er … Ich meine, ist er dir gegenüber zudringlich geworden?«

»Papa?« Gretas Stimme klang schrill. Sie winkte hastig ab, mit düsterem Blick. »Niemals! Wirklich nicht. Er hat entschieden, dass wir weggehen. *Ihm* war es unangenehm. Meine Mutter hat nie ein Wort darüber verloren.«

»Lief es bei Evas Eltern ähnlich?«

»Ich denke schon. Eva hat es wohl besser verkraftet als ich.«

»Wollte sie auch ausziehen?«

»Nein. Eva war ihrem Vater gegenüber absolut loyal. Also sie *ist*, meine ich … Verdammt!« Greta schluchzte auf. Vergrub das Gesicht in den Händen und begann bitterlich zu weinen.

Durant stand auf, setzte sich neben sie. Legte ihr sanft den Arm auf den Rücken. Ein metallisches Klirren an der Haustür ließ beide aufzucken. Ein Husten verriet, dass es sich um eine Frau handeln musste. Gretas Mutter, wie das Mädchen Durant mit stummen Lippenbewegungen zu verstehen gab. »Sagen Sie nichts«, flehte sie inständig.

»Was ist hier los?« Frau Leibold baute sich vor den beiden auf, die Hände in die Hüften gestemmt. Sie trug Trainingskleidung, etwas zu knapp bemessen, wahrscheinlich mit Absicht. Greta schniefte, Durant antwortete geistesgegenwärtig: »Ich bin noch mal wegen Eva gekommen.«

»Dürfen Sie das überhaupt ohne unser Beisein?« Die vorwurfsvolle Ablehnung war nicht zu überhören. »Sehen Sie nicht, was Sie meiner Tochter antun?«

Julia war drauf und dran, etwas zu kontern, verkniff es sich aber. Greta kauerte auf dem Polster wie ein geprügelter Hund, beäugte sie angsterfüllt. Daher schlug sie vor: »Ich würde Greta gerne auf dem Präsidium befragen, wenn sie dem zustimmt. Andernfalls lasse ich meine Karte hier.« Sie beugte sich zu dem Mädchen hinab und reichte ihr die Pappkarte, obwohl sie diese längst besaß. Greta schien zu begreifen, worauf sie hinauswollte. Mitkommen oder hierbleiben. Es war ihre Entscheidung.

»Ich möchte allein sein«, gab diese kaum hörbar zur Antwort. Stand auf und bat ihre Mutter um Erlaubnis, sich zurückzuziehen. Zerknirscht verließ Durant wenig später die Wohnung. Sie konnte nichts tun. Wie so oft. Es machte sie fertig.

SAMSTAG, 18:10 UHR

Berger beugte sich mit gerunzelter Stirn über die Papiere. Mehr zu sich als zu Durant und Hellmer murmelte er: »Das ging ja ziemlich schnell mit diesem Neumann.«

Durant nickte unzufrieden. »Lieber wäre mir, wir hätten eine Spur des Mädchens.«

Berger pflichtete ihr bei, er kannte die Ergebnisse der Rechtsmedizin. Sie standen vor dem gezeichneten Pentagramm. Andrea Berger war mit ihnen im Besprechungsraum, Kullmer und Seidel fehlten. Außerdem hatte Berger Michael Schreck hinzugebeten. Durant fragte sich insgeheim, ob Schreck jemals dienstfrei hatte. Dabei hatte er zweifelsfrei ein Privatleben. Er kam, ein Notebook unter den Arm geklemmt, außer Atem. Berger gab seiner Tochter ein Zeichen, der Stolz war ihm ins Gesicht geschrieben. Eine hervorragende Psychologin, die sich unter anderem mit der Psyche von Serienkillern auseinandergesetzt hatte. Quietschend bewegte sie ihren Stift über das Whiteboard. Ihre angenehme Stimme lag im Raum.

»Das Opferprofil scheint eindeutig. Junges Mädchen, blondhaarig, kontaktfreudig oder auf gewisse Weise naiv. Der Typ Frau, der ohne Misstrauen bei einem Fremden einsteigt.«

»Dass es so etwas überhaupt noch gibt«, murmelte Hellmer.

Andrea wandte sich seufzend um. »Öfter, als man denkt, das können Sie mir glauben. Dreißig Prozent der Frauenmorde würden nicht geschehen, wenn das weibliche Geschlecht nur ein Quentchen mehr Misstrauen aufbrächte.«

»Eine Schätzung?«, fragte Durant.

»Reliable Zahlen«, antwortete Berger nüchtern. »Weiter im

Text. Das Opferschema erscheint ziemlich klar, kommen wir also zum Täter, einverstanden?«

Niemand widersprach.

»Zwei Milzen, entnommen im Abstand von mehreren Jahren. Persönliche Kontaktaufnahme zu Frau Durant. Sexueller Missbrauch im Fall Beate Schürmann war nicht mehr nachzuweisen. Nur die harten Fakten in Betracht ziehend, dürften wir es mit einem Mann zu tun haben, Kontrollfreak, mit einem Hang zur Perversion. Er sammelt Souvenirs. Triebgesteuert oder nicht, er weidet die Körper dazu aus. Widmet ihnen mehr Zeit und Aufwand als einer, der sich mit Schmuck oder abgetrennten Gliedmaßen zufriedengibt. Alles Weitere wird schwammig. Die Kontaktaufnahme könnte ein Hilferuf sein – oder ein höheres Level seiner Kontrollsucht. Er möchte wahrgenommen werden, seine Taten zeigen. Statistisch könnte er verheiratet sein und Kinder haben. Oder aber ein in der Isolation agierender Soziopath. Leider ist das Täterschema des eigenbrötlerischen, sexuell auffälligen Sonderlings als klassischer Serienmörder längst überholt.«

»Wir sprechen also von einem Serienmörder, der seit mindestens zehn Jahren unerkannt agiert?« Berger senior verzog das Gesicht. An was auch immer er dachte, es bereitete ihm gründlich Unbehagen.

»Wieso ausgerechnet zehn Jahre?«, fragte seine Tochter zurück.

»Beate Schürmann wurde vor fast zehn Jahren entführt. Neun, um genau zu sein, aber es geht mir um etwas anderes. Er sammelt offenbar Zeitungsausschnitte über seine Taten. Beates Milzfragment war in alte Ausgaben gewickelt. Berichte über ihr Verschwinden. So etwas hortet man doch nicht ohne einen bestimmten Grund.«

»Er könnte in ein Archiv gegangen sein«, warf sie ein.

»Nein, Andrea, glaub mir. Dieses Risiko würde er nicht eingehen. Außerdem hat er ja auch die Milz besessen. Die muss er ebenso lange aufbewahrt haben. Warum gibt er sie jetzt preis, und warum an Frau Durant?«

»Darf ich etwas fragen?« Andrea Berger sah auf das Board, dann in die Runde. »Gibt es unter den potenziellen Verdächtigen auch eine Frau? Ist es gänzlich auszuschließen, dass wir es mit einer Täterin zu tun haben?«

Durant schluckte. Überlegte, schüttelte dann den Kopf.

»Du hast doch eben selbst davon gesprochen, dass es sich um einen Mann handeln muss.«

»Bezogen auf Zahlen und Fakten«, hielt Andrea dagegen. »Ich muss das fragen, nur um sicher zu sein, dass wir unseren Fokus nicht einengen.«

»Wir haben da niemand Bestimmten im Sinn.«

»Sag du es uns«, lächelte Berger müde. »Du bist die Kriminalpsychologin.«

Andrea winkte ab. »Statistisch unwahrscheinlich, aber ausgeschlossen ist es nicht. Die meisten Serienmörder sind Männer. Fünfunddreißig aufwärts. Wir dürfen uns von Statistiken nur nicht einengen lassen, daher meine Frage.«

»Wie auch immer.« Durant wurde langsam ungeduldig. »Es kann sich bei dem Absender nur um Beates Mörder handeln. Haben wir schon etwas über die E-Mail-Adresse herausgefunden?«

Berger senior verneinte. »Herr Schreck klinkt sich in Ihren Posteingang, falls noch etwas kommt.« Er blickte hinüber zu dem Computerforensiker, dieser übernahm.

»Ich verfolge die E-Mail zurück zu ihrem Ursprung. Die IP-Adresse deutet auf ein Gebiet östlich Frankfurts. Aber wir bekommen das noch genauer hin. Zum Rest möchte ich später noch etwas beitragen.«

»Danke.« Durant nickte grimmig. »Seit dieser Nachricht ist das Ganze zu einer persönlichen Angelegenheit geworden.«

»Was ist mit all den anderen Morden auf der Karte?«, erkundigte sich ihr Chef.

»Langsam, Papa«, antwortete seine Tochter, aber ihre Miene verriet Zaudern. »Wenn wir das Pentagramm zugrunde legen, fällt Folgendes auf: Erstens, der Täter hangelt sich Autobahnen und Bundesstraßen entlang. Er kann sich schnell und unerkannt bewegen. Beispiel Beate Schürmann. Der Körper wurde weit von zu Hause abgelegt, obwohl es zwischen Ober- und Nieder-Erlenbach genügend Möglichkeiten gegeben hätte. Damit zu Punkt zwei. Der Wohnort des Täters kann praktisch überall im Bereich der Karte liegen. Triebtäter ziehen weite Kreise, um unerkannt zu bleiben. Wobei die erste Tat oft im eigenen Umfeld vollzogen wird.«

»Ist Beate Schürmann also Fall Nummer eins?«

»Nieder-Erlenbach wäre empört, wenn wir diese Theorie wieder auffrischen«, sagte Berger. Beates Eltern hatten nach ihrem Verschwinden den Verdacht geäußert, dass Beate ihren Entführer gekannt habe. Sie konnten – wollten – sich nicht vorstellen, weshalb ihre Tochter bei einem Fremden hätte einsteigen sollen. Lautstarke Anfeindungen der Dorfgemeinschaft waren das Echo auf diese unerhörte Anschuldigung gewesen. Andrea Berger hob die Hände.

»Wie gesagt, es sind alles vage Hypothesen. Punkt drei ist, dass der Täter alle Opfer kannte. Doch das ist aufgrund der hier gelisteten Personen nahezu unmöglich. Es sei denn, er wäre eine Amtsperson.«

»Ein Polizeibeamter?« Julia Durant wollte empört aufspringen. Mochte nicht glauben, was ihr Gegenüber da emotionslos in den Raum warf. Dann aber zwang sie sich zur Vernunft. Michael Schreck hatte ebenfalls den Verdacht geäußert, dass es sich bei einer der Personen im Internetforum um einen Insider handeln könnte.

»Immerhin sickert offenbar Insiderwissen nach außen«, erwiderte Andrea prompt. »Aber ich halte es selbst für eher unwahrscheinlich.«

»Zumal ein Insider von Frau Durants Urlaub gewusst hätte«, überlegte ihr Vater laut. »Na ja, oder er wusste es und schickte die Post gerade deshalb …« Er unterbrach sich selbst, schüttelte den Kopf und winkte ab. »Vergessen wir das.«

»Darf ich jetzt meinen Senf dazugeben?«, fragte Schreck, als keiner das Wort aufnahm.

»Bitte.«

Schreck klappte sein Notebook auf, der Monitor zeigte eine Art Tabelle.

»Nennen Sie mir zwei beliebige Städte«, sagte er wie beiläufig. Er schaute niemanden an, sein Blick ruhte auf dem Bildschirm.

Hellmer sprach zuerst: »Hattersheim.«

Die Tastatur klapperte kurz.

Während die Bergers sich unschlüssig gaben, kam Julia ihr Heimatort in den Sinn. Sie nannte ihn, eine kleine Gemeinde bei München. »München genügt«, fügte sie hinzu.

»Passt schon.« Tippgeräusch. »Und nun bitte ein Jahr.«

»1994.«

»1994.«

Hellmers Blick traf den Durants, Durants Augen sahen in die Hellmers. Sie mussten lachen, weil sie das Gleiche gesagt hatten. Derselbe Gedanke an 1994, das Jahr, in dem sie ihre erste gemeinsame Ermittlung in Frankfurt bestritten hatten. Doch es lag kein Frohlocken darin. Blutjunge, blonde Mädchen. Tot. Missbraucht. Eine traurige Ironie.

»Und jetzt ein paar Attribute. Geschlecht, Sternzeichen, Haarfarbe, völlig egal«, forderte Schreck.

»Skorpion«, sagte Hellmer schnell. »Kastanienbraun.«

»Blödmann«, sagte Durant. »Rothaarig, Widder, weiblich.«

»Sie machen's mir nicht leicht«, kommentierte Schreck mit geschürzten Lippen.

»Was machen Sie da überhaupt?«, fragte Berger ungeduldig. Die Antwort blieb der Computerspezialist nicht lange schuldig. Auf dem matten Bildschirm zeichnete sich ein Kartenausschnitt ab. Darauf ein fünfzackiger Stern aus dicken gelben Linien. Schreck wartete einige Sekunden, bis sich die Kollegen um ihn gereiht hatten. Genoss es, wie sie fragend auf sein Kunstwerk starrten. Keiner wollte die erste Frage stellen. Zwei gegenüberliegende Spitzen lagen auf München und Hattersheim. Der Rest war geometrisch konstruiert. Fünf rote Markierungen in unmittelbarer Nähe jedes Endpunktes.

»Fünf Frauen, dunkelhaarig, im April geboren. 1994 in München, der Rest zwischen 1983 und 2011. Merken Sie etwas?«

Durant betrachtete die anderen Orte. Konstanz, Rastatt, Schweinfurt. Zumindest in der Nähe der Punkte. Scheinbar willkürlich, wenn nicht das Pentagramm dazwischenläge.

»Geben Sie dieselben Daten mit Ausgangspunkt Hamburg, New York oder Timbuktu«, löste Schreck das Ganze auf. »Überall werden Menschen ermordet. Die Faktoren Ort, Zeit

und Typ geben uns nahezu unendlich viele Möglichkeiten.«
Er klickte emsig, eine Liste ploppte auf. »Hier, lesen Sie. Gießen, Bad Orb, Fulda, Friedberg, Nidda. 1979 bis 1992. Was haben diese Orte gemein? Junge tote Frauen. Schraube ich das Alter hoch auf Ende dreißig, kommen acht weitere Fälle dazu. Lauterbach, Schotten, Griedel. Dasselbe gilt für die Haarfarbe.« Schreck stieß verächtlich Luft aus und klappte das Notebook zu.

Durant nickte langsam, als sie begriff. Es ließ sich nicht von der Hand weisen. Was der IT-Experte sagte, klang plausibel.

»Louis Fischer sieht Ihrer Meinung nach Zusammenhänge, wo es keine gibt?«

»Quod erat demonstrandum. Er ist ein Spinner, der nach Aufmerksamkeit ringt, nicht mehr und nicht weniger.«

»Einspruch«, lächelte die Psychologin. »Zwischen Beate und Eva gibt es tatsächlich eine, hmm, organische Verbindung.« Sie kicherte glucksend über ihren Wortwitz. Niemand sonst stimmte ein, also sprach sie rasch weiter: »Ich würde Fischer nicht gänzlich als Wirrkopf abtun. Einige Kriterien des Täterprofils treffen durchaus auf ihn zu.«

»Ich möchte Ihnen ja nicht widersprechen«, meldete sich Schreck zu Wort, »aber ich habe in der Fahndung nach verschiedenen Faktoren gestöbert, die wir bislang nicht miteinbezogen haben.«

Durant fuhr herum. »Und?«

»Der Archetyp unserer Opfer. Frauen zwischen fünfzehn und fünfundzwanzig, blond, Engelsgesicht. Übergriffe nicht tödlicher Natur. Heute Morgen ging bei der Polizei Sachsenhausen eine Anzeige ein. Johanna Mältzer. Wurde aufgelauert und gewürgt.«

»Haben Sie ein Foto?«

»Ja. Man hat versucht, die Würgemale am Hals abzulichten. Das Gesicht ist aber gut zu erkennen.« Schreck klappte den Computer wieder auf. Es klickte kurz. Durant erschauderte.

»Ein Zwilling von Jutta Prahl«, stieß Hellmer aus.

»Quatsch«, widersprach Durant, »die sieht aus wie eine erwachsene Ausgabe der kleinen Schürmann.«

Berger räusperte sich. »Einigen wir uns darauf, dass sie alle ziemlich gleich aussehen. Herr Schreck, widersprechen Sie sich damit nicht selbst? Es gibt ja nun doch ein durchgehendes Muster.«

»Oberflächlich betrachtet, schon«, erwiderte dieser emotionslos. »Aber im Gegensatz zu den anderen konnte die Mältzer der Polizei einen Namen nennen. Darius. Er hat sie als Freier besucht.«

»Darius – und weiter?«

»Einen Darius dürfte man anhand der Personenbeschreibung ja wohl finden«, grinste Schreck. »Auch ohne Computerforensiker zu sein.«

SAMSTAG, 20 UHR

Das Logo der Tagesschau flammte auf. Die vertraute Melodie spielte nur in Durants innerem Ohr. Niemand achtete auf den Fernseher, es herrschte eisiges Schweigen. Dann kippte Franks Tasse um, und dunkler Tee bahnte sich seinen Weg über die Tischplatte.

»Scheiße!« Er sprang auf, fasste nach seiner Hose.

Steffi reagierte schnell, riss Küchenrolle ab, legte sie aus. Eine Minute zuvor hatte sie verlauten lassen, dass sie die Schule verlassen wolle. In ein Internat ginge, womöglich Hunderte Kilometer von zu Hause entfernt. Hellmer hatte wie in Zeitlupe die Tasse sinken lassen, kraftlos und bleich. Die Ruhe vor dem Sturm.

»Verdammt, verdammt!« Das heiße Wasser musste ihn empfindlich getroffen haben, er tänzelte. Plötzlich hochrot.

Stephanie hatte sich Mühe gegeben, hatte den Tisch gedeckt, ein gemütliches Abendbrot mit der Familie. Hatte eingekauft, sogar Antipasti standen zwischen Brot, Käse und Wurst. Grobe Leberwurst mit riesigen Fettstücken, wie Hellmer sie von Nadine nur selten bekam, weil sie pures Gift für ihn sei.

»Wie kommst du nur auf diesen Blödsinn?« Er tupfte sich das Hosenbein trocken, nahm wieder Platz.

»Du hast meine Klasse doch selbst erlebt«, sagte Steffi leise.

»Ich habe sie eingeschüchtert«, brummte Hellmer. »Habe ihnen klipp und klar gesagt, dass ich die gesamte Abteilung auf sie hetze, sollte das Bild noch mal auftauchen.«

»Damit ist es aber nicht getan«, bot das Mädchen ihm die Stirn. »Das Bild steckt in jedem Kopf. Alle sprechen darüber, lachen und werden das auch in einem Jahr noch tun.« Hilfesuchend blickte sie zu Durant. Diese wiegte den Kopf.

»Frank, da ist was Wahres dran. Und die Ungewissheit, wer für das Foto verantwortlich ist, bleibt darüber hinaus bestehen. Das ist schwer zu ertragen.«

»Blödsinn«, grollte Hellmer. »Wir finden den Mistkerl. Soll *er* doch gehen, wenn ich mit ihm fertig bin.«

»Sven hat gesagt, du kannst ihn gerne anrufen. Er …«

»Sven? Dieser Sozialtyp? Was hat der denn damit zu tun?«

»Schulsozialarbeiter«, sagte Steffi kühl. »Er ist in Ordnung. Ich habe ihn wegen des Wechsels gefragt.«

»Du redest mit diesem Heini anstatt mit mir? Oh Gott, was muss ich noch alles ertragen?« Hellmer schlug sich die Hände vor den Kopf und rannte aus der Küche. Eine Tür knallte. Julia legte ihre Hand auf Steffis Hand, registrierte ein leises Schluchzen.

»Gib ihm etwas Zeit«, sagte sie, doch es war zu spät. Stephanie ließ ihren Tränen freien Lauf.

»Er wird es nie erlauben«, rief sie verzweifelt. »Aber ich werde nicht mehr auf die Geschwister-Scholl zurückgehen. Nie, nie wieder.«

»Gib ihm Zeit«, wiederholte Julia und streichelte ihr sanft den Rücken. Sie dachte nach. Ihre Entführung. Das Tuscheln der Kollegen. Selbst heute, sechs Jahre später, glaubte sie es hin und wieder noch zu hören. »Ich bin auf deiner Seite«, raunte sie.

Eine halbe Stunde später ließ Durant sich eine Badewanne ein. Frank und Stephanie saßen im Wohnzimmer, redeten. Nach Hellmers wütendem Abgang hatten sich die Wogen geglättet. Seine Enttäuschung war nachvollziehbar. Sie hatte ihm ein Weilchen gegeben, bis Steffi sich beruhigt hatte. War ihm dann nachgegangen, hatte ihn im Keller gefunden. Er schwamm einige Bahnen, um sich abzureagieren. Das Schwimmbad und der Sandsack. Wie viele Männer schlugen stattdessen auf ihre Frauen und Kinder ein? Durant bereute in diesen Momenten nicht, dass sie keine eigenen Kinder hatte. Insgeheim bewunderte sie Frank. So cholerisch er auch manchmal wirkte, er ließ seine Aggression nie an Lebewesen aus. Und hielt sich überdies vom Alkohol fern, wovon sie mittlerweile überzeugt war. Eine heimtückische Sucht, dennoch schämte sie sich dafür, an ihm gezweifelt zu haben.

Die Kommissarin hatte das Licht gedimmt, einen süßschweren Badezusatz beigemischt. Vanille und Patschuli. Der kräftige Duft benebelte sie, Schaum quoll um den einströmenden Wasserstrahl. Nur eine Stunde Abschalten, keine Gedanken an den Fall. Doch was war die Alternative? Sofort drängte sich ihr der kranke Vater ins Bewusstsein. Durant warf ihre Kleidung auf einen Haufen, zog den Slip aus. Ihre Brustwarzen spannten, sie tastete sich ab, was sie regelmäßig tat. Keine Knoten. Der Krebs hatte ihre Mutter getötet, doch es war Lungenkrebs gewesen. Selbst verschuldet, nicht erblich. Aber Durant hatte selbst viel zu lange geraucht, um keine Angst davor zu haben. Sie tauchte ins Wasser, schrak zurück, denn es war sehr heiß. Regelte hinab, schloss dann die Augen und lauschte dem Knistern der Bläschen. Fischer. Keine zehn Sekunden dauerte es, bis der Fall von ihr Besitz nahm. Sie vermochte nichts dagegen zu tun. Durant riss die Augenlider hoch, betrachtete die Fläschchen auf dem Sims. Parfümproben und Badeessenzen. Alles teuerste Marken. Fischer. Es hatte keinen Zweck. Die Fahndung nach einem Mann namens Darius ging im Präsidium ihren Gang. Datenabfrage, Meldeverzeichnis, Überprüfung von Vorstrafen. Samstagabends.

Durants Handy lag griffbereit. Sie hatte angeordnet, sofort informiert zu werden. Was gab es zwischenzeitlich über den Coach zu sagen? Fischer. Warum verschwindest du nicht aus meinem Hirn? Das Alibi war lupenrein. Der Literaturagent, ein ruppiger Typ, der sich nur widerwillig in die Karten blicken ließ, bestätigte das Treffen in Leipzig. Faxte eine Restaurantquittung, dort bestätigte man Fischers Unterschrift auf dem Kreditkartenbeleg. Die Zugtickets lagen säuberlich abgeheftet im Steuerordner, beide vom Kontrolleur gestempelt. Im Hotel erkannte man sein Konterfei. Was auch immer ihn mit den Fällen verband, Fischer hatte ein Alibi. Hatte er am Ende einen Partner? Durant wog die Antwort ab. Ein geltungsbedürftiger Typ wie Fischer? Unwahrscheinlich. Doch etwas verbarg er, dessen war sie sich sicher. Sie musste es herausfinden.

SONNTAG

SONNTAG, 9:50 UHR

Mich kotzt es an, dass Stephanie mit diesem Sozialarbeiter spricht«, grollte Hellmer. Der Porsche glitt durch die Sommersonne, er hatte ihn am Vortag gewaschen. Samstags, alle vierzehn Tage. Ein Ritual. Die Klimaanlage blies eisige Luft in den Innenraum. Durant fröstelte und regelte die Temperatur hinauf. Dann lugte sie zu ihrem Partner hinüber.

»Weil er ein Sozialarbeiter ist oder weil sie zuerst zu ihm gegangen ist?« Sie kannte die Antwort längst. Jeder Vater würde so reagieren, wenn das eigene Kind sich einem Fremden anvertraute.

»Sven.« Hellmer verzog den Mund, als würde der Name Herpes auslösen. Sagte nichts weiter, aber es genügte auch.

»Na, komm schon, es könnte schlimmer sein. Zu unserer Zeit gab es, wenn überhaupt, nur Vertrauenslehrer. Allesamt Pfeifen, wenn ich mich entsinne. Und zu einem Lehrer sollte man nun weiß Gott nicht gehen müssen, wenn man als Schüler Probleme hat.«

»Gefällt mir trotzdem nicht. Was, wenn er ihr die Flausen mit dem Internat in den Kopf gesetzt hat? Da gibt es dann nur noch Lehrer und Sozialarbeiter. Und wir Eltern haben Sendepause.«

Durant wagte einen Vorstoß. »Ein Schulwechsel klingt aber auch plausibel. Aus dem Foto kann sich eine üble Mobbing-Geschichte entwickeln. Egal, was wir als Behörde dagegen unternehmen. Oder was ihr als Eltern anstellt.«

Sie zwinkerte ihm zu. Erntete ein »Hmpf« und einen griesgrämigen Blick. Aber er widersprach nicht, das war ein gutes Zeichen. Frank Hellmer liebte Steffi. Er würde letzten Endes alles unterstützen, was ihr guttat.

»Was hältst du übrigens von Bergers Tochter?«, wechselte Durant das Thema.

»Hat sich ganz schön gemacht«, grinste Hellmer und hob neckend die Augenbrauen. »Hut ab.«

»Mir kam sie ein wenig abgehoben vor. Das Siezen, ihre Wortwahl. Vielleicht bilde ich mir das auch nur ein. Aber wir haben sie schon als junges Mädchen gekannt, dann aus den Augen verloren. Jedenfalls hat sie sich verändert.«

»Wir doch auch«, murmelte Hellmer geistesabwesend. Alles änderte sich. Er konzentrierte sich auf den Verkehr, sie überquerten die Stadtgrenze. Das Wetter lockte Sonntagsfahrer hinaus ins Grüne. Cabrios wurden geöffnet, Motorräder bewegt. Nur die Kripo, so schien es, schob Innendienst.

Kullmer hatte Georg Neumann vernommen, er spielte Durant einige Ausschnitte der Videoaufzeichnung vor.

»Siehst du, wie er dasitzt? Teilnahmslos, als ginge es nicht um ihn.« Kullmer fror das Bild ein. Neumann hatte sich in den vergangenen Filmminuten kaum bewegt, keine sichtbaren Veränderungen seiner Körperspannung, keine bemerkenswerten Blicke, Gesten oder Reaktionen. Durant sah einen anderen Menschen vor sich.

»Seit wann zeigt er dieses Verhaltensmuster?«

Kullmer schien peinlich berührt zu sein. Er stockte, antwortete dann aber: »Ich habe ihm unverblümt zu verstehen gegeben, dass Eva tot ist. Nicht die feine englische Art, ich weiß.«

»Mir egal«, winkte Durant ab. »Neumann hat einen Menschen getötet, ich bemitleide ihn nicht.«

»Ich war noch nicht fertig«, sagte Kullmer leise. »Genau genommen habe ich ihm vorgehalten, dass er mitschuldig ist.«

Durant sah ihn fragend an. Dann begriff sie. »Weil er uns nicht geholfen hat? Weil ein früheres Geständnis uns womöglich andere Prioritäten eingeräumt hätte?« Sie grinste grimmig. »Ich hoffe, das ist nicht auf einem der Bänder.«

Kullmer schüttelte den Kopf.

»Sei's drum. Noch etwas?«

Kullmer spulte mit dem Cursor vor.

Was genau hat sich abgespielt?
So, wie ich's sagte.
Bitte erzählen Sie es noch einmal zusammenhängend.
Matze und Eva wollten sich verkrümeln. Ich bin ihnen
   hinterher. Matze hat sich umgedreht, zwischen mich
   und Eva gestellt. Ich wollte mit ihr reden, aber er ließ
   mich nicht. Dieser kleine Pisser. Halb so groß …
Bitte bleiben Sie bei der Sache.
Ich habe ihm eine gelangt, er schrie mich an. Eva wollte
   ihn beruhigen, doch er schickte sie weg. Sie solle zu
   Hause auf ihn warten. Das war etwa auf Höhe der beiden Bänke. Eva läuft dann unschlüssig los, er tänzelt
   herum. Ich nehm ihn in den Schwitzkasten, wir ringen
   miteinander. Er verliert dann seinen Schuh und bekommt Panik. Doch als ich den Griff lockere, schreit er
   mich sofort wieder an. Ich würde Eva nie bekommen.

Einen Kiffer wie mich ... Und so weiter. Dann seh ich rot, ziehe das Messer. Er rennt los, ich hole ihn ein. Er steht da, glotzt in die Ferne, wohin, weiß ich nicht. Was auch immer er sieht, er macht kehrt. Will wieder losschreien, rennt praktisch in meine Klinge. Ich steche so lange zu, bis er still ist. Ende der Geschichte.

Warum dann die Geschichte von dem weißen Opel? Er taucht nun in keiner Ihrer Erzählungen mehr auf.

Wieso Geschichte? Den Opel gibt es wirklich. Ich habe ihn damals nur erwähnt, weil er von mir selbst ablenkt. Jetzt spielt er keine Rolle mehr.

Das Video stoppte. Durant blickte ins Leere.

»Warum hat Wollner kehrtgemacht? Er wusste doch, dass Neumann ihm folgt.«

Kullmer zuckte die Schultern. »Ich habe mir darüber auch schon den Kopf zerbrochen. Denkst du dasselbe wie ich?«

»Mathias hat gesehen, wie Eva entführt wurde«, nickte die Kommissarin. »Er stellte ihr Leben instinktiv über seines. Wollte sie retten und bezahlte einen hohen Preis dafür.« Ihr Blick wurde traurig. »Er starb für nichts.«

»Immerhin hat er genügend Kraft aufgewendet, um uns das Kennzeichen mitzuteilen«, warf Kullmer ein, doch Durant maß dem keine große Bedeutung mehr bei.

Eine Nummer, die es nicht gab.

Ein Wagen, der nicht zuzuordnen war.

Im Vernehmungsraum wartete ein unruhig auf seinem Stuhl hin und her rutschender Darius. Darius Moll, wie er zu Protokoll gab, siebenunddreißig Jahre, die man ihm auf den ersten Blick nicht ansah. Er schien auf sein Äußeres bedacht zu sein, war kein Dressman, dafür hatte er zu breite Lippen. Aber man konnte ihn als durchaus attraktiv bezeichnen, wenn er nicht gerade im kalten Licht des Vernehmungsraumes saß und mürrische Grimassen schnitt.

»Durant und Hellmer, Mordkommission«, stellte die Kommissarin sich und ihren Kollegen vor. »Sie wissen, weshalb Sie hier sind?«

Spöttisch verzog Darius das Gesicht. »Weil ich die Hyäne sein soll?« Er lachte auf. Erschrak vor sich selbst, denn seine Laute hallten dumpf zurück. Sowenig man allgemein über Hyänen informiert war, von ihrem unheimlichen Gelächter hatte er gehört. Durant ebenfalls. Sie war wie elektrisiert, bis ihr einfiel, dass der Begriff »Hyäne« derzeit in aller Munde war.

»War das Absicht?«, grinste sie und verschränkte die Arme.

»Nein. Hören Sie …«

»Erst Sie«, unterbrach Hellmer. »Sie sind hier wegen des tätlichen Angriffs auf eine junge Frau. Johanna Mältzer. Was haben Sie uns dazu zu sagen?«

Darius' Gesichtsmuskeln zuckten. Dann winkte er ab. »Johanna ist eine Nutte. Was will sie mir denn anhängen?«

Durant entnahm einer Akte zwei Fotos. Aufnahmen der Würgemale.

»Stammen die von Ihnen?«

»Ich sagte doch, sie ist eine Nutte. Das kann jeder gewesen sein.«

»Sadomaso gehört nicht zu ihrem Angebotsspektrum«, warf Hellmer ein.

»Wie gesagt«, begann Darius selbstgefällig, doch in dieser Sekunde klatschte Durants Hand auf den Tisch.

»Frau Mältzer hat Sie angezeigt. Sie versuchten, sie zu erwürgen, wir werden entsprechende Indizien sicherstellen. Sie,

Herr Moll, entscheiden mit Ihrem Verhalten, wessen wir Sie anklagen.«

»Das bisschen Würgen«, stieß er hervor, aber so genuschelt, dass es kaum zu verstehen war.

»Arbeiten Sie besser mit«, entgegnete Durant frostig, »sonst wird aus dem bisschen Würgen versuchter Totschlag. Fünf Jahre Minimum.«

Darius Moll durchlebte eine Schrecksekunde. Durant meinte zu sehen, wie sein Gehirn zu arbeiten begann. Dann verlangte er nach seinem Anwalt. Siegesgewiss und arrogant lehnte er sich zurück und gab nichts weiter preis. Hellmer musste Julia förmlich aus dem Raum ziehen, ihre Kiefer mahlten aufeinander.

Durant machte ihrem Ärger Luft, indem sie gegen den Kaffeeautomaten hieb. Ließ eine Tirade gegen Darius los, beruhigte sich wieder. Hellmer öffnete ein Fenster, zündete eine Zigarette an. In einem Winkel, wo kein Rauchmelder hing. Sonntags, wenn nichts los war, erlaubte er sich solche Dinge.

»Rechnerisch wäre er fast zu jung, um mit Beate Schürmann in Verbindung zu stehen«, sagte er. Durant rechnete.

»Siebzehn, vielleicht achtzehn. Könnte passen.«

»Achtzehn, du hast recht. Denn der Täter muss einen Führerschein besessen haben.«

»Fahren kann man auch ohne«, warf Durant ein.

»Ja, aber damals spielte ein weißer Astra die Rolle. Es wurden Dutzende von Fahrzeugen überprüft. Für Fahranfänger kein untypisches Auto.«

»Wurde das überprüft?«

»Ja. Fehlanzeige. Darius kommt aus gutsituiertem Haus. Sein erstes Fahrzeug war ein BMW Z3.«

»Immer diese Bonzenkinder«, grinste Durant, auch wenn ihr nicht nach Scherzen zumute war. Sie knuffte Hellmer an, dieser runzelte die Augenbrauen.

»Doofe Kuh«, sagte er. »Steffi bekommt einen guten Gebrauchten, aber bis dahin ist ja gottlob noch etwas Zeit.« Er seufzte schwermütig, und Durant bereute ihren Kommentar. Das eilig näher kommende Klacken von Absätzen unterbrach ihren Schlagabtausch. Hellmer versenkte seine Zigarette in den Kaffeebecher, wo sie zischend erlosch. Er blies den Rauch hinaus, schloss das Fenster. Andrea Berger bog um die Ecke.

»Habe ich doch richtig gehört«, sagte sie. »Diese Stimmen kamen mir so vertraut vor.« Der Zigarettenduft hing unleugbar in der Luft, doch sie kommentierte ihn nicht. Stattdessen: »Ich wollte mich noch für den holprigen Start gestern entschuldigen. Papa hat mich da ins kalte Wasser geschubst. War mir etwas unangenehm, dass wir uns vorher nicht begrüßen konnten.«

Während Durant noch überlegte, ergriff Hellmer das Wort: »Ist ein Weilchen her, dabei arbeiten Sie doch im selben Haus. Ich kann mich noch erinnern, da waren Sie so.« Etwas unbeholfen versuchte er, Andreas Körpergröße von vor fünfzehn Jahren anzudeuten.

»Du. Bitte kein Sie. Da fühle ich mich so alt.«

Nun lächelte auch Durant. »Sehr gerne. Für mich war es auch komisch gestern. Ich dachte schon … Na, ist egal. Also, Andrea, willkommen zurück.«

»Ist 'ne Weile her seit meinem Praktikum. Paps hat erzählt, deinem Vater ginge es nicht so gut?«

Durants Miene verdüsterte sich. »Ich bin auf Abruf. Seit Tagen nichts Neues. Die Ärzte geben sich zuversichtlich, aber mal ehrlich, er ist über achtzig.«

»Sorry, tut mir leid.«

»Schon gut. Wollen wir uns hinter den Fall klemmen?«

Sie gingen ins Büro, wo Durant den Computer hochfuhr. Ein unsicherer Blick in Richtung Postfach. Leer. Natürlich, es war ja Sonntag.

»Was machen wir?«, erkundigte sich Hellmer. »Akte Darius Moll oder noch mal diesen Louis Fischer zerpflücken?«

»Könnt ihr das mit Moll machen?«, bat Durant. In jedem anderen Fall hätte sie sich niemals dazu bringen lassen, ein Psychogramm zu versäumen. Aber sie musste sich von Fischer lösen. Entweder etwas finden oder ihn loslassen. Entsprechend verwundert reagierte Hellmer, zog sich dann mit Andrea zurück. Durant las ihre E-Mails. Andrea Sievers hatte frühmorgens geschrieben, dass eine Übereinstimmung des Milzgewebes mit Eva Stevens' DNA nun zweifelsfrei vorlag. Durant wusste, was das bedeutete. Einen traurigen Besuch bei Familie Stevens. Einen, der mehr Fragen als Antworten aufwarf. Wer hatte ihr das angetan? Warum? Und wo war sie? Konnte man tatsächlich mit Gewissheit davon ausgehen, dass sie tot war? Sie rief sämtliche Unterlagen ab, die sich mit Fischers Vita befassten, einschließlich des Alibis. Es war lupenrein. Wer wie Fischer selbständig war, musste sämtliche Reisebelege sammeln. Geschäftsausgaben. Sie wählte die Nummer der Agentur in Leipzig, es meldete sich der Anrufbeantworter. Suchte im Internet nach dem Agenten. Auf sein Konto gingen einige seltsame Buchtitel, reißerisch, manche parapsychologisch, meist auf dem amerikanischen Markt. Die Titel Fischers fand sie nicht, er hatte sein Pseudonym nicht verraten. Durant machte sich Notizen und beauftragte Kollegen damit, jeden Schritt von Fischers Reise nach Leipzig zu rekonstruieren. Nötigenfalls bis hin zu den Fingerabdrücken des Zugpersonals auf den Getränkebons.

Berger senior tauchte auf, erkundigte sich, woran sie arbeite.

»Sie können nicht von ihm ablassen, hm?«

Durant verneinte.

»Gut, aber übertreiben Sie's nicht. Wenn Fischer ein Alibi hat, bleiben noch andere. Was ist mit Neumann?«

»Schwört Stein und Bein, nichts mit Evas Verschwinden zu tun zu haben. Er liebt sie viel zu sehr. Ich glaube ihm. Warum sollte er ihre Milz an uns schicken?«

Berger fragte nicht nach. Er hatte die Mail aus der Rechtsmedizin ebenfalls gelesen.

»Kullmer und Seidel sind gerade bei Stevens.« Ein Stein fiel Durant vom Herzen, Berger fuhr fort: »Ich brauche Ihnen nicht zu sagen, wie wichtig es nun ist, etwas zu finden. Nicht nur die Medien lechzen nach einem Täter. Es sind die Eltern, voller Verzweiflung, die nach Antworten suchen. Die ihr Kind beerdigen wollen.«

Durant kratzte sich an der Schläfe, hob fragend das Kinn.

»Glauben Sie auch, dass Eva tot ist?«

»Sie etwa nicht?«

»Andrea meint, die Chancen stünden schlecht, eine Milzentnahme zu überleben. Andrea Sievers«, setzte sie hastig nach.

»Hm.« Was auch immer Berger dachte oder hatte sagen wollen, er nahm es mit nach draußen.

Durant ging zu Hellmer und Andrea Berger. Erkundigte sich nach Darius Moll.

»Klassischer Triebtäter«, begann die Psychologin, »Hemmnisse im Umgang mit Frauen, zwanghafte Neigung, das weibliche Geschlecht kontrollieren zu müssen. Moll möchte sich aufzwingen, er erwartet, dass dadurch seine Qualitäten erkannt werden. ›Zum Glück zwingen‹ wäre wohl die passende Metapher.«

»Worauf basiert diese Einschätzung?«, fragte Durant, dann fiel ihr Blick auf einen Stoß Papiere.

»Moll ist kein Unbekannter«, erklärte Hellmer. »Keine Vorstrafen, aber sein Name fiel in der Vergangenheit schon öfter.«

»Inwiefern?«

»August 1998. Platzverweis an einem Badesee wegen Spannens. Der Bademeister rief die Polizei, daher die Aktennotiz. Es hatte Tage zuvor eine Vergewaltigung gegeben. Keine Verbindung zu diesem Vorfall, der Täter war, wie sich später herausstellte, einer der hiesigen Dauercamper.

Mai 2006. Eine Anhalterin sprang bei einer Verkehrskontrolle aus seinem Wagen. Keine Anzeige. Aber sie soll ›widerliches Schwein‹ gerufen haben. Als Bagatelle abgetan.

Dezember 2010. Eine junge Frau fühlte sich bedrängt. Er drücke sich vor ihrer Wohnung herum. Zur Anzeige kam es nicht, es war ein öffentlicher Parkplatz. Er habe am Laptop gearbeitet, nichts weiter.

Juni 2012. Diesmal eine Anzeige. Er habe sie via Internet bedrängt, per Mail und Telefon. Ihr aufgelauert. Dieselbe Frau wie 2010, doch die Sache wurde nicht weiterverfolgt.«

»Wie kann das sein?«, empörte sich Durant.

»Moll wurde dazu befragt«, sagte Hellmer. »Offiziell war er ein unbeschriebenes Blatt. Das ist er bis heute. Die Sache wurde nicht weiterverfolgt, so sind nun mal die Fakten.«

Stalking. Das beharrliche Verfolgen eines Opfers. Ein Vorgehen, das erst seit 2007 als strafbare Handlung galt. Doch die Beweislast lag bei den Verfolgten. Hauptsächlich Frauen, wie so oft, die durch monatelange Belästigungen psychisch ausgelaugt waren. Wie wies man eine »schwerwiegende Beeinträchtigung der Lebensgestaltung« nach? Musste man erst einen Suizidversuch wagen? Sich vergewaltigen lassen?

»Ich würde am liebsten kotzen«, gab Durant grimmig von sich. »Wer hat den Fall damals bearbeitet?«

»Das kam nie zur Kripo.«

»Scheiße.« Sie wandte sich an Andrea. »Wie passt die Würgeattacke ins Bild?«

»Alles zusammengenommen, würde ich Moll nur ungern als Stalker klassifizieren. Noch nicht. Er scheint triebgesteuert zu handeln, ein Erotomane, möglicherweise stimmt etwas nicht mit seiner Sexualität. Organisch, psychisch, das ist schwer zu sagen. Aber wenn er sich damit begnügt, Frauen nachzustellen, seine physischen Bedürfnisse aber bei einer Prostituierten befriedigt ... hmm. Das ist schwierig. Es lässt sich keine Grenze ziehen. Ich würde gerne mit Frau Mältzer sprechen, lässt sich das einrichten?«

Durant bejahte. Auch sie wollte mit der Frau sprechen.

Hellmer entschuldigte sich, er musste seine Blase entleeren. Julia und Andrea starrten schweigend auf die Papiere, die vor ihnen lagen.

Durant griff den Gedanken auf, den sie schon am Vortag hatte. »Sie sieht aus wie all die anderen Mädchen. Hat das nun etwas zu bedeuten oder nicht?«

»Projektion?« Andrea Berger summte eine Melodie, ein Kinderlied. Schien zu grübeln. »Bei Stalkern nicht unüblich. Aber die Projektion bezieht sich meist auf die unerwiderten Gefühle. Klartext: Liebe wird zurückgewiesen, aber das will der Zurückgewiesene nicht wahrhaben. Redet sich ein, dass er seine Angebetete nur davon überzeugen müsse, dass sie ihn auch liebe. Am besten durch permanente Kontaktversuche. Ein Teufelskreis, denn die Ablehnung wird dadurch in der Regel verstärkt.«

»Oder er sucht sich Ersatzfrauen«, spann Durant den Gedanken weiter. Es wäre nicht der erste Fall in ihrer Laufbahn. Sie dachte an Schrecks Pentagrammspiel. Ein Schauer lief ihr den Rücken hinab. Wenn er Frauen in einem derart großen Radius jagte, über so viele Jahre hinweg, war die Suche praktisch aussichtslos. An die möglichen Opferzahlen erst gar nicht zu denken.

»Wir brauchen Johanna Mältzer«, wiederholte die Psychologin kopfschüttelnd.

SONNTAG, 10:03 UHR

(1) neue Nachricht

Ungläubig senkte er seine Kaffeetasse auf den Tisch. Schob hastig einige Papiere beiseite, um Tastatur und Maus ungestört bewegen zu können. Sein Herz hämmerte, beinahe schmerzhaft. Wie nahezu jeden Morgen hatte sein Aufstehritual damit begonnen, zu masturbieren. Im Bett. Diffuses Licht, das durch die Lamellen des Rollladens drang. Die Decke beiseite geschlagen. Seine Augen zu Schlitzen verengt, ein Bild von Gloria zeichnend. Sie war allgegenwärtig in seinem Geist, sein Handeln wurde ganz von ihrem Wesen eingenommen. Er ejakulierte, leckte den Nektar von seiner Hand. Danach wusch er sich und ließ sich einen Café au Lait ein. Sein *Twink*, einer der Benutzeraccounts, die er ausschließlich zur Kommunikation mit Gloria nutzte, zeigte ihm eine Nachricht an. Sie konnte nur von ihr sein. Er pflegte auf seinen Wegwerf-Identitäten keine Freundeslisten. Gloria blockierte ihn stets aufs Neue, und er umschiffte diese Barriere immer wieder, schrieb ihr unter neuem Namen. Heute hatte sie ihm geantwortet. Ein warmer Schauer durchfuhr ihn. War es eine Hasstirade, wie sie sie früher oft vom Stapel gelassen hatte? Ein Ausbruch, der ihm bewies, wie viel Leidenschaft in ihr loderte. Leidenschaft, die nur er freisetzen konnte. Emotionen, die sie irgendwann als Liebe wahrnehmen würde. Doch der Weg war lang und zehrend.

Wir können uns heute nach meiner Schicht treffen.
Um 21 Uhr ist Schluss – ich hoffe, pünktlich.
Hast Du Zeit?

Der gefühlte Kloß im Hals schwoll faustgroß an. Kein Rechtschreibfehler, keine Kleinbuchstaben. Wundervoll geformte Sätze. Zeilen, in denen so viel Hingabe steckte.
Natürlich hatte er Zeit.
Seine Welt war Gloria, und das Universum drehte sich um sie. Er konnte nicht sehen, ob sie online war. Allmählich schien sie die Einstellungen ihres Accounts zu durchschauen. Der Zeitstempel der Nachricht war kurz nach Mitternacht. Trotzdem flogen seine Finger über die Tasten.

Für Dich habe ich immer Zeit, das weißt Du doch.

Du Dummerchen. Darius löschte die Zeile wieder. Zu enthusiastisch. Außerdem brannte er darauf, zu erfahren, woher der plötzliche Sinneswandel kam. Es konnte nur Liebe sein. Die Wege des Herzens waren unergründlich. Eine andere Erklärung hatte er nicht.

Gerne!

Ich bin um 21 Uhr da.

Freue mich :-)

Er sendete die Nachricht ab. Beobachtete das Fenster eine Weile, hielt nach dem Symbol Ausschau, das verriet, ob seine Antwort gleich gelesen wurde. Nichts. Nach einer Minute loggte er sich aus und meldete sich mit seinem Realnamen an. Hier wartete eine ungeduldige Claudia auf ihn. Sie hatte ihm an die Pinnwand gepostet, ob sie sich Sorgen machen müsse. Man höre und sehe nichts. Er entfernte den Eintrag. Rief ihre Nachrichten auf und antwortete kurz angebunden, dass er unerwarteten Trubel habe. Nichts Konkretes. Seiner Migräne halber habe er den PC nur selten angehabt. Lügen konnte er, das hatte Darius schon vor Jahren perfekt gelernt.

Prompt antwortete Claudia ihm. Er biss sich auf die Zungenspitze, weil er den Chat nicht deaktiviert hatte. Sie konnte sehen, dass er online war. Fragte, ob es ihm besserginge. Ihre Schicht beginne erst um einundzwanzig Uhr. Ob er heute Zeit habe. Nein, verdammt!, schrie es in seinem Kopfinneren.

Lass uns besser noch ein, zwei Tage warten, okay?
Ich bleibe heute liegen.

Schnell ging Darius offline. In seiner Magengrube wurde es flau. Claudia löste Gloria ab, sie würden sich zwangsläufig begegnen. Würde Gloria es ihrer Kollegin auf die Nase binden? Wie würde Claudia reagieren, wenn sie seinen Z4 vor dem Fastfood-Laden ausmachte?

Er schaltete den PC ab. Viertel nach zehn. Es gab eine Menge zu tun. Darius konnte sich den Kopf zerbrechen, während er seine Handgriffe verrichtete. Aufräumen, Vorbereitungen treffen. Platz schaffen. Die Bullen. Ausgerechnet jetzt mussten sie ihm dazwischenfunken. Doch er schob den Gedanken beiseite. In seinem Kopf gab es nur noch Gloria. Er musste sich passende Kleidung auswählen, perfekte Kleidung. Sich um das Auto kümmern, es waschen und auf Hochglanz bringen. Der Wagen. Darius überlegte fieberhaft, bis er zu einem Ergebnis kam.

SONNTAG, 10:37 UHR

Kirchenglocken. Der Gottesdienst begann neuerdings um zehn Uhr. Das Läuten, wenn die Wandlung der Gaben vollzogen war, erklang um kurz nach halb. Je nachdem, wie zügig der müde alte Pfarrer seine Liturgie abhandelte. Außerhalb, auf einer Anhöhe, stand eine überwucherte Maschinenhalle. Graffiti zierten die Vorderwand, Brombeerranken die Seiten. Über einen staubigen Trampelpfad umrundete er das Gebäude. Ein grauhölzerner Verschlag, vier auf acht Meter mit schiefem Blechdach, klebte an der Rückseite. Kein Durchgang nach innen. Ein auf Hohlblöcke aufgebockter Traktor an der Rückwand. Das einzig Moderne war das Vorhängeschloss, welches er mit weicher Schlüsselbewegung entriegelte. Knarrend schwang das Tor zur Seite. Unter einer Abdeckplane wartete ein weißer Opel Astra. Keine Nummernschilder, Pappe unter dem Kühler. Er zog sie hinaus, prüfte auf Flecken. Alles in Ordnung. Faltete die schwere Plastikplane dreimal zusammen, hustete, als er den Staub einatmete. Er schloss die Fahrertür auf, die Zentralverriegelung öffnete klackend. Stieg ein, ließ den Motor an. Beäugte die Kontrollanzeigen. Voller Benzintank, keine Startschwierigkeiten, der Motor schnurrte. Leichtes Klappern am Auspuff, aber das war normal. Der Motor erstarb, die Luft schmeckte nach Abgasen.

Er schälte sich aus dem Sitz, klopfte seine Hose ab, ging nach hinten. Öffnete den Kofferraum und leuchtete mit einer Taschenlampe hinein. Die Hutablage fehlte, er blickte sich um. Sie lehnte an einem Balken, an dem eine Kabelrolle hing. Er verließ den Stall, klopfte die Ablage aus, dann baute er sie ein. Tastete die Gummimatte am Boden des Kofferraums auf Beschädigungen ab. Alles einwandfrei, wie erwartet. Er summte zufrieden eine Melodie aus Vivaldis *Vier Jahreszeiten*. Es gab allen Grund zur Freude, zur Vorfreude. Sein Werk war so gut wie vollbracht, nur noch wenige Stunden. Bis dahin gab es noch jede Menge zu erledigen, aber nichts, was ihm Unmögliches abverlangte. Er hatte lange genug darauf hingearbeitet.

Zehn Minuten später rollte der Astra in die Einfahrt der Tiefgarage. Er ließ den Schlüssel stecken, fuhr rückwärts vor die Zugangstür des Hauses. Durchquerte den Keller, hinein in den Betriebsraum. Von dort durch einen langen, modrig riechenden Gang, bis am anderen Ende eine Lüftungsklappe wartete. Ähnlich einer Schleuse, wie man sie auf U-Booten verwendete. Er stieg in den Raum der Lüftungszentrale, klopfte Spinnweben von seiner Hose und schloss die burgunderrote Brandschutztür auf. Das schwere Metall des selbstschließenden Portals fixierte er mit einem Gummizug an einem Wandhaken, den er vor Jahren dort angebracht hatte.

Beate. Er hielt einige Sekunden inne. Sah einen Film vor seinem inneren Auge. Ihr Körper auf seinen Armen, schlaff und leblos, in blaue Mülltüten gewickelt. Er hatte sie ablegen müssen, um die Tür zu öffnen. Im Inneren der Säcke hatte es gezischt, dann ein fauliger Gestank. Magengase. Er hatte die Tür mit dem Fuß aufgehalten, den Körper über den Rahmen bugsiert. Übel, wegen des Leichengeruchs, ächzend, wegen der Anstrengung. Am nächsten Tag hatte er den Haken eingeschlagen und ein Gummi an die Tür gebunden.

Fünfzehn Grad Celsius ließen ihn frösteln. Nicht der Anblick des toten Körpers, der vor ihm aufgebahrt lag. Genau so, wie er sie gestern verlassen hatte. Süßlicher Geruch, nur eine Nuance, mischte sich unter die Duftmarke der Campingtoilette. Er eilte noch einmal nach draußen, regelte die Lüftung des Raumes, kehrte dann zurück.

»Da liegst du nun, mein blonder Engel«, wisperte er, »so schön. So leer deine Augen. Alles so leer.«

Raschelnd entfaltete er eine Malerfolie. Von Müllsäcken hatte er sich längst distanziert. Einer allein genügte nie für einen ganzen Körper, so mager die Mädchen heutzutage auch waren. Zwei übereinandergestülpt schoben sich gegenseitig zurück. Vier Meter Klebeband und doch keine Gewissheit, dass alles dicht war. Allzweckplane, zwölf Quadratmeter, er entfaltete sie ohne Hast auf dem Boden. Geübte Griffe, dann lag sie da. Er umrundete sie, trat nicht auf das Plastik. Seine Hände glitten unter Evas Körper. Röchelte sie, als ihr Kopf nach hinten klappte? Leise sprach er weiter: »Gleich hast du es geschafft, mein Mädchen. Schade um dich, dass du schon gehen

315

musst. Aber unsere Zeit ist knapp. Deine war es, meine ist es.«

Er pfiff wieder eine Sequenz Vivaldi. Ächzte, als er in die Hocke ging. Dumpf fiel der Körper zu Boden, die Ecken der Folie flatterten. Ein Arm geriet unter Evas Körper, er streckte sich, zog ihn heraus. Richtete sie gerade, zog eine Seite des Plastiks über sie und schlug die überstehenden Kanten ein. Dann rollte er Eva ein, Drehung um Drehung. Er lächelte, als er an *Dolmadakia* denken musste. Lammhack oder Reis, in Weinblätter gewickelt. Evas Körper war so leicht, so weich. Ihr Fleisch so kalt. Er verklebte das Ende mit drei Streifen Panzerband. Schulterte das Paket wie eine Teppichrolle und trat den Rückweg an. Zählte die Schritte durch den muffigen Gang, der sein Wohnhaus mit dem Verlies verband. Kam, wie immer, auf eine andere Zahl. Legte Eva in den Kofferraum des Astra. Bedächtig tastete er nach ihrer Bauchpartie, wo er den Körper einknickte. Die Totenstarre hatte sich noch nicht vollständig gelöst, doch er konnte nicht länger warten. Schweiß tropfte auf die Folie, es war ihm gleichgültig. Er drückte den Kofferraum samt Heckablage hinunter, stieß erst wenige Zentimeter vor dem Einrasten auf Widerstand. Presste fester. Das Schloss klickte und rastete ein.

Er sah auf die Uhr. Sonntagmittags war eine unübliche Zeit. Ursprünglich hatte er es während des *Tatort* angehen wollen, aber die Mittagessenszeit war auch nicht schlecht. Er steuerte den Wagen ins Tageslicht, klappte mit gekniffenen Augen die Sonnenblende herunter. Er schaltete das Radio ein. Eine Kassette setzte sich in Gang. Leiernd, mit übersteuerndem Bass. Kein Vivaldi. Die Band hieß Dio, das Album »Lock up the Wolves«. Heavy Metal. Vom Musikmagazin *Rolling Stone* regelmäßig verrissen, aber er liebte sie. Vielleicht gerade deshalb.

Das Autoradio hatte nie eine andere Kassette gespielt. Übers Homburger Kreuz gelangte er nach Bonames, von dort fuhr er in Richtung Nieder-Erlenbach. Er nahm eine Feldwegeinmündung, näherte sich dem dicht wuchernden Gebüsch und verbarg den Astra im Schatten. Prüfte, dass niemand in der Nähe war. Zielstrebig lief er geduckt durch eine Öffnung im Blätterwald. Insekten surrten, in ihrer Ruhe gestört. Ein schmaler Trampelpfad führte steil hinunter. Kühle Frische stieg ihm in die Nase. Am Ufer des schnell fließenden Wassers orientierte er sich, weiter nach links. An zwei markanten Bäumen vorbei, unterhalb einer hervorstechenden Wurzel, zehn große Schritte geradeaus. Seine Hände wischten suchend durch modriges Laub, dann bekam er das Metall zu fassen. Ein rostiger Sprungfederrahmen, der die Böschung hinab entsorgt worden war. Unter ihm eine fast metertiefe Grube.

Er kehrte zum Wagen zurück, nahm Eva heraus und schleppte sie keuchend durchs Dickicht. Äste knackten unter seinen Schritten, ein Eichelhäher rief. Es raschelte ein letztes Mal, als er die in Folie gewickelte Leiche hinabließ. Der Oberkörper knickte ein, die Füße ragten hinaus. Er trat nach, fluchte leise. Schließlich hatte er den Körper so, wie er ihn haben wollte. Mit den Händen scharrte er das ringsherum angehäufte Erdreich und die Blätter in die Grube. Kaum ein Kubikmeter, so fahrlässig hätte er früher nie gehandelt. Doch es würde seinen Zweck erfüllen. Mit den Füßen kickte er zum Schluss Laub, Moos und Rinde umher, dass alles wie natürlich gefallen wirkte. Den rostigen Rahmen schleppte er zwanzig Meter weiter ins Totholz.

Adieu, Eva Stevens, dachte er, als er den Opel Astra in seinem schattigen Versteck abschloss und die Kassette aus dem Fach zog.

SONNTAG, 11:45 UHR

Sie lebte allein. Helles Appartement, funktional eingerichtet. Kein Namensschild an Klingel oder Briefkasten. Johanna Mältzer bekam keinen Besuch, zumindest keinen unerwarteten. Durant folgte ihr ins Wohnzimmer. Eine Katze räkelte sich gelangweilt auf einem Kratzbaum, eine zweite verschwand unter dem Sofa. Ein deckenhohes Wandregal, darin eine immense Sammlung an Büchern. In der Mitte ein Plasmabildschirm. Vierzig Zoll Minimum, schätzte Durant, die sich ebenfalls nach einem neuen Gerät umsah. Doch es fehlte ihr an technischem Interesse, deshalb schob sie die Entscheidung vor sich her. In den Büchern schien eine Menge Geld und Hingabe zu stecken, sie waren nicht staubig, viele gebundene Exemplare. Psychothriller, blutrünstige Titel, daneben eine Reihe Agatha Christie. Englische Krimis. Historische Romane. Eine vielseitige Frau, die die Abgründe der Menschheit interessierten, überlegte Durant. Sie selbst las wenig, kannte die Abgründe dennoch. Tierliebhaberin. Eine einsame Frau, die sich in Lesewelten flüchtet und ihre innere Leere mit Tierliebe ausfüllt. Ein vorschnelles Urteil?

»Mit der Kriminalpolizei habe ich nicht gerechnet«, sagte Johanna. Kniete sich vor die Couch und lockte ihren Kater. Er fauchte leise, sie zuckte die Schultern und nahm Platz. Ein Stoffschal lag um ihren Hals. Sie schien müde, ungeschminkt. Wirkte übernächtigt. »Hercule hat Angst vor Ihnen, nehmen Sie's nicht persönlich.«

»Hercule?«

»Der graue Kartäuser, der eben noch hier saß. Das Tierheim

nannte ihn Kurti, ich habe ihn umgetauft nach Agatha Christies Poirot. Er ist Fremden gegenüber sehr scheu.«

Sie klopfte Haare von den Polstern und bedeutete den beiden Frauen, sich zu setzen. Julia Durant und Andrea Berger nahmen Platz, prompt segelte ein Schatten in Richtung der Kommissarin.

»Sie müssen sie wohl kraulen«, lächelte Johanna, als ein schnurrender Kopf an Durants Schulter entlangstrich. »Trixie ist das genaue Gegenteil von Hercule.«

Etwas unbeholfen kraulte Durant das weiß-rot-schwarz gesprenkelte Wesen am Nacken. Das Schnurren wurde lauter.

»Wir kommen wegen des Überfalls«, sagte sie schließlich. Trixie aalte sich nun auf ihrem Schoß, und es fühlte sich angenehm an.

»Konnten Sie mit meiner Personenbeschreibung etwas anfangen?«

Durant nickte. »Was mich wundert: Warum haben Sie drei Tage gewartet? Der Überfall ereignete sich Mittwochnacht.«

»Ich musste es wohl erst verarbeiten«, antwortete Johanna leise und zog den Schal hinunter. »Die Flecken sind erst nach und nach sichtbar geworden.«

Das haben Hämatome so an sich, schoss es Durant in den Kopf. Beinahe lila prangte der Daumenabdruck.

»Was können Sie uns über diesen Darius erzählen?«

»Nichts, was ich nicht bei der Anzeige schon gesagt hätte.«

»Frau Mältzer, wir wissen von Ihrer … Tätigkeit«, setzte Durant an.

»Es geht uns um seine Psyche«, sprang Berger ein. »Sexualität kann die innersten Sehnsüchte und Abgründe offenbaren.«

»Wie recht Sie haben«, erwiderte Johanna zynisch.

»Also gibt es etwas?«

Johanna dachte nach. Offenbar schämte sie sich nicht, den beiden Frauen gegenüber zuzugeben, dass sie sich als Hure verdingte. Doch das Laufhaus, in dem sie arbeitete, war eines der wenigen legalen, die es in der Stadt gab. Körperliche Dienstleistungen, die sich nicht hinter dem Etikett eines Massagestudios oder Saunaclubs verstecken mussten. Keine brutale Schlägerbande. Keine Mafia. Zumindest nach außen hin. Sie berichtete über Darius. Seine regelmäßigen Besuche, denen sie jedoch kein Muster zuordnen könne. Er stünde unter einem spürbaren Druck, wirkte meist abgehetzt und unter Spannung. Einiges davon löste sich, wenn er mit ihr schlief. Der Koitus dauerte nur Minuten.

Andrea Berger machte sich Notizen, unterbrach hin und wieder für eine Zwischenfrage.

»Unterscheidet sich die Dauer des Beischlafs von anderen Männern?«

»Oh ja. Er scheint nicht an sich halten zu können. Hat es vielleicht nie gelernt.« Johanna sah kurz in Richtung Decke, dann ergänzte sie: »Manchmal scheint er sich dafür zu schämen. Aber er sagt nie etwas.«

»Scham geht bei den meisten Männern mit einem Bordellbesuch einher«, wusste Andrea. Scham, für Liebe bezahlen zu müssen. Scham für ihren Körper. Scham, die schnell in Wut umschlagen konnte.

»Könnte diese Scham etwas mit dem Überfall zu tun haben?«

»Vielleicht.« Johanna zuckte die Achseln. Lächelte angesichts der Katze, die auf Durants Schoß eingeschlafen war. »Wir hatten einen Streit. Kann sein, dass es bedeutungslos ist, aber es fiel ein Name. Marlen. Ich erinnere mich erst jetzt daran. Es muss direkt vor der Würgeattacke gewesen sein, ich sehe es nur verschwommen vor mir.«

»Marlen?« Durant wurde hellhörig. »Wer hat diesen Namen gesagt?«

»Wir beide. Glaube ich zumindest. Es war nicht zum ersten Mal, dass er ihn mir gegenüber erwähnt hat.«

»Sondern?«

Johanna schien sich nun doch zu genieren. Sie wich den Blicken der beiden Frauen aus, die sie anzustieren schienen. Zögerlich murmelte sie dann: »Er ruft ihn manchmal kurz vor dem Orgasmus.«

»Empfinden Sie etwas für ihn?« Durant wusste nicht so recht, woher dieser Verdacht kam. Vielleicht war es die offensichtliche Einsamkeit der Frau, ihr Herz für Tiere. Eine Person, die sich nach Zuneigung sehnt. Doch Johannas Gesichtsausdruck sprach eine andere Sprache.

»Nein, Blödsinn.« Es klang beinahe angeekelt.

»Warum dann das Zögern? Dass er es war, der Sie würgte, wissen Sie doch nicht erst seit heute.«

»Ich habe kein Vertrauen in das Rechtssystem«, murrte Johanna und setzte das letzte Wort mit den Fingern in Anführungszeichen. »Bitte fragen Sie nicht, weshalb.«

»Aber Sie haben ihn ja nun doch angezeigt«, bohrte Durant weiter.

Johanna lachte gackernd. »Meinem Therapeuten zuliebe. Er meint, das sei wichtig.«

Andrea Berger horchte auf. »Sie befinden sich in Behandlung?«

»Coaching trifft's wohl eher. Ich hatte eine persönliche Krise. Aber wie gesagt, das ist ein anderes Kapitel meines Lebens.«

Durant spürte, dass sie dichtmachte. Sich zurück in ihr Schneckenhaus verkroch. Sie versuchte es noch ein-, zweimal, dann beendete sie die Befragung. Trixie schenkte ihr einen vernichtenden Blick, als sie sie neben sich bugsierte. Die Frauen erhoben sich. Andrea wollte etwas sagen, doch Johanna war schneller.

»Wird Darius denn nun verurteilt werden?«

Durant verzog resignierend den Mund. »Ich hoffe es.«

»So viel zum Rechtssystem«, schloss Johanna, und ihr Sarkasmus war nicht zu überhören.

»Sollte noch etwas sein«, sagte Berger und hielt ihr eine Visitenkarte entgegen, »können Sie mich jederzeit kontaktieren. Handy, Mail, steht alles drauf.« Sie zwinkerte. »Manchmal kann eine andere Perspektive hilfreich sein.«

»Louis wird sich freuen«, war die scharfzüngige Reaktion. Durant durchzuckte ein Blitz.

»*Louis?*« Im Nachhinein, als die Dinge klar lagen, fragte sie sich gelegentlich, ob sie bei dem Begriff »Coach« nicht bereits hätte argwöhnisch werden müssen. Aber es gab ein derart großes Angebot an Beratern, Trainern, Konsultanten … Erst der Name hatte gezündet.

Johanna räusperte sich. »Herr Fischer, meine ich.«

Wenig später saß Durant neben Berger in deren Wagen. Sie fuhr einen Peugeot Cabrio, öffnete das elektrische Verdeck. Das Radio ertönte, sie stellte es stumm.

Durant murmelte nachdenklich vor sich hin. »Verdammte Scheiße. Fischer. Immer wieder Fischer.«

»Zufall?«, fragte die Psychologin unsicher, doch Durant schüttelte vehement den Kopf.

»Oh nein!« Ihre Haare wirbelten herum. »Johanna Mältzer passt genau ins Opferprofil, hast du dir sie mal angesehen? Beate, Eva. Das kann kein Zufall sein.«

»Johanna lebt«, gab Andrea zu bedenken. »Die Würgeattacke

322

erfolgte spontan, aus einer Situation heraus. Wie passt das zu den Zeitungsartikeln, der Milz et cetera?«

»Keinen Schimmer. Aber er hat ihr aufgelauert. Von Spontaneität will ich nichts hören.«

»Was ist mit dieser Marlen?«, fragte Andrea weiter.

Julia grub in ihrem Gedächtnis. In keinem der Fälle war ihrer Erinnerung nach dieser Name aufgetaucht. Gutes oder schlechtes Zeichen? Sie wählte Hellmers Nummer und bat ihn, Darius Molls Vita auf den Namen Marlen zu prüfen.

»Jede Aufzeichnung. Egal, wie vage sie ist«, bekräftigte sie, bevor sie sich verabschiedete.

»Fahren wir zu Fischer?«

Durant musste unwillkürlich lächeln. Der Ermittlungseifer von Bergers Tochter schien entfacht zu sein.

»Nein, ich habe eine bessere Idee.«

SONNTAG, 12:18 UHR

Louis Fischer saß, die Arme mürrisch verschränkt, in Durants Büro. Sie zeigte ihm Fotos der Milz, sprach über seine Pentagramm-Theorie. Informationen, die sie wohldosiert und wie Belanglosigkeiten aneinanderreihte.

»Sie werden daraus keine Postings kreieren?«, vergewisserte sie sich zwischendurch.

»Wir leben in einem freien Land«, konterte Fischer. »Apropos. Halten Sie mich hier fest?«

»Gibt es dafür einen Grund?«

323

»Nein, ich frage nur. Sind Sie an meiner Hilfe interessiert?«
Durant lachte spöttisch. Deutete auf die Landkarte mit dem
Teufelszeichen. »Danke, nein. Unsere Ermittlungen gehen in
eine andere Richtung.«
»Wenn Sie meinen.«
Die Kommissarin schob einige Papiere hin und her, wie zufäl-
lig rutschte das Foto Georg Neumanns nach oben. Sie beäug-
te Fischer, dieser verzog keine Miene. Dann das Bild Darius
Molls. Immer noch nichts.
»Zwei junge Männer«, kommentierte sie. »Einer davon ein
potenzieller Sexualstraftäter. Stellt Frauen nach. Würgt sie.
Widerlich.«
War da eine Regung?
»Der andere ein mutmaßlicher Mörder. Mathias Wollner, die
Südspitze Ihres Pentagramms. Sie erinnern sich?«
»Und?«
»Für Jutta Prahl und Rosemarie Stallmann erscheinen beide
zu jung. Und die Familie bei Hirzenhain, na, ich weiß nicht.
Da gab es keine sexuelle Komponente. Ihrem Pentagramm
gehen allmählich die Spitzen aus.«
Louis Fischer stieß verächtlich den Atem aus.
Durant setzte noch einen drauf: »Für Hirzenhain und Lan-
genselbold gibt es zudem längst Verurteilungen. Den Fall
Wollner werden wir demnächst abschließen. Es gibt wohl tat-
sächlich nichts, was Sie für uns tun können.«
Fischers blasse Haut färbte sich rot. »Dann eben nicht.« Er
stand auf, versuchte, seine Wut zu verbergen. »Aber ich sage
Ihnen, dass Sie sich irren. Meine Visionen waren eindeutig.
Und ich stehe nicht alleine mit dieser Meinung.«
Durant lachte auf, griff dabei ungesehen zum Handy und
wählte Hellmers Nummer.

»Wir lesen uns im Forum«, rief sie ihm nach, als Fischer auf den Gang stampfte.

Frank Hellmer öffnete die Tür des Vernehmungszimmers und schob Darius nach draußen. Er hatte ihn mit Johannas Aussage konfrontiert. Ihm geraten, sich auf eine Strafanzeige einzustellen. Sie hätten ihn dabehalten können, doch Durant hatte mit Berger etwas anderes besprochen. Berger, dem die Alleingänge der Kommissarin zumeist Bauchschmerzen bereiteten, hatte widerwillig zugestimmt. Die Vergangenheit hatte ihn gelehrt, dass auf ihre Intuition in der Regel Verlass war.

Darius schritt nach draußen, stieß dabei fast mit Fischer zusammen. Murrte ein flüchtiges »'tschuldigung« und folgte ihm in Richtung Fahrstuhl. Er drückte den Knopf, Fischer nahm die Treppe. Zwei Männer, die sich entweder nicht kannten oder nicht miteinander in Verbindung gebracht werden wollten. Wenige Minuten zuvor hatte Hellmer dasselbe Spiel gespielt wie Julia Durant. Hatte über Johanna gesprochen, die sich glücklicherweise in den Händen eines guten Therapeuten befände.

»Eine Nahtoderfahrung.« Hellmer hatte sich zusammenreißen müssen, um das Grinsen zu unterdrücken. »Sie werden einige Sitzungen benötigen, um dieses Erlebnis zu verarbeiten.«

»Warum erzählen Sie mir das?«

»Weil es urkomisch ist. Er hat sie förmlich zu der Anzeige gedrängt. Warum, glauben Sie, ist sie erst gestern zur Polizei gegangen?«

»Ich sage nichts dazu.«

»Müssen Sie auch nicht. Aber *er* wird es sein, der ihr das Trauma nehmen wird. Ich finde das seltsam. Die beiden scheinen sich sehr nahezustehen. Wer weiß, wie nahe.« Hellmer hatte, wie beiläufig, Fischers Foto zur Hand genommen.

Betrachtete es kopfschüttelnd. »Dabei ist er so viel älter. Na ja«, das Bild segelte auf die Tischplatte, »wo die Liebe hinfällt.«

Darius schien innerlich zu kochen. Hellmer schloss, als sein Handy klingelte, mit den Worten: »Vielleicht hat es ja auch sein Gutes. Je stabiler Johanna Mältzer ist, umso weniger hart könnte ihre Anklage ausfallen. Sie können Fischer dankbar sein, dass er ihr zur Seite steht. So ein hübsches Ding. Bitte halten Sie sich zu unserer Verfügung.«

Es war kaum mehr als ein sekundenlanger Blick, den die beiden Männer wechselten. Die Luft zwischen ihnen gefror, der ganze Flur schien elektrisch aufgeladen zu sein. Dann verpuffte alles.

»Observierung«, hatte Durant angeordnet. »Alle beide. Rund um die Uhr.«

Berger hielt dem nichts entgegen.

SONNTAG, 13:55 UHR

Die Nachmittagsstunden zwischen fünfzehn und einundzwanzig Uhr waren als »kurzer Sonntag« bekannt. Erfreuten sich bei den meisten Mitarbeitern großer Beliebtheit, denn das Mittagsgeschäft war vorüber und der Abendbetrieb im Vergleich zu freitags und samstags eher lau. Sechs Stunden, man konnte ausschlafen und war zu einer humanen Zeit wieder zu Hause. Gloria dagegen freute sich auf keine ihrer Schichten. Sie hasste den Job, auch wenn er ihr zu Anfang

Freude bereitet hatte. Dann war Darius in ihr Leben geplatzt, und die Welt schien sich gegen sie verschworen zu haben. Ihr Chef, sogar Claudia. Sie stand alleine da. Beinahe alleine. Zögerlich schwebten ihre Finger über dem Handy. Sie sandte die SMS erst ab, nachdem sie sie drei Mal gelesen hatte. Adressiert an eine Bekannte, mit der sie am Vortag Kontakt aufgenommen hatte, bevor sie Darius schrieb.

»Mensch, schön, von dir zu hören.« Die Stimme am Telefon hatte müde geklungen. Gloria hatte prompt nachgefragt, doch ihre Gesprächspartnerin war ausgewichen.

»Anstrengende Woche, außerdem ist mir zu heiß.«

»Ich möchte nicht stören.« Gloria hatte gezögert. Doch sie wusste nicht, wen sie sonst fragen sollte.

»Ist okay.«

Sie hatte von ihrem Stalker berichtet, ohne dessen Namen zu nennen. Dabei schämte sie sich, denn ihr wurde jetzt erst richtig bewusst, wie sehr sie sich von einem Fremden manipulieren ließ. Dann kochte erneut die Wut über die Untätigkeit der Polizei in ihr hoch.

»Ich brauche deinen Rat, du kennst dich doch aus.«

Die beiden Frauen hatten sich zufällig kennengelernt. Einige Monate zuvor, im Winter. Gloria hatte gerade die letzte Kundin bedient. War aus ihrer Arbeitsmontur geschlüpft und verließ das Restaurant gemeinsam mit der jungen Frau. Eine sympathische Person, wie es schien. Sie ähnelten einander vom Typ her. Zwei Männer hatten sich durch den Eingang gezwängt, lautstark Possen zum Besten gebend. Sie prallten förmlich aufeinander, zwei junge Frauen, zwei junge Männer. Der Abend war noch jung gewesen, und plötzlich fanden sie sich in der benachbarten Bar wieder, schlürften Cocktails. Als die Männer ihren Jagdinstinkt preisgaben und hartnäckig um

327

sie zu buhlen begannen, wimmelten die beiden sie mühselig ab. Ließen sie schließlich sitzen, tauschten aber noch Handynummern aus.

»Männern muss man klare Kante zeigen.« Sowohl die Worte als auch der entschlossene Blick ihrer neuen Bekannten hatten Gloria beeindruckt. Mehr als ein Mal hatte sie sich seither gewünscht, wie sie zu sein. Butterflymesser und Pfefferspray. Dazu grundlegende Selbstverteidigungstechniken. »Gehe niemals ohne.«

Seit damals hatten sie nichts mehr voneinander gehört, abgesehen von ein paar nichtssagenden SMS. Gloria hatte andere Probleme, als Freundschaften zu pflegen. Doch sie hatte sich daran erinnert, dass ihre Bekanntschaft über gewisse Fähigkeiten und Erfahrungen verfügte.

Die Antwort auf ihre SMS ließ nicht lange auf sich warten.

Der Akku im Inneren des Handys begann zu vibrieren. Dann ertönte eine Melodie, *Blow Me* von Pink.

Gloria nahm den Anruf lächelnd entgegen.

»Ich treffe mich heute Abend mit Darius«, sagte sie nach kurzer Schilderung. Sofort wurde ihre Bekannte hellhörig, beinahe nervös. Sie verschluckte halbe Sätze, bat darum, später noch einmal zu telefonieren. Es gäbe einiges zu organisieren.

»Ich muss zum Dienst«, drängte Gloria.

»Ach so. Wann?«

»Ab drei, bis neun. Tut mir leid, dass es so kurzfristig ist. Aber ich wusste nicht, wen ich sonst …«

»Schon okay. Es sind ja besondere Umstände. Ich komme vorbei. Rechtzeitig. Ich weiß ja, wo ich dich finde.«

»Danke.«

Gloria atmete erleichtert auf. Sie würde Darius einen Abend bescheren, den er zeit seines Lebens nicht vergessen würde.

Und um den Rest ihrer beschissenen Existenz würde sie sich auch noch kümmern. Den Vermieter. Den Chef. Eins nach dem anderen. Es war an der Zeit, wieder die Kontrolle zurückzuerlangen.

SONNTAG, 18:57 UHR

Kullmer war aufgebracht. Er keuchte ins Telefon, dass er den Stevens' und den Leibolds die Fotos von Moll und Fischer vorgelegt habe.

»Neumanns Bild auch?«, unterbrach ihn Durant.

»Natürlich, aber um den geht es gerade nicht. Hör zu«, drängte Kullmer, »zuerst waren wir bei den Leibolds. Fehlanzeige. Herr Leibold will keinen der beiden kennen. Seine Frau war nicht da – zum Glück, hätte ich fast gesagt –, und Greta weiß auch nichts.«

»Wie geht es ihr?«

»Greta? Gut, denke ich. Darf ich jetzt mal ausreden?« Kullmer wurde ungehalten.

»Ist ja gut. Ich bin ganz Ohr.«

»Das Ehepaar Stevens hat sich auch unwissend gegeben. Aber ich wurde den Eindruck nicht los, dass die Frau einen der Männer erkannt hat. Also nachgebohrt und siehe da: In ihrem Bücherregal stehen zwei von Fischers Büchern. Auf einem Einband ist ein Foto, es zeigt ihn mit langen Haaren. Spiritueller Hokuspokus, tut aber nichts zur Sache. Fakt ist, dass sie von ihm weiß, und zwar schon länger. Sie nannte ihn ›Fischer‹. Auf den Büchern steht ja nur das Pseudonym.«

Er gab Durant Zeit zum Nachdenken. Sie dachte an ihr eigenes Bücherregal. Von keinem der dort vertretenen Autoren wusste sie, wie er aussah. Es interessierte sie auch nicht. Merkwürdig.

»Kommt da noch was?«, fragte sie schließlich.

»Allerdings. Fischer hatte mal etwas mit der Leibold. Und zwar vor ziemlich genau fünfzehn Jahren. Diese Information haben sie uns vorenthalten, das kann kein Zufall sein.«

Durant schlug entgeistert auf die Tischkante. »Diese Bagage«, murmelte sie. Wenn das wahr war, was verheimlichten sie dann noch alles? Doch dann schoss ihr etwas gänzlich anderes in den Sinn.

»Vor fünfzehn Jahren, sagst du? Erklär mich nicht für verrückt, aber könnte es nicht sein …«

Kullmer vollendete ihren Gedanken. »Dass Greta die Tochter von Fischer ist?« Er lachte spöttisch. »Bei *der* halte ich alles für möglich.«

»Okay, gute Arbeit, danke«, schloss Durant. Sie musste nachdenken, aber eigentlich fehlte ihr dazu die Zeit. Sie griff zum Telefon, wählte die Nummer von Familie Stevens. Es läutete ewig, dann endlich meldete sich Evas Vater.

»Ist Ihre Frau zu sprechen?« Natürlich war sie zu sprechen, dachte Durant. Wer sein Haus nie verlässt, ist immer erreichbar. Theoretisch. Doch sie bekam ein Nein zu hören. Sie habe sich hingelegt.

»Es tut mir leid, aber ich muss Sie bitten, sie zu wecken«, forderte die Kommissarin mit Nachdruck. Widerwillig brachte Stevens seiner Frau den Apparat. Kurzes Tuscheln, es klang, als läge die Hand über dem Mikrofon.

»Ja?« Die Stimme klang belegt.

»Frau Stevens, Durant hier. Ich hätte noch eine Frage, es geht um Louis Fischer.«

»Hm?«

»Könnte es sein, dass Greta Leibold seine Tochter ist?«

»Woher soll ich das wissen?« Die Teilnahmslosigkeit in Frau Stevens' Stimme überraschte Durant. Andererseits durchlebte sie eine schwere Phase. Sie entschied sich, behutsamer zu sein.

»Es ist sehr wichtig für uns. Wenn es jemand weiß, dann Personen, die Frau Leibold damals nahestanden. Sie sagten, Sie seien enge Freundinnen gewesen.«

»Das ist längst Vergangenheit.«

»Genau um die geht es«, beharrte Julia Durant. »Um die Zeit vor fünfzehn Jahren, um genau zu sein.«

»Ich weiß es nicht. Wirklich nicht.«

»Und Eva?«

»Wieso Eva?«

»Könnte Eva es gewusst haben? Beantworten Sie bitte meine Frage.«

»Nein. Verdammt, nein.« Sie brach in Tränen aus, ließ den Hörer fallen. Sekunden später meldete sich ihr Mann.

»Ich denke, das reicht«, bellte er. »Wie kann man nur ...«

Durant legte auf. Mehr würde sie für den Moment nicht erfahren. Doch die Fragezeichen hinter ihrer Stirn waren nicht weniger geworden. Fischer hatte ein Alibi. Er war möglicherweise Gretas Vater und konnte, trotz Leugnens, auch Evas Erzeuger gewesen sein. Doch machte ihn das nun mehr oder weniger verdächtig?

Durant wählte die Nummer von Familie Leibold. Sie erreichte niemanden, was sie besorgte. Greta kam ihr in den Sinn.

331

Schnelle Schritte näherten sich. Sekunden später stürmte Berger herein. Er stoppte, hielt sich schnaufend am Türrahmen fest. Durant schenkte ihm einen fragenden Blick, hatte einen Kommentar bereits auf den Lippen, da platzte er heraus: »Evas Leiche wurde gefunden.«

Zwanzig Minuten später. Durant parkte hinter einer langen Reihe von Fahrzeugen. Es hatte leicht geregnet, Schlammspuren kreuzten den Feldweg. Mit Sorge fühlte sie die Beifahrerseite des Peugeot in den feuchten Ackerboden sinken. Doch ihre Gedanken galten nicht dem Wegkommen. Knorriges Geäst wucherte über kniehohem Gras, in das Spuren getrampelt waren. Ein weißer Wagen stand zu drei Vierteln hinter dem Blättervorhang. Ein Forstbeamter hatte den grausigen Fund gemacht, genau gesagt, dessen Schweißhund. Doch der waldgrüne Geländewagen, ein Nissan Patrol, parkte woanders. Beim Näherkommen erkannte Durant, dass es sich um einen Astra handelte. Älteres Baujahr. Das Kennzeichen war HU-YE 1365. Sie fluchte leise. Im Vorbeigehen warf sie einen Blick durch die Heckscheibe. Der Innenraum wirkte beinahe klinisch rein. Keine persönlichen Gegenstände, keine Aufkleber, nur ein ausgeblichener Vanilleduftbaum. Aus dem Gebüsch hörte sie Stimmen.
»Perfekter Start in die Woche.« Andrea Sievers trat geduckt ins Freie. Schüttelte sich Zweige und Moos von dem Overall, den sie anschließend zu öffnen begann.
»Eva Stevens«, nickte Durant. »Zweifel ausgeschlossen?«
»Hundertprozentig.« Sievers schlüpfte aus dem Ganzkörperkondom und den Schuhüberziehern. Ihr Lederkoffer stand im Gras. Handschuhe schnalzten. »Schau sie dir an, bevor die Gnadenlosen sie einpacken. Eine bildschöne Leiche. Frank hat den Abtransport freigegeben.«

332

»Hellmer ist hier?« Durant horchte auf. Sollte er nicht längst zu Hause sein? Es knackste, Platzeck von der Spurensicherung erschien.

»Ach, Sie auch hier?« Er nahm die Haube ab und fuhr sich durchs Haar.

Verdammt noch mal, ich bin leitende Ermittlerin, dachte Durant mürrisch, als sie sich wortlos an ihm vorbeizwängte.

Der Zinksarg stand bereit, sie fragte sich, ob es derselbe war, in dem auch Mathias Wollner gelegen hatte. Evas Freund. Es war kaum zu ertragen. Durant schritt bedächtig den ausgetretenen Pfad hinunter. Der Schlamm war glitschig, sie hielt die Balance. Leise Stimmen und das Rascheln der im Wind wehenden Plastikfolie lenkten ihren Blick zu ihr. Da lag sie. Eva Stevens. Durant musste das Foto nicht hervorholen, ihr Gesicht war selbst im Tod wunderschön. Engelsgleich. Sie lag auf dem Bauch, zur Hälfte verhüllt, den Kopf zur Seite gedreht. Graurosige Haut, ein Muttermal am Steiß, makellos. Hellmer näherte sich.

»Sollen wir sie noch mal umdrehen?«, fragte Hellmer, der zwei Meter entfernt wartete. Als Durant nicht reagierte, stellte er die Frage erneut. Sie schrak auf, winkte ab.

»Nein, nicht nötig. Was in drei Teufels Namen machst du hier? Solltest du nicht längst bei Stephanie sein?«

Hellmer zuckte die Achseln. »Die Meldung kam, als ich gerade am Nordwestkreuz war. Mach dir nichts draus. Es ist kein schöner Anblick. Lust auf Details?«

»Leg los.«

Hellmer zündete sich eine Zigarette an.

»Die Meldung kam aus Friedberg, irgendwo hier fängt deren Zuständigkeitsbereich an. Vermutlich ging die Meldung deshalb so verworrene Wege. Sievers und Platzeck hockten schon am Fundort, als ich eintraf. Na, egal. Der Förster war mit seinem Hund unterwegs. Dieser schlug an und ließ sich nicht zurückhalten. Buddelte Blätter und Erdreich beiseite, das machte ihn misstrauisch. Er fand die Folie, erkannte, dass ein menschlicher Körper darin lag. Alles andere ging seinen normalen Gang. Ausgewickelt, identifiziert, Spurensicherung, Leichenschau. Fällt dir an der Kleinen was auf?«

Durant überlegte. Die Gnadenlosen hatten den Zinkzylinder hinuntergebugsiert. Platzeck nickte, sie verlagerten Eva in den Sarg. Ein dumpfes Klatschen, ein trockener Kommentar.

»Etwas mehr Respekt, bitte«, rief Durant verärgert. Sie wusste nicht, worauf Hellmer hinauswollte, aber dann fiel ihr etwas ein. »Eva ist sauber. Kein Blut am Körper, kaum etwas an der Plane.«

»Sei doch froh«, feixte Hellmer. »Wir müssen ja nicht immer eine Schlachtplatte vorfinden, wie Andrea es zu nennen pflegt.«

»Er hat ihr immerhin die Milz rausgeschnitten«, widersprach Julia. Sie wollte nun doch einen Blick auf Evas Körper werfen, ihre Vorderseite, doch die Uniformierten entfernten sich bereits. Sie entschied sich um. Würde es in Andreas Beisein in der Kennedyallee nachholen.

»Nicht nur das«, kommentierte Hellmer trocken. »Wenigstens scheint er sie nicht vergewaltigt zu haben. Es fehlen die üblichen Verletzungen.«

»Frau Durant?«

Ein Uniformierter eilte herbei, die Kommissarin wandte sich zu ihm um. Sie wechselten einige Worte, dann sagte sie zu Hellmer: »Ich übernehme das hier. Mach, dass du nach Hause kommst, und gönne dir eine Mütze Schlaf. Wenn Nadine dich so sieht, bekommt sie einen Herzinfarkt.«

So beiläufig sie es gesagt hatte, so hart traf ihre leichtfertige Bemerkung sie selbst. Herzinfarkt. Paps. Sie verstummte für einige Sekunden. Sammelte sich und schloss mit den Worten: »Egal. Ich fahre morgen früh als Erstes in die Rechtsmedizin. Vorher zu den Leibolds. Ich hab da noch etwas zu klären.«

Hellmer nickte langsam.

»Apropos. Ich habe deine Kiste gar nicht stehen sehen«, fiel ihr ein.

»Parke dahinten«, erklärte Hellmer. Wahrscheinlich waren die Wege dort weniger verschlammt. Dafür war seine Kleidung bis zu den Knien besudelt.

»Dann sieh zu, dass du nach Hause kommst. Ich wollte Doris und Peter zu Herrn und Frau Stevens schicken, aber ich überleg's mir gerne noch anders.«

»Bloß nicht«, brummte Hellmer nach einem Blick auf die Uhr und eilte von dannen.

SONNTAG, 20:55 UHR

Sie fertigte ihn mit mechanischem Lächeln ab. Sah zum zwanzigsten Mal auf die Wanduhr. Die Zeit verstrich quälend langsam.

»Das ist aber keine Cola light«, meckerte der Fremde. Ein quengelndes Kind hing an seinem Oberschenkel, maulend, weil es kein Spielzeug gab.

»Doch, doch«, versicherte sie ihm.

»Und ich wollte außerdem eine große.«

335

Verdammt. Wo er recht hatte …

Er war groß, schlank, gutaussehend. Warum müssen solche Männer entweder vergeben oder Arschlöcher sein?, dachte sie bei sich, als sie einen neuen Becher hervornahm.

»Mit Eis?«, vergewisserte sie sich, nur um sicherzugehen.

»Immer noch keines, danke«, erwiderte er frostig. Dann bellte er dem fünfjährigen Rotschopf etwas entgegen.

»Soll ich übernehmen?«, fragte Claudia wie aus dem Nichts, und Gloria erschrak. Der Becher wankte bedrohlich, sie fing ihn auf. Das fehlte gerade noch. »Du bist ja völlig verpeilt.« Die Italienerin zwinkerte vielsagend. »Etwa ein Date?«

Gloria schüttelte den Kopf. »Hab's gleich.«

Sie hatte beschlossen, Claudia nicht einzuweihen. Es war ihr nicht entgangen, dass diese ein Auge auf Darius geworfen hatte. Sämtliche Versuche, ihn ihr auszureden, waren gescheitert. Claudia gehörte zu dem Typ Frau, der überall eine Bedrohung sah. Besonders in Blondinen, wie sie eine war. Stets witterte sie eine Verschwörung. Unterstellte Gloria selbst Interesse an Darius, dabei könne sie doch jeden haben. Auf einen Disput hatte sie keine Lust, bloß keinen weiteren Krisenherd aufmachen. Nach heute Abend …

»Das Essen ist ja nun wohl kalt«, unterbrach der Kotzbrocken von Vater sie. Gloria lächelte nur. Der Zeiger sprang auf die Zwölf, ihr war, als höre sie sogar das Klacken inmitten des Lärms.

»Meine Kollegin wärmt es Ihnen gerne noch mal auf«, säuselte sie und nickte Claudia zu. Bloß raus hier, dachte sie, als sie nach hinten eilte. Schlüpfte aus dem nach Fett riechenden Oberteil, streifte ein enges Shirt über. Es war ein sommerlicher Abend, vielleicht einer der letzten richtig warmen. Sie griff ihre Handtasche, überprüfte den Inhalt. Dann verließ Gloria das Restaurant, ohne zurückzublicken.

Das glühende Rot tauchte den Parkplatz in ein surreales Licht. Der Z4 parkte mit offenem Verdeck, etwas abseits. Der Winkel erlaubte es nicht, vom Inneren des Gebäudes zu ihm zu blicken. Im getönten Glas schillerte der Abendhimmel, durchkreuzt von den breiten Kondensstreifen der Abendflüge.

Sie kam durch die Tür, verharrte, ließ den Blick wandern.

Darius öffnete die Wagentür, stieg aus und reckte sich. Winkte, als sie ihn entdeckte, und verengte seine Mundwinkel, um sein Lächeln nicht zu einer Grimasse entgleisen zu lassen. Im Gegenlicht war ihr Gesicht kaum zu erkennen, aber das goldene Haar wiegte im Wind. Er musste es nicht sehen, denn es war allgegenwärtig. Marlen. Gloria. Selbst ihre Namen waren zur Hälfte gleich.

»Hallo.« Sie lächelte. Es war eine schmale, vage Mimik. Der lange Dienst, ganz offensichtlich.

»Du siehst müde aus«, sagte er fürsorglich und eilte um das Auto. Öffnete die Beifahrertür. »Harter Tag?«

Sie nickte. Dann, nach ewig erscheinenden Sekunden: »Blöde Kundschaft. Aber das ist ja nun vorbei. Vergessen wir die Arbeit einfach.«

Und wie du sie vergessen wirst, dachte Darius, als er einstieg. Er drehte den Kopf erneut zu ihr. Das perfekte Wesen. Er konnte noch immer kaum glauben, dass sie nun tatsächlich neben ihm saß. Es würde ein perfekter Abend werden.

Dreißig Meter abseits meldeten die Polizeibeamten in ihrem Zivilfahrzeug, dass Darius Moll sich mit einer Blondine traf. Sie nahmen die Verfolgung auf, als das BMW Cabrio in Richtung Autobahn davonbrauste.

»Bleiben Sie um Himmels willen auf Distanz«, mahnte Berger sie und musste sich im Darauffolgenden anhören, dass es schließlich nicht die erste Überwachung sei. Selbstgefällige Idioten. Nur wenige Minuten später meldeten sie sich erneut. Moll habe sie abgehängt. Ein überholender Lkw. Das alltägliche Elefantenrennen auf der zweispurigen Trasse. Eine Baustellensperrung auf dem Standstreifen hatte sie daran gehindert, sich vorbeizudrängen. Berger bellte ihnen wütend entgegen, dass sie sich ihre Ausreden sparen sollten.

»Es kann doch nicht so schwer sein, einen Z4 wiederzufinden!« Profis. Nicht ihre erste Überwachung. Wahrscheinlich nicht die erste, die sie vergeigt hatten. Er hätte kotzen können. Doch aller Ärger und die intensiven Versuche, den BMW wieder aufzuspüren, änderten nichts an der beklemmenden Realität.

Darius Moll und seine Begleiterin blieben verschwunden.

SONNTAG, 21:05 UHR

Du isst dieses Zeug freiwillig?«

Naserümpfend saß Louis Fischer vornübergebeugt und beobachtete sein Gegenüber. Sie biss in ein üppig belegtes Brötchen, Soße quoll heraus.

»Ich koche nicht gern«, schmatzte sie, gänzlich undamenhaft. Grinste und kaute weiter.

»Hm.« Er schwieg, denn es hatte wohl keinen Sinn, ihr Vorhaltungen zu machen.

»Warum ausgerechnet hier?«, fragte er. »Ich musste durch die halbe Stadt fahren.«

»Genau das ist der Grund«, feixte Johanna. »Hier kennt mich definitiv keiner. Am Hauptbahnhof würde ich mich nicht freiwillig hinsetzen. Oder an der Börse.«

»Wie auch immer.« Er war aus irgendeinem Grund ungehalten. Lag es an dieser unangenehmen Durant? Er vermochte es nicht zu sagen. »Was wolltest du mir denn nun mitteilen?«

Johanna Mältzer hatte ihm auf die Mailbox gesprochen, während er im Präsidium gesessen hatte. Es sei dringend, sie wolle sich mit ihm treffen.

»Ich habe aufgehört.« Sie grinste breit. Aß nicht weiter, heischte nach einer Reaktion in seinem Gesicht.

»Womit?« Er ahnte es, wollte es aber aus ihrem Mund hören.

»Gestern Abend. Ich bin nicht mehr hingegangen. Es war ungewohnt, aber ich fand's okay.«

»Bekommst du Ärger?«

»Ich habe von Anfang an gesagt, dass ich es freischaffend mache. Keine Schulden, keine Fristen, keine Pflichten.« Sie zuckte gleichmütig die Achseln. »Kein Ärger.«

Sie schien es ernst zu meinen. Er musste ihr wohl oder übel glauben. Konnte es schlecht nachprüfen.

»Warum ausgerechnet jetzt?« Er hatte seit Monaten auf sie eingewirkt. Direkt, subtil, auf jede erdenkliche Weise. Doch ihre Entscheidung hatte sie offenbar ohne sein Zutun getroffen. Johanna räusperte sich und verzog gereizt den Mund.

»Frag mir kein Loch in den Bauch! Freu dich einfach. Du hast es doch die ganze Zeit über so gewollt.«

»*Du* sollst es wollen«, erwiderte Fischer. »Vollendete Reinheit kommt aus dem Inneren.«

Sie winkte verächtlich ab. »Erspar mir diesen Konfuzius-Hokuspokus. Ich mache nicht mehr für Geld die Beine breit. Punkt.«

Am Nachbartisch schienen für eine Sekunde die Bewegungen einzufrieren. Fischer senkte den Blick und seufzte.

»Hast du Geld?«, erkundigte er sich dann gedämpft, beinahe flüsternd.

»Genug.«

»Und jetzt?«

»Das überlege ich mir morgen.« Sie lehnte sich, selbstsicher lächelnd, zurück. Verschlang den letzten Bissen.

»Du kannst jederzeit bei mir unterkommen. Mein Haus ist groß genug. Das weißt du.«

»Ist die Hure Babylon jetzt deines Hauses würdig?« Zynischer hätte es kaum klingen können. Ihr koketter Augenaufschlag verriet ihm, dass sie zu allem bereit war. Schon am Telefon hatte sie kein Geheimnis daraus gemacht. All ihre Gesten. Wie sie sich ihm in den vergangenen Jahren dargeboten hatte. Er musste nur zugreifen.

»Bedeutet das Ja?«, fragte er ruhigen Tones.

Sie hob ihre Augenbrauen und leckte sich lasziv über die Oberlippe. »Lass uns fahren.«

MONTAG

MONTAG, 9:35 UHR

Andrea Sievers drückte ihre Zigarette in den Sand des übervollen Aschenbechers. Offensichtlich ungehalten, dass er nur unregelmäßig geleert wurde, brummte sie etwas Unverständliches. Sie schritt voran, die Kommissarin folgte ihr. Durant hatte sich durch die Rushhour gequält, eine elend lange Blechlawine, die von Wiesbaden in Richtung Innenstadt kroch. Froh darüber, dass es nur eine Ausnahme war. Im Kofferraum des silbernen Peugeot lag ihre Reisetasche. In wenigen Stunden würde Nadine Hellmer landen. Ihre Aufgabe war erfüllt. Eine davon. Schwermütig betrat sie den gekachelten Raum, kaltes Licht füllte ihn. Auf dem Metalltisch wartete eine junge Frauenleiche. Eva Stevens. Bei dieser Aufgabe hatte Durant kläglich versagt. Sie kam nicht dagegen an. Hatte die halbe Nacht wach gelegen und sich gefragt, ob Evas Tod hätte verhindert werden können. Ob sie zu sehr mit sich selbst beschäftigt gewesen war. Hellmer, das wusste sie, stellte sich dieselben Fragen.

»Was möchtest du sehen?« Sievers' Stimme klang belegt, sie hatte ebenfalls kaum Schlaf bekommen.

»Gehen wir alles noch mal durch«, bat Durant, und die Rechtsmedizinerin nickte schweigend. Sie zog das Tuch zurück, mit dem Eva bedeckt war. Durant verharrte einige Sekunden, bevor sie näher trat. Sie war jung, so unschuldig. Die Haare fielen wie frisch gekämmt über die Ohren. Geschlossene Lider, als schlafe sie friedlich. Die Hände neben sich auf den Handflächen ruhend. Doch dann fing die Bauchdecke Durants Blicke. Neben den Schnittmalen von Andreas Obduktion klaffte ein Loch in Evas Bauch. Mit einem Metallspatel hob Andrea das Gewebe an.

»Sämtliche inneren Organe sind vorhanden. Unbeschadet«, fügte sie hinzu. »Von der Milz fehlt nur das Stück, das du mit der Post erhalten hast.«

»War sie denn … ich meine …« Es fiel Durant unsagbar schwer, ihre Frage auszusprechen. Eva Stevens war tot. Entführt, ermordet, möglicherweise sexuell missbraucht. Nicht auszudenken, was das Schwein ihr in den sechs Tagen alles angetan hatte. Ein Leben, das gut und gerne noch sechzig, siebzig Jahre hätte dauern können. Stümperhaft verscharrt, wie Abfall, in einem Dickicht. Und als Krönung des Ganzen schickte der Killer ein Stück ihres inneren Organs. Ja, zum Teufel, Durant gab sich die Schuld. Der Täter ließ ihr keine andere Wahl. Andreas Antwort riss sie aus dem Strudel ihrer düsteren Gedanken.

»Leider nein. Es deutet alles darauf hin, dass die Milzspitze bei lebendigem Leib herausgetrennt wurde.«

Durant griff sich an die Schläfe und stöhnte auf.

»Piano, da kommt noch was«, setzte Sievers nach. »Die Kleine war sediert. Und zwar gründlich. Sie dürfte von dem Eingriff nicht viel mitbekommen haben.«

»Nicht viel oder gar nichts?«, hakte Durant nach. »Dazwischen liegen Welten.«

»Sie hat Würgemale und einen Einstich am Nacken.« Die Rechtsmedizinerin griff nach Evas Kopf, wohl um diesen zur Seite zu drehen, doch Durant wehrte ab. »Wart's ab«, beharrte Andrea.

342

Ihre in grünem Latex steckenden Finger tasteten den Hals entlang, drückten darauf. Durant erschrak. Unterhalb des Kinns zog sich ein tiefer Schnitt quer über die Halsunterseite. Eine Verletzung, die sie an Fotos von geschächteten Tieren erinnerte.

»Was auch immer er mit ihrer Milz getrieben hat«, sagte Andrea, »sie muss zu diesem Zeitpunkt bereits ausgeblutet gewesen sein.«

»Ausgeblutet?«

»Wenn ich's doch sage. Der Schnitt drang tief in den Hals, durchtrennte die Luftröhre und Kopfschlagader. Klingelt da was bei dir?«

»Es ekelt mich«, erwiderte Durant gereizt. »Was soll da klingeln?«

»Arteria carotis. Carotis ist abgeleitet aus dem Griechischen, von den Begriffen für Kopf und Betäubung. Würgemale plus Schlagader – muss ich deutlicher werden?«

»Scheiße!« Vor Durant spielte sich ein Film ab, der ihr nicht gefiel. Jugendliche, die sich die Blutzufuhr zum Gehirn abdrücken, um einen Rausch zu erleben. Eva mittendrin. Nun lag sie vor ihr. Doch Mathias' Mörder hatte gestanden. »Gib mir mehr«, forderte sie verzweifelt, »gib mir *irgendetwas.*«

»Evas Bauchhöhle birgt praktisch kein Blut. Ihre Lunge hingegen schon. Meiner Theorie nach ist Folgendes passiert: Sie wurde sediert – die Analyse bekommst du noch –, und anschließend wurde der Kehlenschnitt vollzogen. Der zeitliche Abstand ist schwer zu sagen. Die Konzentration des Betäubungsmittels war recht gering. Gut möglich, dass der Mörder sich Zeit gelassen hat.«

»Was hat er in dieser Zeit mit ihr gemacht?«

»Das Mädchen ist keine Jungfrau mehr, falls du das meinst. Aber nichts deutet auf eine Vergewaltigung hin. Ich habe allerdings Zellulosepartikel in ihrer Vagina gefunden. Zellulose wie die eines Tampons.«

»Sie hatte ihre Tage?«

»Präzise. Aber ich wollte auf etwas anderes hinaus. Unmittelbar nach dem Schnitt hat Eva gut und gerne zwei bis drei Liter Blut verloren. Ein Teil gelangte in ihre Atemwege. Ich gehe davon aus, dass sie seitlich oder auf dem Rücken gelegen hat. Ungünstig, wenn man ans Schächten denkt, aber trotzdem tödlich. Es muss eine immense Sauerei gewesen sein.«

»Weiter«, drängte Durant.

»Dann die Entnahme der Milz. Ende und aus.«

Die Begriffe hämmerten von innen gegen Durants Schädeldecke. Sauerei. Schächten. Literweise Blut. Aber Eva war vollkommen sauber gewesen, nicht erst seit der Obduktion. Am Körper des Mädchens waren kaum Spuren von Blut zu erkennen gewesen, als man sie aus ihrer Folie geschnitten hatte. Am wenigsten um die Halspartie herum.

»Hat er sie gewaschen?«

»Schlimmer.« Andrea Sievers verzog voller Abscheu das Gesicht. »Er hat sie von oben bis unten abgeleckt.«

Durant stockte der Atem. Sie vergewisserte sich mit einem Blick, ob sie tatsächlich richtig gehört hatte. Doch diese hob nur die Schultern.

»Perversitäten sind dein Metier, Julia. Dabei kann ich dir nicht helfen. Mir kam es nur seltsam vor, dass der Körper so sauber war. Und er roch komisch. Ich kann es nicht beschreiben, aber Speichel hat diesen faden, säuerlichen Geruch. Kein Verwesungsduft«, sie lachte kurz auf, »und auch nicht nach Zitronenspray.«

Durant neigte ungläubig den Kopf. »Moment, das heißt, der Speichel des Täters befindet sich noch auf der Haut des Mäd-

344

chens?« Sie biss sich auf die Nagelhaut des Daumens. Sievers bestätigte.

»Von Kopf bis Fuß, ich sage es ja. Da der Körper sich in Folie befand, schließe ich tierischen Speichel aus. Es sei denn, dein Killer hat seine Haustiere auf die Kleine losgelassen. Eine Probe habe ich zur Analyse gegeben. Morgen wissen wir mehr.«

»Morgen, morgen«, stöhnte Durant auf.

»Tut mir leid, dass ich meine Arbeit nicht wie im Fernsehen verrichten kann«, schmunzelte Andrea und widmete sich einer Kladde mit Notizen. »Dann hättest du weniger zu tun und ich mehr frei.«

MONTAG, 11:10 UHR

Unschlüssig verharrte Durant am Steuer ihres Wagens, als sie Riederwald erreicht hatte. Die Allee, die Arbeiterhäuser. Nichts erinnerte hier drinnen an die Großbaustelle außerhalb des Zufahrtbogens. Ein Mammutprojekt, das die Stadt spaltete. Die Neugestaltung der Autobahn, ein gigantischer Tunnel. Würde es die versprochene Entlastung bringen? Oder nur noch mehr Fahrzeuge durch das Nadelöhr Rhein-Main zwingen? Durant konnte von Glück reden, in einem Villengebäude in der Nähe eines Parks zu leben.

Sie hatte mit Andrea Berger gesprochen, was im Falle Gretas zu tun sei. Ob sie jemanden vom Jugendamt verständigen solle.

»Wie schätzt du die Kleine denn ein?«, hatte Berger sich erkundigt. »Schafft sie es, sich selbst Hilfe zu holen? Oder ist sie noch im Loyalitätskonflikt?«

Durant musste eingestehen, es nicht zu wissen. »Besteht dieser Konflikt nicht immer?«

»Schon. Aber sie hat dir gegenüber immerhin etwas preisgegeben. Das ist ein guter Anfang. Vielleicht genügt das vorläufig.«

»Also soll ich nichts weiter unternehmen?« Durant empfand diese Option als unbefriedigend.

»Wenn du jetzt mit dem Jugendamt anrückst, wird sie sich möglicherweise in ihr Schneckenhaus verkriechen. Sie wird immerhin nicht misshandelt, oder? Und sie entscheidet sich praktisch jeden Tag nach der Schule dafür, wieder nach Hause zu gehen.«

»Prima«, hatte Durant mürrisch erwidert. Irgendwie klang es so, als wäre Greta selbst für ihre Misere verantwortlich.

»Ich rate nur dazu, nichts zu überstürzen«, bekräftigte Andrea.

Durant schloss die Wagentür und nahm die Stufen mit einem großen Schritt. Klingelte. Von irgendwoher tönte Musik. Das Garagentor stand offen, ein schwarzer Smart parkte eng an der Wand. Die Tür öffnete sich, Frau Leibold stand im Rahmen. Ihrer Miene nach zu urteilen, war sie nicht begeistert über den erneuten Besuch der Kommissarin.

»Was wollen Sie?«, war der nüchterne Gruß.

»Sind Sie alleine?«

Kathrin Leibold nickte. Sie bat Durant nicht ins Wohnzimmer, drückte nur die Haustüre bis auf einen Spaltbreit zu. Durant räusperte sich.

»Gut, dann kann niemand hören, was ich Sie nun frage. Sie hatten ein Verhältnis mit Louis Fischer.«

Frau Leibold trat mit einem Mal sämtliche Farbe aus dem Gesicht. Sie wollte etwas stammeln, kam aber nicht dazu, denn Durant legte bereits nach.

»Wir haben heute früh Evas Leiche aus einem Erdloch geborgen. Nachher darf ich ihren Eltern gegenübertreten, und das bereitet mir verdammte Bauchschmerzen. Also vergeuden wir keine Zeit. Ich möchte von Ihnen zwei Dinge wissen. Erstens alles, was Sie mir über Fischer erzählen können, und zweitens, ob Greta Ihre gemeinsame Tochter ist.«

Wäre sie nicht schon kreidebleich gewesen, Durants kühle Forderung hätte es ausgelöst.

Kathrin Leibold strauchelte, griff nach der Wand. »Woher wissen Sie das alles?«, wisperte sie keuchend.

»Heißt das, ich habe recht?«

»Bitte lassen Sie uns ins Wohnzimmer gehen. Ich möchte mich setzen.«

Durant folgte ihr, ließ sie nicht aus den Augen. Sie traute Gretas Mutter vieles zu, auch schauspielerisches Talent. Skeptisch nahm sie daher die Antwort auf ihre Frage zur Kenntnis.

»Greta ist nicht Louis' Tochter.«

»Dürfen wir diese Behauptung mit einem Vaterschaftstest nachprüfen?«

»Meinetwegen«, nickte Leibold müde. »Dann wüssten Sie zumindest mehr als ich.«

»Inwiefern?« Durant kratzte sich am Ohr. »Könnte er es demnach doch sein?«

Sie schüttelte energisch den Kopf. »Woher kommt überhaupt Ihr Interesse an Louis? In der Zeitung wird doch von einem Sexualstraftäter gesprochen.«

Die Kommissarin wurde aus den sprunghaften Andeutungen der Frau nicht ganz schlau. Doch sie versuchte, sich darauf einzulassen.

347

»Weshalb sollte ihn das als Täter ausschließen?«

Frau Leibold wand sich nervös. Trommelte mit den Fingern auf ihren Knien. »Louis ist etwas, hmm, speziell in dieser Beziehung.«

»Spezielle Vorlieben?«

»Nein. Speziell ausgestattet.« Das Thema war ihr peinlich.

»Wie genau?« Durant ließ nicht locker. »Kommen Sie, das könnte von Bedeutung sein.«

»Er ist dort unten«, die Frau deutete fahrig in Richtung ihres Genitalbereichs, »missgebildet. Oh Gott, wie das klingt.« Sie fuhr sich durchs Haar. Schob hastig zwei Fernsehzeitungen übereinander, dann hüstelte sie. »Louis hat einen verkümmerten Penis. Er ist so etwas wie ein Hermaphrodit.«

Durant schluckte. »Ein verkümmerter Penis macht noch keinen Zwitter«, wandte sie zögerlich ein.

»Ich bin keine Medizinerin«, beharrte Leibold, die sich wieder etwas gefangen hatte. »Kennen Sie ihn denn? Ist Ihnen die fehlende Körperbehaarung aufgefallen und der leichte Brustansatz?«

Kunststück, dachte Durant, während sie den Kopf schüttelte. Fischer kleidete sich in weite Hemden und zeigte nur wenig seiner blassen Haut. Doch diese Faktoren widersprachen der Aussage von Frau Leibold genau genommen nicht.

»Sie hatten vor fünfzehn Jahren eine sexuelle Beziehung?«

»Wir waren ein Liebespaar. Das mit dem Sex …« Sie hielt inne. »Nein, das ist mir zu privat.«

»Was ist passiert?«

Kathrin Leibold blickte schwermütig zu Boden. »Nun ja, ich wollte eben irgendwann mehr. Ich wollte einen normalen Mann.« Sie seufzte. »Karl hatte schon länger Interesse an mir, das wusste ich. Irgendwann packte ich meine Koffer und verließ Louis. Seitdem habe ich nie wieder etwas von ihm gehört.«

»Das ist die ganze Geschichte?«, fragte Durant erstaunt.

»Er schien sich damit abgefunden zu haben«, murmelte Frau Leibold. »Das tat sehr weh, denn ich musste schnell erkennen, dass mein Mann ein sehr rücksichtsloser Mensch sein kann. Doch dann wurde ich schwanger. Ende vom Lied.«

Ihre Stimme hatte eine emotionslose Kälte angenommen. Eine eisige Resignation, die Durant der ihr gegenübersitzenden Person noch bei ihrem letzten Aufeinandertreffen nie zugetraut hätte. Sie war eine Schauspielerin, eine verdammt gute. Aber das, was Kathrin Leibold in diesen Minuten zeigte, war wohl ihr wahres Ich.

»Warum all die Fragen?«, kam es wie aus weiter Ferne von ihr.

»Fischer hat verdächtiges Verhalten an den Tag gelegt«, bugsierte Durant sich um die Wahrheit herum. »Kannte er die Stevens auch?«

Bejahendes Nicken. »Melanie natürlich. Wir waren einmal eng befreundet.«

Durant verkniff sich eine spitze Bemerkung, die ihr in den Sinn kam. Sie notierte sich stumm nickend etwas.

»Sie verdächtigen Louis noch immer?« Die Frau lachte hysterisch auf.

»Ist das so absurd? Er hat ein Alibi, zugegeben, aber …«

»Wieso? Das frage ich Sie! Nur weil er ein Freak ist?«

Kathrin Leibold redete sich in Rage. Ganz offensichtlich empfand sie noch immer etwas für ihn. Sie schien ihre Entscheidung zu bereuen. Seit fünfzehn Jahren.

Noch als sie längst wieder im Auto saß, rechnete Durant hin und her. Das Ende der Neunziger. 1998. Ihr fünfunddreißigster Geburtstag. Ein Mörder, der es auf Frauen abgesehen hatte, die im Sternzeichen Skorpion geboren waren. Helmut Kohl dankte ab, Gerhard Schröder übernahm. Schon wieder Schröder. Durant schob diesen Zufall stirnrunzelnd beiseite. Jutta Prahl. Lag ihr Tod nicht im selben Jahr? Sie wählte Brandts Nummer, dieser bestätigte ihre Vermutung. September 1998. Ein Mord im Pentagramm, das Fischer gezeichnet hatte. Sie stieg noch einmal aus, läutete erneut. Es dauerte eine halbe Ewigkeit, bis geöffnet wurde. Gretas Mutter war in einen Bademantel gehüllt, ihre Haare dampften. Das Make-up war verlaufen, entweder durch Tränen oder durch die Dusche.

»Was ist denn noch?«, hauchte sie mit belegter Stimme.

»Wann genau haben Sie sich von Fischer getrennt?«, fragte Durant.

Die Antwort kam pfeilschnell. Es verwunderte Durant kaum. Daten von emotionaler Bedeutung brannten sich für gewöhnlich ins Gedächtnis, und die ihr gegenüberstehende Frau hatte die Trennung bis heute nicht überwunden. »27. August 1998.«

Durant pfiff. Versuchte, sich ihre Verwunderung nicht anmerken zu lassen. Der Zeitraum passte zu gut, um ein Zufall zu sein. Kathrin Leibold verließ Fischer im August. Jutta Prahl starb im September. Dann fiel ihr eine weitere Übereinstimmung auf. Am 27. August 2013 wurde Mathias Wollner erstochen. Und Eva Stevens verschwand am selben Abend. Ein blondes Mädchen, welches in mancher Hinsicht Jutta Prahl ähnelte. Sie kniff die Augen zusammen. Die Haare Kathrin Leibolds waren dunkel, ihre Augen aber waren blau.

»Färben Sie die Haare?«

Am Blick der Frau erkannte Durant, wie unerwartet diese Frage sie getroffen hatte.

»Ähm, ja. Ich hätte sonst eine Menge grauer Strähnen. Weshalb fragen Sie?« Sie rang sich ein Lächeln ab und neigte den Kopf. Lugte an Durants Ohr vorbei, auf das kastanienbraune Haar. »Sie offensichtlich auch.«

»Welche Naturhaarfarbe haben Sie?«

»Hellbraun. Es ist im Lauf der Zeit sogar dunkler geworden. Aber ich töne es gerne rötlich. Warum wollen Sie das denn überhaupt wissen? Es zieht, ich bin nass …«

Durant nahm die Worte nur entfernt wahr. Braun. Fehlanzeige.

»Okay, danke. Ich hatte da nur so eine fixe Idee.«

»Dann entschuldigen Sie mich.« Kathrin griff nach einer Strähne und beäugte sie. »Ich muss bald wieder nachfärben«, sagte sie nachdenklich. »Es geht von Jahr zu Jahr schneller. Als wollten sich die Haare für das ständige Blondieren in meiner Jugendzeit rächen.«

Blond – wenn auch blondiert. Und Evas Vagina zeigte keine Anzeichen einer gewaltsamen Penetration. Durant lief ein kalter Schauer über den Rücken.

MONTAG, 11:25 UHR

Doris Seidel ließ das aufgeschlagene Buch auf den Tisch sinken.

»Ekelhaft«, kommentierte sie.

»Was denn?«, erkundigte sich Kullmer. Er spielte gedankenverloren mit dem Telefonkabel, wartete auf eine E-Mail aus der Computerforensik.

»Ich habe eines der Bücher ausgeliehen, die Fischer unter Pseudonym verfasst hat. Was für ein kranker Geist diesem Mann innewohnen muss.«

»Wieso hast du ein Buch von ihm?«

»Andrea Berger hat sie besorgt. Wegen des Psychogramms oder so.«

»Hm.« Kullmer schien wenig interessiert, das ärgerte Seidel.

»Ist es Fischer oder Moll, was glaubst du?«, hakte sie mit zuckersüßem Unterton nach.

»Hätten sie bei der Observierung nicht Scheiße gebaut, müsstest du das nicht fragen«, erwiderte Kullmer mürrisch und begann, an seiner Nagelhaut zu kauen. Es hing ihm nach, kaum zu übersehen. Die beiden hatten die Stevens besucht, zum x-ten Mal, diesmal mit der endgültigen Todesnachricht. Frau Stevens war kollabiert, Herr Stevens hatte ins Leere gestarrt. Keine Spur von den Lüstlingen, die vor ihren Kindern Gruppensex abgehalten hatten. Verpufft wie der ganze Lebenswille. Das einzige Kind zu verlieren – Kullmer litt unter dieser Phantasie. Er projizierte seine Angst auf Elisa. Was, wenn sie einst als Opfer endete. Polizistenkinder trugen keine Schutzschirme. Längst hatten sie mitbekommen, was mit Hellmers Tochter geschehen war, wenn auch nicht in allen Details. Doris stand auf und trat hinter ihren Liebsten. Massierte ihm die Schultern, küsste ihn auf die Stirn.

»Es macht dich fertig, oder?«, raunte sie. Er nickte. »Mich auch«, gestand sie ein, setzte dann aber mit Entschlossenheit nach: »Noch stärker ist aber mein Bedürfnis, diesen Wichser dingfest zu machen.«

Kullmer verzog den Mund wegen ihrer Ausdrucksweise. »Julia scheint sich ebenfalls auf Fischer einzuschießen.«

»Wenn sie das hier gelesen hat, bestimmt.«

»Worum geht's denn?«, fragte er. Endlich.

»Blutrituale. Andrea hat mir die Stelle markiert. Du weißt ja, dass sich in Eva Stevens' Körper kaum mehr Blut befunden hat.«

Kullmer blickte mit einer Grimasse auf. »Läuft das jetzt etwa auf *Bram Stoker* oder *Twilight* hinaus?«

»Nein, Quatsch. Aber Fischer hat sich unter anderem mit Schamanismus befasst. In seinem Buch widmet er ein Kapitel der heilsamen Wirkung menschlichen Blutes. In manchen Kulturen wird es als heilendes Elixier angesehen.«

»Im Mittelalter und im Urwald vielleicht.«

»Jedenfalls nicht in Transsilvanien«, konterte Doris ungehalten. »Darf ich weitersprechen?«

»Sorry.«

»Tierblut wird seit Jahrhunderten als eine Art Trophäe gesehen. Der Jäger trinkt das Blut zur Stärkung. Kriegerische Stämme tranken das Blut ihrer Feinde aus demselben Grund. Kein Kannibalismus.«

»Und die Pointe?«

»Was, wenn Fischer das Blut der Mädchen trinkt? Er plädiert dafür, die heilsamen und stärkenden Kräfte des Blutes zu nutzen. Er behauptet, dass es keinen ethischen Unterschied zwischen einer Transfusion und dem Verzehr gäbe. Beides führe dem Stoffwechsel fremdes Blut zu, aber die Aufnahme durch den Mund werde stigmatisiert.«

Kullmer blieb unschlüssig. »Was sagt Andrea dazu?«

»Wir werden sehen«, lächelte Doris und sah auf die Uhr. »In einer halben Stunde ist Dienstbesprechung, bis dahin sollten sie und Julia wohl da sein.«

MONTAG, 12:03 UHR

Lagebesprechung in Bergers Büro. Nur Hellmer fehlte. Durant wusste, dass er in diesen Minuten nervös im Ankunftsbereich des Flughafens umhertigerte. Stephanie hatte mitfahren wollen, hoffentlich stritten sie nicht. Sie hatten sich darauf geeinigt, das Thema Internat erst zu Hause zu besprechen. In Ruhe. Wobei sie nicht darauf warten konnten, bis Nadines Jetlag abgeklungen war. Das Internat, wo man bereit war, Steffi aufzunehmen, hatte das Monatsende als Frist genannt. Heute war der zweite September. Nur der Beharrlichkeit des Schulsozialarbeiters war es zu verdanken, dass die Schulleitung eine Ausnahme machte. Doch die Entscheidung durfte nun nicht mehr länger aufgeschoben werden, ein Umstand, der Hellmer fertigmachte.

»Frau Durant, sind Sie nur körperlich oder auch geistig anwesend?« Bergers direkte Ansprache ließ die Kommissarin aufschrecken, sie ärgerte sich kurz, sagte aber nichts. Blickte nur erwartungsvoll in die Runde.

»Das Verspeisen von menschlichen Organen wird in einigen Kulturen als höchster Akt der Vereinigung betrachtet«, griff Andrea Berger ihren Faden wieder auf. »Bedeutungsvoller als Sex. Für einen Menschen wie Fischer, sexuell gehandicapt, könnte dies durchaus von Bedeutung sein.«

Die Speichelprobe war noch nicht ausgewertet, alles, was hier stattfand, war reine Theorie. Doch Durant stimmte mit dem meisten überein. Eine Beteiligung Fischers an Evas Mord hielt sie für möglich, doch sein Alibi sprach dagegen, ein Einzeltäter zu sein. Es gab weiterhin keine Spur von Darius Moll. Ermittlungen zufolge hatte er sich mit einer Angestellten des Schnellrestaurants, von dem er losgefahren war, getroffen. Gloria Soundso. Durant hatte erst bei der Personenbeschreibung aufgehorcht. Blond. Dann stellte sich heraus, dass das Mädchen und Darius eine gemeinsame Vergangenheit hatten. Sie hatte ihn des Stalkings anzeigen wollen. Die Beamten hatten das nicht ernst genommen. Sollte ihr etwas zustoßen, entschied Durant im Stillen, würde sie den Typen die Hölle heißmachen. Doch die eigentliche Bombe hatte Michael Schreck zum Platzen gebracht. Der Internetanschluss, von dessen IP-Adresse die Mail der *Hyäne* gesendet worden war, lag keine dreißig Meter von Glorias Arbeitsstelle entfernt. Ein öffentlicher Hotspot, verkehrstechnisch günstig gelegen, von denen es viele gab.

»Solange Fischer in seinem Bunker hockt, will ich alle Einheiten auf der Suche nach Moll wissen«, hatte sie daraufhin gefordert. Sie dachte an den weißen Opel, der am Fundort von Evas Leichnam abgestellt worden war.

»Warum der Opel? Das Kennzeichen entspricht bis auf eine Abweichung den Buchstaben, die Wollner sich auf die Haut geschrieben hat. Der Wagen wies keine bekannten Fingerabdrücke auf. Die Nummer ist nicht angemeldet.«

»War sie aber«, warf Kullmer ein. Durant sah ihn fragend an.

»Kam vorhin erst rein, die Zulassung lief unter anderem auf eine Kathrin Fleischer.«

»Fleischer?«

»Der Mädchenname von Frau Leibold.«

Durant nickte stoisch.

»Und auf Fischer sind definitiv keine Fahrzeuge zugelassen? Auch nicht in der Vergangenheit?«

»Nein. Aber er besitzt eine gültige Fahrerlaubnis.«

»Haben wir die Mietwagenagenturen in und um Leipzig gecheckt? Die Strecke könnte man in wenigen Stunden überwinden.« Durant blätterte in ihren Notizen. Murmelte lesend: »Ankunft am Bahnhof, Hotel, das Essen mit dem Agenten. Dazwischen wäre genügend Luft, die Nacht mit eingerechnet.«

»Haben wir geprüft«, nickte Kullmer kopfschüttelnd. »Wofür hältst du uns?«

»Ich will Fischer *sehen*«, forderte Durant daraufhin und stand auf.

»Er uns gewiss nicht«, wehrte Berger ab. »Wir observieren das Haus rund um die Uhr, für mehr bekomme ich keine richterliche Anordnung. Wenn Sie ihn sprechen möchten, bestellen wir ihn her. Oder Sie fahren hin und gehen das Risiko ein, dass er Ihnen nicht öffnet. Tut mir leid. Unser Fokus liegt auf Moll, darüber waren wir uns einig. Beides gleichzeitig bekomme ich nicht durch.«

»Moll ist ein Stalker, ein armes Würstchen«, widersprach Durant und blickte hilfesuchend in Andreas Richtung.

Diese nickte und übernahm: »Das scheint so weit korrekt. Ein Kontrollfreak, sexuell gehemmt. Lässt sich gehen, wenn er den Rahmen dazu findet. Fühlt sich vor den Kopf gestoßen, wenn er sich auf eine Person fixiert hat und diese seine Zuneigung nicht erwidert. Solche Menschen begnügen sich oft jahrelang mit Phantasien. Manche von ihnen beginnen, ihre Opfer zu verfolgen. Einige werden gewalttätig. Doch vergessen wir nicht, dass Moll von seinem Übergriff gegen Johanna Mältzer abgelassen hat. Er hat sie weder vergewaltigt noch getötet. Geschweige denn sie ausbluten lassen.«

»Und wo ist er jetzt?«, fragte Berger mit hochgezogenen Brauen. »Wo ist er, und wo ist dieses andere Mädchen?«

Die Besprechung endete höchst unbefriedigend.

Zwei Männer, von denen keiner für alle Verbrechen passte. Moll war zu jung, um seit dem Mord an Rosi Stallmann dabei zu sein. Oder etwa nicht? Fischer war zu gewieft, um derartige Fehler zu begehen, wie sie bei Evas Leiche geschehen waren. Speichel an ihrem Körper, das Auto seiner Ex-Freundin am Fundort. Doch die Verbindungen waren nicht zu leugnen, ebenso wenig wie die Tatsache, dass Moll sich der Observierung entzogen hatte und die E-Mail von einem Standort aus gesendet worden war, den er regelmäßig besuchte. Den er besuchte, um eine junge Frau zu stalken. Eine Frau, die zu ihm in den Wagen gestiegen war.

»Was wollen Sie?«, erkundigte sich Durant. Berger hatte sie gebeten, Platz zu behalten. Er tat dies üblicherweise nur, wenn Probleme im Raum hingen, die er nicht vor den anderen diskutieren wollte. Berger schlug eine vergilbte Akte auf, eine Sammlung von Notizen, die er in seiner Schublade gebunkert hatte. Zwei Papiere lagen darin, sehr dürftig.

»Ich habe das halbe Wochenende damit verbracht und eine Menge Leute verprellt.« Er rieb sich schwer atmend die Stirn, was seinen Worten die notwendige Bedeutung verlieh. »Stichwort Marlen. Wussten Sie, dass Darius Moll einem der reichsten und angesehensten Geschlechter der Stadt entstammt?«

»Nein. Um ehrlich zu sein …«

»Interessiert es Sie einen Dreck.« Berger schmunzelte. »Ich weiß. Keine Angst, ich bremse Sie auch nicht aus. Das hat längst jemand vor uns getan.«

Durant neigte den Kopf. Die Sache begann zu stinken. Wie oft hatte sie es erlebt, dass ein Spross aus reichem Hause eine Straftat beging und die Angelegenheit auf dem Golfplatz vertuscht wurde. Käufliche Staatsanwälte, politische Seilschaften. Jeder wusste es, aber niemand unternahm etwas dagegen.

Sie atmete schneller, reckte die Hand in Richtung der Akte. Doch Berger hielt sie bedeckt.

»Mitte der neunziger Jahre. Eine Studentin wird von der Haushälterin in ihrem Bett vorgefunden. Atemstillstand. Eindeutige Hinweise auf sexuelle Aktivität. Spuren von Erbrochenem neben dem Kopf und im Rachen, wobei das meiste von jemandem beseitigt worden zu sein schien. Sie ist seitdem ein Pflegefall, ihr Gehirn war zu lange unterversorgt. Ihr Name ist Marlen von Heyden.«

»Marlen.« Durant erstarrte für eine Sekunde. »Von Heyden?«

»Die von Heydens, ja. Alter Industrieadel. Eng mit der Familie Moll verbandelt. Es hieß, Darius Moll sei am Tag des Vorfalls mit Marlen verabredet gewesen. Spuren deuteten auf einen Hausgast hin, aber es wurde nicht schnell genug ermittelt. Es hieß, Marlen habe einen Suizidversuch unternommen, weil sie den Examensdruck nicht aushielt. Die Sache wurde gedeckelt, um die Öffentlichkeit draußen zu halten. Hinweise auf eine Sexualstraftat mit K.-o.-Tropfen wurden bewusst oder unbewusst ignoriert. Darius wurde nie befragt.«

»Scheiße, verdammt!« Durant sprang auf. Sie lief wie ein verschrecktes Huhn durch das Büro, schlug gegen die Wand. »Wie kann ein Triebtäter wie Moll jahrelang ohne eine Anzeige davonkommen? Nicht persönlich nehmen, aber dann hat Ihre Tochter sich geirrt. Wenn er schon damals K.-o.-Tropfen benutzt hat, gehört er *nicht* zu den harmlosen Spannern. Er ist ein sadistischer Psychopath, und diese Gloria ist in höchster Gefahr!«

»Es gab damals keinerlei Beweise«, hielt Berger dagegen, »und auch keine Strafanzeige. Familie von Heyden kehrte Frankfurt den Rücken. Sie zogen außer Landes, um ihre Tochter bestmöglich zu therapieren. Molls Eltern starben ein paar Monate später bei einem Autounfall. Die Gerüchte verebbten mit der Zeit, auch, weil man sie ganz bewusst aus der Presse hielt.«

»Dann wird es Zeit, die Sache ans Licht zu zerren.« Wütende Entschlossenheit lag in Durants Augen. »Finden wir diesen BMW, und wenn wir eine Hundertschaft darauf ansetzen. Haben diese Fahrzeuge nicht GPS?«

»Entspannen Sie sich mal«, antwortete Berger, »ist ja nicht zum Aushalten mit Ihnen. Die Fahndung läuft bestens koordiniert, Frankfurt und Offenbach. Sobald Moll sich aus der Versenkung wagt, haben wir ihn.«

»Ihren Optimismus möchte ich haben.«

MONTAG, 13:10 UHR

Mit einem breiten, gierigen Lächeln beugte er sich über sie. In seinen Augen loderte das Verlangen. Ein Gefühl, das ihn schon vor so langer Zeit in Besitz genommen hatte. Sein Handeln steuerte.

»Jetzt gehörst du mir«, keuchte er und wischte sich den Schweiß aus der Stirn. Ein Tropfen löste sich, fiel auf die zarte Haut unterhalb ihrer Kehle. Vibrierte dort, im Takt ihres Zitterns. Auf eine Betäubung hatte er verzichtet, er wollte sie in all ihrer Reinheit. Ihr weit aufgerissener Blick, dessen Hass sich längst zu Panik verwandelt hatte. Nackte Angst, so nackt wie sie selbst. Entblößt, auf die kalte Liege gefesselt, von denen es in der alten Klinik unzählige gab. Um ihre Stirn, ihre

Hand- und Fußgelenke waren Fesseln geschlungen. Zwei weitere Riemen über Hals und Leiste. In ihrem Mund steckte ein Knebel.

Er hatte sie noch im Auto überwältigt, in einer Sekunde, als sie es nicht kommen sah. Schweigsam hatten sie nebeneinandergesessen, der Verkehr hatte eine gewisse Aufmerksamkeit erfordert. Außerdem klebte ihnen die Polizei an der Stoßstange. Sie schienen beide zu lauern, wissend, dass etwas Wichtiges geschehen würde. Etwas Einzigartiges. Etwas Gefährliches. Doch schlussendlich hatte sie es erst bemerkt, als seine Hände in Richtung ihres Halses schnellten, sich fest auf ihre Adern pressten und sie sekundenschnell in wehrlose Starre versetzten. Warum hatte er es nicht viel früher auf diese Weise getan? Doch die Vergangenheit war ein Impuls, den er schnell verdrängte. Für einen Mann ohne Zukunft hatte sie keine Bedeutung. Es zählte nur noch der Augenblick, *dieser* Moment. Er entkleidete sich. Im weißen Licht der Röhren spiegelte sich das Metall seiner Messer, die auf einem OP-Wagen ruhten. Warteten.

»Wir werden vereint sein«, raunte er, und diesmal war es Speichel, der aus seinen Mundwinkeln tropfte. Er berührte ihre Brustwarzen, umspielte ihre Scham. Sie atmete zitternd ein, die Nasenflügel bebten.

»Es scheint dir zu gefallen«, stellte er hämisch fest. »Na los, gesteh es dir schon ein. Du wolltest es doch schon die ganze Zeit.«

Ebenso lange wie er. Dessen war er sich sicher.

Er lachte auf. Die Wände der Halle im Keller des verlassenen Gebäudes warfen den Schall zurück. Kichernd, spöttisch. Das Lachen einer Hyäne.

MONTAG, 13:22 UHR

Claus Hochgräbe erreichte Julia Durant, als sie gerade an ihren Schreibtisch zurückgekehrt war. Sie hatte gegessen, wartete darauf, dass Hellmer ins Präsidium kam. Sie hatte mit Frau Leibold gesprochen, diese gab sich schockiert, dass es ihren alten Opel noch gab. Ob es tatsächlich ihrer sei oder nur einer von vielen weißen Astras, hatte sie wissen wollen. Die Fahrgestellnummer gab Gewissheit.

»Es ist zum Kotzen«, murmelte Durant verächtlich zu sich selbst, als sie ihren Computer aus dem Energiesparmodus weckte. Kaum tauchte ein Indiz in eine Richtung auf, wies der nächste Hinweis in die andere. Moll und Fischer hatten keine verräterischen Signale gesendet, als sie sich im Flur begegnet waren. Kein Hinweis darauf, dass sie einander kannten. Spielten sie ein derart perfides Spiel? Durant seufzte. Sie sehnte sich nach einem Salamibrot. Stattdessen lagen ihr ein Snickers und ein Gurkensandwich im Magen. Machten sie weder satt, noch gaben sie ihr Kraft. Im Posteingang fand sich eine Nachricht von Michael Schreck. Sie überflog die ersten Zeilen, es ging um die IP-Adresse der anonymen E-Mail. Sie zog die Stirn in Falten, denn sobald es zu technisch wurde, stieß ihr Fachwissen an Grenzen. Die Stimme ihres Partners klang außerdem besorgniserregend.

»Julia, du darfst dich jetzt nicht aufregen«, begann er unsicher. Er erreichte genau das Gegenteil.

»Zu spät«, sagte sie und drehte sich vom Monitor weg. Ihr Herz begann zu hämmern, und ihre Knie kribbelten. »Was ist los?«

»Nichts Schlimmes, wahrscheinlich«, sagte Claus schnell, »aber die Ärzte wollten dich informiert wissen.«

»Dann informiere mich um Himmels willen«, drängte Julia, fast schon panisch. Wenn es etwas Schlimmes war, warum hatten sie nicht direkt bei ihr angerufen? Oder war Claus ihnen einfach nur zuvorgekommen?

»Dein Vater hat erhöhte Entzündungswerte, womöglich eine Lungenentzündung. So genau ist das noch nicht zu sagen. Ich kam eben dazu, als sie dich verständigen wollten. Es heißt, das könne vom Liegen kommen. Nicht ausreichende Belüftung der Lungen. Sie wollen ...«

Doch Julia Durant hörte kaum noch zu. Hochbetagt. Lungenentzündung. Sie schnellte nach oben, ihr Autoschlüssel rasselte zu Boden. In diesem Moment betrat Hellmer das Büro.

»Du siehst ja aus wie ein Gespenst«, kommentierte er trocken.

»Frank.« Julia sprach mit unerschütterlicher Entschlossenheit. »Ich brauche deinen Porsche.«

MONTAG, 13:40 UHR

Die Ereignisse raubten Hellmer den Atem. Er hatte Nadine geküsst, Marie-Therese innig umarmt. Setzte seine Familie, von der er stets behauptete, dass sie ihm alles bedeutete, zu Hause ab. Fuhr ins Präsidium, anstatt sich über das Wiedersehen zu freuen. Flüchtete in den Fall, anstelle sich um die Probleme zu kümmern, die über ihnen baumelten wie ein Damoklesschwert. Und dann kam ausgerechnet Julia mit einer neuen Horrormeldung. Lungenentzündung. Mögliche Komplikationen. Er wusste, wie anfällig das Immunsystem alter Menschen war, und Pastor Durant war Mitte achtzig.

»Dreieinhalb Stunden«, sagte er. Seine Hände umklammerten das Lederlenkrad, seine Füße sprangen zwischen Gas und Bremse hin und her. Der Porsche wand sich durch den Stadtverkehr, Hellmer fuhr den Reuterweg und die Taunusanlage entlang, um Baustellen zu vermeiden. Ein Obdachloser taumelte in der Taunusstraße von einer Verkehrsinsel auf den Asphalt, er bremste hart und fluchte.

»Und ich soll mich nicht totfahren«, kommentierte Durant, nachdem der erste Schreck überwunden war. Der Mann trat lallend nach Hellmers Reifen, der Porsche nahm Fahrt auf. Kreuzte die Ampel und erreichte den Bahnhofsvorplatz.

»Du hast zehn Minuten«, sagte Hellmer, als er im Parkverbot anhielt. »Dein Vater braucht dich jetzt mehr als wir. Gleis sieben. Glaube ich. Schneller würdest du es mit dem Auto jedenfalls auch nicht schaffen.«

Durant blickte ihn an. Wollte etwas sagen, lächelte dann nur schmal. Sie öffnete die Tür. Draußen hupte es, ein Taxifahrer gestikulierte wütend.

»Halt mich auf dem Laufenden«, sagte sie.

»Du uns auch«, erwiderte Hellmer. »Und nimm's mir nicht krumm, aber in deiner Verfassung kann ich dich nicht mit dem 911er über die A 3 fahren lassen. Nicht bei …«

»Schon gut.«

Hellmer blickte ihr gedankenverloren nach. Dann griff er zum Handy und rief Kullmer an. Er hatte das Gespräch zweimal weggedrückt, was dieser ihm offenbar übelnahm.

»Bin ich jetzt der Einzige, der sich für den verdammten Fall interessiert?«

Hellmer ging nicht darauf ein. »Gibt's denn was Neues?«

»Sonst hätte ich nicht angerufen. Wo bist du?«

»Hauptbahnhof, fahre Richtung altes Präsidium.«

»Komm zu Fischers Haus.«

»Was liegt an?«

»Er hat uns verarscht, *das* liegt an.« Kullmer schnaubte. »Die Beamten, die ihn observierten, haben ihr Protokoll abgegeben. Er ist gestern mit einem Taxi von zu Hause losgefahren. Dieses hat ihn zu demselben Schnellrestaurant gebracht, vor dem das andere Team auf Darius Moll gewartet hat.«

Hellmer pfiff. »Scheiße.«

»Du sagst es. Das kann kein Zufall sein. Und es kommt noch besser. Er ging hinein, aß seelenruhig zu Abend und fuhr anschließend mit seiner Begleitung wieder nach Hause.«

Hellmer überlegte schnell. Der Porsche fuhr in den Kreisel an der Messe. »Kathrin Leibold. Weißer Astra?«

Es war ein Schuss ins Blaue.

»Quatsch. Johanna Mältzer.«

»Die beiden treffen sich privat?« Dass Johanna sich in Fischers Behandlung befand, war Hellmer bewusst. Private Treffen zwischen Seelenklempnern und Patientinnen waren nicht unüblich, ob es sich nun gehörte oder nicht. Zumal Fischer nicht gerade das Sinnbild eines renommierten Therapeuten war.

»Die Mältzer ist heute früh weggefahren. Alleine.«

»Hm. Ich nehme an, keiner ist ihr gefolgt?«

»Natürlich nicht.«

»Wo ist sie jetzt?«

»Keine Spur von ihr und ihrem Wagen. Aber eine Fahndung läuft.«

Zu spät, dachte Hellmer. Er ärgerte sich. Aber seine innere Stimme wiederholte einen Satz, den Berger einmal sinngemäß gesagt hatte. Wir können nicht jeden überwachen.

Das stimmte leider.

»Ich bin unterwegs.« Hellmer drängte den Porsche auf die äußere Spur und beschleunigte.

MONTAG, 14:02 UHR

Polizeipräsidium Frankfurt, Abteilung Computerforensik.

Michael Schreck ließ sich kraftlos nach hinten sinken. Er hatte einen würdigen Gegenspieler gefunden, wie es schien. Darius Molls PC war verschlüsselt. Besser gesichert als ein Regierungscomputer, konnte man fast meinen. Das ungeduldige Läuten des Telefons ließ ihn augenrollend aufstöhnen.

»Was ist denn nun schon wieder?«, hörte er sich fragen, bevor er realisierte, dass er die Freisprechtaste längst gedrückt hatte.

»Nette Begrüßung.« Bergers Stimme ließ ihn zusammenzucken.

»Shit, Verzeihung, ich wusste nicht …« Er räusperte sich.

»Schon gut. Sie sitzen an Molls Computerkram, nehme ich an?«

»Seit Stunden. Es ist wie verhext.«

»Vielleicht habe ich Abhilfe.« Erst jetzt fiel dem IT-Experten der verschwörerische Unterton in Bergers Stimme auf. »Kommen Sie in mein Büro, in etwa zehn Minuten.«

365

Berger legte auf und lächelte sein Gegenüber zynisch an. Darius Moll kauerte verkrampft auf einem Stuhl, die Beine gespreizt. Er trug eine Jogginghose, zwei Nummern zu groß, über der Hüfte lugte Verbandsmaterial hervor. Rote Flecke hatten sich in den Stoff seines T-Shirts gesogen.

Im Hintergrund hatte ein Uniformierter Platz genommen, der sich als Krüger vorgestellt hatte. Präsidium Südosthessen, Stadt Offenbach. Der BMW Cabrio war an der Zufahrt eines Badegebiets, an dem es auch Wochenendhäuser gab, gestoppt worden. Am Steuer eine junge Blondine. Das cremefarbene Leder blutbesprenkelt. An Händen, Handgelenken und im Gesicht waren rote Schmierer. Sie atmete hastig, als sei sie um ihr Leben gerannt. Ihr Blick war leer. Sie wehrte sich gegen jegliche Berührung durch die Beamten, es waren beides Männer. Einer davon Krüger. Er hatte berichtet, dass sie sich, während sie auf den Rettungswagen warteten, immer wieder angsterfüllt nach hinten gewandt habe. Als säße ihr eine Bestie im Nacken. Dann wieder stoische Blicke. Sobald die Halterabfrage bestätigte, dass es sich um Darius Molls Wagen handelte, begann man, nach ihm zu suchen. Eine zweite Streife kam hinzu, Krüger blieb bei Gloria, drei Beamte verteilten sich am Seeufer.

»Diese kleine Schlampe.« Darius Moll biss sich auf die Unterlippe. In seinen Augen stand Hass, verletzter Stolz.

»Bitte nicht schon wieder«, sagte Berger ruhig. »Erzählen Sie einfach weiter.«

»Was, wenn ich mein Bein nicht mehr richtig bewegen kann?«, empörte sich Moll.

Das Messer, mit dem Gloria zugestochen hatte, war nur wenige Zentimeter seitlich der Leiste eingedrungen. Heißes Blut quoll sofort hervor, nur seinem Reflex verdankte er es, dass die Klinge ihm nicht das Genital zerfetzt hatte.

»Ich h… habe es nicht kommen sehen.« Moll wisperte, und seine Miene spiegelte Entsetzen. Er wirkte völlig außer sich darüber, was geschehen war. Doch er verriet keine Details. Moll stand laut Notarzt nur unter einem leichten Schock. Instinktiv hatte er die Blutung gestillt, indem er den Handballen darauf presste. Blutgetränkter Sweatshirt-Ärmel, das Hosenbein von Hüfte bis Knie glänzend rot. Doch der Blutverlust war minimal, er war ein Mann guter Konstitution, sonst hätten die Mediziner ihn nicht in vorläufigen Polizeigewahrsam entlassen. Die Kriminalpolizei drängte auf eine Vernehmung, doch alles, was Moll verlauten ließ, waren Schimpftiraden auf Gloria, die er namentlich nicht nannte. Dazwischen Stöhnen und Ächzen. Ein Opfer, kein Täter. Zeichnete er dieses Bild mit Kalkül?

Michael Schreck klopfte an und trat sofort ein. Erschrak kurz, denn seine Augen trafen zuallererst Darius. Den kalten Blick, die bleiche Gesichtshaut, den blutdurchtränkten Verband. Hellmer wies mit dem Kinn auf sein Gegenüber, nannte Molls vollen Namen. »Wenn Sie Hilfe beim Zugang auf den Rechner brauchen – bitte. Fragen Sie ihn.«
Moll verschränkte die Arme. Die Bewegung schien ihm Schmerzen zu bereiten, was Berger argwöhnisch beäugte, denn es gab keinen erkennbaren Grund. Ein Schauspieler, mehr nicht, konstatierte er für sich.
»Ich sage nichts«, beharrte der Mann.
»Ich habe doch noch überhaupt nichts gefragt.« Schreck deutete auf die Tischkante, Berger nickte, der IT-Spezialist nahm Platz. So, dass Berger Moll noch ansehen konnte. Zupfte sein Hemd gerade und räusperte sich. »Wir haben Ihren PC und Laptop hier. Und ein Handy.«

Eiserne Miene. Aber Molls Atem beschleunigte sich. Schreck fuhr fort: »Sie sind ein Sicherheitsfanatiker, hm?«

Schweigen. Schreck ratterte eine Litanei von Fachbegriffen herunter. »Wir knacken jede Verschlüsselung, denken Sie nicht auch?«

»Niemals.«

»Die Frage war rhetorisch.« Er lächelte und hob die Augenbrauen. »Es mag zwei, drei Tage dauern, aber ich habe bislang noch jedes System kleinbekommen.«

Berger trommelte mit den Fingern auf der Tischplatte. Schreck drehte sich kurz nach hinten.

»Was mein Techniker sagen möchte«, fuhr der Chef fort, »ist, dass die Zeit gegen Sie spielt. Sie kommen in Untersuchungshaft, dürfen Ihren Rechtsbeistand konsultieren, wir nehmen derweil die Aussage der jungen Frau auf.«

Moll ließ ihn keine Sekunde aus den Augen, auf seiner Stirn sammelte sich Schweiß.

»Danach werden Sie des mehrfachen Mordes angeklagt, das Stalking und die sexuellen Entgleisungen interessieren dann keinen mehr.«

»Mord?« Molls Brustkorb hob und senkte sich im Sekundentakt. Seine Augen waren aufgerissen, und er hob schützend die Hände vor sich. »Ich habe niemanden umgebracht.« Dann deutete er mit vielsagendem Blick in Richtung der Wunde. »*Ich* wurde doch Opfer eines Mordversuchs!«

»Das ist uns herzlich egal«, entgegnete Berger. »Sie werden angeklagt, die Presse zerreißt Sie in der Luft, und hinterher ist's faktisch egal, wer die Mädchen auf dem Gewissen hat. Sexualdelikte«, er spie aus, »das Ekelhafteste, was es gibt. Und es brennt sich ins Gedächtnis der Leute. *Darüber* sollten Sie sich Gedanken machen.«

Moll lachte hysterisch auf, als er begriff. »Ich soll die Hyäne sein?« Das Kichern hätte passender kaum sein können.

»Sie klingen zumindest so«, kommentierte Schreck schmunzelnd. »Sprechen wir doch noch mal über Ihre Hardware. Helfen Sie uns, dann helfen wir Ihnen.«

»Wir wissen doch allesamt, dass sich auf den Computern der Beweis findet«, bohrte Berger weiter. »Die Hyäne hat Frau Durant eine E-Mail geschrieben. Und eine weitere an die Presse.«

»Ha!« Moll wollte aufspringen, verzog dann aber schmerzverzerrt die Lippen und stöhnte auf. Gepresst sprach er weiter: »Auf meinem Computer werden Sie nichts finden.« Sein Gehirn schien zu mahlen, die Kiefer jedenfalls taten es. Schreck war kein Verhörexperte, aber er glaubte zu wissen, welche Mechanismen in Molls Oberstübchen abliefen. Er wusste, dass seine Wohnung durchsucht worden war. Zweifelsohne, denn seine Computer befanden sich ja im Präsidium. Sein technisches Equipment, Hinweise auf die Überwachung von Gloria, die DVDs und Speichersticks, deren Inhalt nicht geschützt war. Ein breiter Katalog, der ihn als krankhaften Stalker entlarven würde. Indizien, die er nicht wegdiskutieren konnte. Würde es ihm schaden, sein Geheimstes preiszugeben, um im Gegenzug zu beweisen, dass er kein Mörder war?

»Was bekomme ich dafür?« Er hatte sich offenbar noch nicht entschieden, was zu tun war.

»Kommt drauf an, was Sie uns sagen«, hakte Berger ein. Er ließ sich nicht in die Karten blicken, seine Miene war versteinert. Das perfekte Pokerface. »Beginnen wir mit Louis Fischer.«

»Wem?«

Pfeilschnell kam Bergers Antwort. »Machen Sie uns nichts vor«, mahnte er. »Sie und Fischer. Die E-Mail wurde aus unmittelbarer Nähe des Schnellimbisses gesendet, den Sie beide besuchen. Wenn Sie's nicht waren ...«

»Ich kenne keinen Fischer«, beharrte Moll. Er kratzte sich am Ohr, die kleinen grauen Zellen arbeiteten zweifelsohne auf Hochtouren.

»Beweisen Sie es«, forderte Hellmer. »Zugang zu Ihren Rechnern, völlige Offenheit. Nur so kommen Sie da raus.« Seine Augen fixierten Moll, dieser wich ihm aus, wann immer es ihm gelang. Doch noch immer konnte dieser sich nicht überwinden.

»Ich will ...«, begann er.

»Den *Will* gibt's hier nicht«, wiegelte ihn Berger harsch ab. »Herr Schreck, bitte gehen Sie wieder an Ihre Arbeit. Herr Krüger, schaffen Sie ihn mir aus den Augen.«

»Moment«, rief Moll und wedelte mit dem Arm, als wolle er sich melden. Berger hob die Augenbrauen, sagte aber keinen Ton. »Ich gebe Ihnen Zugang. Aber ich möchte dabei sein.«

Es war der verzweifelte Versuch, einen Teil der verlorenen Kontrolle zurückzuerlangen. An sich zu binden. Berger zuckte unschlüssig die Schultern. »Herr Schreck?«

»Meinetwegen«, entgegnete dieser emotionslos.

Berger verschwieg geflissentlich, dass es ausgerechnet Johanna Mältzer gewesen war, die Gloria mit dem Messer und einigen weiteren Utensilien zur Selbstverteidigung ausgestattet hatte. Gloria hatte sich einer Polizeibeamtin anvertraut und eine facettenreiche Aussage gemacht, in der sie kaum etwas verschwieg. Endlich hörte ihr jemand zu. Diesen beschämenden Umstand hatte sie immer wieder betont. Es hatte erst etwas passieren müssen, und nun war sie diejenige, die mit einer Anklage zu rechnen hatte. Berger fasste den Entschluss, dies zu verhindern. Gloria hatte eine Bekannte zu Rate gezogen, weil das System versagt hatte. Ausgerechnet Johanna, eine Zufallsbegegnung, die sich sehr darüber gewundert haben musste, dass die beiden einen gemeinsamen Bekannten hatten. Eine Nemesis. Doch was war mit Johanna geschehen?

MONTAG, 14:07 UHR

Die Beamten erwarteten ihn bereits. Zwei Funkstreifen, außerdem Kullmers Ford Kuga, den Hellmer allein des Heckscheibenaufklebers wegen erkannte. Elisa on Tour. Wie oft hatte sein Kollege es wohl schon bereut, dieses pinkfarbene Ungeheuer auf dem Fahrzeug zu verewigen? Ein fettes Baby, breit grinsend, mit einer einzelnen Locke. Ein flüchtiges Schmunzeln auf den Lippen, steuerte er seinen Porsche schräg in die Hauseinfahrt.

»Worauf wartet ihr?«, begrüßte er die anderen.

»Auf den Schlüsseldienst.« Kullmer drehte seine Schultergelenke. »Niemand zu Hause.«

»Fischer muss zu Hause sein«, widersprach Hellmer. »Wo ist die Überwachungscrew?«

»Weggeschickt. Sie schwören darauf, dass niemand außer der Mältzer das Haus verlassen hat.«

Hellmer fiel ein Thriller ein, den er unlängst gesehen hatte. Man hatte mit Wärmebildern gearbeitet, ein Luxus, den er nun vermisste. Ungeduldig sah er auf die Uhr.

»Wo ist Johanna Mältzer?«

»Nicht in ihrer Wohnung. Im Laufhaus habe sie sich ebenfalls nicht blicken lassen.«

»Die Sache schmeckt mir ganz und gar nicht«, sagte Hellmer.

»Was liegt auf der anderen Seite des Anwesens?«

»Dornenbüsche. Das Haus steht an einem Hang. Alles längst überprüft.« Kullmer machte keinen Hehl daraus, dass Hellmers besserwisserisches Gehabe ihm nicht schmeckte. Doch wenn Julia Durant nicht da war … Ein Fahrzeug näherte sich. Der Schlüsseldienst, wie Hellmer mit Erleichterung feststellte. Hinter dem Kleinbus drängelte ein weiterer Wagen. Der Ruck des Garagentors, welches am Ende einer steilen Einfahrt lag, ließ den Kommissar zusammenzucken. Rasselnd verrichtete die Zugkette ihren Dienst. Der Techniker zwängte sich in eine Lücke auf dem Gehweg, Hellmer nickte ihm zu, dann galt seine Aufmerksamkeit dem grünen Renault Clio. Die Seitentür war verbeult, die am Steuer sitzende Frau hielt am Ende der Zufahrt an. Das Fenster öffnete sich, eine brünette Frau in Putzkittel schenkte ihm einen fragenden Blick.

»Was ist los hier?« Der osteuropäische Akzent war unverkennbar.

»Kriminalpolizei. Wer sind Sie?«, fragte Hellmer zurück und kramte nach seinem Dienstausweis.

Sie stellte sich als Magda vor, Haushälterin. Noch nie hatte Hellmer dieses Wort mit einem derartigen Sex-Appeal formuliert zu hören bekommen. Sie arbeite seit Jahren für Herrn Fischer, offiziell, wie sie betonte, mit allen Papieren.

»Haben Sie einen Schlüssel?«, fragte er schnell. Der Techniker war längst ausgestiegen und sprach mit Peter Kullmer. Natürlich hatte sie einen Schlüssel, Hellmer schämte sich fast für die

Frage. Er rief Kullmer zu sich, gemeinsam schritten sie in Richtung Tiefgarage.

»Schicken Sie den Schlüsseldienst wieder weg«, trug Kullmer einem Uniformierten auf. Magda interessierte sich nicht für die richterliche Anordnung. Sie fragte auch nicht weiter. Die Brandschutztür trug ein modernes Schloss, leicht knacksend öffnete sie sich.

»Darf ich arbeiten?«, vergewisserte sich die Polin unsicher.

»Nein, bitte warten Sie hier«, antwortete Hellmer mit unverbindlichem Lächeln. »Gibt es eine Alarmanlage oder sonst etwas, was wir beachten müssen?«

»Zutritt in Büro verboten«, gab Magda zurück. Sie schaute sich um, als vergewissere sie sich, ob Fischer nicht doch irgendwo auf sie lauerte. Mit gedämpfter Stimme sprach sie weiter: »Aber ich kenne. Langweilige Zimmer, viel Staub. Herr Fischer ist ein komischer Mann.«

»Deshalb suchen wir ihn ja«, knurrte Kullmer. »Haben Sie eine Ahnung, wo er sein könnte?«

Sie zuckte mit den Schultern und schüttelte den Kopf.

Nacheinander durchsuchten die Kommissare und einige Beamte die Räumlichkeiten der Villa. Es war ein kubischer Prunkbau, schlicht in seinen Formen, aber unverkennbar teuer. Ein Kronleuchter mit langen Kristallglasröhren und silbern gedampften Glühbirnen dominierte das Wohnzimmer. Marmorstufen, geländerlos. Hohe Räume. Die wenige Kunst zeigte unbekannte Motive, Hellmer beäugte eines der Gemälde näher. Es war handsigniert.

»Leer«, vermeldete Kullmer, als er Fischers Büro betrat. »Wie erwartet.«

Hellmer ging zurück zu Magda, sie saß rauchend auf der Treppe vor der Haustür. »Kommen Sie jeden Tag?«

Sie nickte.

»Gestern auch?«

»Nein. Sonntags ich habe frei.«

»Haben Sie Fischer jemals in Begleitung gesehen?«

»Frauen?« Magda lachte spöttisch, dann verneinte sie erneut.

»Hat oft Besuch. Klienten.« Sie setzte das Wort in Anführungszeichen und schürzte verschwörerisch die Lippen.

»Aber keine Frau, nur mich.«

Sie war ausgesprochen attraktiv, wie Hellmer fand. Es brauchte keine üppige Oberweite und Wespentaille, um eine Frau anziehend zu machen. Doch Magda war dunkelhaarig, jenseits der dreißig. Dies entsprach nicht dem Fischer zugeschriebenem Schema.

»Kennen Sie Tunnel?«, fragte sie wie aus dem Nichts.

Hellmer verstand nicht sofort, vielleicht, weil er der etwas ungeschliffenen Sprache Magdas nicht all seine Hellhörigkeit widmete. »Tunnel?«

»Unten in Keller. Ich darf nicht wissen, habe aber einmal gesehen. Tür stand offen, da habe ich geschaut. Als Chef kam, schnell versteckt.« Sie seufzte. »Seitdem nie wieder offen. Immer verschlossen. Kein Schlüssel.«

Längst war Hellmer aufgesprungen. Es ratterte, sein Gehirn schien zu glühen. Er rief sich die Lage des Gebäudes in Erinnerung, das mögliche Baujahr. Siebziger Jahre. Angst vor einem dritten Weltkrieg. Nuklearschlag der Russen. Atomschutzbunker. Er hastete die Stufen hinab, Magda am Handgelenk gepackt.

»Zeigen Sie es mir!«, keuchte er. Es grenzte an ein Wunder, dass sie nicht stolperten. Magda hatte erschrocken gequiekt, als er sie mitgerissen hatte. Nun rüttelte sie an der Tür des Lüftungsraums, in dem sich die metallene Schleuse befand.

»Kein Schlüssel«, wiederholte sie.

374

»Ist der Techniker noch oben?«, fragte Hellmer, während er die Tür in Augenschein nahm. Doch dieser war längst weg.

»Sollen wir ihn zurückrufen?«, fragte ein junger Polizist unschlüssig.

»Brecheisen«, forderte Hellmer ungeduldig. Drei Minuten später hatte er die Tür aufgehebelt. Im Inneren surrten klobige Gerätschaften, Spinnweben hingen von der Decke. Am anderen Ende des schmalen Raumes befand sich die Schleuse, sie führte in einen muffigen Tunnel. Das Ende war nicht abzusehen, die Luft schmeckte feucht, alle paar Meter glomm eine Wandlampe. Hellmer, Kullmer und zwei Beamte stiegen nacheinander über den Wandabsatz, Magda trippelte unschlüssig auf der Stelle.

»Sie warten hier«, hatte Hellmer ihr zu verstehen gegeben. Nachdrücklich.

Louis Fischer schluckte den salzigen Speichel, während er seine Hände nicht von ihren Brüsten zu lassen vermochte. Er lag vom unteren Ende des Tisches her über sie gebeugt, roch ihre Scham, schmeckte ihre Angst. Ein Zittern versetzte ihn ins Beben, es deutete sich ein Orgasmus an. So zumindest stellte er sich den Höhepunkt vor, doch er wusste nicht, ob seine Empfindung mehr der einer Frau oder der eines Mannes glich. Sein Atem stockte, Schweiß tropfte auf Johannas Haut.

»Mir, mir allein«, schmatzte er zufrieden. »Wer hätte das gedacht? Wir verlassen diese Welt gemeinsam.«

Johanna konnte nichts erwidern, obwohl sie bei Bewusstsein war. Ein Knebel hinderte sie am Sprechen, es waren gedämpfte Schreie, die sie von sich gab. Laute, die sich in der kühlen Halle verloren. Jenem alten, vergessenen Lager, das irgendwann einmal ein Heizungsraum gewesen sein musste.

Fischer wartete einige Sekunden, bis das Kribbeln seiner Lenden nachließ. Bis ihn keine Reizstöße mehr durchzuckten wie heiß-kalte Blitze. Dann stand er auf, griff zu einem der Messer. Mit dem Fuß schob er eine Plastikwanne unter die Liege. Das Geräusch verstärkte Johannas Angst, denn sie konnte nicht sehen, was unter ihr geschah. Auch das Messer sah sie erst, als es zu spät war. Flink und routiniert stach Fischer es in ihren Hals. Die linke Hand und sein Unterarm hielten ihren Kopf, seine Augen ruhten auf den ihren. Warteten geduldig, wie sich der Lebenswille aus dem verzweifelten Widerstand löste. Bis Ruhe und Frieden einkehrten, für eine Sekunde, bevor der lebendige Glanz in den Pupillen erstarb. Während das Blut in schwächer werdendem Pulsieren in die Wanne floss. Erst trommelnd, dann ploppend. Seine Zunge leckte sich gierig die Mundwinkel. Er konnte es riechen, sehnte sich nach dem leicht bitteren Eisengeschmack. Fischer entsann sich all jener, die ihn auf seinem Weg begleitet hatten. Keine hatte gleich geschmeckt. Johannas Puls verlangsamte sich. Dann flog die Tür auf.
Julia Durant.

»Finger weg von der Frau!«, befahl sie mit vorgehaltener Waffe. Hinter ihr baute sich Hellmer auf, ebenfalls die Pistole im Anschlag.
»Rufen Sie einen Notarzt, schnell«, presste er hervor. Eilige Schritte entfernten sich.
»Haben Sie nicht gehört?«, rief Durant. »Treten Sie von ihr zurück!«
Fischers Miene, bis dato verfinstert, wechselte zu einem höhnischen Grinsen. Er bewegte sich keinen Zentimeter. Blut rann über seine Hand, mit der er Johannas Kopf hielt. Ein leises Lachen erfüllte den Raum.

»Sie kommen zu spät. Zu spät.«

»Weg, verdammt, wenn du dir keine Kugel ins Bein fangen willst!«

Tatsächlich schien Fischer von ihr abzulassen, nach einem kurzen Schritt aber machte er halt. Er bückte sich.

Durant rief erneut. »Letzte Warnung! Frank, verpass ihm eine Kugel ins Bein.«

Das Lachen wurde lauter, dröhnte fast. Mit hysterisch verzerrtem Grinsen sank Fischer zu Boden. Schlug mit den Händen auf den kalten Beton. Durant wechselte einen vielsagenden Blick mit Hellmer und Kullmer, der neben sie getreten war. Auch er hielt seine Waffe im Anschlag.

»Erschießen Sie mich doch.« Es glich einem gleichgültigen Singsang. Fischers Mimik deutete darauf hin, dass ihm sein Leben gleichgültig war. Durant interessierte sich nicht dafür, ihr Blick galt den schwachen Bewegungen des Mädchens. Johannas Kopf war unnatürlich geneigt, die verdrehten Augen zeigten hauptsächlich Weiß. Krampfhaft versuchte sie, ihre Retter zu erblicken. Die Kommissarin eilte zu ihr, presste die Hand auf den blutnassen Hals. Die Haut war heiß und glitschig.

»Ruhig«, wisperte sie, als Johannas Blick sie traf. Mit der anderen Hand streichelte sie ihr sanft übers Haar. Neben ihr überwältigten die beiden Kollegen Louis Fischer, der sich kniend die Hände in Handschellen legen ließ. Seine Augen schienen einen leeren Punkt in der Ferne zu suchen. Erst als er kopfüber nach vorn sprang, bemerkten sie ihren Irrtum. Die Hände auf dem Rücken fixiert, landete Fischers Kopf in dem Bottich, Blut spritzte kniehoch, sofort warf sich Kullmer auf ihn. Zog ihn zurück, die Haare trieften, es floss ihm in die aufgerissenen Augen und spritzte aus den Nasenlöchern.

Doch die Blicke der Kommissare, Durant eingeschlossen, galten ausschließlich Fischers Mund. Wie ein Kind den Kakao leckte er wollüstig die Lippen, und schluckte, was er von Johannas Lebenssaft hatte ergattern können. Gequälte Glückseligkeit lag auf seinem Gesicht, während das Mädchen über ihm entschlief.

»Schafft mir diesen Bastard aus den Augen«, stieß Durant hervor. Tränen standen in ihren Augenwinkeln.

MITTWOCH

MITTWOCH, 16:35 UHR

Er blinzelte. Die Sonne brannte durch die Lamellen der herabgelassenen Jalousie und blendete ihn. Er sprach heiser, seine ersten Worte waren ein kaum verständliches Kauderwelsch.

»Wasser …«

Julia sprang auf, hob den ausgeblichenen Schnabelbecher an. Führte ihn an die aufgeplatzte Lippe ihres Vaters. Seine Wangen waren eingefallen, was daran liegen mochte, dass sein Gebiss in der Schublade lag. Aber auch sonst wirkte er müde, alt und zerbrechlich. Papierne Haut, unter der man jedes einzelne Äderchen zu erkennen schien. Er trank, es tropfte auf sein Nachthemd.

»Langsam, Paps«, lächelte sie.

Im Hintergrund wartete Dr. Szalay geduldig, die Hände in ihrem Kittel.

»Es geht ihm deutlich besser«, hatte sie am Vormittag erklärt. Julia Durant war am Montagabend in München angekommen, später als geplant, denn sie hatte nicht den ICE um Viertel nach zwei genommen. Der Zug hatte eine achtzehnminütige Verspätung, Zeit genug, um am Bahnsteig zu stehen. Buchwerbungen zu lesen, ungeduldige Menschen auf die Bahn schimpfen zu hören. Ein Telefonat mit Claus zu führen,

379

in dem er ihr versicherte, dass erhöhte Infektionswerte nichts Ungewöhnliches seien. In *seinem* Alter. In *seiner* derzeitigen Lage. Danach ein Anruf bei Hellmer, dort meldete sich die Mailbox. Besetzt? Berger hatte Durant gesagt, dass die Kollegen zu Fischer unterwegs seien. Vom Hauptbahnhof aus war die Villa schnell zu erreichen gewesen. Schnell genug, um bei Fischers Verhaftung dabei zu sein. Doch er hatte sein grausames Ritual bereits beendet. Johanna war in Durants Armen eingeschlafen, während dieses Schwein kichernd nach draußen geschleift wurde. Ohne Johanna, der sie Beistand leistete, hätte sie ihm womöglich in seine abstoßende Visage getreten. Doch so düster ihre Gedanken auch waren (sie hatte Claus alles berichtet), Frankfurt lag nun in weiter Ferne.

Die Ärztin hüstelte leise, wippte mit dem Kopf. Gab Durant zu verstehen, dass andere Patienten auf sie warteten. Andere Angehörige, andere Ängste. Claus nickte ihr zu, übernahm den Platz an Pastor Durants Seite.

»Es war wichtig, die Zeit des künstlichen Komas abzuwarten. Körper und Geist, insbesondere bei alten Menschen, brauchen viel länger, um sich zu erholen.«

Durant nickte schweigend, Dr. Szalay sprach weiter: »Ihr Vater hatte ein erfülltes Leben, nicht wahr?«

»Er war Pfarrer, im Grunde ist er es noch«, antwortete Durant. Dann wurde sie stutzig. »Wieso sprechen Sie in der Vergangenheitsform?«

»Es liegt noch ein längerer Weg vor ihm. Reha, Training, darüber entscheiden die nächsten Tage. Aber er wird das nicht alleine bewältigen können. Sie arbeiten in Frankfurt, er lebt hier. Verstehen Sie das nicht falsch …«

Durant winkte abrupt mit der Hand. »Ich werde mir freinehmen. Solange es nötig ist.«

Das war das mindeste, was sie ihrem Vater schuldig war.

Später, als sie in Claus' Wohnung waren, saßen sie in der untergehenden Sonne. Eng aneinandergelehnt, sie hatten sich leidenschaftlich geliebt. Erholsame Minuten, ein kurzer Rausch, in dem der Kopf abgeschaltet war. Frei von allen Sorgen, doch nun kehrten sie allmählich wieder.

»Ich muss zurück, das verstehst du doch?«, fragte Julia leise. Claus tat ihr gut, sie dankte Gott, dass es ihn gab. Nach all den Enttäuschungen und Verletzungen …

»Ich weiß.« Er nickte verständnisvoll. »Ich weiß es nur zu gut. Mir würde es genauso gehen. Aber bleib nicht zu lange. Hier sind zwei Männer, die auf dich zählen.«

Ja, sie liebte ihn. Sie würde ihn nicht länger als unbedingt nötig warten lassen.

DONNERSTAG

DONNERSTAG, 16:10 UHR

Okriftel, Märchensiedlung.
Julia Durant hatte bei McDonald's haltgemacht, zwei Cheeseburger, Pommes frites und einen Milchshake mitgenommen. Das Essen lag ihr schwer im Magen, ohne dass sie satt war. Sie betrachtete sich im Innenspiegel, übermüdete Augen, gequälte Mundwinkel. Strich sich eine Strähne aus der Stirn, schloss den Peugeot ab und trat vor Hellmers Haustür. Nadine öffnete und umarmte ihre Freundin zur Begrüßung. Sie wechselten einige schnelle Sätze, dann erschien Frank im Flur.
»Wir hätten uns so viel zu erzählen«, klagte Nadine. Die Kommissarin nickte.
»Ein anderes Mal.« Sie lugte an ihr vorbei. »Hallo, Frank.« Dieser erwiderte den Gruß. Dann wieder zu Nadine: »Wie geht es Marie-Therese? Hat eure Reise etwas gebracht?«
Hellmer schob sich an seiner Frau vorbei, küsste sie auf die Wange.
»Ja, aber das lässt sich nicht zwischen Tür und Angel erklären. Komm doch einfach mal wieder zum Essen vorbei. Das heißt ...«, sofort trübte sich Nadines Blick, »wenn dir danach ist. Wie geht es deinem Vater?«

»Scheint übern Berg zu sein«, tat Durant ab, »was auch immer das bedeutet. Ich fahre am Wochenende wieder nach München, alles Weitere ergibt sich dann.«

Nadine umarmte sie ein zweites Mal. »Du bist jederzeit willkommen«, wisperte sie in Julias Ohr. »Danke, dass du dich bei alldem auch noch um meine Familie gekümmert hast.«

»Dafür sind Freunde da«, erwiderte Durant leise. Sie wollte sich nach Stephanie erkundigen, doch Frank drängte. Der Berufsverkehr. Er machte keine Anstalten, seinen Porsche zu nehmen, was Durant nur recht war.

»Stört es dich?«, vergewisserte er sich, seine Zigaretten aus der Brusttasche ziehend. Durant schüttelte schweigend den Kopf. Nur zu, dachte sie. Der nächste Kandidat für ein Gefäßleiden. Doch ihr fehlte es an Kraft für eine Diskussion, außerdem trieb er Sport. Und er trank nicht mehr. Das war wichtiger.

Hellmer rauchte eine halbe Zigarette, bevor er zu sprechen begann. Paffte den Rauch aus dem Fenster, während sie die A 5 hinabfuhren in Richtung Darmstadt. Louis Fischer war in der JVA Weiterstadt in Gewahrsam, Untersuchungshaft.

»Hast du dir die Protokolle angesehen?«

Durant nickte. »Denkst du auch, dass Fischer es auf seine Verhaftung abgesehen hatte? Er hat doch förmlich darauf hingearbeitet. Beates Leiche haben wir jahrelang nicht gefunden und dann nur durch Zufall. Warum also diese Nachlässigkeit?«

»Sehe ich auch so.« Hellmer zog ein letztes Mal, schnippte die Kippe aus dem Fenster. Ein Auto hupte. Er grinste bitter. »Aber hat er tatsächlich damit gerechnet, dass wir ihn in flagranti erwischen? Dass ausgerechnet seine Putzfrau uns auf den Geheimgang stößt?«

Durant überlegte, während sie sich auf den Verkehr konzentrierte. Johanna Mältzer kam ihr in den Sinn.

»Wie geht es Johanna?«

»Den Umständen entsprechend. Sie hat eine Menge Blut verloren, ist noch immer nicht bei Bewusstsein. Die Ärzte schließen eine Hirnschädigung nicht aus.«

»Scheiße.« Durant mochte sich nicht vorstellen, was das Überleben für eine Frau bedeutete, wenn sie hinterher zum Pflegefall wurde. Geistig irreparabel geschädigt, nicht mehr in der Lage, das Leben allein zu meistern. Eine Horrorvorstellung, insbesondere für sie selbst. Verursacht durch einen Bastard wie Fischer. Einen Mann, der seinen Beruf in dem Schein ausübte, anderen zu helfen.

»Vielleicht hat sie ja Glück«, murmelte sie hoffnungsvoll. Pausierte kurz, dann: »Noch einmal zurück zu Fischer. Das Auto, der Speichel. Die Hinweise. Nichts davon passt zu dem Profil, an dem Andrea arbeitete. Serienmörder töten aus Lust für sich selbst oder um sich materiell zu bereichern. Psychopathen, die mit der Polizei spielen, sind die Ausnahme. Warum, warum, warum?« Sie schlug aufs Lenkrad, der Wagen schlingerte kurz.

Hellmer hüstelte und griff nach der Tür. »Frag ihn selbst. Er verlangt seit zwei Tagen nur nach dir. Wir hatten unsere Mühe, die Standardfragen durchzukauen. Nichts interessiert ihn. Er hockt seelenruhig da, ein widerliches Grinsen, wo man am liebsten reinschlagen möchte.«

»Warten wir's ab. Was ist mit dem anderen, Moll?«

»Sitzt. Er ist das krasse Gegenteil von Fischer.« Hellmer lachte kurz auf. »Wollte uns allen Ernstes weismachen, dass er Opfer einer gezielten Attacke wurde.« Er tippte sich an die Stirn.

»Klär mich bitte auf.«

Hellmer berichtete in knappen Sätzen. Die Computerauswertung hatte ergeben, dass Fischer und Moll in keinerlei Verbindung standen. Moll hatte außerdem darauf beharrt, dass seine privaten Dateien ihm nicht angelastet werden dürften. Fotomontage sei schließlich nicht illegal. Zu dem aufgespürten Handy in Glorias Kofferraum sagte er nichts. Schließlich hatte Berger den alten Fall auf den Tisch gepackt; Marlen von Heyden. Moll verständigte seinen Anwalt, einen bekannten Winkeladvokaten, der dafür bekannt war, die Entgleisungen wohlhabender Personen wieder ins Lot zu bringen.

»Gut möglich, dass die Stalking-Geschichte platzt wie eine Seifenblase«, schloss Hellmer mürrisch, dann aber erhellte sich seine Miene. »Aber Gloria wurde Blut und Urin abgenommen, kurz, nachdem man sie aufgriff. Das verdanken wir der Rettungssanitäterin. Blut war negativ, aber im Urin fanden sich Rückstände von GHB.«

»K.-o.-Tropfen«, sagte Durant. »Verdammt. Sie war ihm die ganze Nacht über ausgesetzt. Was auch immer er ihr angetan hat, sie kann froh sein, sich nicht daran erinnern zu müssen.«

»Zwei, drei Stunden später, und es hätte keine Spuren des Mittels mehr in ihrem Körper gegeben. Jetzt kriegen wir ihn dran, so viel ist sicher. Die Hütte am See wurde gefunden, die Ereignisse lassen sich anhand der Spuren einigermaßen rekonstruieren. Moll hat sie betäubt und sich an ihr vergangen. Ein Gummi fand sich keines, auch kein Sperma. Aber sie wurde binnen der letzten vierundzwanzig Stunden penetriert, also kommt zeitlich nur Moll in Frage.«

»Wann hat sie ihn mit dem Messer attackiert?«

»Gemäß ihrer Aussage und den Indizien muss es nach dem Aufwachen geschehen sein. Moll lag neben ihr im Bett. Döste. Gab sich der kranken Phantasie hin, sie seien nun ein Paar.«

Hellmer verzog angewidert das Gesicht. »Sie realisierte, was geschehen war, griff zum Messer und stach zu. Flüchtete. Dann lief sie den Kollegen in die Arme.«

»Das genügt«, knurrte Durant. »Moll wird so schnell keiner Frau mehr etwas antun.«

»Er strebt eine Gegenklage an«, erwiderte Hellmer. »Wegen ihrer Messerattacke. Du solltest ihn mal sehen.« Er schüttelte den Kopf. »Sie haben ihn bandagiert, als wäre das Becken gebrochen.«

»Drecksau«, presste Durant hervor. »Wer weiß, wie viele Frauen er bereits vor Gloria belästigt hat. Das Schlimmste ist, dass er der Polizei bekannt gewesen ist. So etwas *darf* einfach nicht passieren.«

»Tut es aber. Daran ändert der ach so tolle Stalking-Paragraph auch nichts.«

Sie erreichten die JVA Weiterstadt.

DONNERSTAG, 17:35 UHR

Julia Durant lehnte an der Tischkante. Ihre Arme waren verschränkt, die Fingerkuppen gruben sich in ihre Oberarme.

»Womit kommen Sie nicht klar?«, vernahm sie Fischers Stimme. Das Gespräch war bereits dreimal unterbrochen gewesen, sie hatte Hellmer zuletzt gebeten, alleine mit Fischer reden zu dürfen. Dieser hatte sie achselzuckend gewähren lassen.

»Belassen wir es dabei, dass ich die Fragen stelle, okay?« Durant richtete sich auf, trat hinter die Lehne ihres Stuhls. Hielt sich daran fest und beäugte den Mann. Er zeigte keinerlei Emotionen, strahlte eine beneidenswerte Ruhe und Gelassenheit aus. Erleichterung. Überheblichkeit. Sie konnte es nicht einordnen. Hin und wieder zuckten seine Mundwinkel, der Anflug eines Grinsens, in das sie am liebsten mit der Faust geschlagen hätte. Seelenruhig gestand dieses Dreckschwein ihr ein halbes Dutzend Morde. Und besaß dann die Frechheit, sie zu fragen, womit sie nicht klarkam.

»Womit ich nicht klarkomme, ist, dass diese jungen Frauen allesamt sterben mussten. Dass Sie mir keine Gründe dafür nennen.«

»War das nun eine Antwort oder eine Frage?«

Durant pfiff wütend zwischen den Zähnen durch und winkte ab.

»Wenn ich einen Grund nenne, sind Sie dann zufrieden?«, provozierte Fischer weiter. »Eine seltsame Auslegung des Strafgesetzbuchs, finden Sie nicht?«

Sie atmete ins Zwerchfell, angespannt, und unterdrückte den Drang, ihm an die Gurgel zu springen. Fischer hatte nach ihr verlangt. Sonst hatte er nicht viel Erhellendes von sich gegeben.

»Sie kommen nicht damit klar, dass ich einfach so getötet habe«, setzte er erneut an. Stoisch, ohne Überheblichkeit. »Dass ich keinen Grund dazu brauche. Nie gebraucht habe. Es ist das Töten selbst, was mich antreibt. Jener letzte Blick, wenn das Leben aus ihren Augen entweicht.«

»Bullshit!«, rief Durant. »Es sind junge, blonde Frauen. So wie Kathrin Leibold es einst war.«

Weiter kam sie nicht, denn Fischer lachte lauthals auf. Er schlug sich auf die Schenkel und rief: »Ernsthaft? *Das* glauben Sie? Lächerlich!«

»Leugnen Sie etwa, dass die Frauen einander allesamt ähnelten?«

»Nein. Aber haben Sie nicht auch einen bestimmten Typ Mann, den Sie bevorzugen?«

»Ich stelle die Fragen.«

»Meinetwegen. Ich habe eine Vorliebe für Blonde, kennen Sie den Spruch ›Gentlemen prefer blondes‹? Mit Brünetten, nichts gegen Sie, konnte ich nie etwas anfangen.«

»Also keine Rache an Frauen, die Ihrer großen Liebe ähnelten? Einer Liebe, die Sie verschmähte? Die Ihnen das Herz aus der Brust gerissen hat?« Insgeheim fand Durant Gefallen an der Vorstellung, dass jemand Fischer Schmerzen bereitet hatte. Sie funkelte ihn herausfordernd an.

»Nein.«

»Dann frage ich noch mal. Danach werde ich gehen. Sie haben nach mir verlangt, also überlegen Sie sich Ihre Antwort besser genau.«

»Bitte.« Fischer reckte sich und gähnte.

»Warum sind Sie bei Beate Schürmanns Verschwinden bei der Kripo in Erscheinung getreten?«

»Fragen Sie zuerst etwas anderes.«

»Ich warne Sie!« Durant wandte sich demonstrativ der Tür zu.

»Bitte. Ich sage es Ihnen, aber erst später.«

Sie ärgerte sich, gab dennoch nach.

»Wie haben Sie das Observierungsteam ausgetrickst?« Es war eine Frage, die von sekundärer Bedeutung war, doch etwas Besseres fiel ihr ad hoc nicht ein. Fischer grinste breit.

»Perücke, Frauenkleider, Make-up. Der älteste Trick der Welt. Zurückgekehrt bin ich durch den Tunnel.«

»Was hat es mit diesem Tunnel eigentlich auf sich?«

»Das Haus, in dem ich lebe, baute der Gründer der Klinik. Den Tunnel ließ er anlegen, um schnell zwischen Wohnung und Büro zu verkehren. Keine unübliche Vorgehensweise, ich kenne mindestens zwei weitere ...«

»Schon gut«, brummte Durant. Sie hatte weder die Kraft noch den Nerv, in belangloses Geplänkel überzugehen. »Was ist mit dem Alibi? Sind Sie nur nach Leipzig gereist, um uns Ihre Fahrkarte unter die Nase zu halten? Was, wenn Eva an diesem Abend nur fünf Minuten früher oder später vorbeigelaufen wäre. Oder was, wenn überhaupt nicht?«

»So viele Fragen.« Fischer sah sie an, als wolle er in sie hineinblicken. »Wozu das alles? Sie haben mich doch in flagranti erwischt. Der Traum eines jeden Ermittlers.« Er hob die Augenbrauen. Doch Julia gab sich unbeirrt.

»Sie haben Zugfahrt und Hotel gebucht, darauf geachtet, einigen Personen im Gedächtnis zu bleiben. Dann haben Sie sich einen Wagen genommen. Vermutlich keinen Mietwagen, sondern den Ihres Agenten. Ich bin gespannt, wie er auf eine Klage wegen Beihilfe reagieren wird.« Sie suchte ein Zucken in Fischers Visage. Vergeblich. Stattdessen kicherte er und deutete auf seinen Mund.

»*Das* wird seine einzige Reaktion sein. Beihilfe. Ich habe den Wagen ohne sein Wissen ausgeliehen. Beweisen Sie das Gegenteil.«

Durant spannte verbissen die Armmuskulatur an. Adern zeichneten sich auf ihrem Handrücken ab. Sie atmete durch die Nase, fuhr in gezwungener Ruhe fort: »Nun zurück zu Beate Schürmann.«

»Warum reden wir um den heißen Brei herum? Wann fragen Sie mich das Offensichtliche?«

»Was wäre das?«

»Die Milz. Das Blut. Was Sie wollen.«

Durant verkniff sich ein zufriedenes Lächeln. Er *wollte* reden. Spielte noch immer ein Spiel.

»Gut, meinetwegen.« Sie ließ ihm die Illusion, er bestimme die Schrittrichtung. »Warum sind Sie kopfüber in die Blutwanne gesprungen?«

»Ich hatte Durst.«

Durant fuhr herum. »Durst? Wie ein Vampir?«

»Das Trinken von Blut ist nichts Unnatürliches. Ich kann Ihnen einige sehr gute Artikel dazu nennen.«

Durant erinnerte sich an die Textpassagen. Sie prustete abfällig. »Die Frauen mussten sterben, weil Sie an ihr Blut wollten? Weil Sie keinen Pimmel haben und sich deshalb einbilden, das Ganze sei ein Sexersatz?« Ihr Lachen hallte von den Wänden wider. Doch noch immer hatte Fischer sich unter Kontrolle.

Tonlos erwiderte er: »Ich leide an einer seltenen Form von Blutkrebs und werde daran sterben.«

Durant schluckte. Was hatte er da eben gesagt? Sie starrte ihn schweigend an.

Fischer fuhr fort: »Ich habe vor Jahren davon erfahren. Lebe seither mit dem Bewusstsein, dass ich daran sterben werde. Doch meine Erkrankung änderte nichts daran, dass ich Freude am Töten empfinde. Sie ist vielmehr der Grund dafür, weshalb ich aufhören wollte. Weshalb ich mich praktisch selbst gestellt habe.«

»Indem Sie Ihren Speichel am Opfer hinterließen? Indem Sie den Leichnam nur dünn eingruben und das Auto zurückließen?«

»Diese Ungereimtheiten sind Ihnen also aufgefallen.« Fischer tat gönnerhaft. »Es ist kein Geheimnis, dass man Tote in zwei

Metern Tiefe begraben muss, damit Spürhunde sie nicht finden. Und jeder weiß, dass Spucke DNA enthält. Aber ich habe auch Fingerabdrücke plaziert. Keine gefunden?«

»Ist das wichtig?«

»Nein, schon gut.«

»Wann haben Sie davon erfahren? Zur Zeit von Beate Schürmanns Verschwinden?«

Fischer nickte.

»Haben Sie deshalb Kontakt zu uns aufgenommen?«

»Ja und nein.« Er wippte mit dem Kopf. »Ich hatte damals mein erstes Manuskript eingereicht. Beate war längst tot. Vergraben wie alle anderen. Niemand wäre mir jemals auf die Schliche gekommen. Doch es gibt einen Menschen, der mir etwas bedeutet. Einen einzigen.« Seine Stimme verebbte zu einem Wispern.

»Kathrin Leibold.«

Fischer blickte auf. »Nach meinem Tod wird es ihr gutgehen. Und Sie erhalten genug Material, um Ihre Ermittlungen sauber abzuschließen.«

Durant schnalzte mit der Zunge. Sie lehnte sich an die Wand und atmete flach. Trotz aller Überheblichkeit, trotz der unsäglichen Verbrechen, am Tisch saß ein Mensch. Verletzbar. Er wirkte aufrichtig. Sie fröstelte. Menschliche Züge bei Monstern wie Fischer waren nur schwer zu ertragen, sie fühlten sich falsch an. *Durften* nicht sein.

»Wie lange haben Sie noch?«

Fischers Blick wurde verklärt. Er kratzte sich am Unterarm. Die Haut sah noch blasser aus als zuvor, was Durant jetzt erst auffiel. Er registrierte den Blick der Kommissarin.

Sofort kehrte das selbstsichere Grinsen zurück, er kicherte leise. »Ich habe mein Vertrauen in die Schulmedizin schon vor langer Zeit verloren«, begann er schließlich. Er sah auf zur Uhr, als zählte sie seine Lebensminuten herunter. »Wenn alles läuft wie prognostiziert, wird es wohl nicht mehr zu einem Prozess kommen.«

Durant rang nach Luft, sie trommelte gegen die Tür, man öffnete ihr. Sie eilte an Hellmer vorbei, stieß dabei ein leises »dieses Schwein« aus. Draußen vergrub sie den Kopf zwischen den Händen. Sie schluchzte, es kamen aber keine Tränen.

»Warum tust du dir das an?«, fragte Hellmer.

Sie wusste darauf keine Antwort. »Ich muss wissen, wieso«, sagte sie, dreimal hintereinander.

»Lass ihn doch.« Hellmer winkte ab. »Ein Psychopath, nichts weiter. Ob ein Produkt unserer Gesellschaft oder ein Produkt seiner selbst. Das kann man nicht immer in eine Schublade stecken, das wissen wir beide. Er hatte eine Blutgier, das macht ihn vielleicht zu etwas Besonderem. Aber Berger hat uns unmissverständlich instruiert. Kein Wort an die Presse. Nur die nötigsten Details. Fischer ist ein Serienmörder, das machen wir nicht mehr ungeschehen. Aber wir bieten ihm kein Forum. Schützen die Angehörigen der Opfer, so gut es geht, vor Details. Soll er doch verrotten, er wird nie mehr einen Fuß in die Freiheit setzen.«

»Das ist es ja!« Durant sprang mit verzweifelter Miene auf. »Er hat Krebs, irgendeine seltene Form. Er zieht sich aus der Affäre, stirbt, bevor es zu einem Prozess kommt.«

»Abwarten«, knurrte Hellmer, doch seine Augen verrieten plötzliches Unbehagen.

Louis Fischer sollte büßen. Sühne tun. Einsam in seiner Zelle vor sich hin vegetieren. Gewissheit habend, dass keine Macht der Welt ihn begnadigen würde. Durant konnte sich einen zynischen Gedanken nicht verkneifen. Warum ließ Gott so etwas zu? Warum rief er Fischer zu sich – ausgerechnet jetzt?

Ein letztes Mal kehrte Durant zu Fischer zurück.

»War es das, was Sie mir sagen wollten?«

Er legte den Kopf fragend zur Seite.

»Ihr Haus ist voll mit belastenden Beweisen. Keiner von uns muss Sie vernehmen, denn die Indizien sprechen eine eindeutige Sprache. Haben Sie mich nur gerufen, um mich wissen zu lassen, dass Sie sterben?«

»Und wenn es so wäre?« Fischer grinste wieder. Nun erkannte sie es. Es war kein Sadismus, der aus ihm sprach. Er hatte längst mit allem abgeschlossen. Vor ihr saß ein Mann, der keine Zukunft mehr hatte. Der gehen wollte, aber mit einem Paukenschlag, damit keiner ihn jemals vergessen würde.

»Erzählen Sie mir von Jutta Prahl«, forderte Durant. »Nur diese eine Information. September 1998. Ich glaube Ihnen nicht, dass es sich um einen Zufall handelt, dass Frau Leibold unmittelbar zuvor mit Ihnen Schluss gemacht hat.«

Tatsächlich berichtete Fischer von dem besagten Abend. Er habe in seinem Wagen gesessen, Kathrins Wagen, um genau zu sein. Wollte sich das Leben nehmen, in der Dunkelheit eines Autobahnparkplatzes. Einen Schlauch für den Auspuff hatte er auf dem Rücksitz liegen, konnte sich aber nicht überwinden, ihn anzuschließen. Dann habe er sie gesehen. Sie kam zielstrebig auf ihn zu, klopfte ans Fahrerfenster, bat um Hilfe. Sie hatte Tränen in den Augen.

»Wunderschöne Augen. Wie die von Kathrin, als sie mir gegenüberstand. Blondes Haar.« Seine Miene versteinerte sich. Voller Abscheu sprach er weiter. »Sie fragte, ob ich ein Telefon habe. Wimmerte. Doch ich sah in ihr nur eine jüngere Version von Kathrin. Ich stieg aus. Nahm den Schlauch. An den Rest kann ich mich nur vage erinnern.« Fischer überlegte kurz und rieb sich die Nase. Dann zwinkerte er. »Es war vielleicht der einzige ungeplante Mord meiner Karriere. Ob der Richter das berücksichtigen wird?«

»Arschloch«, kommentierte Durant. Doch etwas hielt sie davon ab, die Vernehmung abzubrechen. »Also hatte ich recht«, sagte sie stattdessen nach einer Weile. »Es sind Abbilder Ihrer Verflossenen.«

»Wenn Sie das so sehen möchten. Ich mochte blonde Frauen schon immer, das sagte ich ja. Aber es gibt wichtigere Faktoren als das Äußere.«

»Und die wären?«

»Reinheit. Im polynesischen Raum werden Blutrituale ausschließlich mit Jungfrauen oder Jünglingen durchgeführt. Nichts ändert die Körperchemie so sehr wie das Einsetzen der Pubertät. Sie sollten wissen, dass ich nicht ohne Grund sehr wählerisch bin. Die Vereinigung war nur ein Teil des Rituals. Wenn es nach meinem früheren Arzt ginge, wäre ich längst tot. Rote Bete, Traubensaft und Blut haben mich so lange durchhalten lassen.«

»Deshalb sprangen Sie in die Wanne mit Johannas Blut?« Durant verzog abfällig den Mund. »Wegen eines obskuren Blutrituals?«

»Ich bin der lebende Beweis, dass es funktioniert«, lachte Fischer düster. »Und für Johanna war es die sauberste Vereinigung, die sie in ihrem Leben erfahren hat.«

Julia Durant hätte ihn am liebsten angeschrien. Sie ballte die Fäuste, ihre Fingernägel gruben sich schmerzhaft in die Handballen. Sie wollte ihm an den Kopf werfen, dass all seine Morde ihm letzten Endes nichts genutzt hatten. Dass er krepierte. Alle Frauen hatten umsonst ihr Leben gelassen. Doch ihre Kraft ließ sie im Stich. Müde löste sich die Verspannung ihrer Hände. Zurück blieben rote Sicheln, die man noch eine Weile sehen würde. Als er weitersprach, folgte sie seiner Aufforderung schweigend.

»Gehen Sie nun bitte, Frau Durant. Ich habe Ihnen nichts weiter zu sagen. Ihre Fragen müssen Sie fortan selbst beantworten. Sie haben mich nicht ernst genommen, als Zeit dafür war.«

Sie blickte sich nicht einmal mehr zu ihm um. Doch als das metallene Knarren des Türscharniers ertönte und ihr ein frischer Luftzug um die Nase strich, fiel ihr etwas ein. Sie hielt inne, wie gelähmt, die Trockenheit schmerzte in ihrer Kehle.

»Johanna Mältzer ist nicht tot. Hat man das Ihnen etwa nicht gesagt?« Sie wollte verbittert auflachen, doch sie konnte nicht. Ihre Gesichtsmuskeln blieben versteinert, als sie sich ein letztes Mal umdrehte und Fischers entgeisterten Blick sah. »Sie haben versagt. Johanna ist der lebende Beweis dafür. Und ich werde dafür sorgen, dass die Öffentlichkeit hiervon besondere Notiz nimmt.«

Die Tür schlug zu. Ihr Hall trug durch den langen, leeren Korridor.

FREITAG

FREITAG, 13:45 UHR

Der Peugeot war gepackt, Berger hatte Durants Urlaubsantrag ohne Wimpernzucken genehmigt. Ungeduldig fuhr sie dem BMW hinterher, durch immer kleiner werdende Dörfer, über immer enger werdende Straßen. Straßen, die sie wegführten von der Autobahn. Die Meldungen verdichteten sich. Heimfahrtwochenende für zwei weitere Bundesländer, in denen die Sommerferien zu Ende gingen. Doch Julia würde den Stau in Kauf nehmen, für diese eine Sache, die noch zu erledigen war. Der BMW blinkte, bog ab auf einen asphaltierten Feldweg, der sich in Schlangenlinien einen sanften Hügel hinaufschwang. Zwischen den Baumkronen ragte eine rote Ziegelspitze auf. Näher kommend, gewann das Haus Konturen. Fachwerk, aufwendig restauriert, eine meterhohe Mauer aus Natursteinen umgab das Gelände. Wie weit es in den Wald hineinreichte, war nicht auszumachen. Im Fenster des BMW drehte sich ein Gesicht nach hinten. Winkte. Die Kommissarin lächelte. Stephanie hatte sichtlich einiges von ihrer Lebensfreude zurückgewonnen. Nadine Hellmer hatte den Wunsch ihrer Tochter unterstützt, aufs Internat zu gehen. Die Zeit drängte, wie der Schulsozialarbeiter betont hatte. Sie hatte ein Gespräch mit dem Direktorat geführt, Hellmer zweifelte noch immer, hatte sich aber von den Vorteilen eines Neubeginns überzeugen lassen. Er würde alles für Stephanie tun, selbst wenn es bedeutete, sie loszulassen. Und es war Steffi, die sich inständig gewünscht hatte, dass Julia Durant sie dorthin begleitete.

»Julia hat eigene Pläne«, hatte Hellmer sofort eingeworfen. Doch die Kommissarin nahm sich die Zeit. Auf eine Stunde mehr oder weniger kam es nicht an.

Ihre Gedanken wanderten zu Greta Leibold. Sie hatte noch einmal mit ihr sprechen wollen, doch es hatte sich nicht ergeben. Ob ihre Mutter dahintersteckte? Sie wusste es nicht. Die Botschaft war eindeutig gewesen: »Wir möchten keinen weiteren Kontakt zur Polizei. Wir können Ihnen bei der Mordermittlung nicht helfen. Eva ist tot, Greta nimmt sich diesen Verlust sehr zu Herzen. Bitte kontaktieren Sie uns nicht mehr.«

Julia wollte das nicht akzeptieren und hatte mit Alina Cornelius gesprochen. Diese machte ihr deutlich, dass es kaum einen rechtlichen Ansatzpunkt gab. »Wie weit die sexuelle Grenzverletzung auch gehen mag, wegen einer einzelnen Situation, die sich vor Monaten abgespielt hat, werden keine Schritte eingeleitet.«

»Aber wenn Greta doch da rauswill.«

»Das hat sie *ein Mal* geäußert«, betonte die Psychologin, »in einer emotional angespannten Situation. Kein Jugendamt der Welt wird hier etwas unternehmen, wenn sie nicht einmal selbst sicher ist, was sie möchte. Du kannst ihr da nicht raushelfen, auch wenn es dir schwerfällt, das zu ertragen. Greta muss es zuallererst selbst wollen.«

Frank, Nadine und Stephanie stiegen aus. Julia hielt sich im Hintergrund, während das Mädchen sich von ihren Eltern und Marie-Therese verabschiedete. Niemand weinte, melancholisch betrachtete sie das herzliche Familienidyll. Durant würde keine Kinder haben, so hatte das Schicksal es unbarmherzig bestimmt. Dann kam Steffi auf sie zugelaufen. Nahm sie an der Hand, drückte sie.

»Danke für alles«, hauchte sie ihr ins Ohr, als sie sich fest umarmten. Bedeutungsschwere Worte von einer Dreizehnjährigen. Worte, die man sich nicht allein dadurch verdiente, biologisch miteinander verwandt zu sein.

Sie bestand darauf, ihre Taschen selbst hineinzutragen. Steffi musste zweimal laufen, Nadine sah ihr nach. Lächelte Julia an. Frank trat neben sie.

»Da geht sie hin.«

Sie hatten nicht mehr über den Vorfall gesprochen. Durant überlegte kurz, wartete, bis Nadine sich Marie-Therese zuwandte. Fragte dann mit gedämpfter Stimme: »Wer war es denn nun eigentlich, der ihr das angetan hat?«

Hellmers Miene verfinsterte sich. »Wir wissen es nicht. Es gibt Verdachtsmomente auf eine bestimmte Gruppe Jugendlicher. Siebzehnjährige Kerle, von denen einige bereits auffällig geworden sind. Aber Schreck kann keinem von ihnen das Foto zuordnen. Sie haben ihre digitalen Spuren zu gut verwischt.«

»Und damit gibst du dich zufrieden?« Durant neigte ungläubig den Kopf.

»Was soll ich machen? Noch mehr mit der Faust drohen?« Hellmer rieb sich demonstrativ die Hände. »Was, wenn es doch eines der Kids aus ihrer Klasse war? Sie hat sich bewusstlos getrunken. Ob K.-o.-Tropfen im Spiel waren, werden wir nie erfahren. Xenia schwört Stein und Bein, dass sie nur getrunken haben. Wodka, Amaretto, Bacardi.« Er formte die Namen mit Betonung. Ob er sie schmeckte? Ob seine Zunge sich danach sehnte? Durant wusste es nicht. Sie schob ihren Kollegen, dessen leiderfüllte Blicke in Richtung des Portals sie kaum mehr ertragen konnte, in Richtung Parkplatz.

»Komm, Frank, verschwinden wir. Sei froh, dass Steffi ein neues Kapitel aufschlagen kann.«

Doch Hellmer gab sich zweifelnd. »Ich habe viel mehr Angst, dass es hier im Internat ähnlich zugeht.« Er stöhnte und rieb sich die Schläfen. »Missbrauch. Drogen. Ich weiß ja selbst, dass die meisten Schülerheime davon wohl nicht betroffen sind. Die Nachrichten melden immer nur Einzelfälle. Aber was, wenn ausgerechnet hier der nächste Einzelfall auftritt? Was …«

Julia unterbrach ihn und schüttelte den Kopf. »Nach allem, was deine Tochter durchlebt hat, wird sie sich auf nichts dergleichen einlassen.« Sie knuffte Frank aufmunternd in die Seite. »So viel solltest du ihr schon zutrauen, immerhin ist sie kein kleines Kind mehr.«

Hellmer brummte etwas Unverständliches.

Dreizehn Jahre. Ein Teenager. Er wollte das Mädchen nicht loslassen, das er in den Schlaf gesungen hatte. Dessen größte Freude ein neuer Stoffteddy bedeutete. Das seine ersten Schritte entlang des Wohnzimmertischs gemacht hatte, Papas schützende Hände in unmittelbarer Nähe. Er war noch nicht dazu bereit.

Als sie durch den Torbogen traten, blickte er sich ein letztes Mal um.

Wohl oder übel: Er würde es lernen.

EPILOG 1

Wolken jagten in grauen Fetzen über den Himmel. Möwen stiegen im Steilflug auf und ließen sich von den Böen mitreißen. Er biss in sein Croissant, bevor er den Motor abstellte. Neben ihm kaute seine Partnerin auf einem Brötchen herum, zwischen den Sitzen standen Pappbecher in ihren Halterungen.

»Hätte mein Frühstück lieber wie gewohnt gehabt«, nuschelte er und blinzelte seiner ungemein gutaussehenden Begleitung zu.

»Wir dürfen sie nicht länger warten lassen«, entgegnete diese, »auch wenn es theoretisch nicht auf ein paar Stunden ankäme. Nicht nach so langer Zeit.«

»Du hast ja recht«, nickte er und stieg aus. Er klopfte sich Krümel von der Kleidung, fuhr sich über den Hinterkopf. Flüchtige Gedanken durchzuckten sein Gehirn. Wie würde sie reagieren? Stimmte es tatsächlich, dass die Zeit Wunden heilen konnte? Und riss man diese wieder auf: Schmerzten sie dann nicht noch viel heftiger?

Sie nahm einen letzten Schluck ihres Kaffees. Er schmeckte bitter, zu stark, zu wenig Milch. Papier raschelte, als sie das Brötchen einpackte und auf dem Armaturenbrett verstaute. Beide schritten die Zufahrt hinauf. Zwischen den Fugen wucherte Gras und Löwenzahn. Ein Auto hatte hier schon lange Zeit nicht mehr gestanden. Fünf Jahre. War es wahrhaftig schon so lange her?

Der Hausherr, ehemals Ortsvorsteher und Mitglied in zahlreichen Vereinen, war 2009 verstorben. Ein Mann, gerade einmal sechzig. Den nicht der Krebs und nicht die Genusssucht umgebracht hatten. Das Leben selbst hatte ihn verlassen. Das Schicksal, welches ihm tiefe Wunden in den Leib gerissen hatte. Daran war er zugrunde gegangen, und jeder hatte es mit ansehen müssen. Allen voran seine Frau. Ihr wurden die beiden einzigen Menschen entrissen, die sie jemals geliebt hatte. Jeder Tag, den sie in Einsamkeit begann und beendete, fühlte sich an wie eine Strafe. Ein andauernder Schmerz, den sie nicht verdient hatte. Doch sie war zu feige, um sich das Leben zu nehmen. Zu bieder, um sich in Alkohol oder Affären zu flüchten. Sie vegetierte als Einsiedlerin, inmitten ihrer Nachbarn, die es längst aufgegeben hatten, sich um sie zu bemühen. Pflegte das Grab. Weinte, wenn sie mit dem Finger über die Metallbuchstaben strich, um Staub oder Vogelkot zu entfernen. Wartete geduldig, dass auch ihr Name neben den ihres Mannes geschrieben wurde.

Sie hielt die Plastikhaube, die über ihre Haare gezogen war, mit einer Hand fest. Mit der anderen schob sie das Fahrrad. Es läutete, als sie das Haus erreichte. Schon lange war sie nicht mehr in die Kirche gegangen. Einen Gott, derart ignorant, brauchte sie nicht in ihrem Leben. Der Pfarrer tauchte gelegentlich vor ihrer Haustür auf, doch sie wimmelte ihn immer wieder ab. Er war kaum vierzig, hatte weder Ehefrau noch Kinder. Wie könnte er auch nur die geringste Ahnung davon haben, wie es um ihre Seele stand? Dann registrierten ihre grünen Augen, die einst so glänzend gewesen waren, eine Bewegung. Sie stockte, dann sah sie den Wagen. Der Priester hielt seine Messe, anderen Besuch erwartete sie schon lange nicht mehr. Ein anthrazitfarbener Mercedes. Vertreter kamen sonntags keine. Die nächsten Verwandten, Cousinen, die sie seit Jahren nicht mehr gesehen hatte, lebten zweihundert Kilometer entfernt. Dann erst erkannte sie zwei Personen. Offenbar hatten sie geklingelt, schritten nun zurück zum Auto. Ein Mann und eine Frau – sie hatte südländische Züge. Gesichter, die sie in helle Aufregung versetzten. Sie beschleunigte ihre Schritte, lehnte das Fahrrad an die Mauer.

»Wollten Sie zu mir?«

Sören Henning und Lisa Santos drehten sich zu ihr um. Erleichtert, wie es aussah. Natürlich hatten sie zu ihr gewollt, weshalb sollten sie auch sonst …

»Guten Morgen, Frau Stallmann.« Er kam auf sie zu, drückte ihre Hand. »Wir dachten schon, Sie seien nicht da.«

»Ich habe das Grab gemacht«, antwortete sie leise. Die Kommissare nickten mit teilnahmsvoller Miene.

»Was führt Sie zu mir?« Die Frage kam leise, gefüllt mit unsicherem Beben. Vor vielen Jahren waren die Besuche der Kriminalbeamten regelmäßig gewesen. Nicht Henning, nicht Santos. Im Laufe der Zeit hatte sie viele Gesichter kommen und gehen sehen. Bis der Fall irgendwann zu den Akten wanderte. Eine Tramperin. Fünfhundert Kilometer von zu Hause entfernt. Die Buchstaben auf ihrem Steiß machten den Fall zwar spannend für die Medien, aber kein Indiz deutete auf einen Täter hin.

»Können wir hineingehen?«, bat Santos lächelnd.

Sie nahmen im Wohnzimmer Platz. Auf die Kommissare wirkte es, als habe sich in den letzten Jahren nichts verändert. Nur die Schatten und Furchen auf Frau Stallmanns Gesicht waren tiefer geworden.

Henning kam ohne Umschweife zur Sache. »Die Kripo Frankfurt hat vor einigen Tagen einen Mann verhaftet. Ihm

werden Morde an jungen Frauen zur Last gelegt, und das
über Jahre hinweg.«

»Rosi?« In den leeren Augen flammte plötzlich etwas auf. All
die Hoffnung, Angst und Trauer, die die Seele einer Mutter
jahrelang zerfressen hatten, schienen zeitgleich zurückzukeh-
ren. Rosemarie hatte gegen ihr Elternhaus rebelliert. Natürlich hatte sie das. Sie war ein wundervoller Teenager, anstrengend, rauhbeinig, eigensinnig. Die biedere Langeweile, das
Vereinsleben, die dörfliche Gemeinschaft. Und das alles in
unmittelbarer Nähe Kiels, einer Stadt, die sämtliche Kontras-
te bereithielt. Wie oft hatten sie sich Vorwürfe gemacht, am
Verschwinden des Mädchens Schuld zu tragen. Daran, dass
sie auf dem Weg nach Süden, einem unbestimmten Ziel entgegen, ermordet wurde. Sie schluchzte heftig, als Lisa Santos
langsam nickte. Weinte heftig. Schließlich fand sie zurück zur
Sprache.

»Hat er auch noch andere … Warum ausgerechnet jetzt …
Wer? Warum?« Sie wechselte mit aufgerissenen, glasigen Pupillen zwischen den Beamten hin und her. Henning antwortete zuerst, unschlüssig, wie viele Details er verraten sollte. Andererseits waren die Medien voll mit Halbwissen und Speku-
lationen. Ein Wunder, dass Frau Stallmann nicht längst selbst
darauf gekommen war. Doch sie wirkte nicht wie jemand, der
sich für irgendetwas interessierte, was in der Welt geschah.

»Ein Perverser. Lauerte blonden, hübschen Frauen auf. Ermordete sie.«

»Hat er sie vergewaltigt?«

»Nein.« Henning sah hilfesuchend zu Santos. Das Thema war
ihm unangenehm. Lange Zeit war man davon ausgegangen,
dass Rosemarie vergewaltigt und ermordet worden war. Sie
hatte unzweifelhaft sexuellen Kontakt gehabt. Aber laut Julia

Durant, die ihn am Vorabend informiert hatte, konnte es sich dabei nicht um Louis Fischer gehandelt haben.

»Wir wissen leider nicht mehr über die Umstände der Tat«, übernahm Lisa Santos, »aber der Tatverdächtige ist impotent. Vielleicht eine Triebfeder seiner Mordlust. Er suchte seine Befriedigung im Töten.«

»Zwanzig Jahre lang?« Klaras Blick wurde ungläubig.

»Er führte ein ganz normales Leben. Ein Eigenbrötler, extravagant, aber nichts brachte ihn mit den Morden in Verbindung.«

»Warum jetzt?«

Henning übernahm wieder: »Er lauerte einem Mädchen auf. Seiner Aussage zufolge hatte er sie als letztes Opfer ausgewählt. Er hat Krebs. Er wusste, wann er ihrer habhaft werden konnte, und bereitete alles vor. Er schuf sich ein Alibi, entführte und ermordete sie, stieß die Polizei aber zeitgleich auf seine Fährte. Er genoss es, sie scheinbar zu kontrollieren.«

Er kannte nicht alle Details, aber genug, um von Mathias Wollner zu berichten. Von dem Hinweis auf das Kennzeichen, das sich der Junge auf den Leib gekritzelt hatte.

»Der Junge war gezeichnet wie Rosi?«, hakte Frau Stallmann tonlos nach.

Henning biss sich auf die Unterlippe. Ein grausamer Zufall, der unwirklich erscheinen musste und sich dennoch ereignet hatte. Die Zeichnung auf Rosis Steiß stammte nicht von Fischer. Zumindest hatte er laut Protokoll darauf beharrt.

Henning geriet ins Schwimmen, schob es auf die kranke Psyche des Killers. Wechselte das Thema. Irgendwann räusperte sich Lisa Santos leise. Gab Sören Henning zu verstehen, dass Frau Stallmann ihm nur noch teilnahmslos lauschte. Den Klang vernahm, aber die Worte nicht mehr verarbeitete.

»Wie auch immer«, schloss er daher, »Rosis Mörder ist nun endlich hinter Gittern. Wir können Ihnen sämtliche Informationen besorgen, jederzeit. Sie haben lange genug auf diesen Tag gewartet.«

Klara Stallmann erhob sich, schritt zum Wohnzimmerfenster, hinter dessen Scheiben man die Schiffe auf dem Kanal erblicken konnte. Sie sah in die Ferne.

»Ich habe Gewissheit.« Ihre Sätze kamen abgehackt. »Mehr brauche ich nicht. Ich werde Rosi davon erzählen. Wenn das Wetter hält, gehe ich nach dem Essen noch mal zu ihr.«

Noch während Lisa und Sören überlegten, ob sie ihr psychologische Hilfe anbieten sollten und wie zynisch das klingen würde, drehte sie sich zu ihnen herum.

»Frau Santos, Herr Henning, ich weiß es sehr zu schätzen, dass Sie sich die Mühe gemacht haben, sonntags zu mir herauszukommen. Wirklich. Doch ich möchte nun bitte alleine sein.«

Bleiernes Schweigen erfüllte den Raum. Die Kommissare standen langsam auf. Henning nickte und streckte ihr die Hand entgegen. »Wenn Sie irgendetwas brauchen …«

Santos verabschiedete sich ebenfalls. Strich Frau Stallmann, die noch immer nicht sprach, über die müde herabhängende Schulter. Sie wandten sich in Richtung Hausflur.

»Wir hätten sie damals nicht gehen lassen dürfen.«

Die Worte, so weich sie auch klangen, durchschlugen die Stille wie ein Schwert. Klara Stallmanns Gesichtszüge hatten an Kraft zurückgewonnen, Selbstbeherrschung. Ein langer Weg der Ungewissheit war nun zu Ende. Warum ausgerechnet Rosemarie das erste Opfer hatte werden müssen? Unwichtig.

»Es hätte ihn am Morden nicht gehindert«, warf Henning ein, der viel zu spät merkte, worauf Klara hinauswollte.

»Genau.« Sie nickte mit einem bitteren Lächeln. »Hätten wir sie halten können, würde sie noch leben.«

Im Hinausgehen wechselten Lisa Santos und Sören Henning einen vielsagenden Blick. Es waren Momente wie diese, die ihren Job so schwer zu ertragen machten.

EPILOG 2

Der Prozess gegen Louis Fischer wurde nur fünf Wochen später eröffnet. Auf besonderes Drängen der Staatsanwaltschaft, Durant hatte nicht lockergelassen. Ein psychologisches Gutachten wurde erstellt, es bescheinigte Fischer volle geistige Zurechnungsfähigkeit. Er habe seinen Opfern aufgelauert, gezielt und im Vorsatz, und sich in einem wiederkehrenden Schema an ihnen vergangen. Fischers medizinische Impotenz, seine perversen Rituale, das Trinken des Blutes; nichts davon schmälerte die Einschätzung des Gerichts. Ein medizinisches Gutachten, welches sein Anwalt erbittert anfocht, brachte ein überraschendes Ergebnis. Fischers Krankheit stagnierte. Er war uneingeschränkt haftfähig. Nach zwölf Tagen wurde das Urteil verkündet, wie erwartet wurde auf lebenslange Freiheitsstrafe entschieden. Die Richterin befand auf besondere Schwere der Schuld, Fischers Anwalt äußerte sofort lauthals, dass dies nur geschähe, weil sie eine Frau sei. Revision sei praktisch ein Selbstläufer. Niemand nahm ihn ernst. Die Indizien gegen Fischer, darunter vier Milzen, Gefäße mit Blut sowie persönliche Dateien und Notizen, genügten vollauf. Das Haus, die Aussagen der Beamten und, nicht zuletzt, Johanna Mältzer. Sie trug keine dauerhaften Schädigungen davon, zumindest keine, die man ihr ansah. Doch ebenso wie die Narbe an ihrem Hals würde auch ihre Psyche nie vollständig verheilen.

Die Medien entfachten eine emotionale, kurzlebige Diskussion darüber, wie mit Serienmördern verfahren werden solle. Wie es sein könne, dass ein Mörder derart lange unbehelligt bleibe. Die üblichen Rufe, über Lynchjustiz bis Polizeiversagen, doch sie verstummten auch wieder. Berger hatte bei der Pressekonferenz sämtliche Details über Fischers Blutgier verschwiegen. Tatsächlich überdauerte diese Nachrichtensperre das Medieninteresse, und man nahm Fischer als (ein weiteres) Geschwür der Gesellschaft wahr, letzten Endes erleichtert, dass wenigstens eines seiner fünf Opfer gerettet werden konnte. Rosemarie Stallmann, Beate Schürmann, Jutta Prahl, Eva Stevens und Johanna Mältzer. Mit anderen Fällen wurde Fischer offiziell nicht in Verbindung gebracht. Über mindestens fünf weitere Tötungsfälle, zu denen es ausreichende Indizien gab, wurde die Öffentlichkeit nicht informiert. Parallelen zu weiteren Vermisstenfällen wurden (zumindest offiziell) nicht gezogen.

Im Internetforum, wo Fischer als *druide_666* agiert hatte, erzeugte die Meldung über dessen Verhaftung große Resonanz. Doch anders als die Presse spekulierte man schnell in ganz andere Richtungen. Fischer sei nur ein Bauernopfer. Der Satanskiller, der Pentagramm-Mörder, *die Hyäne* – das Morden würde weitergehen. Zu viele Ungereimtheiten. Kein satanischer Bezug. Ein Mörder, der aus reiner Mordlust tötete, schien den Forenbesuchern eine zu schlichte Erklärung zu sein. Man behauptete sogar, dass er insgeheim mitlesen würde. Mitschreiben. Seine Handlungen durch die Beiträge beeinflussen ließe …

»Die üblichen Verschwörungstheorien«, wie Michael Schreck das Ganze lapidar abtat. Woher die polizeiinternen Informationen gekommen waren (und ob es diese überhaupt gegeben hatte), blieb ungeklärt. Schreck gelangte zu der Einschätzung, dass Fischer sie selbst gestreut hatte.

Louis Fischer starb neun Monate nach seiner Verurteilung. Sein Körper wies zahlreiche Anzeichen von Verletzungen auf, man vermutete Gewalt von Mithäftlingen. In Deutschland fand sein Tod kaum Beachtung. Dann jedoch, einige Wochen später, veröffentlichte ein kleiner Verlag in den USA ein Buch mit dem reißerischen Titel »The True Story of the Hyena Murders«. Ohne jeden Zweifel eine Anspielung auf das bekannte Werk über Charles Manson. Das dreihundertvierundachtzig Seiten umfassende Buch enthielt unter anderem einen Bildanhang und persönliche Notizen von Louis Fischer. Schamane, Coach, individueller Lebensberater. Serienmörder.

Kathrin Leibold erhielt über Fischers Agentur einen Brief und einen Verrechnungsscheck über fünfzigtausend Dollar. Weitere Zahlungen wurden ihr in Aussicht gestellt. Fischer erwähnte an keiner Stelle die grausamen Morde, die er verübt hatte.

Er schloss mit den Worten:

Es ist kein schmutziges Geld und kein illegales.
Es ist das, was ich Dir im Leben nicht bieten konnte.
Für ein Leben, wie Du es dir wünschst.
Du bist frei.
Irgendwann sehen wir uns wieder.
In einem anderen Leben.

NACHWORT

Ich habe lange überlegt, wie ich mich den Themen nähere, die Einfluss auf dieses Buch hatten. Die Handlung dreht sich unter anderem um Phänomene, die in den vergangenen Jahren deutlich zugenommen haben. Einiges davon war mir zu meiner eigenen Schulzeit vollkommen fremd. Ich darf mich wohl glücklich schätzen, zu einer Zeit Schüler gewesen zu sein, in der es Handyvideos und Facebook-Mobbing noch nicht gab. Für die detaillierten Einblicke in den Schüleralltag des Jahres 2013, einhergehend mit bedrückenden Erfahrungen betroffener Personen, danke ich allen voran Elli. Sie hat eine wichtige Rolle gespielt und ist zudem die einzige Person, die einer namentlichen Nennung zugestimmt hat. Andere Helferinnen und Helfer, von der ermittlungstaktischen bis hin zur medizinischen Beratung, wurden auf andere Weise Teil der Geschichte.

Zum Thema Stalking. Im Zuge meiner Recherchen habe ich erschrocken festgestellt, dass beinahe jeder einen entsprechenden Fall aus seinem Bekanntenkreis kennt, in unterschiedlicher Ausprägung. Was sagt das über unsere Gesellschaft aus? Was macht das moderne Kommunikationszeitalter aus den Menschen? Stumpfen sie im realen Leben, im persönlichen Miteinander, immer mehr ab? Stalking gab es schon, bevor es einen Namen dafür gab, bevor 2007 ein entsprechender Paragraph geschaffen wurde, der das systematische Nachstellen einer Person als Straftatbestand definiert. Doch greift dieser neue Opferschutz tatsächlich?

Ich habe mit Menschen gesprochen, die mir beeindruckend offen ihre Erlebnisse schilderten. In keinem einzigen Fall kam es zu einer Verhaftung oder Verurteilung. Und das, obwohl die Polizei Kenntnis über die Identität hatte. Bitte verstehen Sie mich nicht falsch. Das Rechtsstaatsprinzip der Unschuldsvermutung ist ein hohes Gut. Doch alleine in Deutschland gibt es Tausende Opfer, meistens Frauen. Viele von ihnen führen ein Leben in ständiger Angst. Denn nicht jeder Stalker beschränkt sich darauf, im Auto zu sitzen und Fotos zu schießen. Die Kontakte zu einigen sehr mutigen Betroffenen haben mich tief bewegt. Ich danke ihnen für ihre Bereitschaft, mich zu unterstützen!

In der »Hyäne« geht es nicht um ein fein gewobenes Netz aus Verschwörungen. Es geht um einen auf den ersten Blick recht simplen Mordfall. Fälle dieser Art gibt es in jeder Region und immer wieder. Besonders unerträglich ist es, wenn es junge, unschuldige Menschen trifft. Personen, denen aus reiner Mordlust das Leben genommen wird. Mit psychopathischer Kälte. Aus einem bedrückenden Schriftwechsel weiß ich, wie stark vermisste oder ermordete Kinder in der Erinnerung ihrer Eltern jahrzehntelang weiterleben. Manchmal finden sich sterbliche Überreste. Auch werden Täter verurteilt. Doch die Zahl der ungeklärten Morde und Vermisstenfälle steigt.

Danke an alle, die nicht wegsehen. Die nicht schweigen.

Wie immer gilt auch bei diesem Buch:
Die geschilderte Handlung ist frei erfunden. Eventuelle Ähnlichkeiten mit lebenden oder bereits verstorbenen Personen sind zufälliger Natur.

Die Frankfurter Kultkommissarin ist zurück

Todesmelodie

Ein neuer Fall für Julia Durant

Eine Studentin, die grausam gequält und ermordet wurde …
Ein Tatort, an dem ein berühmter Song gespielt wird …
Ein Mörder, der vor nichts zurückschreckt …
Ein Fall für Julia Durant!

Kultkommissarin Julia Durant ermittelt weiter!

Tödlicher Absturz

Ein neuer Fall für Julia Durant

Frankfurt, Neujahr 2011: Zwei grausame Morde erschüttern die Bankenmetropole – scheinbar besteht kein Zusammenhang zwischen ihnen.
Eine neue Herausforderung für Julia Durant und ihr Team …

Ein neuer Fall für die Kultkommissarin!

ANDREAS FRANZ
DANIEL HOLBE

Teufelsbande

Ein neuer Fall für Julia Durant

Tatort Frankfurt am Main: Auf einer Autobahnbrücke wird ein verbranntes Motorrad gefunden, darauf die verkohlten Überreste eines Körpers. Das Opfer eines Bandenkriegs im Biker-Milieu? Die Ermittler stoßen auf eine Mauer des Schweigens.
Ein Fall für Kommissarin Julia Durant – und für ihren Kollegen Peter Brandt ...